海南大学中国语言文学国家级一流专业建设点、海南省中国文学研究中心资助出版

《三国演义》的文学叙事艺术

朱东根 著

山东大学出版社
SHANDONG UNIVERSITY PRESS
·济南·

图书在版编目(CIP)数据

《三国演义》的文学叙事艺术 / 朱东根著.—济南：山东大学出版社，2023.12

ISBN 978-7-5607-8094-8

Ⅰ.①三…　Ⅱ.①朱…　Ⅲ.①《三国演义》研究　Ⅳ.①I207.413

中国国家版本馆CIP数据核字(2023)第255458号

责任编辑　刘　彤
封面设计　张　荔

《三国演义》的文学叙事艺术
SANGUOYANYI DE WENXUE XUSHI YISHU

出版发行　山东大学出版社
社　　址　山东省济南市山大南路20号
邮政编码　250100
发行热线　(0531)88363008
经　　销　新华书店
印　　刷　济南乾丰云印刷科技有限公司
规　　格　720毫米×1000毫米　1/16
　　　　　21印张　295千字
版　　次　2023年12月第1版
印　　次　2023年12月第1次印刷
定　　价　58.00元

前　言

中国的思想文化发展领域存在一个“初出即经典”的令人瞩目、令人着迷的现象：诸子中的《老子》、军事学中的《孙子兵法》、诗学中的《诗经》、“二十四史”中的《史记》、文学批评中的《文心雕龙》……在其各自文化领域里皆属“最早著述”，亦皆底蕴深厚、光耀千古，穿越历史长河成为永恒，在中国乃至世界文化宝库中享有极崇高的地位。《三国演义》也是这样的经典。《三国演义》是我国文学史上的第一部长篇小说，其在明代中叶甫一刊行，便很快风靡文坛，受到广大读者的热忱欢迎，更引发了历史演义小说的创作热潮，“效颦口众”[①]。而且此后其影响力并没有随着历史演义小说创作的退潮以及新的小说经典作品的问世而减弱，其影响范围反倒是以各种新的传播形态（戏曲、影视、译本、连环画等）不断扩大着，深化着影响的程度。时至今日，《三国演义》经受住了时间的考验，它所讲述的故事、它所弘扬的精神，业已融入了我们民族的血液之中，成为我们民族精神的有机的组成部分。“三个臭皮匠，顶个诸葛亮”“说曹操，曹操到”“鞠躬尽瘁，死而后已”“万事俱备，只欠东风”……这些人们不假思索、脱口而出的话语，就是《三国演义》作为艺术与文化经典所具有的魅力的明证。何满子先生指出，《三国演义》“不仅是一种文学现象，而且是一种中国千年来的社会精神现象”[②]；李时人先生也说，《三国演义》“是一种‘史诗’性质的作品，

① （明）可观道人：《新列国志叙》，朱一玄编，朱天吉校：《明清小说资料选编》（上），南开大学出版社 2006 年版，第 6 页。

② 何满子：《〈三国演义〉研究和方法问题》，《三国演义学刊》第二辑，1986 年 8 月。

在某种程度上也可以说它是一部代表我们民族一定历史时期文化精神的'文化经典'"[1]。无疑,《三国演义》将永恒地绽放于中国文化的星空之中。

如果仅从文学创作的角度考察,《三国演义》也无愧于小说经典名著这一光荣称号。换言之,《三国演义》之所以能够被视为经典,不仅仅因为它是我国古代长篇小说的开山之作,对后世的长篇小说创作、文艺创作以及中外社会文化各方面有着广泛深刻的影响;实际上,《三国演义》的经典性必得基于它的文学性。通俗地说,《三国演义》首先是一部"写得好"的小说,然后才是一部"有名"的小说,"写得好"赋予了《三国演义》强大和恒久的艺术生命。中国明清时期长篇小说创作汗牛充栋,"有名"的不少,如《封神演义》《杨家府演义》《说岳全传》《醒世姻缘传》《镜花缘》《三侠五义》《儿女英雄传》等,但真正"写得好"的、艺术水平上乘的并不多,前后仅数部而已。幸运的是,引领了长篇小说创作时代的《三国演义》便位列其中。这是中国长篇小说创作之幸!如今,"四大名著"的概念[2]已深入人心,堪称家喻户晓、妇孺皆知。《三国演义》经典性的奥秘正在于此。

然而,正如清人赵翼所说的那样,"李杜诗篇万口传,至今已觉不新鲜",《三国演义》作为小说经典名著的观念被人们日复一日地重复着,随着时间的流逝,今人对《三国演义》的文学经典性问题往往采取熟视无睹的态度,并不去予以深究了。人们对《三国演义》的研究兴趣更多的乃是在源流研究、传播研究、文化研究等几个方面,对《三国演义》何以能成为文学经典的关乎文本创作艺术性的"本体研究",特别是其擅长的叙事艺术的研究,自然不能说没有,但肯定不是主流,研究成果也不丰厚。再者,由于现代社会文学阅读的影视化和网络化转型,广大读者对纸媒阅读越来越疏离,加之《三国演义》属于较早产生的长篇小说,又是世代累积型创作,和我

---

① 李时人:《〈三国演义〉:亚史诗和亚经典》,《光明日报》1994年11月9日"文艺观察"版。

② "四大名著"之外加上《金瓶梅》和《儒林外史》便成六大名著,但"六大名著"作为一个概念人们很少使用。

们今人的小说理念、所熟悉的小说创作方法颇不相侔，故而对包括《三国演义》在内的古典小说文本艺术性的解析和阐释成为一个偏冷的研究领域。大家都说《三国演义》写得好，但究竟好在哪里，认真关心的人并不多。

基于以上有关《三国演义》研究的理解和分析，我决心投入精力研讨《三国演义》这一小说名著的经典性，以因应我们当今时代“回归经典、阅读经典”的呼吁和要求。我们需要认清一个基本事实（同时也是一种信念），那就是《三国演义》之所以能成为小说经典名著，其首要的和最大的理由便是它本身写得好，叙事艺术精湛，为后世的同类小说创作树立了不可逾越的高标，也为后世的长篇小说创作确立了写作范式，提供了可资借鉴的写作技巧和经验。倘无此，哪怕《三国演义》写作时间更早，影响程度更大，恐亦无缘于“四大名著”。小说叙事的艺术性是《三国演义》作为小说经典名著的“立身之本”，是其经典性的核心意涵。那么，它的叙事的艺术性在创作文本中究竟是如何体现的呢？

为了回答这个问题，于教学、工作之余潜心阅读《三国演义》数年，又阅读古人的评点和批评文字以及今人的各种文章、论述、论著。在每次阅读中，既对情节故事做总体的、宏观的鸟瞰和意义把握，也把故事剪切出若干片断，一部分一部分地悉心阅读、逐次把玩，对其中许多重要的情节段落、故事场面、细节描写、对话、动作、用字用词等，都予以仔细、反复的品味，不令等闲错过。吃透文本是研究小说艺术性的前提，研究者在正式动手写作之前必须舍得花这个工夫，所谓磨刀不误砍柴工是也。古人云：开卷有益。我的每一次阅读就是如此。特别是带着问题的阅读、带着研究的阅读，比起一般的走马观花、浮光掠影的阅读，更能有新的发现和体验。因为聚焦于小说文本叙事艺术性的解析而非文化内涵或文化传播研究，所以笔者常于阅读、欣赏《三国演义》的过程中自以为窥见了作家罗贯中故事构思的巧妙和叙事艺术的匠心，也更为认可清人毛宗岗对《三国演义》的高度评价。

然而，仅作文本研读是远远不够的，必须掌握理论分析的武器，在这方面，中国古代小说评点和小说批评理论是一个重要支持，其他相关的文学批评（如诗文批评、戏曲批评等）也起着辅助的作用，另外，现代小说批评理论和西方小说批评理论也是不能缺位的。小说的主题思想分析、人物形象分析、叙事技巧分析、情节技法分析、章法结构分析和语言文字的分析等，都有赖于前人的分析研究作为基础，而《三国演义》作为一部历史小说创作又有其极大的特殊性。历史小说作为一种小说类型，在明代以前是非常风行的，宋元时期说话家数中，讲史话本是其中一个非常受欢迎的家数；明代中后期，历史小说创作（包括历史演义和英雄传奇）更成为小说创作的风潮和主流。但在此后，历史小说的写作退潮，成为小众创作。现代读者对于历史小说题材相对而言是比较疏离的。在此背景下，研究《三国演义》的创作艺术性，则不能囿于小说理论和文学理论，还当进行跨界研究，掌握历史、政治、外交、军事、哲学乃至地图学、考古学等学科的相关知识。掌握这些文化部类对于现代的一般小说艺术性研究可能是非必要的，可对像《三国演义》这样的百科全书式的历史小说研究来说却大有裨益，能够使其艺术研究更加深入。当然，需要把握一个度，不能喧宾夺主，冲淡"艺术性研究"这个主线，蜕变为另一种形式的文化研究。要掌握好分寸。

在"艺术性研究"这个命题下，厘清"艺术"和"艺术性"的意涵是首先必须要解决的理论问题，它决定着本课题研究的内容和方向。关于"艺术"和"艺术性"的解说，学术界可谓众说纷纭，此处不予展开讨论，《辞海》的对应词条给出了权威解释。《辞海》指出，艺术是"人类以情感和想像为特性的把握世界的一种特殊方式。即通过审美创造活动再现现实和表现情感理想，在想像中实现审美主体和审美客体的互相对象化。具体说，它是人们现实生活和精神世界的形象反映，也是艺术家知觉、情感、理想、意念综合心理活动的有机产物"；艺术性有广、狭二义，狭义的艺术性是"指文艺作品的完美程度；或谓文艺作品对人们究竟能产生多大审美感染力的程度。艺术性要求构思具有独创性，形式技巧臻于完美，富有表现力和感染力。作品的艺术性和思想性联系密切，两者相互制约，相互依存，但又有相对的独立性”。[①]《辞海》的解释中有几个要点：一是艺术本质上是一种审美活动，既牵涉审美客体也牵涉到审美主体，是“审美主体和审美客体的互相对象化”，也就是说，艺术之鹄的既不同于道德文化的求善，也不同于科学文化的求真，须以心理学为其学科基础，以美为其基本追求；二是艺术的美指的是“文艺作品的完美程度”，或者“文艺作品对人们究竟能产生多大审美感染力的程度”，这种完美性和感染力不只体现在“构思具有独创性，形式技巧臻于完美”，而且也体现在对“艺术性和思想性”的兼顾上，也就是说，艺术的美和美感研究不能只限于“形式研究”，而应该延及对艺术作品的思想内容的研究；三是艺术思维是一种形象思维，艺术家要诉诸“情感和想像”来“再现现实和表现情感理想”，现实是审美客体，情感理想是审美主体，所谓再现和表现、情感和想像，都意在强调艺术创作的形象性，因之，艺术性研究也重在研究艺术作品如何“形象地”再现和表现的方法和技巧。

具体落实到《三国演义》的艺术性研究上，《辞海》解释中的上述三个要点不啻为本书写作提供了思路：一方面要把小说如何“形象地”叙事、如何“形象地”写人作为研究的主要任务，另一方面也要兼顾小说的题材、主题、与历史的关联、思想文化积淀、市井倾向等思想内容的论述。对于前者，本书分别在情节叙事和人物形象塑造两方面着墨：把《三国演义》复杂的情节叙事切割成前官渡叙事（从小说开篇到官渡之战爆发前）、官渡之战叙事、赤壁之战叙事、荆州叙事和祁山叙事等四个大段落，每个大段落根据其具体的叙事情况从叙事艺术性角度各设定若干个论述命题，比如官渡之战叙事设定了个性化叙事、叙事流转、锚定叙事结构等三个问题，赤壁之战叙事设定了故事主角设定、悬念设置、性格描写、心理描写、战争叙事策略技巧等五个问题，逐一地加以解析和论述；在《三国演义》琳琅满目的人物画廊中，选择曹操、刘备、孙权、蒋干、貂蝉、孙夫人等几个有代表性的人物作重点剖析，以求窥斑见豹。对于后者也就是《三国演义》的思想内容方面，本书首论尊刘贬曹的

---

① 辞海编辑委员会：《辞海》（上），上海辞书出版社1999年版，第1584页。

思想主题，次而论及与《三国志》的关联、历史理性精神、叙事的传奇性和战争叙事艺术等问题。如此则研究思路出矣，写作提纲出矣。

兹以为，研究《三国演义》的艺术性，不能仅仅局限在文学叙事层面（这当然是主要的方面），还应该上升到艺术辩证法的层次，用艺术哲学的眼光去思考艺术问题。艺术美学从本质上讲是一种哲学。丹纳《艺术哲学》开篇第一章就提出若干“艺术哲学”的命题，如“我的方法的出发点是在于认定一件艺术品不是孤立的，在于找出艺术品所从属的，并且能解释艺术品的总体”①、“我们的美学是现代的，和旧美学不同的地方是从历史出发而不从主义出发，不提出一套法则叫人接受，只是证明一些规律”②、“艺术应当力求形似的是对象的某些东西而非全部……是‘各个部分之间的关系与相互依赖’”③等。丹纳向人们展示了从哲学层次去考察艺术家、艺术品、艺术创作的方法和理由，对本课题研究是颇有启发意义的。比如不能孤立地去考察一个艺术品的产生，而应该兼顾该艺术品所以产生的“风俗习惯与时代精神”④，这一命题启发我思考《三国演义》中人们设计、讲述诸多三国故事的时代背景和社会意义（《三国演义》是世代累积型作品，实非罗贯中一人所作）；再如，一方面要求艺术品对现实世界作“尽量逼真的模仿”⑤，另一方面又要求艺术品对现实世界作出改变和变形⑥，这一命题启发我思考《三国演义》中三国故事的真实与虚构、再现与表现、历史理性与夸张传奇、历史描写与文学叙事等概念或范畴间的矛盾统一关系。中国传统的文艺理论中也有类似的丰富论述。这样的辩证思维会把对问题的

① ［法］丹纳，傅雷译：《艺术哲学》，安徽文艺出版社1991年版，第43页。

② ［法］丹纳，傅雷译：《艺术哲学》，安徽文艺出版社1991年版，第50页。

③ ［法］丹纳，傅雷译：《艺术哲学》，安徽文艺出版社1991年版，第60页。

④ ［法］丹纳，傅雷译：《艺术哲学》，安徽文艺出版社1991年版，第45页。

⑤ ［法］丹纳，傅雷译：《艺术哲学》，安徽文艺出版社1991年版，第57页。

⑥ 丹纳说：“半数最好的戏剧诗，全部希腊和法国的古典剧，绝大部分的西班牙和英国戏剧，非但不模仿普通的谈话，反而故意改变人的语言。每个戏剧诗人都叫他的人物用韵文讲话，台词有节奏，往往还押韵。这种作假是否损害作品呢？绝对不损害。”参见［法］丹纳，傅雷译：《艺术哲学》，安徽文艺出版社1991年版，第59～60页。

思考引向深入。如果单向地、平面地思考艺术问题,则很多艺术问题会是无解的。同样,曹操历史形象和文学形象的反差问题、貂蝉的以色媚人和忠心报主问题、人物的道德性和艺术塑造的美丑问题(如从道德上说,刘备、诸葛亮为善,曹操为恶,但从《三国演义》的艺术塑造上看,情况可能正相反)、实际战争场面的残酷(生活真实)和战争叙事中的英雄主义乐观精神(艺术真实)问题,等等,也需要讲求艺术哲学,运用辩证法的思维。

从经典性求得艺术性,从艺术性求得形象性,再针对《三国演义》的叙事和写人双功能、历史普及和文学叙事双属性,运用艺术辩证思维方法来思考《三国演义》的艺术写作问题,这便是本书写作时所遵循的基本思路线索。

当然,一些实地考察调研也是必不可少的。当你瞻仰成都武侯祠、漫步杜甫草堂的时候,你就能瞬间明白赤壁之战中小说家换掉周瑜而把诸葛亮设定为故事主角的原因和意义;当你登临镇江北固山面对浩渺长江天堑的时候,你就会情不自禁地吟咏起辛弃疾的诗句"千古江山,英雄无觅孙仲谋处""天下英雄谁敌手?曹刘,生子当如孙仲谋";当你在武汉乘坐江轮、想象着"西望夏口(今武汉)东望武昌(今鄂城)"的时候,你就会领略小说家在三国故事中发出的深沉的历史感慨……现场感能够在很大程度上弥补书斋苦思的枯寂,使困思柳暗花明。

走笔至此,语似已足,却又想到一个似乎是题外的内容:学术论著的可读性。学术论著应该严谨规范,具有较强的理论色彩,能够引领学术潮流,这是通则。但事有例外。《三国演义》是一部通俗小说,以情节生动、叙事宛转为世人所爱,而叙事艺术研究又包含了相当多的具体的、感性的内容,如情节悬念的设置、语言或对话背后隐藏的言外之意、叙事写人的各种方法技巧的剖析等,这些方面如果纯粹诉诸严整高深的理论阐发理论辨析,既恐力有不逮,亦恐方枘圆凿,扞格不入,论述上不能尽兴细致、曲写幽微。权衡再三,决定采取学术性和可读性两者兼顾的方法,即一方面在问题设计和问题研究上认真严谨,符合学术要求和学术规范,另一方面在行文风格和文字表述上尽量通俗易懂、活泼有趣,不使用高深的小说理论使写作“更学术”。换言之，我有个野心，就是使本书“雅俗共赏”，得到更多读者的垂青，不至于贻覆瓿之笑。我想起了丹纳说的另一段话：“不用大众无法了解而只有专家懂得的枯燥的定义，而是用易于感受的方式，不但诉之于理智，而且诉之于最普通的人的感官与感情。艺术就有这一个特点，艺术是‘又高级又通俗’的东西，把最高级的内容传达给大众。”[①]笔者对于此语深致敬意，并以为艺术如是，艺术评论亦当如是。联想到中国古人写的“池塘生春草”“床前明月光”“春眠不觉晓”“明月几时有”等诗句是那么“又高级又通俗”，既让人感到回味无穷诗意盎然却又简单通俗得叫人说不出究竟是哪里好，笔者就更加深膺丹纳所言之精妙了。惜乎自己才具不佳，所写的东西顾此失彼，难以兼综，难登大雅之堂，亦难入方家法眼，欲忝列“学术研究”之林而深愧弗如也，便降格而名其为《〈三国演义〉的文学叙事艺术》云尔。

祈请读者诸君指教！

朱东根

2022年10月8日于椰城清源斋

① [法]丹纳，傅雷译：《艺术哲学》，安徽文艺出版社1991年版，第75页。

目录

第一章 《三国演义》的创作艺术论

《三国演义》的创作艺术研究是其文学叙事研究最重要的组成部分。

和西方现代派小说创作理念不同，传统小说创作理论主张小说创作有三要素：人物、情节和环境。在三要素之中，人物形象塑造和故事情节编造又是核心任务。如果再作分析，则人物形象塑造又要优先于故事情节编造，扼要地说，小说有没有塑造鲜活生动、立体丰满的人物形象，是判断小说艺术水平高下的第一标准。今人相信，小说创作可以弱化情节描写但人物形象刻画却不可以概念化、类型化、脸谱化，不可以马虎、草率。这是对的，不过又只是相对而言。在较早期的中国古典小说创作中，特别是以《三国演义》为代表的历史演义小说的创作中，由于脱胎于宋元说话艺术，作家更看重讲故事，讲究故事的情节性和传奇色彩，以期激发听众、读者的兴趣。长篇小说分章分回的形式以及人们耳熟能详的“欲知后事如何，且听下回分解”的套语，都表明了情节优先的小说创作思路；早期小说讲各类英雄故事（三国英雄、水浒英雄、神魔英雄等），有浓厚的传奇或神异的色彩，亦是情节优先创作思路的结果。后来世情小说兴起，故事的传奇性、神异性被消解，情节因果关系弱化，情节编造让位于人物塑造。

《三国演义》既渊源于三国时代的历史叙事，又和民间说话艺术有着密切关系，是两者交互作用的产物，所以它的故事性、传奇性特别强烈，给人以极其深刻的印象。《三国演义》对故事叙事艺术如此专注，以致人们几乎忽略了它在人物描写上所作的努力，甚至有人对《三国演义》的人物描写总体上持批评态度。《三国演义》的故事叙事艺术成就确立了它在我国小说史上的经典地位。

《三国演义》作为我国古典长篇小说的开山之作，为探索和奠定我国古典长篇小说的民族风格与民族形式作出了巨大贡献，是令人永怀的。

第一节　尊刘贬曹的主题

写作学上有个说法叫“形散神不散”，说的是在写文章的时候表面上看写得自由散漫、不着边际，但实际上所有的文字都围绕着一个中心、一个话题落墨，文章有内在的逻辑肌理，有凝聚力。这“形散神不散”的文章写作准则同样适用于小说叙事。就长篇小说创作来说，尽管故事复杂，情节曲折，人物众多，线索纷繁，但作家仍然需要围绕一个中心来叙事，这就是所谓的创作主题。《三国演义》的创作主题是什么呢？或者换个说法，作家是依据什么标准和尺度来裁剪、组织、安排众多的人物和事件，从而将整个三国故事讲述得井井有条、繁而不乱的呢？答案是：尊刘贬曹。尊刘贬曹是《三国演义》小说叙事的一根红线、一条主线，也是我们读者阅读欣赏《三国演义》、理清其复杂繁富情节故事的一把金钥匙。除此之外，别无他道。那么，作家为什么要把尊刘贬曹作为叙事的红线和主线呢？这首先要从魏、蜀、吴三国的名称和位次说起。

本节的论述关键词：小说主题。

一、三国的名称和位次

历史上的三国是哪三国？对此问题人们通常会不假思索地回答说：魏、蜀、吴。这个回答乍看起来没错，因为陈寿在《三国志》里就是这样写的：一是《魏书》，二是《蜀书》，三是《吴书》。但其实细究一下却可以发现其中存在两个问题。哪两个问题呢？一是名称上不合历史实情，二是位次上不尽合理。

先说名称问题。表面上看，三国皆是因地而得国名：曹氏发祥于古魏地①，刘氏建国于古蜀地，孙氏起家于古吴地②，似乎皆合于古来因地立国的文化传统，但实际上却不是这样。魏、吴两国的名称是因地而得，这没问题，可蜀国呢？221 年刘备称帝的时候国名是蜀吗？是渊源于“蚕丛及鱼凫，开国何茫然”③、“庄生晓梦迷蝴蝶，望帝春心托杜鹃”④ 的那个古蜀国吗？显然不是。我们去成都武侯祠，那里有刘备陵墓，上书“汉昭烈帝”四字，表明刘备称帝时国号是汉而不是蜀；我们读诸葛亮《出师表》“兴复汉室，还于旧都”，诸葛亮要兴复的是汉室而不是蜀室。汉室亡了，所以要兴复。从来无蜀汉之国名，兴复何从谈起！还有，我们读《文选》中收录的陆机的《辩亡论（下）》，开篇即“昔三方之王也，魏人据中夏，汉氏有岷、益，吴制荆、杨而奄交、广”⑤，直称三国的国号为魏、汉、吴。陈寿《三国志》讲刘备称帝一节时也援引刘备方面的话说“（曹丕）窃居神器……

① 汉献帝建安十八年（213 年），曹操被封为魏公，二十一年（216 年），晋为魏王，参见（西晋）陈寿撰，（南朝宋）裴松之注：《三国志》，中华书局 1982 年版，第 37、47 页。

② 魏文帝黄初二年（221 年），孙权被封为吴王，参见（西晋）陈寿撰，（南朝宋）裴松之注：《三国志》，中华书局 1982 年版，第 1121～1122 页。

③ （唐）李白著，（清）王琦注：《李太白全集》，中华书局 1977 年版，第 162 页。

④ 王步高主编：《唐诗三百首汇评》，凤凰出版社 2017 年版，第 708 页。

⑤ 参见（南朝梁）萧统编，海荣、秦克标校：《文选》，上海古籍出版社 1998 年版，第 448 页。此版本中“吴制荆、扬”作“吴制荆、杨”。

（刘备）嗣武二祖”[①]。什么意思呢？曹丕偷走了汉朝的江山，而刘备要替刘邦（汉高祖）、刘秀（汉光武帝）这两个老祖宗报仇，重新夺回汉朝江山。《三国志·吴主传》也只说刘备“称帝于蜀”[②]，而不是立国名为蜀。所以，刘备必得是在曹丕称帝之后才称帝，亦必得定其国号为汉，亦必得以北伐灭曹为其誓愿。倘若刘备定国号为蜀，则不是和曹丕一样属于篡逆行为吗？古人云：“名不正则言不顺，言不顺，则事不成。”[③] 曹丕虽是篡逆，但还有汉献帝禅让的仪式[④]维系正统。但刘备凭什么称帝、凭什么号令天下、凭什么攻打曹魏？以及后来诸葛亮六出祁山，屡进中原的种种，有人说他是不自量力，有人说他是“知其不可而为之”，有人说他是穷兵黩武，但其实诸葛亮是在“兴复汉室”，实现刘备的遗愿。诸葛亮若不遂行北伐，刘备立国就失去了依据。大一统的“汉朝”已经存世数百年之久，早已深入人心了，现在，大家细想想，它能苟安于西南一隅吗？

为了和刘邦建立的西汉、刘秀建立的东汉相区别，人们把刘备建立的政权依地点称作“蜀汉”，依时间称作“季汉”。

易言之，曹丕、孙权是因地而得国名，刘备则沿用了前朝的国号，未作更改。易汉为蜀或把蜀汉省称为蜀是后人的操作，与历史史实无关，和五代十国时期的前蜀、后蜀称作蜀也不是一回事。辨明这一点很重要，因为它牵涉到《三国演义》的写作主题。《三国演义》以尊刘贬曹为写作主题，一切故事叙事都围绕着这一写作主题展开，如果刘备改汉为蜀，那《三国演义》的一切故事叙事就都没有意义了。《三国演义》第八十回说得很清楚：刘备登基做皇帝乃是在“续”汉朝的“大统”。而该回所录即位

① 参见（西晋）陈寿撰，（南朝宋）裴松之注：《三国志》，中华书局 1982 年版，第 889 页。

② （西晋）陈寿撰，（南朝宋）裴松之注：《三国志》，中华书局 1982 年版，第 1121 页。

③ 杨伯峻译注：《论语译注》，中华书局 1980 年版，第 134 页。

④ “汉帝以众望在魏，乃召群公卿士，告祠高庙。使兼御史大夫张音持节奉玺绶禅位，册曰……”参见（西晋）陈寿撰，（南朝宋）裴松之注：《三国志》，中华书局 1982 年版，第 62 页。

诏书中亦反复申明此意。

再说位次问题。三国的位次怎么排？自然是所依标准不同位次也不同。如果按称帝的时间先后顺序排，那么就是魏国第一、蜀国第二、吴国第三了。但揆诸其他历史要素，此排法不尽合理。论军事实力、国土面积、人才多寡，魏国第一，吴国第二，蜀国第三；论国祚长短，吴国第一，魏国第二，蜀国仍排第三。再看陈寿的《三国志》，魏书有三十卷，吴书有二十卷，蜀书仅有十五卷，尽管陈寿是蜀人，南朝宋裴松之倾向于尊刘，但蜀国的史料仍是三国中最少的。陈寿之前，魏、吴史皆有人作之，唯蜀史阙然，可见蜀在三国中的边缘地位。所以，把蜀国排在吴国之前不尽合理。

吴国的实际历史远比蜀国长。孙权实际上是刘备的后辈。江东基业由孙坚开创，到孙权时已历三世。孙坚和曹操同岁，在汉末讨伐黄巾军、讨伐董卓的战斗中表现英勇、崭露头角，并有得传国玉玺的传说。孙坚因功被封为“破虏将军”。由孙坚到孙策再到孙权，父子三世一系相传，遂有三国之东吴。陈寿《吴书》即是从孙坚开始写起的。同样，魏国的历史也是由曹操写及曹丕，父子一系贯下。反观陈寿所写《蜀书》，从刘焉、刘璋写到刘备、刘禅，历史似乎也很长，可以和江东媲美，其实互不相干。前二刘和后二刘并非一系。刘备从刘璋手上取得益州，一步步实践着诸葛亮“隆中对”的路线图，巧取豪夺。这样写，很难说是对刘备的褒扬和尊重。若是把蜀汉历史提前到刘焉、刘璋时代，真是岂有此理！吴史可溯自孙坚，蜀史则宜以刘备进取益州为始。

《三国演义》更以蜀汉线为故事的叙事主线，处处突出刘备、诸葛亮的形象，不仅把蜀放在了吴的前面，还挪到了魏的前面，形成蜀、魏、吴的三国排序。

二、尊曹贬刘的逻辑

那么，陈寿为什么要改汉为蜀，又把蜀置于魏之后、吴之前呢？

这怪不得陈寿。陈寿当初修志时，《三国志》并不是一本书，而是三本书，三本书是分开的：《魏书》是《魏书》，《蜀书》是《蜀书》，《吴书》是《吴书》。何以见得？据中华书局编辑部1959年点校刊印《三国志》时所作的《出版说明》介绍，《旧唐书·经籍志》以《魏书》入正史类，《蜀书》《吴书》入编年类，显示了三书乃独立流传，北宋以来三书才逐渐合为一书。也就是说，是后人如此处理三国关系的，而不是陈寿。

尽管如此，我们还是可以看出，后人的这种处理方式未必不合陈寿的原意。三书虽独立成书，但从《三国志》的具体书写上看，陈寿当初撰述时定然有一个宏观的、整体的对三国关系的把握。他的三书之间是互相联动的。他要书写的不是国别史，他要书写的是继《史记》《汉书》之后整个一段时期的中国的历史，只是由于这段时期的历史特殊性，他才选择了分而书之的撰述法。

陈寿是晋朝的史官，他在书写历史的时候面临一个选择——奉谁为正朔？曹丕、刘备、孙权皆有称帝之举，这是历史事实，但天无二日，国无二主，秦汉数百年的统一历史已让大一统的观念深入人心，他怎能在同一历史时段里书写三家皇室世系呢？司马迁《史记》即使在书写秦汉之前那段漫长的、非统一的历史的时候也是以一个本纪统领各代历史的呀！《史记》的十二本纪是相续相承的关系，任何历史年代里既不会没有本纪[①]，也不会有两个或两个以上的本纪，有且只能有一个本纪。陈寿必须作出选择。

陈寿是蜀人，少年时师事同郡学者谯周，在蜀国做过官，后随蜀降魏降晋，他对蜀汉无疑是有乡土感情的。他曾撰写《益部耆旧传》，给蜀汉丞相诸葛亮编集，做过不少弘扬乡土文化的工作。刘备确实在成都称帝，又是刘汉王朝的后裔，那么，陈寿能不能以蜀汉为本纪来撰写《三国志》呢？历史理性告诉他：

① 《史记》中关于春秋战国的历史由周本纪、秦本纪相续，楚汉相争时用项羽本纪纪事。

不能。

西晋是统一王朝，结束了三国鼎立的分裂局面。西晋政权的合法性来自曹魏而不是蜀汉。265 年，司马氏以禅让方式代魏立晋，获得政权。上溯至 220 年，曹氏也是以禅让方式代汉立魏、获得政权的。虽然汉献帝是在曹氏的逼迫之下转交政权的，但毕竟是和平的禅让方式，有合法的手续，天下臣民共见之。蜀汉政权的合法性何在呢？就凭刘备是刘邦的后裔？那不成。汉末时，刘家子孙众多，不差刘备一个。就凭刘备有土地有人马？那也不成。那是谋反篡逆的勾当。此前袁绍亦想拥立幽州牧刘虞为帝，最终并未成事，“淮南弟称号，刻玺于北方”[①]。异姓军阀诚然不可，但再有权势的帝室之胄想要当皇帝，合法的手续也是必不可少的。刘备深知这一点。曹丕可以代汉称帝，但他不能，因为汉献帝还在；必得“误传”汉献帝崩逝，他才可以打出替汉献帝复仇的旗号。孙权更谨慎，虽然他势力比刘备更强，但由于缺少禅让的手续和帝胄的身份，所以观望了好几年，等局势稳定了，刘汉（东汉）恢复完全无望后才称帝。孙权称帝时（229），刘备、曹丕皆已故去，汉献帝还在，但蜀、魏政权已经进入第二代。

汉禅让魏，魏禅让晋，晋的史家陈寿尊奉曹魏为正统，这是不得不为的历史理性选择。他没有其他选项。蜀汉与刘汉虽然有血统上的些许联系，但也仅此而已。陈寿不能凭感情来书写历史，他必须尊曹魏贬蜀汉。这里面没有被晋室胁迫的意思。

他以曹魏纪帝系，尊曹操为魏武帝，尊曹丕为魏文帝；与此同时，他又贬蜀汉、孙吴皇帝为“主”，称刘备为“先主”、刘禅为“后主”、孙权为“吴主”。曹操实际上只做过汉丞相、魏公和魏王，是东汉的臣子；他的帝号是追封的，但这无碍于他被陈寿称为“魏武帝”。诸葛亮在《出师表》中称刘备为“先帝”，称刘禅为“陛下”，但在《三国志》中，两位皇帝皆被降格为“主”，被剥夺了皇帝待遇。孙权也是。不仅如此，陈寿还把蜀汉史书称

① 林久贵、李露编著：《曹操全集：汇校汇注汇评》，崇文书局 2020 年版，第 25 页。

为《蜀书》（非《汉书》），并在写刘备传之前先写刘焉传、刘璋传，以表明刘备与刘焉、刘璋一样，是一方诸侯而非帝王。曹操仅比刘备大六岁，两人是同期的汉末英雄，在《魏书》中《曹操传》打头领起，在《蜀书》中刘备却被抑为第二，这里面隐含了尊曹贬刘的意思。

另外，尊曹贬刘之意也体现在具体行文中。曹操在《先主传》中被称为曹公，如“曹公以江陵有军实，恐先主据之”[①]，“（建安）十六年，益州牧刘璋遥闻曹公将遣钟繇等向汉中讨张鲁”[②]；而刘备在《武帝纪》中则和其他汉末人物一样被直呼名字，如“（袁）术欲从下邳北过，（曹）公遣刘备、朱灵要之。会术病死。程昱、郭嘉闻公遣备，言于公曰：‘刘备不可纵。’”[③]尊卑褒贬之意甚明。刘勰称道《春秋》“一字以褒贬”[④]，古人著史承《春秋》笔法之遗意，在行文中遣词用字是极谨严、极讲究的，为尊者讳是他们必须遵守的书史法则之一。曹操在《三国志》相关各传中皆被尊称，刘备则只在《先主传》中被尊称为“先主”，其他相关各传中皆直称其名。

贬抑刘备也就罢了，可为什么连刘备所立的国号也要改了呢？这其实不难理解。从历史逻辑上讲，汉与魏是先后相连、合铆接榫的两个朝代，换言之，汉与魏不能并存于世，有汉就不会有魏，有魏的话汉也就随之消亡了。汉献帝在曹丕、曹叡时还活着，但他已不是汉朝天子，而是自食其力、泯然众人的山阳公。汉、魏并存是一件不可思议的、不合逻辑的事情。假如陈寿保留刘备“汉”的国号，在《三国志》中先撰《魏书》，以纪帝系，再撰《汉书》，作为地方诸侯对待，这个通理是无论如何也说不

① （西晋）陈寿撰，（南朝宋）裴松之注：《三国志》，中华书局 1982 年版，第 878 页。

② （西晋）陈寿撰，（南朝宋）裴松之注：《三国志》，中华书局 1982 年版，第 881 页。

③ （西晋）陈寿撰，（南朝宋）裴松之注：《三国志》，中华书局 1982 年版，第 18 页。

④ （南朝梁）刘勰著，黄叔琳注，李详补注，杨明照校注拾遗：《增订文心雕龙校注》，中华书局 2012 年版，第 17 页。

通的，是一个逻辑错乱的安排。人们会问：汉既然还在，魏从何来？汉是大一统王朝，为何要降格为诸侯？汉献帝还活着，刘备怎么又是汉朝正统，两者之间该如何关联？现在是晋朝，“汉朝”去哪里了……但事实上，刘备又确实立汉称帝了，从而演变出三国鼎立的局面。两害相权取其轻，陈寿便改刘备的“汉”为蜀了。

陈寿并没有安排三国的位次，三国的位次是后来人安排的。但如果让陈寿将其所著《魏书》《蜀书》《吴书》合编为《三国志》，那么他应该不会反对魏、蜀、吴的位次安排，不会把蜀国放在末位，毕竟刘备称帝时间是在魏后吴前，亦毕竟还有着血统与乡谊因素的考量。当然他也不会感性到把蜀放在魏的前面，哪怕刘备（因为误听传闻而）先于曹丕称帝。哪能让地方诸侯僭越皇权呢？

陈寿的尊曹贬刘在十六国、北朝时期得到了中国北方诸政权的强烈支持。鲜卑拓跋氏在统一中国北方之后定其政权名为魏，又迁都洛阳（曹魏首都），实行汉化政策。他们以曹魏政权的当然继承者自居，以中华文化的当然继承者自居。虽然曹魏和拓跋魏有别，但这无妨于拓跋魏在心理层面、情感层面、文化层面上对曹魏政权的认同。他们，包括十六国政权的一些统治者们，对曹操的雄才大略、文治武功都表示了极大的钦敬和尊崇，有人劝匈奴人刘渊效仿西汉时附汉立国的呼韩邪单于，刘渊昂然回答：“大丈夫当为汉高、魏武，呼韩邪何足效哉！”[1] 前赵刘曜（刘渊族子，改汉为赵）自比乐毅、萧何、曹参，刘聪（刘渊子）却对他给予了更高的评价，说他“汉世祖、魏武之流，数公何足道哉”[2]。后赵石勒（羯族）为人壮健雄武，有人称赞他“神武筹略迈于高皇，雄艺卓荦超绝魏祖”[3]。曹操的尊崇地位由此可见一斑。

---

① （北宋）司马光编著：《资治通鉴》，中华书局 2007 年版，第 1004 页。

② （北宋）司马光编著：《资治通鉴》，中华书局 2007 年版，第 1004～1005 页。

③ （唐）房玄龄等撰：《晋书》，中华书局 1974 年版，第 2749 页。

司马光作《资治通鉴》，虽然“尊曹”有些不情不愿，但历史理性精神还是促使他以曹魏为正，以蜀汉为闰，保持了三国这一历史分裂时期的“大一统”叙事架构。

三、逻辑的反转

陈寿对三国问题的处理方式并没有得到后人的一致认同，给《三国志》作注的裴松之就明显和他意见不一。裴松之是南朝刘宋时的历史学家，奉皇帝命给《三国志》作注。意大利哲学家克罗齐说：“一切真历史都是当代史。”[①] 裴松之的注是在刘宋王朝新的历史环境里完成的，所以他的三国史观自然与陈寿不同。这不是史学家有意造成的认知差异，而是时代使然。史学家们自己是意识不到的。试问，裴注出现的刘宋王朝和陈志出现的西晋王朝，两者有何不同呢？至少有两个不同需要提及。其一，西晋王朝是统一王朝，刘宋王朝是偏安王朝，而且是偏安于南方的王朝。这个不同影响了人们看待历史问题的态度和视角。其二，继曹氏、司马氏之后，又一个刘氏王朝建立了[②]，尽管未定国号为汉，但刘裕和刘备一样，也是刘邦的子孙。据李延寿《南史》记载，刘裕是西汉楚元王刘交的二十一世孙[③]，可以说血脉很正。这两个不同结合在一起，再加上其时北方又一个魏政权的存在（北魏），很难想象裴松之会延续、赞同陈寿的三国史观。如果裴松之继续尊奉曹魏为正统——而其时北魏政权乃以曹魏继承者自居，则刘宋政权将情何以堪？

早在裴松之之前的东晋时期，就有史家要求重新论定三国的

---

① ［意］贝奈戴托·克罗齐著，［英］道格拉斯·安斯利英译，傅任敢译：《历史学的理论和理论》，商务印书馆1982年版，第2页。

② 北方汉（赵）刘氏政权虽然尊奉蜀汉刘禅为先祖，但实际上两者族源不同，无渊源关系。

③ （唐）李延寿撰：《南史》，中华书局1975年版，第1页。同样成书于唐代的《建康实录》所记载内容除了删节字句外，与《南史》别无二致，参见（唐）许嵩撰《建康实录》卷一一：“宋高祖武皇帝讳裕，字德舆，小字寄奴，彭城县绥舆里人，姓刘氏，汉楚元王交之二十一世孙也。皇祖靖，晋东安太守。皇考翘，字显宗，郡功曹。”

名称和位次。习凿齿作《汉晋春秋》，恢复刘备称帝立国时的本来国号——汉。以血统为据，认为（蜀）汉和西汉、东汉一气贯下、一脉相承，是同一个王朝，晋乃承继于（蜀）汉而非承继于曹魏。在他书写的史书中，汉之后是晋，没有魏这个朝代。书名中的汉包含、兼指蜀汉政权。他尊奉蜀汉为正统，贬抑曹魏是篡逆，俨然把蜀汉提到了三国中第一的位置，和陈寿唱了反调。晋朝和汉朝既没有血统上的联系，也没有禅让的仪式，那么它承继（蜀）汉的历史逻辑又是什么呢？

220 年，曹丕逼汉献帝交出政权，是为篡逆。次年，刘备闻听汉献帝被弑，极为悲痛，发誓要为汉室报仇，于是乎承继大统，延续了汉王朝的寿命。263 年，逆魏派邓艾攻入成都，又一次犯下篡汉之罪。在这样的情况下，出于道义与激愤，司马氏勇敢地站出来，灭掉了逆魏，统一了天下，终于为汉室报了仇。汉晋之间没有血缘联系，没有禅让关系，但有道义上的关联纽带，晋之立国是天命所归。

习凿齿的这一三国叙事不能说是强词夺理，巧为辩说。在中国历史上，这样凭借所谓道义实现王权更迭的事件可谓屡见不鲜。“楚虽三户，亡秦必楚。”[①] 秦灭楚，秦末反秦者皆以复楚为号召，陈胜建张楚政权，项羽、刘邦都是楚人，于是有汉。陈、项、刘诸人与先秦楚王室有关系吗？没有。刘汉承继楚王室凭的是道义。同样，西汉末王莽篡权，建立新朝，刘秀起兵灭新复汉，依凭的仍是道义而非血缘，尽管刘秀确乎是刘家的子孙。也就是说，习凿齿的三国叙事逻辑有其历史依据和存在合理性。

然而，不可否认的是，习凿齿的三国叙事逻辑之反转是由偏安、促迫的时代环境造成的，并非突如其来。司马氏还是司马氏，但晋朝已不是那个晋朝了，“新亭对泣”[②] 使其失去了过去作为全国性政权时的气度和胸襟，也改变了时人对三国的历史认

① （西汉）司马迁：《史记》，中华书局 2006 年版，第 60 页。

② （南朝宋）刘义庆撰，（南朝梁）刘孝标注，余嘉锡笺疏：《世说新语笺疏》，中华书局 2011 年版，第 83 页。

知。刘宋承东晋，故裴松之尊蜀汉而贬曹魏。

同一个历史叙事，陈寿更改了叙事的事实（改汉为蜀，改帝为主），习凿齿、裴松之更改了叙事的逻辑（改禅让逻辑为道义逻辑）。清代学者对于陈寿和习凿齿、裴松之之不同的三国史叙事有着精当的论析。《四库全书总目提要》说："其书（指《三国志》）以魏为正统，至习凿齿作《汉晋春秋》始立异议。自朱子以来，无不是凿齿而非寿。然以理而论，寿之谬万万无辞；以势而论，则凿齿帝汉顺而易，寿欲帝汉逆而难。盖凿齿时晋已南渡，其事有类乎蜀，为偏安者争正统，此孚于当代之论者也。寿则身为晋武之臣，而晋武承魏之统，伪魏是伪晋矣。其能行于当代哉？"[①] 撇开清代论者预设的以蜀汉为正统的立场不论，这里所谓"为偏安者争正统""伪魏是伪晋"云云，看到了时代环境和历史认知之间的关系，确是值得肯定的通达之论。学者章学诚亦说："陈氏生于西晋，司马生于北宋，苟黜曹魏之禅让，将置君父于何地？而习与朱子，则固江东南渡之人也，惟恐中原之争天统也。诸贤易地则皆然。"[②] 见解类似。

作为作注者，裴松之当然不能更改陈寿的论述原文，他只能通过注文即史料的征引间接地表达他的思想观点。裴松之大体上作了四个方面的工作。第一，补阙。"寿所不载，事宜存录者，则罔不毕取以补其阙。"第二，备异。"同说一事而辞有乖离，或出事本异，疑不能判，并皆抄内以备异闻。"第三，惩妄。"纰缪显然，言不附理，则随违矫正以惩其妄。"第四，论辨。"时事当否及寿之小失，颇以愚意有所论辨。"[③] 作注的自由度远大于写史，可以容纳很多写史者必须要舍弃的材料；陈寿在著志时由于体例所限往往选材严苛，用笔省简，而裴松之在作注时则尽量搜罗、抄录各方面的材料，以用于补阙、备异、惩妄、论辨等工

① （西晋）陈寿撰，（南朝宋）裴松之注：《三国志》，中华书局 1982 年版，第 1473 页。

② （清）章学诚：《文史通义·文德》，上海书店 1988 年版，第 80～81 页。

③ （西晋）陈寿撰，（南朝宋）裴松之注：《三国志》，中华书局 1982 年版，第 1471 页。

作。魏晋时期，笔记之风兴起，有关人物事迹的资料明显多了起来，这使裴松之在搜录作注资料时比陈寿更加优裕自如。从写作篇幅上说，裴注比陈志要多出数倍[①]；而且由于裴松之所录资料繁富且完整，客观上为后世保存了许多陈志未能寓目或著录的三国史料，弥足珍贵。值得注意的是，裴松之征引了许多贬损曹魏人物的资料，这些资料如果出现在陈寿《三国志》中，那是不可想象的，或者至少也是很违和的事。比如《三国志·魏书·武帝纪》叙写曹操生平，裴松之作注时开篇第一条注即援引《曹瞒传》一书，有为自己三国立场定调的意味，类似后来《三国演义》中把刘、关、张桃园结义放在开篇第一回叙述给全书定调的做法。那么，《曹瞒传》是一部怎样的书呢？这是一部三国时吴国人写出来批判曹操的书。知道裴松之隐含的意思了吗？裴松之开宗明义引的第一条注："（《曹瞒传》）太祖一名吉利，小字阿瞒。"对照陈志的介绍："太祖武皇帝，沛国谯人也，姓曹，讳操，字孟德，汉相国参之后。"陈寿规规矩矩地在史书中介绍曹操的姓、名、字，裴松之说道：有本书上说，他有个小名叫狗儿呀！裴松之作此注的用意，既可以说是为增长见闻，也可以说是皮里阳秋。这犹如《西游记》中至尊如来佛用打赌（而不是威严的神权）来收治孙悟空，是对权威、神圣的一种间接消解。当然，后世严肃的史书中是不称曹操为曹阿瞒的，那有失曹操的身份，有损曹操的形象。

裴松之从《曹瞒传》中援引的下一则资料是这样的：

> 太祖少好飞鹰走狗，游荡无度，其叔父数言之于嵩。太祖患之，后逢叔父于路，乃阳败面喎口；叔父怪而问其故，太祖曰："卒中恶风。"叔父以告嵩。嵩惊愕，呼太祖，太祖口貌如故。嵩问曰："叔父言汝中风，已差乎？"太祖曰："初不中风，但失爱于叔父，故见罔耳。"嵩乃疑焉。自后叔

① 这是传统的说法。现有学者考证，陈志比裴注多出四万余字，参见瞿林东：《中国史学史教程》，高等教育出版社2011年版，第72页。

父有所告，嵩终不复信，太祖于是益得肆意矣。[①]

这个资料的引用是非常有损魏国的实际奠基者魏武帝曹操的“光辉”形象的。人们不禁会想，陈寿书中一口一声尊称的曹公原来是这样的形象啊！

刘宋时期另有一部名著也采取了和裴注同样的立场，这就是笔记体小说《世说新语》。《世说新语》记录了许多贬损曹魏人物的故事，如《容止》篇第一则的“捉刀”：

> 魏武将见匈奴使，自以形陋，不足雄远国，使崔季珪代，帝自捉刀立床头。既毕，令间谍问曰：“魏王何如？”匈奴使答曰：“魏王雅望非常，然床头捉刀人，此乃英雄也。”魏武闻之，追杀此使。[②]

寥寥十数句，通过简要的对话、动作和心理描写（“自以形陋，不足雄远国”），刻画了曹操奸诈而凶残的个性，人物形象跃然纸上。“捉刀”被后世用以指称代人作文、代人考试，成为人们耳熟能详的一个词语。《聊斋志异·张鸿渐》载：“赵以巨金纳大僚，诸生坐结党被收，又追捉刀人。”[③]

从西晋到东晋、南朝，黜曹魏陟蜀汉，否曹操臧刘备，在不长的时间内，三国历史叙事已然变调，而这给唐宋以来人们对三国历史的再叙事提供了更多选择。唐宋以来，或者尊曹，或者尊刘，或者曹刘并尊，又或者抬高东吴的地位，加强其权重，借以打曹轻刘，凡此种种，因人而异，不一而足。但一个总的趋势是，蜀汉人物形象变得越来越高大，而曹魏人物形象越来越负面，甚至成为奸恶的代名词。大体上说来，到北宋时这种认知模式已经定型了，无论是史家、文人或民众，都是如此。司马光

① （西晋）陈寿撰，（南朝宋）裴松之注：《三国志》，中华书局1982年版，第2页。

② （南朝宋）刘义庆撰，（南朝梁）刘孝标注，余嘉锡笺疏：《世说新语笺疏》，中华书局2011年版，第605页。

③ 于天池注，孙通海、于天池等译：《聊斋志异》，中华书局2015年版，第2349页。

《资治通鉴》在叙三国史时虽然如陈寿一般以曹魏纪年，但他却特意附加长篇按语来解释。《魏纪一》“世祖文皇帝上”黄初二年的这段按语出现在刘备称帝这一节中，其解释的要点是：中国历史的发展有兴有衰、有治有乱，兴治之时天下统一，衰乱之时天下分裂，分裂时代很难找到一个合适的标准来确定王朝更迭传承的合法性；按禅让体制确定传承不妥，按是否占据中原确定正伪不妥，按统治者是否有道德确定合法性亦不妥，但历史书写又必须确定一条线索，相比较而言取禅让体制书写是历史惯例；魏、蜀、吴三国同属列国，皆非帝业，所以不能分其轩轾高下，蜀汉固然不能续承汉业（“族属疏远”），而以曹魏纪年亦诚是权宜之计、无可奈何的手段。[1] 从司马光的这一解释可以看出，他以曹魏纪年意思和陈寿不同，陈寿此举是出于推尊曹魏，司马光则无此意，乃是出于史家编年叙事的方便。前揭章学诚所言“陈氏生于西晋，司马氏生于北宋，苟黜曹魏之禅让，将置君父于何地”，把陈寿和司马光相提并论，其实并不是完全妥当的。

宋代文人中贬损曹操最有名的是苏轼。苏轼有好几部作品在提及曹操的时候都用了嘲讽或轻忽的口吻，如《念奴娇·赤壁怀古》中有云：“羽扇纶巾，谈笑间，樯橹灰飞烟灭。”赤壁之败虽未伤及曹操权力根本，但却是他一生事业中的极大挫折，江山一统之梦由此被阻断，对此，苏轼完全站在了曹操对手的立场上，以“樯橹灰飞烟灭”一语描述之，足见其态度。而《前赤壁赋》更流露出对曹操的揶揄：“方其破荆州，下江陵，顺流而东也，舳舻千里，旌旗蔽空，酾酒临江，横槊赋诗，固一世之雄也，而今安在哉？”[2] 同是赤壁主角、三国英雄，对比一下苏轼对周瑜的崇拜景仰和对曹操的藐视嘲讽，真叫人感慨不已。苏轼还有多篇文章赞美“孙郎”“周郎”，抨击曹氏父子兄弟。另外，《东坡志林》有一则资料提到宋代民间对曹、刘的态度：其时儿童聚坐在一起听人讲三国故事，当听到刘备失败的时候，就不断皱眉，甚

① 参见（北宋）司马光编著：《资治通鉴》，中华书局2007年版，第806～807页。

② 孔凡礼点校：《苏轼文集》，中华书局1986年版，第6页。

至有儿童情不自禁地哭起来；当听到曹操失败的时候，就呼喊痛快。[①] 这一则资料记载形象地说明了始自东晋、南朝的尊刘贬曹的思想观念在北宋时已经深深植根于民间社会，成为一个牢不可破的、固定的三国认知。事实上，自南宋以迄于清，这一认知成为了三国史叙事的主流的书写背景，无论是文人们写作的诗词歌赋还是民间风行的说话、平话、杂剧和戏文，都在表现同一思想主题，都在回荡着相同的历史旋律。

四、《三国演义》作者的选择倾向

是尊曹贬刘还是尊刘贬曹，历史似乎给罗贯中提供了两种截然不同、完全对立的选择：沿袭陈寿《三国志》便是尊曹贬刘，改旗易帜、贴近民间便是尊刘贬曹。但这是表面现象，罗贯中其实是没有选择的。他生活于元末，在三国史观上必然顺应时代思潮，加之他是在写小说而不是在著史书，则他又必然要在前人相关文艺创作的基础上加以发挥，而不能另起炉灶，跟民间读者反着来。也就是说，之前的文艺作者是尊刘贬曹，之前的文艺读者是尊刘贬曹，罗贯中继其后，他所高擎的大纛应该是并且只能是尊刘贬曹。《三国演义》是典型的世代累积型作品，它的创作怎能抛开前人的累积呢？

《三国演义》便是在这样的认知背景下成书的。毫不夸张地说，罗贯中在写作时完全遵循着尊刘贬曹的指导思想，处处突出蜀汉人物形象，贬低曹魏人物形象。尊刘贬曹是我们理解《三国演义》写作结构、写作情感、写作思想、写作基调的一把金钥匙。有了这把金钥匙，读者在小说阅读中碰到的许多问题就会迎刃而解，反之，就会处处有不妥当的感觉。从这个意义上说，探究三国的名称和位次问题，追溯从尊曹贬刘到尊刘贬曹之变化的历史逻辑与历史线索，对于我们阅读、理解《三国演义》这部伟大的小说作品来说，无疑既是重要的也是必要的。

① 参见（北宋）苏轼撰，王松龄点校：《东坡志林》，中华书局1981年版，第7页。

第二节　《三国志》和《三国演义》

对于中国人来说，所谓“三国”既是一段历史，也是一种文化。中国人对三国历史文化有着极其熟悉而又亲切的认知，形塑此认知的来源主要有二：《三国志》和《三国演义》。《三国志》主要影响知识阶层，《三国演义》主要影响平民阶层。然而，两者的影响又不是完全隔绝、彼此分裂的，而是有着融合和交叉。明清以来，《三国志》和《三国演义》是如影随形、相辅相成的，人们很难说清自己对三国历史文化的认知是来自前者还是来自后者。不过我们在研读《三国演义》的时候，却有必要对二者加以辨析，探究它们的异同，而不能“眉毛胡子一把抓”，将二者混为一谈。

本节的论述关键词：小说特性。

一、文言语体和三国题材

嘉靖本《三国志通俗演义》一书上面题有“晋平阳侯陈寿史传，后学罗本贯中编次”两句话，交代了小说创作的主要材料来源。确实，《三国志》和《三国演义》两书的关系如此之密切，甚至后来很多人直接把《三国演义》称作《三国志》，如《三国演义》的著名评改者毛宗岗就写了一篇《读三国志法》，说：“读《三国志》者，当知有正统、闰运、僭国之别。正统者何？蜀汉是也；僭国者何？吴魏是也；闰运者何？晋是也。”[①] 从本书第一节我们知道，陈寿认曹魏为正统，罗贯中认蜀汉为正统，两人的观点泾渭分明。毫无疑问，毛宗岗所谓《三国志》指的是《三国演义》。《三国演义》早期书名叫《三国志通俗演义》或《三国志传》，也就是说，元明时人认为，《三国演义》是一部用来揭示三

① （明）罗贯中著，（清）毛宗岗批评：《毛宗岗批评本三国演义》，凤凰出版社2010年版，第1页。

国历史“本事”、阐释陈寿《三国志》意涵的作品，其与《三国志》的关系有如《左传》之于《春秋》、《史记正义》之于《史记》，是史传与史的关系。[①] 那么，两书关系真的是这样吗？或者换句话说，《三国演义》到底在哪些方面受到《三国志》影响，而同时又在哪些方面超越《三国志》，使自己具有了独立存在的价值呢？按照一般理解，既然有精当的“陈寿史传”在前[②]，那又何须“后学罗本贯中”去画蛇添足地重新“编次”呢？事实上，《三国演义》的问世是一个重要的文化事件，也发展成为一个超级文化现象。它横空出世、大气磅礴、脍炙人口、风靡世界，它的身上凝聚了很多“不可思议”，它有“第一奇书”的雅号，它是经典，自有其独特的价值和魅力。

我们先来看两书的共同之处，有两个：从写作语体上看，两书皆用文言语体写成，而非白话；从写作内容上看，两书皆聚焦于三国历史，从汉末动乱写至晋。应该说，对于《三国志》来说，这两点都是寻常事，因为中国古史无一例外皆是文言，而《三国志》聚焦于三国历史乃题中之义；可是对《三国演义》来说，这两点就显得非常不同凡响了！这是怎么一回事呢？

《三国演义》是元人写就的长篇小说。中国小说肇始于魏晋六朝，到唐朝时出现了惊绝而成熟的传奇创作，达到一个高峰。然而魏晋至隋唐的小说，一则皆短篇无巨制，二则皆用文言写成供人书面阅读，三则皆属于文人创作。志人小说如《世说新语》

① 一般认为《三国演义》是元末明初人罗贯中所作，现存最早的《三国演义》刊本是明嘉靖壬午（1522年）本，但关于《三国演义》的成书年代和作者也有其他说法。袁行霈《中国文学史》（第四卷）有关《三国演义》的注解中介绍了《三国演义》成书年代的五种说法，参见袁行霈：《中国文学史》（第四卷），高等教育出版社2003年版，第44页。关四平《三国演义源流研究》（中编）有关作家创作研究的部分介绍了《三国演义》成书年代的四种说法，参见关四严：《三国演义源流研究》，黑龙江教育出版社2001年版，第228页。明初人贾仲名（一作明）《录鬼簿续编》称他与罗贯中是忘年交，并说罗贯中“乐府隐语，极为清新”，写有《风云会》《连环谏》《蜚虎子》三部作品，却未提《三国演义》，殊为奇怪和可疑，参见钟嗣成、贾仲明著，浦汉明校：《录鬼簿正续编》，巴蜀书社1996年版，第160页。

② 陈寿《三国志》是一部写作严谨的史书，在“二十四史”中属于上乘之作，和《史记》《汉书》《后汉书》一起合称“前四史”。

虽然短小，却多耐咀嚼，余味隽永；神采飞扬的唐传奇更是融注了文人们的巧思和情致。中国小说到宋代出现了重大转折，说话艺术的发达刺激了白话小说的产生。说话艺术的生力军作者是民间艺人，对小说发展来说他们是新鲜血液，他们讲说历史故事，讲说佛教故事，讲说社会故事等，讲说他们擅长的各种各样的故事。他们文化水平不高，虽阅读一些文言书籍①，却不擅文言，只用白话记写故事情节并讲说故事。他们记写、讲说的是内容、文风皆通俗的故事。他们从事商业性的说话活动，为了吸引更多听众，他们采用不同于传奇小说的新的故事结构与形式，既把故事讲得越来越精彩，也把故事讲得越来越长——后来的章回体小说即由此孕育而来。基于此渊源关系，从《水浒传》《西游记》《列国志传》《金瓶梅》而下以迄于晚清，古典长篇小说都采用了白话语体的写作方式，同时也都走了一条通俗文艺创作的写作之路。同样，《三国演义》也是在这样的小说发展背景下成书的。它和《水浒传》同时问世，在之前很长的时间里，三国故事已经以说话、平话、杂剧等多种形式为人们说唱、观赏，从而使《三国演义》成为一部世代累积型的小说作品。罗贯中实际上只是最终定稿者。这意味着什么呢？这意味着《三国演义》也应该和《水浒传》《西游记》等小说一样，第一用白话语体写作，第二在创作趣味上更尚通俗更趋俗趣，第三走去实向虚的写作路线。然而，我们现在所看到的成书恰恰与此相反。《三国演义》是用浅近文言文写成的长篇小说，“文不甚深，言不甚俗”，在中国古典长篇小说中最为特殊，可谓独树一帜。这是写作语体、创作趣味方面的情况。而在写作的虚实度上，《三国演义》有“七分真实、三分虚构”之说，换言之，作为一部小说，《三国演义》中涉及的基本历史叙事——黄巾举义、董卓乱政、群雄讨董、官渡之战、赤壁之战等以及其间所涉及的众多人物都是真实的，都是可

① 《新编醉翁谈录·小说开辟》：“夫小说者，虽为末学，尤务多闻。……幼习《太平广记》，长攻历代史书。……《夷坚志》无有不览，《琇莹集》所载皆通。……”［（宋）罗烨编，周晓薇点校：《新编醉翁谈录》，辽宁教育出版社1998年版，第3页］

以在历史典籍中找到其事其人的。不是说小说中不能出现真实的人和事，唐宋传奇小说中就不乏写真人或真事的作品[①]；但所谓小说者有其特定的创作规范与边界。就写作内容来讲，小说乃“街谈巷语，道听涂说者之所造也”[②]；就写作手法来讲，小说中大都是“谬悠之说，荒唐之言，无端崖之辞”[③]。一句话，无论是写作内容还是写作手法，小说创作都应该是虚构的，不写真人也不写真事。自《水浒传》以下的诸多长篇小说中，绝大多数人物形象都是传说中的人物或者直接就是虚构人物，其所叙之事更不用说，都是虚构的。《三国演义》与之完全不同。《三国演义》所写之人物及所叙之故事的真实程度令人惊讶，在中国古代长篇小说中恐怕找不到第二部。人称“真《三国》、假《封神》”，并不是没有道理的。《封神演义》是写商周易代历史故事的，也是所谓“写史”，但其叙事的真实程度和《三国演义》不可同日而语。

《三国演义》的独特性可以通过下面两段描写直观地看出来：

> 孔明强支病体，令左右扶上小车，出寨遍观各营。自觉秋风吹面，彻骨生寒，乃长叹曰：“再不能临阵讨贼矣！悠悠苍天，曷此其极！”（《三国演义·孔明秋风五丈原》）
>
> 林冲道：“天可怜见林冲！若不是倒了草厅，我准定被这厮们烧死了。”轻轻把石头掇开，挺着花枪，左手拽开庙门，大喝一声：“泼贼哪里去！”三个人急要走时，惊得呆了。正走不动，林冲举手，胳察的一枪，先戳倒差拨。……（《水浒传》第十回《林教头风雪山神庙　陆虞候火烧草料场》）

尽管后一段文字还带有早期白话的感觉（如“急要走时，惊得呆了”），但两段文字中文言与白话的语体之别还是一目了然的。

---

① 唐传奇《补江总白猿传》写欧阳询，《霍小玉传》写李益，是真人；宋传奇《杨太真外传》《李师师外传》写真人兼有真事。

② （东汉）班固撰：《汉书》，中华书局2007年版，第338页。

③ （战国）庄周著，（西晋）郭象注，（唐）成玄英疏：《庄子注疏》，中华书局2011年版，第569页。

在文风上，孔明说："悠悠苍天，曷此其极!"林冲说："泼贼哪里去!"前者语言古雅，后者极其俚俗，反差相当强烈。孔明和林冲都是各自小说中的重要角色，也都是在故事中社会地位很高的人物，但实际上两人情况完全不同。孔明是确确实实的历史人物，而林冲不是。林冲故事虽然脍炙人口、广为流传，却是子虚乌有，是施耐庵"因文生事"[①] 造出来的。

在《三国演义》成书之前，通俗的白话版的三国故事已经流传许久，北宋时有"说三分"的专家霍四究，元代有《三国志平话》，关汉卿作有杂剧《单刀会》《西蜀梦》等，那么《三国演义》为什么弃白话用文言、弃通俗趋典雅、走了一条和后世长篇小说不同的写作路线呢?答案是：受了陈寿《三国志》的影响。罗贯中说"晋平阳侯陈寿史传，后学罗本贯中编次"，确非虚语。

二、由实到虚的文学书写

然而，仅仅看到两书的共同之处是远远不够的。《三国演义》绝非陈寿《三国志》之亦步亦趋、鹦鹉学舌、毫无意义的翻版。《三国演义》不是旧皮囊而是新生命，换言之，它不是延续性的"编次"，不是对《三国志》历史意涵的挖掘和解说，不是如《史记集解》《史记索隐》《史记正义》般单纯的传注，而是一次艺术再造。它赋予了"三国"以全新的艺术生命。

《三国演义》突破了历史书写的藩篱，进入了一个艺术创作的广阔天地。一是历史，一是文学，这是两书间一个根本性的差异，决定了它们须遵守各自的写作指导思想和规范。历史书写追求写作的理性、客观、真实，一切用证据和事实说话，不能带感情色彩，不能运用想象、联想、夸张、变形等手法。现代历史更发展出所谓二重证据法。历史书写要经得起历史的检验和拷问，历史学家在撰述时都是广泛搜罗、裒集并谨慎选择、甄别材料，"战战兢兢，如履薄冰，如临深渊"，唯恐遗漏一条有价值的史

① （清）金圣叹评点，林乾主编：《金圣叹评点才子全集·读第五才子书法》（第三卷），光明日报出版社 1997 年版，第 19 页。

料，亦唯恐用错一条无价值的史料。同时，史家还须遵守传统的史书写作规范，不能别出心裁、标新立异。陈寿《三国志》正是这样做的。他之所以敢写《魏书》《吴书》，乃是因为有前人所写做基础；他之所以敢写《蜀书》，乃是因为他做了大量前期工作。关于材料的选择、甄别，只说一事：孙坚得传国玺，时人甚有传说，陈寿岂不知之？但《吴书》终未采信，可见陈寿对此传说无确凿材料支撑是有疑虑的，亦可见他选择、甄别材料的态度之审慎。裴松之给《三国志》作注有辨是非、核伪异、惩妄谬等名目，也是史家的审慎态度使然。这是历史书写的要求。

文学创作与此完全不同。“其始也皆收视反听，耽思傍讯，精骛八极，心游万仞。”[①] “故寂然凝虑，思接千载；悄焉动容，视通万里。……规矩虚位，刻镂无形。”[②] 文学创作特别是小说创作需要创作者远离历史书写所追求的那种理性、客观、真实，跳脱具体时空的限制，运用想象、联想、夸张、变形等手法自由写作，“文章本天成，妙手偶得之”。文学需要“脱实向虚”。文学是需要想象、发挥的。不止于此，“其致也，情曈昽而弥鲜，物昭晰而互进”[③]。换言之，文学创作还需要情感的投注、需要形象的思维。刘勰有类似表述：“吟咏之间，吐纳珠玉之声；眉睫之前，卷舒风云之色；……登山则情满于山，观海则意溢于海。”[④] 在文学创作时，作家眼前会呈现丰富的物象和形象，表现在小说写作方面，则无论是叙事还是写人，都会有丰富的肖像描写、神情描写、言语描写、动作描写、心理描写、细节描写以及景物与环境描写等来支撑小说内容，而不能是干巴巴地记事、概念化地写人。如果把这些丰富的描写称为“实”，史书式的简约记述称

---

① （西晋）陆机著，张少康集释：《文赋集释》，人民文学出版社 2002 年版，第 36 页。

② （南朝梁）刘勰著，黄叔琳注，李详补注，杨明照校注拾遗：《增订文心雕龙校注》，中华书局 2012 年版，第 365 页。

③ （西晋）陆机著，张少康集释：《文赋集释》，人民文学出版社 2002 年版，第 36 页。

④ （南朝梁）刘勰著，黄叔琳注，李详补注，杨明照校注拾遗：《增订文心雕龙校注》，中华书局 2012 年版，第 365 页。

为“虚”，则小说创作又必须是“脱虚向实”的写作。既要“脱实向虚”，又要“脱虚向实”，小说创作与史书写作有如此之不同，又怎能将两者混为一谈呢？所谓罗贯中“编次”《三国志》，只不过意味着《三国志》给他提供了一些创作素材而已，犹如用于建筑物的砖石，而宏伟的“三国”大厦却是有赖于罗贯中的重新创造。

我们来看诸葛亮出山一段故事。《三国志》中仅见于《诸葛亮传》：

> 时先主屯新野。徐庶见先主，先主器之，谓先主曰：“诸葛孔明者，卧龙也，将军岂愿见之乎?”先主曰：“君与俱来。”庶曰：“此人可就见，不可屈致也。将军宜枉驾顾之。”由是先主遂诣亮，凡三往，乃见。因屏人曰：“汉室倾颓……”于是与亮情好日密。关羽、张飞等不悦，先主解之曰：“孤之有孔明，犹鱼之有水也。愿诸君勿复言。”羽、飞乃止。①

就历史书写而言，这段文字是上乘的，既真切又精美，脍炙人口，难怪《三国志》能被列入“前四史”；可对于小说创作来说，却是远远不够的。这段文字在《三国演义》中只能算作梗概、概要、简介，罗贯中却“因文生事”，硬生生“算计出”《玄德南漳逢隐沦　单福新野遇英主》《玄德用计袭樊城　元直走马荐诸葛》《司马徽再荐名士　刘玄德三顾茅庐》《定三分隆中决策　战长江孙氏报仇》等数回文字来，这需要何等的想象力和创作力啊！

罗贯中在《三国志》之外又加进了裴松之注、《世说新语》等文献上以及平话、杂剧等民间流传的三国故事材料，既使《三国志》中的史实记录虚拟化，也使其中简约的事与人的形象得到极大的丰富、填实，有了很强的故事性和可读性。罗贯中“编次”的工作并不比陈寿轻松。罗贯中闯进的是和陈寿不同的文化

① （西晋）陈寿撰，（南朝宋）裴松之注：《三国志》，中华书局1982年版，第912～913页。

领域。陈寿“以文运事”，罗贯中“因文生事”。陈寿求记事之真，罗贯中求叙事之美。罗贯中不知不觉中开拓了一片广阔的艺术世界。嗣后，古典长篇小说的创作时代便势不可挡地来到了。

三、主题的重构

《三国志》和《三国演义》在写作的思想倾向上是完全相反的。陈寿秉持历史学家的理性逻辑，以汉魏禅让为据，采取尊曹贬刘的思想倾向。这个前面已经分析过了。

虽然罗贯中在写作语体和写作基本材料上对《三国志》多有学习和撷取，但其写作的思想倾向却是尊刘贬曹，与《三国志》拉开了距离。这是不得不为的事情。宋元以来，人们普遍采取尊刘贬曹的立场，北宋“说三分”时如此，南宋文人评三国人物时如此，元代《全相三国志平话》如此，金元人所作有关三国故事的三十多种杂剧剧目（《三战吕布》《隔江斗智》《赤壁鏖兵》《单刀会》《西蜀梦》等）也如此。罗贯中有什么理由舍弃时人的立场呢？他毕竟不是要躲进书斋做历史学者。他是“有志图王者”[①]，在情感上更加倾向于凭自己的努力奋斗获得成功的刘备而不是靠家族势力加持获得成功的曹操、曹丕父子。何况《三国演义》本就是面向“通俗”社会创作的，“通俗”社会尊刘贬曹，罗贯中理所当然也要尊刘贬曹。

尊刘贬曹的思想倾向在《三国演义》中表现在四个方面。

其一，始终。《三国演义》开篇写什么？刘、关、张桃园三结义。“不求同年同月同日生，只愿同年同月同日死。”《三国演义》结尾（第119回）写什么？“假投降巧计成虚话　再受禅依样画葫芦。”蜀汉灭亡，姜维力图恢复，终归失败。维仰天大叫曰：“吾计不成，乃天命也！”遂自刎而死。《三国演义》全书故事可谓以蜀汉始、以蜀汉终。

这种安排合理吗？从历史叙事上讲是很不合理的。先看汉末

---

① （明）王圻：《稗史汇编》卷103，《四库全书存目丛书》子部第141册，齐鲁书社1995年版，第403页。

英雄出场。黄巾乱起，各路豪强纷纷起兵，由是英雄们争战天下。在这些英雄中，无论是资历、实力、地位还是号召力、影响力，刘备都远逊于袁氏兄弟、曹操、公孙瓒、孙坚及董、吕诸人，甚至在年龄上，刘备也差不多是汉末英雄中最年轻的[①]。刘备和公孙瓒是同学，当他投奔公孙瓒的时候，公孙瓒的事业已经风生水起了，更遑论公孙瓒的对头、“门生故吏遍于天下”[②] 的袁绍了。所以若非持尊刘贬曹的立场，《三国演义》以刘、关、张桃园三结义开篇就于理不通了。我们看到，刘备在第一回最先出场，曹操稍后出场，袁绍在第二回出场，都在刘备之后。

再看三国落幕。263 年，邓艾攻入成都，蜀汉亡。后二年，司马氏代魏称帝，曹魏亡。280 年，“王濬楼船下益州，金陵王气黯然收”[③]，孙吴亡。也就是说，从 184 年黄巾乱起刘备出场，经群雄争战、三国鼎峙再到蜀汉亡，80 年的故事叙写，作家用了 119 回的篇幅，可谓尽心矣；而蜀汉亡后的魏晋、晋吴斗争，17 年间不能说没有故事，然而作家却仅留出 1 回的篇幅便收场，给人以虎头蛇尾之感。这其实不是什么虎头蛇尾，是尊刘贬曹创作思想的体现。

其二，主副。大凡长篇小说往往头绪纷繁、线索众多，在叙事上构成多线索交织的复杂结构；然而“有无数人名，究竟俱属陪宾，原其初心，止为一人而设”[④]，也就是说，众多线索有主、副之分。《三国演义》的叙事就有多条线索，有汉末群雄争战的线索，有曹魏崛起的线索，有蜀汉崛起的线索，有孙吴崛起的线索，有司马氏崛起的线索，等等，各线索间不是独立、平行地发

① 刘备生于 161 年，比曹操、孙坚小六岁。董卓、吕布、袁绍、袁术、公孙瓒虽然生年不详，但应该皆长于刘备。《三国志·先主传》：“瓒年长，先主以兄事之。”刘表生于 142 年，更比刘备年长近二十岁。

② （西晋）陈寿撰，（南朝宋）裴松之注：《三国志》，中华书局 1982 年版，第 190 页。

③ （唐）刘禹锡：《西塞山怀古》，陶敏、陶红雨校注：《刘禹锡全集编年校注》，中华书局 2019 年版，第 2497 页。

④ （清）李渔：《闲情偶寄》，《李渔全集》第 3 卷，浙江古籍出版社 1992 年版，第 8 页。

展，而是彼此交叉、交织，而且其在作品中的权重是不一样的，作家安排了一条主线，其他线索皆用作副线或暗线，围绕主线而行，处于叙事的次要或边缘地位。

毋庸置疑，蜀汉线是叙事主线，何以见得？第一个表征，蜀汉人物出现于三国故事叙事的各个阶段，哪怕有的阶段——比如说汉末群雄争战时——蜀汉人物的活动并不很重要，作家也要有意突出他们的存在。华雄为孙坚所杀[①]，可罗贯中却移花接木，安在了关羽身上，编出一段“温酒斩华雄”的迷离惝恍的传奇故事，凸显了关羽的勇武和作用。第二个表征，蜀汉主要人物刘备、关羽、诸葛亮的故事轨迹是连续的、清晰的，可以勾勒出一条明确的线索，与此不同，其他方的人物活动多半是点状的，甚或只有一鳞半爪。《三国演义》完整再现了刘备从起步到终场的一生奋斗中的几乎所有重要场景，立体地塑造了他的形象。对诸葛亮也是如此。第三个表征，蜀汉人物的“戏份”很重，往往成为作家叙事的主角。最典型的是赤壁之战。“烈火张天照云海，周瑜于此破曹公。”[②] 此战实际的主要贡献者无疑是周瑜，这是千百年来的历史公论。但读《三国演义》，不难发现，“戏份”被诸葛亮抢过去了，诸葛亮全面掌控了局势，碾压了周瑜，致使人们至今仍有瑜亮之叹。但其实当时诸葛亮刚出山不久，是初出茅庐的“新秀”，而刘备又新败于曹操，力量薄弱，无论如何是承担不起赤壁之战中破曹大任的。

其三，忠奸。古代小说、戏剧常常对故事人物施以道德评判。《水浒传》又称《忠义水浒传》。《红楼梦》第二回贾雨村发表天赋正邪之气的高论。《三国演义》中的人物面貌也是忠奸分明的，但有趣的是，其人物忠奸却有以阵营划界的倾向：蜀汉主要人物（刘备、诸葛亮、五虎将等）都是宅心仁厚的仁人君子，

---

① 陈寿《三国志·吴书》：“坚复相收兵，合战于阳人，大破卓军，枭其都督华雄等。”参见（西晋）陈寿撰，（南朝宋）裴松之注：《三国志》，中华书局 1982 年版，第 1096 页。

② （唐）李白：《赤壁歌送别》，（清）王琦注：《李太白全集》，中华书局 1977 年版，第 445 页。

而曹魏主要人物（曹氏父子、司马懿父子等）则都是老奸巨滑、居心叵测、阴险残忍的角色。东吴主要人物周瑜则介于两者之间，在抗曹的时候他是英雄好汉，在诸葛亮面前他却是心胸狭窄、阴险狠毒的小人。鲁肃亦如此，在维护孙刘联盟的时候他是忠厚君子，在和蜀汉争荆州的时候他就成了被诸葛亮捉弄的小人。这是用尊刘贬曹思想指导写作的结果。

同样是用计，说诸葛亮就是足智多谋，说曹操却是老奸巨滑；同样是小心，说诸葛亮就是谨慎，说司马懿却是胆怯；刘备摔阿斗就是爱惜部下，曹操割发代首却是矫揉造作；刘备结交关羽就是义结（“君子喻于义”），曹操结交关羽却是利诱（“小人喻于利”）……作家对曹、刘双方人物的情感倾向性是如此明显。后世有关三国的戏剧，关公是红脸，曹操是白脸，就是《三国演义》对人物忠奸评判影响的最直截了当的结果。

其四，衬托。《三国演义》中常用衬托手法写人，如曹、孙、刘三方皆有忠勇人物，皆有智慧人物，皆有义士，彼此之间形成一种复杂的对照、映衬关系，作家总是以他方人物的某种品性作为参照，来突出蜀汉人物形象的高大、伟岸或技高一筹。诸葛亮气死了周瑜，这是用周瑜来衬托诸葛亮的智慧超群和光明磊落；死诸葛吓走生仲达，这是用司马懿来衬托诸葛亮的智慧与奇谋；张飞当阳桥上断喝曹军，这是用曹军的胆怯来衬托张飞的勇猛英武……不管是映衬还是反衬，蜀汉人物总是被放在最光鲜亮丽的位置上。

还有一种特殊形式的对照、映衬关系：让同一个人物身处敌对的不同阵营里以体现尊刘贬曹思想。比如关羽为曹操所俘，徐庶被迫进曹营，庞统向曹操献连环计。这种手法我们可以称为“自衬”。孙权之妹孙夫人因美人计嫁给刘备并因此心向刘备也可看作一种自衬手法。自衬人物皆被设定为忠义之士，他们心向刘备，但出于特殊原因而暂时身处其他阵营，所以有机会表现出对不同阵营的鲜明态度。所谓“身在曹营心在汉”，“徐庶进曹营——一言不发”，说的就是这个意思。那些本在刘备阵营而后来欲背叛者如刘封、魏延、孟达等人，都没有得到好的下场。

四、故事的艺术整合

《三国志》和《三国演义》的写作结构是不同的。

有关《三国志》的写作，相关的话题要点有三。第一，《三国志》沿用了《史记》《汉书》以来以人物为中心的纪传体写作体例，一个人一个人地记写历史，同一个历史事件往往被分割到不同的人物传记中。如赤壁之战我们可以在曹操、孙权、周瑜、诸葛亮等人的传记中分别看到，而在每个人的人物传记中都只能看到它的一鳞半爪。以历史事件为中心的纪事本末体写作体例迟至南宋才出现，袁枢在编年体史书《资治通鉴》的基础上写成《通鉴纪事本末》一书，创纪事本末体，到这时，人们才可以在史书中看到某一个历史事件的相对的过程和全貌。第二，在史书写作结构上，《三国志》是具有创新性的。《三国志》之前，《史记》《汉书》等纪传体史书无论写列国史还是写王朝史，无论写断代史还是写通史，其历史叙事都被列入一个整体的框架结构之中，各部分间彼此是互相联系、不可分割的。虽然《三国志》在成书之前作者可能有过通盘的考虑、整体的计划，但毕竟《魏书》《蜀书》《吴书》是分别叙事、独立流传的，是三本书而不是一本书，不是一个完整的整体。这当然是很好地适应了三国鼎立分治的历史状态，但从叙事学的角度看，魏事、蜀事、吴事分而述之，人物和事件皆被分割，线索变得简单明了，是十分便于历史书写的。第三，历史书写讲“实录”，要求记人记事客观、真实，其在叙事上的表现就是记事须择要而精审，文字须简练而精当。北宋著名文学家、史学家、《新唐书》的主要编撰者欧阳修把它提炼、概括为尚简原则，一则说“其事不可遍举，故举其要者一两事以取信”，一则说“述其文，则曰‘简而有法’……文简而意深”。[1]《三国志》记事及文字皆是非常简省的。

但这样的写作方式和写作结构是不适合像《三国演义》这样

① （北宋）欧阳修：《论尹师鲁墓志》，于景祥、李贵银编：《中国历代碑志文话》，辽海出版社2009年版，第222、223页。

的小说创作的。三国的人物与事件之间关系错综复杂，彼此联系密切，互动性强，且此消彼长，互为因果，讲三国故事时宜于三国联讲、一气呵成，若强行割裂反倒滞碍难行，诚为不美。比如赤壁之战，本就是涉及三方的全国性战争，怎么分割三方来讲述呢？即使一些局部战争，其实很多时候也是涉及多方的。再有，讲故事和写文章毕竟是两码事，文章可以分开来写，故事却不能分开来讲，分开来讲的故事还能是“三国演义”吗？那是别的故事，不是“三国演义”。所以，首先，罗贯中有必要重新“编次”三国，把分割的“三国”整合为一个“三国”；其次，罗贯中必须创造性地找到整合三国复杂的人物与故事的方法，使故事讲述凌而不乱、有条不紊、一气呵成；最后，罗贯中必须在简省的《三国志》叙事素材中整合进大量的其他故事材料。简言之，即线索的整合、“体例”的转换、材料的充实。

在整合故事、安排结构的时候，罗贯中至少有三个问题需要考虑。第一，《三国志》是分别书写的，所以三国故事的发展表面上看是不分先后、齐头并进的，罗贯中能这样安排三国故事的讲述吗？三国之间的互动又该如何处理呢？第二，《三国志》只写三国人事，不涉及其他方面，不讲历史因果，而实际上三国的兴衰起落与汉末、晋初诸事有着密切关系，三国之外的人事怎样把它们有机地融合进来呢？第三，《三国志》是纪传体，以人物为中心，叙事是散点式的、断续的，如何把它改成网状的、连续性的故事讲述呢？也就是三国的人和人、事与事之间如何去钩连、穿插、互动呢？

对此，毛宗岗有独到的观察和解说：

> 《三国》一书，乃文章之最妙者，叙三国不自三国始也。三国必有所自始，则始之以汉帝；叙三国不自三国终也，三国必有所自终，则终之以晋国。……假令今人作稗官，欲平空拟一三国之事，势必劈头便叙三人，三人各据一国，有能

如是之统乎其前，出乎其后，多方以盘旋乎其左右者哉！……[1]

毛宗岗又评述说：

《三国》叙事之佳，直与《史记》仿佛，而其叙事之难，则有倍难于《史记》者。《史记》各国分书、各人分载，于是有本纪、世家、列传之别，今《三国》则不然，殆合本纪、世家、列传而总成一篇。分则文短而易工，合则文长而难好也。

读《三国》胜读《列国志》。夫《左传》《国语》，诚文章之最佳者，然《左氏》依经而立传，经既逐段各自成文，传亦逐段各自成文，不相联属也。《国语》则离经而自为一书，可以联属矣。究竟《周语》《鲁语》《晋语》《郑语》《齐语》《楚语》《吴语》《越语》，八国分作八篇，亦不相联属也。后人合《左传》《国语》而为《列国志》，因国多事烦，其段落处，到底不能贯串。今《三国演义》自首至尾，读之无一处可断。其书又在《列国志》之上。[2]

毛宗岗看到了罗贯中对《三国志》的改变以及做出这种改变所面临的难点。他非常欣赏罗贯中做出的改变。他认为罗贯中改变成功的关键是打破了《三国志》所框定的国与国、人与人、事与事乃至三国历史起讫时间的限制，把三国各项人事“联属”“贯串”为一体，且溯源追终，叙写了三国的前世与来生。毛宗岗的解说无疑是正确的、有启发意义的。他从史学角度而不是从小说发展角度考察了《三国演义》的创造性。

我们看到，罗贯中在打破国别体、纪传体书写框架的同时，引入了时间线索，让汉末至晋初的各个人物在时间线索中说话、行动，让汉末至晋初的各个事件在时间线索中演绎、发展。时间

① （清）毛宗岗：《读三国志法》，王连熙、顾易生主编：《清代文论选》，人民文学出版社 1999 年版，第 787、788 页。

② （清）毛宗岗：《读三国志法》，王连熙、顾易生主编：《清代文论选》，人民文学出版社 1999 年版，第 795 页。

是全部故事的纲绳。在时间线索中，人物和事件被整合在一起，不再支离破碎、互不关联，而是成了一个有机体中必不可少的逻辑要素。每个人物和事件都有自己在其中出现与存在的理由。史书中只有记事没有情节，而小说中情节却是关键要素之一，情节在时间线索中展开，人物和事件则是情节构成的细胞，没有人物和事件也就没有所谓情节。史书是人物和事件的组合，而小说却是人物和事件之逻辑的组合，这“逻辑”二字是灵魂、是核心，它区隔开了史书和小说这两种书写，而小说作者所要着意关注的正是这逻辑二字——也就是情节，或者说是人物和事件之逻辑的组合。罗贯中重新“编次”《三国志》的创造性正在于此。

第三节 《三国演义》的历史理性精神

顺着罗贯中“编次”《三国演义》的思路，我们来谈一谈《三国演义》一书中所包含的历史理性精神。

什么是理性？在西方哲学中，理性通常是指位于感性和知性之上的能认识，是揭示事物之本质的一种能力。理性可以脱离经验世界而进入一个超经验的理念世界中去认识、去思考。理性是一种辩证的思维，能认识事物正、反、合的发展规律。由此可知，历史理性是指人们对历史本质的认识、对历史发展规律的探索。这一任务是历史撰述存在的依据，是历史学家的本职工作，司马迁说：“究天人之际，通古今之变，成一家之言。”又说：“述往事，思来者。”[①] 讲的就是这个意思。然而小说创作的主要过程和手段却不能诉诸理性思维，小说创作应该是形象的、情感的、感性的、活泼泼的，它诉诸我们的感官，它令我们手舞足蹈，它让我们为之大哭或为之大笑。因此大体上说来，理性思维在小说创作和鉴赏中是没有多少地位的。推而论之，《三国演义》是小

① （东汉）班固撰：《汉书》卷六二《司马迁传》，中华书局2007年版，第622、621页。

说而不是历史，是无须探讨它的历史理性问题的。

可《三国演义》就是与众不同。作为我国历史演义小说中的经典和翘楚，《三国演义》一书中却蕴含着非常明显的历史理性精神，这是值得我们关注和探讨的。人们耳熟能详的《三国演义》的发端语，“话说天下大势，分久必合，合久必分”就是对这种历史理性精神最直接的表述。《三国演义》的历史理性精神主要表现在三个方面：清晰的历史叙事架构、真实的历史人物和事件、儒家思想影响下的历史意识。

本节的论述关键词：历史理性。

一、清晰的历史叙事架构

长篇小说是叙事作品，有自己的叙事架构，可它们又是虚构作品，和历史无碍，自然也就谈不上什么历史叙事架构了。《水浒传》讲宋朝的故事，里面讲说了宋朝的历史吗？《西游记》讲唐僧的故事，里面讲说了唐朝的历史吗？《儒林外史》讲明朝文人的故事[①]，里面讲说了明朝的历史吗？还是《红楼梦》一语道明：“第一件，无朝代年纪可考……若云无朝代可考，今我师竟假借汉唐等年纪添缀，又有何难？”[②] 长篇小说是无须以历史为依托来设置自己的叙事架构的。

但《三国演义》却有一个清晰的历史叙事架构。尽管罗贯中在具体叙事时也是顺着事情发展的内在逻辑来写的，看不出明显的理性思维的痕迹，可作品中人物和事件的基本节点却大体上贴合客观的历史史实，其叙事如此之“真”，使《三国演义》实际上还起到了向民间传播三国历史知识的作用。中国人之所以非常熟悉比较复杂的三国历史，对其中的人物和事件如数家珍、津津乐道，许多都是拜《三国演义》所赐。作家在写作时有“两只手”在运笔：一只是情感的手，一只是理性的手。前者是明面上

① 《儒林外史》第一回讲的是元末文人王冕的故事，作为全书的楔子。参见（清）吴敬梓：《儒林外史》，上海古籍出版社2006年版，第1～7页。

② （清）曹雪芹、（清）高鹗：《红楼梦》，人民文学出版社1982年版，第4页。

的，是我们读者在阅读时能够强烈感知到的，后者虽然说比较隐蔽，可又的的确确存在。它就像如来佛的手心，无论孙悟空怎么翻跳，总还是在手心里。罗贯中顺着笔写这个人、那个人，写这件事、那件事，写这个计、那个计，看似洒脱不羁，但官渡之战就是在建安四年（199 年）爆发（第二十二回《袁曹各起马步三军　关张共擒王刘二将》），赤壁大火就是在建安十三年（208 年）被周瑜燃起（第四十九回《七星坛诸葛祭风　三江口周瑜纵火》），诸葛亮就是七擒孟获、六出祁山。所有这些，并不和史实有所出入。这不是写作上叙事逻辑的巧合，而是历史理性的线在暗中牵合。

《三国演义》是如何设置它的历史叙事架构的呢？

其一，正如前文所说，罗贯中弃用三国平行叙事的结构，引入时间线索，依据历史文献中的时间节点来安排故事中的人物和事件，从而使纷繁复杂的三国故事变得条理清晰，而且把它们捏合在了一起，构成一个有机的整体。不是从汉昭烈帝章武元年（221 年）起笔，也不是从魏文帝黄初元年（220 年），更不是从吴大帝黄武元年（222 年）或黄龙元年（229 年），抑或“劈头便叙三人，三人各据一国”[①]，而是上溯至汉灵帝中平元年（184 年）的黄巾起事，然后由群雄并起一路写下来，至董卓、至袁绍、至曹刘孙，再至晋起，娓娓道来，从容不迫。罗贯中显然是讲故事的高手，但同时也确实熟谙汉末三国的历史，这使他在信马由缰的时候能始终保持着一份清醒的历史理性。这种双重思维的结合对于罗贯中来说其实并不是很难。首先，中国历史悠久，中华文明源远流长，中国人很重视历史书写，中国人向来有很强烈的历史意识。其次，中华文化发展中有历史书写与文学书写的孪生共存的传统，如《春秋左氏传》《史记》就既是历史书写也是文学书写，《史记》更被誉为“史家之绝唱，无韵之《离

① （清）毛宗岗：《读三国志法》，王连熙、顾易生主编：《清代文论选》，人民文学出版社 1999 年版，第 788 页。

骚》"[1]。最后，说话艺人为了讲好故事，大多力攻史书，积累扎实的历史知识，《新编醉翁谈录·小说开辟》云："夫小说者，虽为末学，尤务多闻。非庸常浅识之流，有博览该通之理。幼习《太平广记》，长攻历代史书。"[2]

其二，作者并不单纯地叙写历史事件，而是延伸视角，写事件的起因、渊源，交代事件的结果、影响，或者有意无意间让此事与彼事形成对比关系。这样的叙事架构、叙事方式拓展了叙事广度，增加了历史事件的厚重感，其实就是历史理性精神的一种体现。我们为什么要关注历史、讲述历史呢？不是因为或不仅是因为历史事件可以作为茶余饭后的谈资，而是因为历史可以鉴往知来、予人启迪、成为镜鉴。唐太宗说得好："以铜为鉴，可正衣冠；以古为鉴，可知兴替；以人为鉴，可明得失。"[3] 所以，我们阅读历史，既要知其然，更要知其所以然，弄清历史发生的因果，吸取历史的经验教训，为今所用。我们要懂得历史的辩证法。

罗贯中为什么要从黄巾起事起笔呢？因为它是群雄并起之因。而如若没有群雄并起的话，那么又何来诛讨董卓、袁曹争战以及三国鼎峙之局面呢？其间诸事构成了因果关系。这就是毛宗岗所说的"三国必有所自始""三国必有所自终"。换言之，《三国演义》的整体叙事结构实际上是由两条线掌控的：一是时间线，一是因果线。按照时间线，需要从黄巾起事起笔；按照因果线，亦需要从黄巾起事起笔，两条线是合而为一的。从小说叙事的角度看，我们讲故事既要说"首先……然后……"，也要说

---

① 鲁迅：《汉文学史纲要》，《鲁迅全集》（第九卷），人民文学出版社 2005 年版，第 435 页。

② （南宋）罗烨：《新编醉翁谈录》卷一《舌耕叙引·小说开辟》，辽宁教育出版社 1957 年版，第 3 页。

③ （北宋）欧阳修、（北宋）宋祁：《新唐书》第 12 册，中华书局 1975 年版，第 3880 页。

"因为……所以……"[1]，而对《三国演义》这个具体作品来说，这种两线叙事恰恰都隐含了历史理性精神。

罗贯中不仅在全书整体结构上注重事与事之间的因果逻辑联系，令人阅后能沉思历史，而且在叙述每一个重要历史事件的时候也不是突兀起笔、凭空道来，而是把它的来龙去脉、缘起因由一一地交代清楚。如说黄巾起事，我们是不是马上听到作者开讲道"时巨鹿郡有兄弟三人：一名张角，一名张宝，一名张梁。那张角本是个不第秀才……"呢？不是。那么作者在干什么呢？他在"推其致乱之由"！他说："推其致乱之由，殆始于桓、灵二帝。桓帝禁锢善类，崇信宦官。"于是有外戚和宦官的斗争，于是有灾异，于是有"十常侍之乱"，于是有黄巾起事。我们在作者从容不迫的叙写中明白了黄巾起事的原因，这是罗贯中对历史事件的理性思考。

再如赤壁之战，诸葛亮舌战群儒可谓讲说此战的开篇第一笔，其重要性类似于黄巾起事中对张角三兄弟的介绍。为什么这样说呢？从意义上看，舌战群儒是促使孙权下定决心迎战曹操、建立孙刘联盟之政治决断的关键一步，凸显了诸葛亮在赤壁决策中的作用和地位；从叙事上看，作者把标志赤壁之战即将掀开大幕的曹操讨吴檄文放在"舌战群儒"这一回（第四十三回）里展示，也是在表明诸葛亮舌战群儒一事的重要性。那么，诸葛亮舌战群儒的起因，或者说赤壁之战的缘起是什么？作者对此是有交代的。在此前一回，写"刘豫州败走江津口"，也就是曹操打败刘备，扫去了前进道路上一大障碍的事件。"今天下英雄，惟使君与操耳！"（《三国演义》第二十一回）试想，刘备不败，曹操怎敢尽起雄兵伐吴？这就像当年曹操必先诛除吕布然后才敢与袁绍争锋一样。从这个意义上说，"刘豫州败走江津口"不啻是赤壁之战发生的前提。刘备"弃新野，走樊城，败当阳，奔夏口，

---

[1] 英国文艺理论家爱德华·摩根·福斯特说："我们曾给故事下过这样的定义：它是按照时间顺序来叙述事件的。情节同样要叙述事件，只不过特别强调因果关系罢了。"（［英］爱·摩·福斯特著，苏炳文译：《小说面面观》，花城出版社 1984 年版，第 75 页）

无容身之地”，一败再败，一败涂地，虽未如吕布般被诛杀，在当时曹操看来，也已经是死路一条了，还有什么好担忧的呢？曹操这才给孙权下“会猎”战书、挥师江南。再者，从刘备方面说，如果不是陷入山穷水尽的境地，这位当代枭雄会屈尊结交孙权，从而演绎出波澜壮阔的赤壁大戏吗？对孙权也是如此，他的主要压力来自曹操，但刘备亦须提防，“刘豫州败走江津口”让他不由松了一口气，他可以把主要心思用在对付曹操上，同时利用刘备作为侧翼，共守长江。所以，曹、刘、孙三方的情势发展都表明，“刘豫州败走江津口”，即《三国志·蜀书·先主传》所谓“先主斜趋汉津”，给赤壁之战的发生提供了一个契机，并促成孙刘联盟，可谓赤壁之战的缘起或序曲。不妨说两者间既构成了时间逻辑也构成了因果逻辑，罗贯中一前一后分叙此二事，道理就在这里。

罗贯中在叙事时还有意无意间让此事与彼事——比如官渡之战和赤壁之战——形成对比关系，这里就不展开来论述了。

二、真实的历史人物和事件

历史理性在于求真，人们在书写历史的时候要以证据为本，客观、理性、中道，写真实的人物和事件。以此精神著史，就是古人所盛称的“良史”，如董狐、司马迁、陈寿、魏征、司马光等。反之则是坏史、恶史乃至“秽史”。这是对历史学家们永远的警示。

历史学家们要信守“实录”精神，这是铁则，文学家、小说家们则无此要求。不仅无此要求，小说家反倒要想尽办法去“编”故事，写“假”的人、“假”的事。有这样一个故事，维克多·雨果在水塘里钓鱼，被收税官看到了。收税官：“你在干什么？”雨果：“我在钓鱼。”收税官：“对不起，我要对你课钓鱼税。”雨果凝视了收税官一会儿，反问：“你知道我干什么的吗？”收税官：“不知道。”雨果：“我是写小说的，专门编故事。我刚才说钓鱼就是编出来哄你的。”收税官悻悻地走了。这个故事生动地说明了小说家在写作上与史学家的不同。

小说创作有全部虚构的人和事，如《红楼梦》；有偶涉真实的人物，如《西游记》（唐太宗、魏征）、《儒林外史》（王冕、何景明）；有真假相掺虚多实少或虚少实多的，如《封神演义》《三国演义》。《封神演义》以及其他号称演义的众多作品都有一些历史事件为依托或者做影子，而许多荒诞不经的情节和完全虚构的情节，这里就不多说了。唯《三国演义》确实与众不同，其“真”的程度在古典小说中可谓无出其右者。《三国演义》大多数主要人物都是历史人物，在各类文献记载中可以看到他们的身影；在叙事上，《三国演义》根据历史文献提供的事件线索展开故事，而不是抛开它们去另起炉灶。我们隐隐能够感觉到，历史理性精神在悄悄地、执拗地、强悍地驱遣着作家的笔墨。

我们不妨作一点对照。《三国志·蜀书·先主传》记载：

> 琮左右及荆州人多归先主。比到当阳，众十余万，辎重数千两，日行十余里，别遣关羽乘船数百艘，使会江陵。或谓先主曰：“宜速行保江陵，今虽拥大众，被甲者少，若曹公兵至，何以拒之？”先主曰：“夫济大事必以人为本，今人归吾，吾何忍弃去！”
>
> 曹公以江陵有军实，恐先主据之，乃释辎重，轻军到襄阳。闻先主已过，曹公将精骑五千急追之，一日一夜行三百余里，及于当阳之长坂。先主弃妻子，与诸葛亮、张飞、赵云等数十骑走，曹公大获其人众辎重。先主斜趋汉津，适与羽船会，得济沔，遇表长子江夏太守琦众万余人，与俱到夏口。

又，《三国志·蜀书·关张马黄赵传》记载：

> 表卒，曹公入荆州，先主奔江南。曹公追之，一日一夜，及于当阳之长坂。先主闻曹公卒至，弃妻子走，使飞将二十骑拒后。飞据水断桥，瞋目横矛曰：“身是张益德也，可来共决死！”敌皆无敢近者，故遂得免。
>
> 及先主为曹公所追于当阳长阪，弃妻子南走，云身抱弱子，即后主也，保护甘夫人，即后主母也，皆得免难。

《三国演义》第四十一、四十二回写携民渡江、单骑救主、当阳断喝、败走汉津等故事桥段，虽然看似夸张传奇、不可思议，但却与上引史籍所载若合符节，几无二致。可见作者虽欲取得传奇效果，吸人眼球，却未纵笔如脱缰的野马，而是在情感与理性之间寻找了平衡，两者兼顾。

三、儒家思想影响下的历史意识

作为一部历史演义小说，《三国演义》在讲述历史故事的同时，也在强烈地表达一些历史意识。所谓演义，就是推演、演绎历史中的意义，即历史意识。当年孔子作鲁史《春秋》，后儒以为有微言大义，于是纷纷著文探讨，作《左传》《公羊传》《穀梁传》三传。司马迁仿此义著书，于是有了《太史公书》。司马迁也是要以此“究天人之际，通古今之变，成一家之言”。后于司马迁者亦欲“演义”，于是有南朝宋裴骃《集解》、唐司马贞《索隐》、唐张守节《正义》。罗贯中作《三国演义》，也是此种文化背景下的产物——它是对史书《三国志》历史意义的探求，它是对《三国志》的“演义”。《三国演义》虽是小说，但无庸置疑也在表达历史意识。

（一）大一统

《三国演义》开篇说：“话说天下大势，分久必合，合久必分。”意思是说，历史发展存在一个一治一乱一合一分的循环周期。这是作者在考察、分析中国历史发展过程之后得出的一个结论。确实，在当时的历史条件下，这一结论是有历史和现实依据的。秦汉之前有列国之乱，秦汉之后有魏晋南北朝之乱，而后迎来大唐盛世；从现实角度看，作者生活于元末动乱时期，“宁为太平犬，不作乱世人”，现实生活场景容易触发作者对治乱兴衰的思考。这恐怕也是作者写作《三国演义》的动因之一，因为三国正当统一的秦汉之后，是另一个长期动乱的开始。

虽然历史是一个一治一乱一合一分的循环，但我们可以看出，作者还是盼望出现治世和统一局面的。作者心中有一个“大一统”的情结。何以见得呢？其一，从叙事架构上看，《三国演义》摒弃以三国始三国终的分—分、乱—乱的叙事，采用从统一的汉起笔，经三国之乱再收笔于统一的晋的合—分—合、治—乱—治的架构，把整个三国故事包含在了“统一”的概念之中，表达了一种理想与期待。其二，小说为什么改采尊刘贬曹的立场，以蜀汉故事为主线？除了血统的原因外，实际上还因为或者说更因为蜀汉是三国中唯一的一个带有“汉”的符号的国家。汉是一个符号、一种象征，统一、强盛、声威远播。“明犯强汉者，虽远必诛”[①] 的霸气和豪迈，虽千载以下，人们犹能想见其仿佛！那么，这种对大汉强汉的景仰和向往在三国故事中如何体现呢？那就是突出蜀汉故事的地位，让它成为故事的主体。其三，小说着力刻画了刘备仁人爱物、礼贤下士、关怀百姓的光辉形象，用三顾茅庐、携民渡江、抱摔阿斗、临终托孤等一系列流传甚广、脍炙人口的故事来赞美、讴歌他。这些故事大都有依据，并非虚造，但由于多所夸饰，又出于乱世，所以常给人以“伪”的感觉。[②] 作者为什么要如此塑造刘备的形象呢？因为他寄托了作者的理想。在作者看来，刘备这样的圣君是和平的象征、治世的体现，有了他，民心就会安定，贤士就会聚集，社会就会有秩序，人生就会有坚持、有力量，如此则“大一统”的局面不远矣！

（二）忠义

在中国历史上，由于历朝历代皆信奉忠义，视其为理所当然、不可移易的铁则，已将其内化为一种历史意识，所谓“十室之邑，必有忠信”[③] 是也。史书中多为忠臣义士立传，而奸臣、乱臣、佞臣、贰臣们则受到口诛笔伐。新莽篡汉，天下诸侯共讨之；曹操弄权，被人唾骂到如今。陈胜说：“王侯将相，宁有种乎?”这是“天下苦秦久矣”是迫不得已的义举。中国人是笃信

---

① （东汉）班固撰：《汉书》，中华书局 2007 年版，第 702 页。

② 参见鲁迅：《中国小说史略》，上海古籍出版社 1998 年版，第 87 页。

③ （清）阮元校刻：《十三经注疏（清嘉庆刊本）·论语注疏》，中华书局 2009 年版，第 5376 页。

忠义的，“忠义史观”一直塑造着中国历史的面貌和进程。

《三国演义》是一部竭力宣扬忠义思想的小说。《三国演义》取诸葛亮做“忠”的代表，关羽做“义”的代表，把忠义思想、忠义精神演绎到可歌可泣的地步。诸葛亮自隆中对开始追随刘备，一生忠心耿耿、矢志不渝，为刘备蜀汉建国立下了汗马功劳，居功至伟，才有白帝托孤；而诸葛亮事刘禅亦至忠至诚，内修政事，外伐中原，定南蛮，出祁山，鞠躬尽瘁、死而后已。诸葛亮对汉室（刘汉和蜀汉）的忠诚烛照出了许多篡位者的奸恶——诸葛亮实际上有很多机会可以取代刘禅的。关羽也是义薄云天。自桃园结义以来，关羽无论处于何种境地，对刘备的感戴、忠义之心始终不变，尤其是在曹操百般拉拢时，他拒绝美色、封金挂印，过关斩将，把胸中对刘备的义气演绎得感天动地、催人泪下。虽然诸葛亮的忠中有义，关羽的义中有忠，但忠与义还是有区别的。忠对君主而言，出于公心；义对朋友而言，出于私谊。正因为如此，忠和义有时候是合一的，有时候又是有矛盾的。关羽华容道义释曹操、刘备雪弟恨兴兵伐吴，这些行为影响了历史进程，却是出于私谊违背公心的。这是我们读《三国演义》时需要加以厘清的。厘清了忠与义的分界，进而才可以解释袁绍、曹操、孙权等其他阵营中人物的相关行为。总之，在《三国演义》中，忠义思想是一个普遍的思想理念和价值判断，并不仅限于刘备阵营。

《三国演义》和《水浒传》虽然都宣扬忠义，但两书所言其实是有差异的。《水浒传》的忠义仅是伦理范畴，《三国演义》的忠义则兼具历史意识的意涵。虽然《三国演义》以桃园结义开篇，但实则其立意重点在于忠，所谓尊刘贬曹是也，其先忠后义，义在忠后。《水浒传》的立意重点与之相反，先作聚义厅，后改忠义堂——试想，如果也是先忠后义，那么一百单八将何以能够聚义梁山、打家劫寨呢？要对皇帝尽忠，跑到梁山上来干什么？然而我们也要看到，《水浒传》的聚义厅确实改成了忠义堂，《水浒传》又确实有忠义并举的意思。这又是怎么一回事呢？原来，《三国演义》和《水浒传》所言忠义其意涵是不同的。《三国演义》所言“忠”是指“上报国家”以及对于明君的景仰、追随、顺从，所言“义”是指“救困扶危”“下安黎庶”；而《水浒传》所言忠却是指“替天行道”“只反贪官，不反皇帝”，所言义也带有更多的、更明显的江湖气息。《水浒传》中的忠是愚忠、死忠，不管皇帝的贤愚，所以最后接受御赐药酒，死得不明不白，这和《三国演义》着力歌颂刘备的仁德、贤明并批评桓、灵的昏庸腐朽形成了对比。《水浒传》中的义多表现为杀人放火、打家劫寨，表现为兄弟相助、义气用事，表现为对社会秩序的破坏；相反，三国英雄们在着力乱中求治，建立秩序，追求统一。《三国演义》所言忠义是比较传统意义上的、精英阶级的思想，而《水浒传》所言忠义则比较市民化，二者并不在同一层面。

（三）英雄主义

作为一部叙写历史和战争的小说，《三国演义》塑造了一系列英雄人物，表达了英雄创造历史的历史观。在作者笔下，英雄们冲锋陷阵、英勇杀敌，表现出了忠君报主、奋不顾身的战斗豪情，谱写了一曲曲英雄赞歌。虽然战场上烽火连天、硝烟弥漫，但除了董卓行凶之外，人们几乎感受不到战场上的血腥、残酷和痛苦，人们几乎听不到呻吟声，相反，其间有一种胜利的快感、战斗的豪情。[①]“人间一股英雄气在驰骋纵横！”这是我们在读李华《吊古战场文》的时候所感受不到的[②]，这是我们在读荷马史诗的时候会掩卷沉思的[③]。这当然并不表明《三国演义》的作者

① 有趣的是，在冷兵器时代，《三国演义》呈现的古战场面貌却到处是烟雾火光：火烧洛阳、火烧乌巢、火烧博望坡、火烧新野、火烧赤壁、火烧藤甲军……

② 李华《吊古战场文》主要描写了古战场上荒凉凄惨的景象和历史上战争的悲惨场面，揭示了战争的残酷性以及给老百姓造成的深重苦难，有“此古战场也，常覆三军，往往鬼哭，天阴则闻”“尸踣巨港之岸，血满长城之窟。无贵无贱，同为枯骨”“荼毒生民，万里朱殷……枕骸徧野，功不补患”等句子。

③ 莱辛《拉奥孔》指出：“号喊是身体苦痛的自然表情，荷马所写的负伤的战士往往是在号喊中倒到地上的。女爱神维纳斯只擦破了一点皮也大声地叫起来……尽管荷马在其他方面把他的英雄们描写得远远赶出一般人性之上，但每逢涉及痛苦和屈辱的情感时，每逢要用号喊、哭泣或咒骂来表现这种情感时，荷马的英雄们却总是忠实于一般人性的。在行动上他们是超凡的人，在情感上他们是真正的人。”（［德］莱辛著，朱光潜译：《拉奥孔》，人民文学出版社 1979 年版，第 7～8 页）

是一个嗜血的、冷酷的人，相反，他是追求正义的。他借刘关张之口表明自己志在“上报国家，下安黎庶”，志在“救困扶危”。战争是实现正义、统一和秩序的手段，所以他要描写战争、歌颂英雄，因为正是英雄们的英勇战斗才结束了战争，建立了政权，恢复了秩序。基于此，他把叙事重心放在战前准备和战争进程上，并着力描写战将和英雄们作战的情况，凸显其英雄行为和大无畏的精神，而不刻意去描写普通战士的情绪、心理以及战场上的血腥与痛苦。罗贯中的战争叙事策略表达了他对英雄的崇敬以及他的英雄史观。在历史大转折的时代，在群雄逐鹿的时代，人们最直观的印象是英雄创造了历史，英雄改变了历史。难道不是这样吗？

（四）理想主义

一方面，儒家关心现实，关怀人生，倡言民本，是一种“现实主义的”思想哲学。这当然是不错的，但这只是一方面。另一方面，儒家宣扬“内圣外王”，宣扬“修齐治平”，宣扬仁爱哲学和仁政思想，在礼崩乐坏、以力争霸的时代环境里，这其实是一种颇具理想主义色彩的哲学思想，是一种“知其不可为而为之”的哲学。儒家思想是一种现实—理想耦合型哲学。就个人修养言，儒家追求大公无私的完美型人格；就社会理想言，儒家追求人人有饭吃、有衣穿的和谐美满社会；就政治理想言，儒家追求天下一统、政治清明的大同世界。儒家的可贵之处在于，它在“据乱世”的时代憧憬着“太平世”。

《三国演义》便是一部虽写乱世却思慕治世，在苦难人生的血色微茫中能让人看到希望，充盈着理想主义光辉的伟大作品。它写明君仁人爱物，贤臣尽忠职守，英雄慷慨赴死；写天下分久必合，写正义必定战胜邪恶……《三国演义》讲述历史故事，却又跳脱具体的历史情境，不拘泥于现实苦难，具有理想性和超越性。读《三国演义》时，一方面我们能够感受到战争的血腥、政治的残酷、人心的险恶、世道的艰难，另一方面却并不会因此而陷于失望、恐惧和绝望。我们能对胜利充满期待，对和平安宁充满向往，对英雄人格充满敬意，对国家未来的再次统一充满信心。这是理想的信念，这是理想主义的精神。现实虽然不完美，但可以通过改造、发展、进化达到完美。当然，理想不是天上掉的馅饼，它需要勇气和牺牲、奋斗和坚持，需要“衣带渐宽终不悔，为伊消得人憔悴”！君不见，刘备在曹操东征时输掉了原有资本，投奔袁绍后又遭猜疑，被迫出走，当是时，可谓山穷水尽、智力孤危，然而他没有放弃，没有绝望，凭着心中的理想和信念古城再聚义，继续奋斗，终获成功。曹操在和袁绍对峙的时候，无论是兵力、粮草还是武器，都明显处于下风，眼看就撑不下去了，是荀彧的鼓励给了他希望和勇气，让他坚持下来，反败为胜。孙权在赤壁之战中面对曹操的百万大军、在夷陵之战中面对刘备的七十万大军，之所以没有选择放弃，没有选择投降，而是奋起迎战、以弱胜强，是因为他的胸中自有一种理想和信念。诸葛亮为什么要六出祁山、一再坚持？难道不是“兴复汉室，还于旧都”的理想信念在支撑着他。如果没有这种理想信念，那情形又会是什么呢？理想主义在《三国演义》中是如烟似雾般的存在，看上去好像没有，但你分明能够在字里行间感受到它。

一边是历史理性的真切叙写，一边是理想主义的豪情指引；一边脚踏实地，一边仰望星空；一边是人生苦难之呈现，一边又是驰骋疆场、杀敌立功的英雄礼赞。《三国演义》就是这样一部充满了阅读张力的神奇而伟大的小说，给人以希望和豪情，给人以光荣和梦想。

第四节　《三国演义》的传奇性

要论述《三国演义》就不能不论述它的传奇性。传奇性主要是就故事情节而言的，指的是在故事情节总体上符合现实生活逻辑的基础上，小说家又通过夸张、变形、巧合乃至非现实、超现实的想象等方式，虚构故事、构造奇情异事，从而使故事情节惊险曲折、紧张生动、高潮迭起，达到使人陶醉沉迷、欲罢不能的阅读效果。传奇性有时也兼指故事中的人物形象，特别指称英雄豪杰人物或神话传说人物的人生经历。人们在谈论《三国演义》的时候，说到某人某事，往往眉飞色舞，极其专注投入，好像自己身临其境似的，又好像在数说自己家的宝贝，这就是故事的传奇性在起作用。不妨说，传奇性是《三国演义》故事叙事艺术的显性特征之一。

《三国演义》写风云激荡的历史、驰骋疆场的英雄和扣人心弦的故事，整部作品洋溢着浓郁的并能赋予读者以美好想象的传奇色彩。那么，作家在故事叙事中表现历史理性的同时又是如何去表现传奇性的呢？作家是如何把这两种性质相反的特性熔于一炉的呢？这是《三国演义》文学叙事研究中应该深长思之的问题，不能等闲放过。

本节的论述关键词：传奇性。

一、"第一奇书"

古典长篇小说中，有两部作品被称为"第一奇书"：毛宗岗称《三国演义》为第一奇书，张竹坡称《金瓶梅》为第一奇书。俗话说，文无第一，武无第二。要评定哪一部作品为"第一"确实是颇费思量的事，难有定论，不同的批评家可以从不同的角度切入论述，且都有其确凿不移的充分理由。就此进行辩驳是没有多大意义的。其实不仅是这两部，六部经典名著中每一部皆有其与众不同的卓异卓绝之处，皆可以作为"第一奇书"的的候选——这也是它们能够从明清浩瀚的数百部章回小说中脱颖而出成为经典的依据。从中国小说发展的整个历史去考察，我们能够得出这样的结论。这里我们仅仅考察《三国演义》能够被称为"第一奇书"的依据。《三国演义》为什么有资格被称为"第一奇书"呢？《三国演义》到底奇在哪里呢？

有外在的理由和内在的理由。外在的理由：《三国演义》是《三国演义》第一部经典的长篇小说。

这当然不是最主要的理由，却是第一个需要被提及的理由，也是其他经典名著所无法拥有的理由。这是《三国演义》的讨巧处、占优处。元代末年，《三国演义》横空出世，改变了中国小说发展的进程和方向。在此之前，中国小说“已历三世”，也就是经过了从笔记（包括志怪、志人）到传奇再到话本的三个发展阶段，然而皆为短制，略无长篇。笔记之短就不用说了，即使是“施之藻绘，扩其波澜”、充满了“文采与意想”的传奇[①]，也是实打实的、不折不扣的短篇小说。到了宋代，话本虽然改用白话，洋洋洒洒，口吐莲花，又创设了“欲知后事如何，且听下回分解”的章回之制，但终归是民间的和口头的文学，文人作家并未参与其中。从严格意义上说，还不是长篇的、章回体的小说文学。所以，长篇章回体小说《三国演义》[②] 的问世在中国小说发展史上可谓石破天惊，令人称奇，且取得了很高的艺术成就，树立了章回体小说的创作高标，堪称经典，则又是奇中之奇。明清两代效仿《三国演义》（还有《水浒传》）而作的演义小说、历史小说以及受其影响的章回体小说一时兴盛，汗牛充栋，章回体小说创作遂蔚为大国。《三国演义》之前，中国小说创作皆短制；《三国演义》之后，人们的小说写作兴趣转向长篇。

二、故事的宏大叙事

内在理由有二，一是《三国演义》有宏大的题材内容。

在小说创作和评论中，有三个关键词：是什么、怎么做、为什么。也就是三个关键的问题：写什么？怎么写的？为什么要这样写？写什么是题材内容问题，怎么写是艺术表现问题，为什么要这样写是探究小说面貌（题材内容和艺术表现）如此或如彼的原因。小说研究说白了就是围绕这三个问题展开的，其他问题都是这三个问题的衍生问题。

《三国演义》的题材内容在中国古典长篇小说中堪称一奇。

---

① 鲁迅：《中国小说史略》，上海古籍出版社 1998 年版，第 44、45 页。

② 嘉靖本《三国志通俗演义》是现存最早的《三国演义》刊本，分 24 卷，240 则，每则有单句七字的标题。集成并充实了此前话本、戏曲中精彩的三国故事，全部改写了元代《三国志平话》里的故事，去其荒诞，增加史实。

中国古典长篇小说的题材内容有写世俗人情的，有写非世俗人情的，在写非世俗人情的作品中，有写英雄人物的，有写历史事件的，也有写神异性、神话性的人物和事件的，不一而足。纯以写历史事件为主而能成为经典的作品，《三国演义》是唯一的一部。写历史事件的作品夥矣，“为世所尚”“效颦日众”[①]，但或粗制滥造，或神异荒诞，或散漫零乱，没有一部抵得过《三国演义》的；仅冯梦龙在余邵鱼《列国志传》基础上改编而成的《新列国志》还算差强人意。

《三国演义》歌颂英雄，褒扬忠义，书写大历史，展现了波澜壮阔的历史画卷，这样的题材内容和主题表现在中国古典小说创作中可谓独树一帜，别无二家。《水浒传》写梁山英雄，《西游记》写取经故事，《金瓶梅》《红楼梦》写家族故事，《儒林外史》笔锋指向士林。在题材选择的“高度”上，这些作品都不及《三国演义》。而且，《三国演义》对宏大题材的处理能力是令人叹服的。宏大题材牵涉到的人事之多、线索之复杂以及反映面的广度和深度都不是一般的作家所能面对的——这也是同类型题材选择的作品中没有一部能够与《三国演义》相比肩的原因。《三国演义》对宏大题材的处理能力在中国小说史上可以说是空前绝后的。

当然，这种空前绝后不是天上掉下来的，而是集体智慧的结晶。民间艺人长期对三国故事组织加工、千锤百炼、精益求精，积累了丰富的经验，这使罗贯中在接手时就有了相当的写作基础，处理起来简单多了。但我们却不能因此而否认罗贯中的贡献。在《三国演义》之前，《三国志平话》就是一个不太成功的创作。民间艺人的三国故事创作和《三国演义》之间存在艺术水准上的巨大鸿沟，这一鸿沟与宋金杂剧和元杂剧之间的艺术差距一样巨大，堪称“庸圣之别”。换言之，并不能因为罗贯中是在前人基础上写成《三国演义》的就进而否定其价值，《三国演义》

---

① （明）可观道人：《新列国志叙》，朱一玄编，朱天吉校：《明清小说资料选编》（上），南开大学出版社 2006 年版，第 6 页。

当得起其“第一奇书”的称号。

三、叙事的传奇性

内在理由之二是《三国演义》叙事的传奇性。

毫无疑问，这是《三国演义》能被称为“第一奇书”的最重要的理由。作为小说，作为文学，把故事讲好是作家的第一要务，作品之能传之其人、传之久远正在于它的艺术性，在于它的“是什么”和“怎样做”，尤其是“怎样做”。《红楼梦》《金瓶梅》虽然写作题材并不怎么宏大，可为什么却能夺得中国古典小说的首、次席，树立中国古典小说艺术的高标？正在于它们的艺术性。二书叙事次第有序，更是为中国文学艺术长廊贡献了一系列鲜明生动、栩栩如生的文学形象，令数百年来无数读者赞叹不已、钦敬不已。《三国演义》与之相比，其长处不在于写人而在于叙事，但其写人亦不乏可圈可点之处。《三国演义》叙事的艺术性，或者说叙事之奇，主要表现在三个方面：以简驭繁的组织之奇，想象之奇，笔法之奇。

（一）以简驭繁的组织之奇

《红楼梦》第六回说：“按荣府中一宅人合算起来，人口虽不多，从上至下也有三四百丁；虽事不多，一天也有一二十件，竟如乱麻一般，并无个头绪可作纲领。正寻思从那一件事自那一个人写起方妙……”[①] 这段话道出了小说叙事之难。《三国演义》叙写宏大历史，其所牵涉的人事之繁之多更是难以想象，倘若一般作手定是“剪不断，理还乱”，茫无头绪，无从下手，而罗贯中却找到了一个恰当的材料组织法：以简驭繁。他以军事斗争路线为主线，以董卓、袁绍、曹操、刘备、孙权等人的兴衰起落为抓手，尤侧重于刘备的奋斗故事，其他方面的故事或略而不书，或作为背景，或顺带而出，从而收到了以点带面、以简驭繁的效果。如汉末朝廷政治斗争极为复杂，牵涉皇帝、外戚、宦官、朝

① （清）曹雪芹、（清）高鹗：《红楼梦》，人民文学出版社 1982 年版，第 94 页。

臣、权奸、清流、军阀、豪强、黄巾……各个方面的势力，而且各个势力、各种要素分化组合、纵横捭阖、此消彼长，真的是令人眼花缭乱、目不暇接！光是概叙一下其间形势的发展变化就是一件相当吃力的事，更何况还要把它写成形象有趣的故事！作者之所以能够把汉末朝廷政治斗争的故事写得既条理清晰、忙而不乱又惊心动魄、异彩纷呈，秘诀就在于抓重点、抓典型、以简驭繁、有收有放。再如赤壁之战，这是一次全国性的战争、全局性的大战，参与方皆投入了相当的战力，战前决断、战前谋划、战前准备、各方动态、战斗进程还有必要的故事桥段故事穿插等，作家皆须详细交代，马虎不得，所以，也是一件很复杂的叙事。罗贯中却驾轻就熟、举重若轻，以诸葛亮为赤壁之战故事的灵魂人物，把各项叙事安排得井井有条、井然有序，亦可谓深得以简驭繁之道。

（二）想象之奇

小说是需要想象的，不同题材的小说有不同的想象性：世情小说的想象性是基于生活经验的；神魔小说的想象性带有神性，是一种超验性的想象；《水浒传》等英雄传奇的想象性大体上也基于生活的经验，但进行了夸张、变形，从而具有了传奇色彩；《三国演义》是历史演义，题材本身的“高大上”使之天然便有了一种传奇色彩，加之故事叙事上一系列的夸张、变形，这部基于历史写实而创作的小说作品更是充满了浓郁的传奇色彩和浪漫情调。人们把《三国演义》译作 *Romance of the Three Kingdoms*，不是没有道理的。Romance，而不是一般性的 Story、Novel 或完全写实意义上的 History，正是强调了、突出了它的传奇色彩和浪漫情调。这是《三国演义》的想象之奇。

关云长辞曹奔刘，历史上实有其事，写来可谓于史有征[①]，作者又给添加了许多枝叶和波折，如曹操以色利诱惑、关羽斩杀

---

① 《三国志·蜀书·关张马黄赵传》：“曹公禽羽以归，拜为偏将军，礼之甚厚。……曹公即表封羽为汉寿亭侯。……及羽杀颜良，曹公知其必去，重加赏赐。羽尽封其所赐，拜书告辞，而奔先主于袁军。左右欲追之，曹公曰：‘彼各为其主，勿追也。’”［（西晋）陈寿撰，（南朝宋）裴松之注：《三国志》，中华书局 1982 年版，第939～940 页］

颜良文丑、孙乾龚都传信、甘糜二夫人责难、张辽试探、蔡阳捣乱、曹操“大义”送行等，把史上一个简略、平淡的故事演绎得血肉丰满、风光旖旎。然而这都不在话下。你不妨掩卷想象当时的情形：一边是兵败失势的兄长，存亡不知，再起无望；一边是人多势大的丞相，又在尽力地优礼、宽待自己，以致有容情过度之嫌。何去何从？常人不难选择。但关羽就是关羽，不管身处何境，不管面对任何诱惑，初心不改，义气长存，一心以追寻刘备为念。你认为这虚也罢、实也罢，但不能否认，作者在这样的极写和夸说之中，其实是抒写了一种精神、一种风范、一种品德。他在替民间大众发声，刻画和赞美那植根于中华本土思想文化之中的理想型人格。这是一种集体的信念。社会理应如此，做人理应如此——“浪漫主义”在这里得到了最好诠释。读到关羽封金挂印、千里独行、过关斩将的文字，见作者一路写来，毫不顿断，不由人不大呼过瘾、畅快，一腔豪情便油然而生。

为了增加故事的传奇色彩和浪漫气息，作者还有意违背常规，超越常情，让关羽不顾劳顿，大绕三千里“之”字形弯道而行[①]，又让曹操为关羽一再地损员折将。当然不能吹毛求疵，如果硬要拿事实或逻辑去比照，那可真是不解风情了！民间的“梁祝化蝶”“孟姜女哭长城”，诗中有“春蚕到死丝方尽”“欲上青天揽明月”。这是鲁迅所说的“曲笔”[②]，是今人所称的浪漫，是以美为至上追求的文学。关羽奔刘当作如是观。假如，只让关羽老老实实地走上二三百里，一路上又太太平平，没有几个坏人的人头滚落下来，没有“十步杀一人，千里不留行”[③]，请问，那还

① 故事中的刘备此时正依附冀州的袁绍。既然要投奔刘备，关羽按理当从许都直接北行至延津或白马（今河南滑县东），渡黄河进入冀州。但作者却别出心裁，先让关羽护送两位嫂夫人从东岭关（虚构的地名）向西北跋涉一千多里地，取道洛阳，然后再东行，经汜水关、荥阳而至滑州（应即白马）渡黄河。关羽分明“不通地理”，白白折腾了一大段冤枉路。参见沈伯俊：《现实精神·浪漫情调·传奇色彩——论〈三国演义〉的创作方法》，《明清小说研究》2006年第3期。

② 鲁迅《呐喊自序》：“不恤用了曲笔，在《药》的瑜儿的坟上平空添上一个花环。”（鲁迅：《呐喊》，《鲁迅全集》第1卷，人民文学出版社2005年版，第441页）

③ （唐）李白：《侠客行》，詹锳主编：《李白全集校注汇释集评》，百花文艺出版社1996年版，第489页。

是武圣人关羽吗？还能衬托出他的侠肝义胆、冲天豪气吗？所以不是作者不懂地理让关羽奔波，实乃“千里长途”或“转战千里”是传写关羽神韵而不得不然的一个意象。这就像赵匡胤千里送京娘，范式张劭千里赴会，赵五娘千里寻夫……在交通极其不便的古代，千里之遥能很好地刺激民间想象，让作者、读者和听众都能尽兴。在那风云卷舒之中，在那传奇豪迈之中，民间文艺的浪漫精神一线贯穿。前人已底定了格局①，作者乃顺势而承，书写了这一篇上好的文章，只待我们改变观察角度，转换阅读思路。读《三国演义》，读关羽，没有一些超常脱俗是不行的，没有一点浪漫想象是不行的。

长坂坡赵子龙救主、当阳桥张翼德断后也是亦真亦幻、充满了奇思妙想的浪漫传奇故事，两者一笔贯下，浑不可分。俗语说得好，赵子龙一身是胆。他的胆子到底有多大？他敢于怀抱着幼主在万将丛中杀开一条血路……

> （赵云）解开勒甲绦，放下掩心镜，将阿斗抱护在怀，绰枪上马。早有一将，引一队步军至，乃曹洪部将晏明也，持三尖两刃刀来战赵云。不三合，被赵云一枪刺倒，杀散众军，冲开一条路。正走间，前面又一枝军马拦路。……云更不答话，挺枪便战。约十余合，云不敢恋战，夺路而走。背后张郃赶来，云加鞭而行，不想趷跶一声，连马和人，颠入土坑之内。张郃挺枪来刺，忽然一道红光，从土坑中滚起，那匹马平空一跃，跳出坑外。……张郃见了，大惊而退。赵云纵马正走，背后忽有二将大叫："赵云休走！"前面又有二将，使两般军器，截住去路……赵云力战四将，曹军一齐拥至。云乃拔青釭剑乱砍，手起处，衣甲平过，血如涌泉。杀退众军将，直透重围。……却说曹操在景山顶上，望见一将，所到之处，威不可当……赵云怀抱后主，直透重围，砍

---

① 《三国志平话》卷中有“关公千里独行”一节，元代亦有《关云长千里独行》杂剧。《三国志平话》有上海古典文学出版社 1955 年版，《关云长千里独行》杂剧收入隋树森编：《元曲选外编》，中华书局 1959 年版，第 748～766 页。

倒大旗两面，夺槊三条；前后枪刺剑砍，杀死曹营名将五十余员。

真个是所向无敌的孤胆英雄，怨不得刘备要为他摔阿斗了！你不难想象那个惊心动魄的场景。曹营名将皆被赵云斩于马下，谁还能有这样了得的功夫？和他好有一比的是张飞，作者写道：

（张）飞乃厉声大喝曰："我乃燕人张翼德也！谁敢与我决一死战？"声如巨雷。曹军闻之，尽皆股栗。曹操急令去其伞盖，回顾左右曰："我向曾闻云长言：翼德于百万军中，取上将之首，如探囊取物。今日相逢，不可轻敌。"言未已，张飞睁目又喝曰："燕人张翼德在此！谁敢来决死战？"曹操见张飞如此气概，颇有退心。飞望见曹操后军阵脚移动，乃挺矛又喝曰："战又不战，退又不退，却是何故？"喊声未绝，曹操身边夏侯杰惊得肝胆碎裂，倒撞于马下。操便回马而走。于是诸军众将一齐望西奔走。正是：黄口孺子，怎闻霹雳之声；病体樵夫，难听虎豹之吼。一时弃枪落盔者，不计其数，人如潮涌，马似山崩，自相践踏。

几声霹雳怒吼吓死了曹操勇将，吓退了数万雄兵——世间的故事竟还可以这么编，令人大开眼界。尽管前文说张飞布了疑兵，但这样的情节已很难再用可信或不可信来概括了，就像说赵云恶战苦战之后，怀中的幼主不仅毫发无损，而且还安然熟睡一样。它越出了虚实论范围，说是夸张也似乎有些牵强。那是什么呢？

古人爱讲传奇，今人爱讲浪漫，若引之以为解，想来应更能贴近其意吧？换言之，张飞、赵云的故事情节，既不是现实中已经发生的，也不是现实中可能发生的，它与现实主义无关，是作者根据主观需要、根据形象设计而希望发生的情节，它是想象的、夸张的、充满了奇幻色彩和喜剧精神的情节，是有着传奇性、浪漫性的情节。它寄托了一种精神和愿望，代表了人们胸中那压抑不住的豪迈情怀。读之能令人血脉贲张，倍感振奋。

古人颇好传奇。传奇，最初被用来指称情节曲折生动的唐人小说，后来概念泛化，外延扩大，大凡话本、杂剧、诸宫调、南戏、章回小说和明清戏曲创作之类，皆以传奇为通名[1]。为什么传奇这样受人欢迎呢？因为它契合了中国古人好奇尚异的民族审美心理，抓住了通俗文艺述奇事、写奇人、传奇情的创作特色，是一个既切中肯綮又很能吸引人的名字。古代作家、批评家都乐于标榜“奇”的趣味和风格，走以奇为美、以奇取胜的写作之道。刘勰《文心雕龙·体性篇》曾列举八种写作风格，其中即有“新奇”一格。南宋洪迈说：“人以予好奇尚异也，每得一说，或千里寄声……凡甲、乙二书，合为六百事，天下之怪怪奇奇尽萃于是矣。”[2] 其趋尚奇异的自得之情溢于言表。宋末刘辰翁、元代郃元长等也对前人的“古怪新奇”之作大加赞赏。传奇创作的意义在于以超越常理、常情的情节或方式示人，使读者在夸张、新奇、想象的阅读之中获得一种特别的审美体验。传奇文学以及传奇创作的表达方式与现实世界、与“真实性”明显地拉开了距离，就像中国古代的书法、绘画、戏剧那样，不求逼真的模仿、现实的再现，而是写心写意，造成“陌生化”效果。

《三国演义》是一部将现实主义创作方法和浪漫主义创作方法完美结合的作品。对于《三国演义》来说，不仅虚实之别具有相对的意义，而且在很多时候，现实主义和浪漫主义的创作方法也是相互渗透，彼此融合的，并不能将它们截然分开。这两种18～19世纪西方的主流创作方法各有其鲜明的理论含义和内在特征，在经典的文艺理论中，两者的完美结合是被推崇的一种创作境界。放之于中国古典长篇小说的创作，能臻于此境界的作品可谓寥若晨星，而《三国演义》便是那熠熠生辉的“晨星”之一。它代表了能够把现实主义精神和浪漫情调、传奇色彩完美地结合在一起的伟大作品所能达到的艺术高度和所能取得的艺术成就。在那些或虚或实、闪耀着现实主义光彩的文字中间，作者始终洋溢着一种热情和精神，让人从中受到感染和鼓舞，读出豪气和浪

① 吴新雷：《中国戏曲史论》，江苏教育出版社1996年版，第36～38页。

② （南宋）洪迈撰，何卓点校：《夷坚志·夷坚乙志序》，中华书局2006年版，第185页。

漫。这就是民间文艺、通俗文艺所具有的感染力，这就是现代人称之为“浪漫主义”的东西，这就是想象之奇。只有凌空蹈虚、通透灵活地去把握这种热情和精神、感染和振奋、豪气和浪漫这种想象之奇，而不是质实地去研究、去考证、去质疑，方可谓作者的隔代知音，方可谓读懂了《三国演义》。

（三）笔法之奇

书法、绘画等艺术创作须讲究笔法，小说也是如此，有诸多叙事上的笔法讲究。高明的小说家追求叙事笔法的多样化、灵活性以及笔法的高超巧妙，避免叙事上的平铺直叙、直白板滞。叙事笔法是判断小说艺术性的方法之一，历来小说批评家都注重研讨作品中的叙事笔法，并且有精到的观察和总结。

金圣叹作《读第五才子书法》，总结出《水浒传》中运用高妙的十多种“文法”，如草蛇灰线、背面铺粉之类；又批评《三国演义》道：

> 《三国》人物事体说话太多了，笔下拖不动，趯不转，分明如官府传话奴才，只是把小人声口替得这句出来，其实何曾自敢添减一字。[①]

不愧是顶级小说批评家，金圣叹批评《三国演义》的话精当又传神，《三国演义》在人物形象塑造和人物语言运用上确有一些不尽如人意的地方和可议之处，这是由于在陈志裴注、《世说新语》等文献资料基础上改编，因而模拟受限太过、不够活脱通透。但《三国演义》也有它的长处，那就是在故事叙事方面。作家在具体行文中综合运用多种叙事“文法”“笔法”，使许多故事段落或平添波折，或悬念迭现，或张弛有致，或曲径通幽，本就传奇浪漫的故事从而更具感染力和可读性，更加精彩纷呈。毛宗岗受金圣叹的启发，也对《三国演义》的叙事“文法”“笔法”做出总结和评说：

① （清）金圣叹著，曹方人、周锡山校点：《金圣叹全集》，江苏古籍出版社1985年版，第17页。

《三国》一书，有以宾衬主之妙……有同树异枝、同枝异叶、同叶异花、同花异果之妙……有横云断岭，横桥锁溪之妙……有将雪见霰，将雨闻雷之妙……有浪后波纹，雨后霡霂之妙……有寒冰破热，凉风扫尘之妙……有笙箫夹鼓，琴瑟间钟之妙……有隔年下种先时伏着之妙……有添丝补锦、移针匀绣之妙……有近山浓抹、远树轻描之妙……有奇峰对插、锦屏对峙之妙……有首尾大照应、中间大关锁处……①

毛宗岗开列的也有十数种之多；而且我们可以看出，毛宗岗对叙事笔法的取名相较于金圣叹既形象生动又颇具文艺色彩，读之美听，令人遐想。毛宗岗并不是故作标新立异之论，这是他苦心浸淫、涵咏《三国演义》文本之后悟出的结果。另外一条是，他对每一种叙事笔法都作了详尽的解说，读之令人信服，且让人能够根据他所举例证来举一反三、触类旁通，把这些叙事笔法上升为一般的通用的小说叙事法则。如他说：

《三国》一书，有横云断岭，横桥锁溪之妙。文有宜于连者，有宜于断者，如五关斩将，三顾草庐，七擒孟获，此文之妙于连者也。如三气周瑜，六出祁山，九伐中原，此文之妙于断者也。盖文之短者，不连叙则不贯串，文之长者，连叙则惧其累坠，故必叙别事以间之，而后文势乃错综尽变，后世稗官家鲜能及此。②

对于横云断岭、横桥锁溪的叙事法，毛宗岗既阐释了它的意涵——“文有宜于连者，有宜于断者”，又各有例举，使人对此法有直观明白的了解，还探求文理，指出此一叙事法存在的必要性和合理性，亦即“盖文之短者，不连叙则不贯串，文之长者，连叙则惧其累坠”云云。又如说及将雪见霰、将雨闻雷的叙事法：

① （清）毛宗岗：《读三国志法》，王连熙、顾易生主编：《清代文论选》，人民文学出版社 1999 年版，第 788～794 页。

② （清）毛宗岗：《读三国志法》，王连熙、顾易生主编：《清代文论选》，人民文学出版社 1999 年版，第 790 页。

将有一段正文在后，必先有一段闲文以为之引；将有一段大文在后，必先有一段小文以为之端。如将叙曹操濮阳之火，先叙糜竺家中之火一段闲文以启之……将叙赤壁纵火一段大文，先写博望新野两段小文以启之……“鲁人将有事于上帝，必先有事于頖宫。”文章之妙，正复类是。[①]

闲文—正文、小文—大文的叙事法，经毛宗岗点拨，豁然开朗，细想下还真是那么回事儿。

毛宗岗对《三国演义》叙事笔法的钻研真可谓苦心孤诣、见解独到、予人启迪。难怪毛宗岗在《读三国志法》中要称赞说：“《三国》叙事之佳，直与《史记》仿佛，而其叙事之难，则有倍难于《史记》者。”[②] 并情不自禁、由衷地感叹道：“吾谓才子书之目，宜以《三国演义》为第一！”[③]

第五节 《三国演义》的战争叙事艺术

《三国演义》写汉末三国风云，写英雄沙场征战，它的战争叙事是小说创作和阅读的主要方面，其战争叙事的高超的艺术性正是确立《三国演义》作为中国古典长篇小说经典之作的一块重要基石。在中国古代经典性的长篇小说作品中，唯有《三国演义》的战争叙事堪称最正宗的战争叙事，也唯有《三国演义》的战争叙事堪称具有高度的艺术性，值得后人学习、效仿和研究。

明人创作的那些名目繁多、滥竽充数的历史演义小说就不用说了，即使如《水浒传》《西游记》《封神演义》《新列国志》《隋唐演义》《杨家府演义》《说岳全传》等名篇佳作或较好、较有名

① （清）毛宗岗：《读三国志法》，王连熙、顾易生主编：《清代文论选》，人民文学出版社1999年版，第790～791页。

② （清）毛宗岗：《读三国志法》，王连熙、顾易生主编：《清代文论选》，人民文学出版社1999年版，第795页。

③ （清）毛宗岗：《读三国志法》，王连熙、顾易生主编：《清代文论选》，人民文学出版社1999年版，第796页。

的作品，就其战争叙事这一方面而言，要么算不上是真正的战争叙事，要么其战争叙事艺术性不如人意，难以望《三国演义》之项背。《三国演义》写战争，不用魔幻，不用法术，不偷工减料，完全遵循客观理性的战争叙事逻辑和现实主义的战争叙事原则，并且在战争叙事中充分贯彻道器合一的精神，有着值得称道的战争叙事理念。一句话，《三国演义》在战争叙事上花的是“硬工夫”。另外值得称道的还有其同中有异的战争叙事艺术，书中描写大大小小无数次战争，不仅表现了战争叙事的客观性和逻辑性，还尽力写出了每次战争的个性，令人爱读爱看，不能忘怀。

本节的论述关键词：战争叙事艺术。

一、《封神演义》的战争描写差在哪？

《三国演义》是一部主要写战争的小说，里面所涉大小战事不计其数，《三国演义》之所以能够成为小说经典，其精湛而独到的战争叙事艺术应该是成功的重要原因之一。许多历史演义小说、英雄传奇小说和神魔小说里都有战争描写或者是类似战争的场面，《三国演义》并非专擅其事，但战争叙写之笔却无疑有高下之分、巧拙之别，《三国演义》可谓是独擅其美，是众多作品中最擅写战事而使战争描写成为一门艺术的。《封神演义》是名著，写商周之争和武王伐纣故事，里面战争场面自是少不了，但其描写战争的文字实在乏善可陈、笔法殊拙，且千篇一律，形成套路。《封神演义》几乎把所有的战争场面都简化为战斗双方的斗阵、斗法、斗宝，几乎把所有的战斗过程都简化为反方先小胜后大败、正方先小败后大胜，几乎把所有的战争法则都简化为一条：正义战胜邪恶，有德不可敌。[1] 这样的战争叙事毫无艺术性可言，缺少变化、缺少想象、缺少灵魂，除了故弄玄虚、表面绚烂之外，一无是处。鲁迅先生评之曰：

> 《封神传》……似志在于演史，而侈谈神怪，什九虚造，

---

① 参见郭晔旻：《想象力都用在了法宝功能上：封神演义比西游记差在哪?》，《国家人文历史》2020 年第 3 期。

实不过假商周之争，自写幻想，较《水浒》固失之架空，方《西游》又逊其雄肆，故迄今未有以鼎足视之者也。……其战各逞道术，互有死伤，而截教终败。[①]

《封神演义》以“逞道术”写各种战斗场面，又“侈谈神怪，什九虚造”，又预定了“截教终败”，完全罔顾战争的不同个性以及影响战争进程与胜败的各种条件、要素、事件，不按现实主义逻辑来叙写战争，所以与其说它是一部写战争的书，不如说是一部魔幻小说，而与史实和战争无关。在写战争方面，《封神演义》模仿的不是《三国演义》，而是《西游记》。《封神演义》和《西游记》的战争、打斗描写具有明显的相似性：一是打斗事件通常发生在神与神或神与怪之间，打斗者通常都有魔法或某种胜人的法宝、本事；二是打斗双方先天被赋予了正面或反面的属性，如猪八戒再怎么坏也是好人，牛魔王再怎么好也是坏人；三是打斗进程都有一定的套路；四是结果都是好人终胜坏人终败。

虽然如此，《西游记》却有远胜于《封神演义》的地方。《西游记》胜在哪里呢？第一，《西游记》赋予了打斗的神怪以人性。与其说它的打斗者是各模各样的神怪，毋宁说它们是人，是人的变形。《西游记》的神怪有人的感情和欲望，会嬉笑怒骂，会逞强好胜，爱玩，爱捉弄人，即使如来佛、观音菩萨者也懂得幽默，身上满满的人性，令人有亲近感。与之形成对比，《封神演义》里的神怪只有神怪气，妖气十足，连其中的人也是如此。第二，《西游记》既写斗法和斗宝，更写斗智斗勇，智慧较量是其打斗故事虽有套路却引人入胜、令人百读不厌的魅力之所在。孙悟空和二郎神的较量在斗法和变化的过程中可谓充满了智慧，当孙悟空在急切之间把自己变成一座庙而尾巴没处安放便只好假作旗竿竖在庙的后面时，我们会忍俊不禁，而二郎神也由此发现了破绽，找到了制服孙悟空的办法。《封神演义》则少有如此智斗。第三，《西游记》里的打斗场面虽然也有套路和模式，但作家叙

① 鲁迅：《中国小说史略》，上海古籍出版社 1998 年版，第 117～118 页。

述时还是力求变化和趣味，避免刻板僵化、千篇一律，如三打白骨精、智借芭蕉扇等故事就写得与众不同、趣味盎然，给人以深刻的印象，令人回味。这样的段落在《封神演义》里是找不到的。

《西游记》在类战争叙事上远胜于《封神演义》，但如果要与《三国演义》相比，还是有差距的，在战争叙事方面，《三国演义》堪称中国古典小说的翘楚，无有出其右者，包括《水浒传》。《水浒传》的精彩主要在它的前半部，对于众多梁山英雄形象有着精妙、生动的刻画，至于战争场面，有写得精彩的，也有写得一般的，特别是后面打祝家庄、打曾头市、三败高太尉、征辽、征方腊之类，艺术性上未免有些欠缺，难怪金圣叹要有“腰斩《水浒传》”之举了。

二、现实主义的战争叙事原则

《三国演义》里的战争叙事是非常成功的，其成功的秘诀最关键的在于《三国演义》遵循了现实主义的战争叙事原则。

战争是残酷的。战争是要在战场上动真刀真枪的，是流血的政治。战争的胜负成败有自己的客观规律，不以人的主观意志为转移，不由人的良好愿望来达成。不会因为他是好人、是主角，他兵多将广、英明果断、刚毅正直就会让他打胜仗；也会因为他有神人护佑，有魔法，有独一无二的法器或是呼风唤雨的特异功能就能取胜。不，对于战争来说，这些都是虚的，都是无稽之谈。战场上没有主观愿望和魔幻神力的生存空间。这就是现实主义的战争法则。

同样，战争叙事也要遵循现实主义的叙事法则，应当在叙事中客观而完整地呈现战争的过程和细节，展示影响战争胜败的各种主客观因素，而不能在艺术上偷懒，当无法取得想要的战争结果时就引入魔法、神力或其他玄虚的东西来糊弄读者。在战争叙事上不能思想怠惰、偷工减料。现实主义的战争叙事和魔法、神力是不相容的。《三国演义》里既没有《封神演义》《西游记》中的各种人神争斗、各种斗阵、斗法、斗宝的描写，甚至也没有

《水浒传》中诸如鲁智深倒拔垂杨柳、神行太保日行八百里、公孙胜呼风唤雨腾云驾雾、李逵跳茶楼劫法场等不符合一般人情物理的关目，《三国演义》里的战争叙事基本上都是实际战争的描写，呈现了现实战争的过程和状态，完全符合现实主义的战争叙事原则，读来令人可信。

可能有人会问，《三国演义》里的战争故事，如关云长千里走单骑、赵子龙长坂坡救主、张翼德当阳桥断喝曹军、死诸葛退生仲达之类，也充满了传奇色彩，怎么说它是现实主义叙事呢？其实传奇性和现实主义叙事并不矛盾，不是说采用了现实主义的叙事就会使故事失去传奇性，要保有故事的传奇性就必须放弃现实主义的叙事。即便是日常生活，如果讲述得足够巧妙，听起来一样具有传奇色彩，所谓大千世界无奇不有；何况战争是一种非常特殊的生活场景，其间充满了不确定因素，结果也常常是不确定的、出人意料的，所以战争故事比一般生活故事更具传奇性，只要按照现实主义原则去叙事，不必借助于玄虚和魔幻，就能够把故事讲得引人入胜，充满传奇性。历史上，包括汉末三国时期，有很多以弱胜强的战例，把其间如何以弱胜强的过程和细节真实、真切地展示出来，则每一战例皆是传奇，何须添油加醋、故弄玄虚？再说，战争是磨砺英雄的，战争故事是叙写、塑造英雄形象的，而一个人从普通人通过战争成长为一个英雄，他的身上能缺少传奇性的故事吗？

还可能有人会说，《三国演义》里也有非现实主义的故事描写，如于神仙的故事、借东风的故事、关羽封神的故事，等等。不错，这些看起来像是非现实主义的，试问世间哪里有神仙故事、封神之事？人又怎能通过祭拜借得东风呢？诚然如此。但进一步细究又不是那么回事。于神仙的故事发生在孙策毒伤迸发、人之将死之时，本与战争叙事无关；何况虽然神仙之事不实，但濒死之人未必不会妄见，王充说："凡天地之间，有鬼，非人死精神为之也，皆人思念存想之所致也。……思念存想，自见异物也。人病见鬼，犹伯乐之见马，庖丁之见牛也。”[1] 说的就是孙策见于神仙的这种情形。关羽封神之事确实发生在战争过程中，但它并不违反现实主义叙事法则，因为这个情节并不影响战争叙事，不影响战争的过程和结局，只是在告诉读者关羽此战失利，未能逃出生天，而他的忠义精神却是永存的、不朽的，令人永远怀念。这是《三国演义》尊刘贬曹主题表达的需要。至于说到诸葛亮通过祭拜借得东风，确实是赤壁之战成功的关键环节之一，但它是否就违反了现实主义的叙事法则呢？没有。事实上，对于深谙战争气象学的诸葛亮来说，隆冬时节特殊环境下偶尔会刮一回东南风并非不可能，无论是否有祭拜，这东南风都会刮的，不是神力所致，只是一般人不明就里，以为诸葛亮施了魔法。小说对诸葛亮祭坛借风有浓墨重彩的渲染。诸葛亮之所以举办带有魔幻色彩的祭坛借风仪式，其目的不在于以诚心感动上苍施舍东风，而是要蒙骗周瑜，使自己能安全脱身。所以诸葛亮祭坛借风的情节仍是现实主义的叙事，和戴宗神行、公孙胜腾云驾雾、鲁智深倒拔垂杨柳不是一回事，更非孙悟空一个筋斗云十万八千里、广成子八卦紫绶衣破金光阵等玄虚所可比。《三国志·吴书·周瑜传》说：“时风盛猛，悉延烧岸上营落。”[2]《资治通鉴》卷第六十五载：“时东南风急，（黄）盖以十舰最著前，中江举帆……”[3] 这都清楚表明这东南风是写实的，与祭坛神力无关。

三、客观理性的战争叙事逻辑

《三国演义》战争叙事又一个成功之处在于展示了客观理性的战争叙事逻辑。

战争是一个客观存在。一场战争，它的成败胜负并不取决于人的主观愿望，而是作战双方诸多主客观因素，包括许多偶然、偶发的因素，综合作用所形成的结果。《孙子兵法》十三篇，讲

---

① 黄晖：《论衡校释》下册，中华书局2018年版，第814页。

② （西晋）陈寿撰，（南朝宋）裴松之注：《三国志》，中华书局1982年版，第1263页。

③ （北宋）司马光编著：《资治通鉴》，中华书局2007年版，第769页。

的就是影响战争进程和胜负的各种条件、因素，战略层面的战术层面的，己方的、敌方的，主观的、客观的，“硬战争”因素（兵力对比、战斗力、武器条件、后勤保障、战场特点、兵力部署……）、软战争因素（民心、战略、谋略、外交、情报……），等等。[①] 不同的战争，起作用的条件和因素是不同的，因而每一场战争实际上都呈现了不同的状态和特点，有自己的个性。有的战争是强势一方对弱势一方实行全方位的碾压式的打击，战争结果毫无悬念；有的战争则能够以少胜多，以弱胜强，取得令人意想不到的结果，而实现战局逆转的因素在不同的战例中也是各不相同的。总之，战争充满了不确定性，有很多不可预知因素。但同时，战争又是可以认知和把控的，有自己的发展逻辑和内在规律性，所谓“知己知彼，百战不殆”，切不可陷入不可知论的迷思中。相应地，好的战争叙事则既要能够如实地表现战争的发展过程及其复杂性，也要能够拨开迷雾，充分展示战争的发展逻辑和内在规律性，让人从更高的层次上认识战争、把握战争。

《三国演义》就是一部客观真切地叙写战争、体现了高超的战争叙事艺术技巧的伟大的作品。它总是在故事讲述的过程中很自然地交代某次战争之所以发生的时空条件和前因后果，让人能明白战争的目的所在，也就是作家所称的“致乱之由”（第一回）。比如说黄巾起义，尽管作家鄙称黄巾军为“贼”，视之为犯上作乱者，但他并没有一开篇即突兀地说黄巾乱起（实际上是可以这样开篇的），而是追溯灵帝时宦官弄权、妇寺干政的乱象，这实际上是在交代黄巾起义以及其后平黄巾之乱的前因。再比如赤壁之战，在诸葛亮入东吴舌战群儒之前，小说写曹操扫清袁氏势力、北征乌桓、南取荆州、追逐刘备诸事，这实际上是在交代

① 《汉书·艺文志·兵书》的“兵权谋十三家”首列《吴孙子兵法》八十二篇和《齐孙子》八十九篇，一般认为，《吴孙子兵法》即世人所知的《孙子兵法》，作者孙武，《齐孙子》即后世重新命名的《孙膑兵法》，作者是孙武的后人，名不详，膑乃古代挖去膝盖骨的刑名。前者作于春秋末，后者作于战国中。《孙子兵法》原为八十二篇，今仅存十三篇。《孙膑兵法》后世失传，于1972年山东临沂银雀山汉墓考古时重新发现，为残卷竹简。

赤壁之战曹操与孙刘对决的前因。又如写诸葛亮六出祁山前先写曹丕篡汉称帝、劝进刘备登基、给刘禅上《出师表》诸事，又有和通东吴、七擒孟获的铺垫，表明了诸葛亮六出祁山北伐曹魏的正当性和必要性，这前后亦构成了因果关系。战争叙事需要交代战争发生的原因和背景，体现战争的目的性和正当性，不能让战争成为一个无头无脑的存在。

《三国演义》都是以时间顺序来展开战争叙事的。小的战事不说，像官渡之战、赤壁之战、夷陵之战、六出祁山这样的“大型”战争，小说都大篇幅地、不厌其烦地讲述战争的过程、环节和细节，体现战争发展的阶段性以及推动战争向前发展的动力源，其思虑之周详、逻辑之严密、细节之丰富，令人叹为观止。战争的决策过程，双方或多方统帅的素质，谋士的献策，将帅的指挥，军队的部署、武器、后勤、外交、作战过程、战情变化、战局转折点等诸多与战争相关的要素和细节，无不毕陈于战争叙事，叫人有身临其境之感。《三国演义》在战争叙事的逻辑和细节上从不偷奸耍滑。比如赤壁之战火烧曹营，从火攻计的提出到苦肉计、反间计、诈降计、连环计再到曹操的横槊赋诗（表明曹操上当了）、诸葛亮的借东风、周瑜的杀奸纵火等，哪一个环节都缺不得、乱不得。缺了、乱了哪一环节，在火烧赤壁这段故事叙事中就有逻辑漏洞、艺术硬伤，是要受到质疑和批评的。不仅各环节逻辑周密、环环相扣，而且在每个环节的叙事上也是细节丰满、真切可感、富有生活气息。《三国演义》的战争叙事展示了客观理性的战争叙事逻辑，是现实战争场景的真切写照。

不过，战争叙事和战争情况分析毕竟不是一回事，战争情况分析是客观的，属于军事科学范畴；战争叙事则属于文学范畴，既要遵守客观理性的战争叙事逻辑，同时也要符合文学叙事原则。文学叙事有什么原则？文学即人学，文学叙事要以写人为中心，要体现人在故事中的主体性，要表现人的情感，塑造人物个性鲜明的艺术形象。战争叙事——以战争题材为故事内容的文学叙事——同样要以写人为中心，体现人在战争进程中的主体性和鲜明形象，而不能以冷冰冰的战争数据、战情分析、战争理论和作战技巧等来代替战争叙事。换言之，战争叙事要讲说英雄故事，刻画英雄形象，表现英雄情怀。英雄才是战争叙事中的当然主角。一个战争叙事中如果缺少了英雄故事，也就缺少了灵魂。在正义战争中，英雄们驰骋疆场、杀敌立功。战争便是英雄们焠火成钢的地方。讲战争故事，实际上就是讲英雄故事。英雄们之所以能成为英雄，靠的不是神力，不是法宝，而是他们的斗志、胆识、智慧以及武艺高强，靠的是自身过硬的战斗素质。战争叙事应该讲英雄们如何在战争中、在战场上表现他们的英雄素质，而不是投巧取便，使他们成为"成色不足"的英雄。《三国演义》的战争叙事在英雄群像的塑造上便是非常严肃认真，体现了很高的艺术性。

比如官渡之战中的曹操，相较于袁绍，无疑堪称英雄，但这个英雄称号，不是作家贴标签贴上去的，而是我们读者通过阅读作家的官渡之战的叙事感觉出来的，是作家的文学叙事内在赋予的。何以见得呢？小说既没有在曹操、袁绍一出场的时候就让二人显示出智愚高下之分（袁绍固然没有政治智慧，向何进进言，招致董卓之乱，而曹操欲借刀诛杀董卓却临事而逃的形象也令人印象深刻，在小说中，刚出场的曹、袁二人可谓半斤八两，实际上二人是有高下之分的），也没有让曹操在官渡之战中仅凭智谋就以少胜多逆转取胜，轻松地打败强大的袁军，而是通过详细的战争叙事、艰辛而曲折的过程描写、关键的情节和细节设置，来显示官渡之战的艰难以及胜利的来之不易，表现曹操的英雄本色和领袖风采。其中，城池攻防的较量、荀彧的鼓励和曹操的坚持、许攸的献计和曹操的果断决策以及曹操亲自率兵火烧乌巢等情节，都是不可或缺的，少了它们，曹操的英雄形象无从体现，官渡之战的叙事艺术价值也会大打折扣。

再比如赤壁之战中的孙权，他接班没几年，作为政坛新人，凭什么称英雄？如果小说没有对孙权在赤壁之战中艰难的决策过程作详细的描写，那么，不仅赤壁叙事的环节缺失（先要决定要不要打，然后才是怎么打）、意义大减（决策太轻率则有损赤壁之战的意义），而且孙权的英雄形象也难以树立，是无法对读者交代的。

所以，战争叙事要符合文学叙事原则，讲述生动有趣的战争故事，刻画鲜活可感的英雄形象。当然，文学叙事原则和客观理性的战争叙事逻辑这两者之间并不是对立的、矛盾的，而应该是互相兼容的。讲述英雄故事、刻画英雄形象应该在客观真实的叙事环境中展开，而不能是夸大的、虚假的、脱离了真实环境的甚至是魔幻的，唯其如此，这样的英雄故事、英雄形象才能真切动人，才有生命力。包括英雄传奇性在内的文学叙事真实乃是更高程度上的客观真实。

四、道器合一的战争叙事精神

《三国演义》的战争叙事还贯彻了道器合一的精神。

战争叙事叙写战争事件，讲述战争故事，其内容自然是要和战争密切相关，而战争的发生又是在一定的思想指导下进行的，并遵循战争的法则。战争的指导思想和战争的法则即战争之道。形而下者谓之器，形而上者谓之道。战争之道看不见、摸不着，但它又确实存在，并体现于每一次刀光剑影中。道器是两分的，同时也是合而为一的。并不是在器之外独立地存在一个道，战争之道就是战争的规律性，它是古代兵家——军事理论家们——从战争实践中摸索、总结出来的。道和器实际上是理性认识和感性认识的关系。理性认识是由感性认识上升、发展而来，又反过来可以指导感性认识。这就是兵家需要熟读兵书、知晓兵法的原因之所在。不通兵法、胡乱打仗，这仗会打得一塌糊涂；当然，按图索骥、不知变通也是不行的，赵括、马谡就是例子。

战争是道器合一的，富有艺术性的战争叙事同样也是如此，在讲述战争故事的过程中体现战争的指导思想和战争的法则与规律性，使读者能从中领略战争哲学的思想之美，把握战争之道。《三国演义》就是这样一部在讲述战争故事的过程中能体现战争之道的艺术佳作。

《三国演义》战争叙事中所体现的战争之道通俗地讲就是军事思想，其包含的内容是非常丰富的，兹举其荦荦大者而言之。

第一，“故上兵伐谋，其次伐交，其次伐兵，其下攻城。攻城之法，为不得已”[①]。

《三国演义》在战争叙事中写了很多计谋，有的计谋是用在战斗过程中，如曹操在官渡之战中使用丢弃粮草马匹的饵敌计来扰乱文丑的阵脚并以此诛杀了文丑；有的计是用在战前的决策中，如周瑜、诸葛亮在赤壁之战战前施用的各种计策；有的计甚至被用来消弭战争，避免一场恶仗或困境，如诸葛亮以围魏救赵之计，修书马超解除了曹操对孙权的围攻（第五十八回）。作家为什么在战争叙事中讲述那么多谋划计策呢？其背后有着怎样的战争认知考量？难道战争不是大量地屠杀敌人吗？在中国古人的兵学思想中还真不是。孙子说：“凡用兵之法，全国为上，破国次之；全军为上，破军次之；全旅为上，破旅次之；全卒为上，破卒次之；全伍为上，破伍次之。是故百战百胜，非善之善者也；不战而屈人之兵，善之善者也。”[②] 马谡也向诸葛亮进言：“用兵之道，攻心为上，攻城为下；心战为上，兵战为下。”[③] 兵学思想认为，和平共处是社会生存之道，战争的发动乃是不得已而为之的，是制止战争、实现和平的一种手段，所谓止戈为武是也。虽然战争的发动意味着流血和死亡，却并不表明一定要最大限度地从肉体上消灭敌人，不一定要你死我活，不共戴天，而是要收服人心，让敌方从心理上信服你、接受你，近悦远来。所以在古代改朝换代时，中国人更推崇禅让；春秋时期，孔子在点评学生志向时，会赞同向往“浴乎沂，风乎舞雩，咏而归”之和平生活的曾皙，而哂笑希望在有“师旅”之事的大国里任职的子路[④]。明郑和七次下西洋，送给世界的是中外贸易、和平交往而不是强权殖民；这种中国式战争观在具体战争事件中的表现就是在战争中尽可能地运用谋略计策打败对方，使对方降服，而不以

---

① 陈曦译注：《孙子兵法·谋攻篇》，中华书局2011年版，第37页。

② 陈曦译注：《孙子兵法·谋攻篇》，中华书局2011年版，第5页。

③ （西晋）陈寿撰，（南朝宋）裴松之注：《三国志》，中华书局1982年版，第983页。马谡的话可参见《三国演义》第八十七回诸葛亮初征蛮王孟获时。

④ 杨伯峻译注：《论语译注》，中华书局1980年版，第118～119页。“夫子哂之”的“哂”是微笑义，是一种不表态的表示，不同于我们今天所理解的嘲笑之义，但和“吾与点也”的“与”意思、态度完全不同却是可以肯定的。

大量杀伤敌人为目的，甚至要“不战而屈人之兵”，以和平、不流血的方式获取战争的胜利。

《三国演义》不仅着意叙写战争中的谋略计策（伐谋），而且着意叙写各方势力之间的合纵连横、分化组合，即所谓伐交。这样做的目的也是要表达“不战而屈人之兵”的战争思想。比如官渡之战时曹操遣祢衡赴荆州加强与刘表的联系，袁绍遣陈震赴江东加强与孙策的联系；再比如赤壁之战时孙刘两家结盟共抗曹操，又有庞统救徐庶之计（让曹操派徐庶远赴西北“拒”韩遂、马腾，韩遂、马腾隐然成了孙刘的盟友）；又比如前述诸葛亮修书马超以围魏救赵之计解曹操对孙权之围；此外，还有诸葛亮在北伐曹魏之前七擒孟获并遣使东吴消释两家之怨结，等等。可以看出，《三国演义》在战争叙事中确实非常看重伐谋与伐交之事的。这不仅意在传播智慧，而且更是军事战略思维的需要，是战争之道的体现。伐谋与伐交可以让军事统帅跳出具体战局的拘限、制约，拥有更宽广的战争视野，统筹战争与非战争各要素（政治、经济、外交、民心等）之间的关系，从战略上、全局上来思考战争问题，从而可以更好更快地找到取胜之道，尽快结束战争。

第二，“道者，令民与上同意也，故可以与之死，可以与之生，而不畏危”[1]。

“昔之图国家者，必先教百姓而亲万民。……是以有道之主，将用其民，先和而造大事。……民知君之爱其命，惜其死，若此之至，而与之临难，则士以尽死为荣，退生为辱矣。”[2]

为什么要打仗？为什么会有战争？这是发动或参与战争的君主们首先需要考虑的问题，不解决“为谁打仗”的战争宗旨问题，则军队很难形成强大战斗力，即便军队人数再多，武器再先进，作战环境和条件再好，也无济于事，难以取胜。古代优秀的

① 陈曦译注：《孙子兵法·计篇》，中华书局2011年版，第3页。

② （战国）吴起：《吴子·国图》，商务印书馆1985年版，第1页；亦可参见（清）马骕：《绎史》卷105，中华书局2002年版，第2760页。

军事专家们都看到了这一问题，并指出：所谓战争问题，说到底都是为了维护百姓的利益，百姓权益才是一切战争发动的最终依据。在君权神授、君主至上的古代社会，能看到这一点是难能可贵的。表面看起来，打仗似乎是君主、将领、士兵们的事，跟老百姓没有关系，但实际上不是这样的。古语说得好，兵马未动，粮草先行。粮草从哪里来？从百姓中来。战争的胜利离不开百姓的支持。不仅是提供粮草后勤的支持，百姓还在兵源补充、情报支持、舆论士气乃至战场辅助进攻方面都发挥着重要作用。所以，高明的君主和优秀的将领都把争取民心视为赢得战争胜利的首要条件之一。孙子所谓“道者令民与上同意也”，“上下同欲者胜”，吴起所谓“不和于国，不可以出军”，说的就是争取民心的重要性。

如何争取民心？对于君主来说，“必先教百姓而亲万民”[①]；对于将领来说，则必是要有“仁”的素质：“将者，智、信、仁、勇、严也。”[②] 在一般人的认知里，兵家、战争和仁是扯不上关系的，然而这正是战争之道的深刻幽微之处。战争中是不能没有仁的，包括君主的仁政、将领对士兵的仁恤，甚至还包括对敌方、对战败方的必要的“人道主义”对待——像秦将白起坑杀四十万赵兵的事件在中国历史上一直受到强烈谴责，人们诅咒他在地狱最深处受尽折磨。[③]

《三国演义》的战争叙事深谙战争中的仁术，以多种方式彰显仁对于战争的重要性。令人印象深刻的一幕是刘备携民渡江。《三国演义》浓墨重彩地叙写了这一情节。当时的形势是多么紧急啊！曹操因曹仁新野之败，派大军追杀刘备，刘备便从新野逃往樊城，又从樊城逃往襄阳，又因襄阳刘琮拒留而逃往江陵以及

---

① （战国）吴起：《吴子·国图》，商务印书馆 1985 年版，第 1 页。

② 陈曦译注：《孙子兵法·计篇》，中华书局 2011 年版，第 3 页。

③ 北宋刘斧作小说《程说》，叙书生程说魂游地狱，见“一瓦砾堆积之所，有一人手出于上”，问知是秦将白起，并被告知：“昔起杀降人四十万，祸莫大焉。此瓦砾乃人骨也，为风雨劫火消磨至此。更千年，瓦砾复归于本，起方出平地上。又千年，起方入异类中。”参见李剑国辑校：《宋代传奇集》，中华书局 2001 年版，第 267 页。

刘琦所在的江夏，一路可谓仓皇至极；可就在这样紧急的形势下，刘备仍带着大批百姓奔逃，不肯舍弃他们，小说多处描写道：

两县之民，齐声大呼曰："我等虽死，亦愿随使君!"即日号泣而行。扶老携幼，将男带女，滚滚渡河，两岸哭声不绝。玄德于船上望见，大恸曰："为吾一人，而使百姓遭此大难，吾何生哉!"欲投江而死。左右急救止。

于是引着百姓，尽离襄阳大路，望江陵而走。襄阳城中百姓，多有乘乱逃出城来，跟玄德而去。

却说玄德同行军民共数万，大小车数千辆，挑担背负者不计其数。路过刘表之墓，玄德……哭告曰："辱弟备无德无才，负兄寄托之重，罪在备一身，与百姓无干。望兄英灵垂救荆襄之民。"言甚悲切。军民无不下泪。……玄德泣曰："举大事者，必以人为本。今人归我，奈何弃之!"百姓闻玄德此言，莫不伤感。

却说玄德拥着百姓，缓缓而行。……其余俱管顾百姓而行。每日只走十余里便歇。

这些描写着力塑造了刘备仁民爱物的圣君形象，以此强调战争中民心的重要性。其实不仅是刘备，连小说中的"反派人物"曹操也知道争取民心的重要性。在写刘备携民渡江之前，有人向曹操建议："丞相初至襄阳，必须先买民心。今刘备尽迁新野百姓入樊城，若我兵径进，二县为齑粉矣；不如先使人招降刘备，备即不降，亦可见我爱民之心；若其来降，则荆州之地可不战而定也。"曹操听从建议，派徐庶到刘备处充当说客，邀买民心。曹操还有割发代首等严明军纪、保护庄稼、争取民心的典故。[①]

刘备的仁德不仅表现在对老百姓的关爱上，还表现在对手下将领的信任和爱惜上。当有人向刘备举报赵云投奔曹操的时候，

---

① 参见（东汉）曹操：《蒿里行》，林久贵、李露编著：《曹操全集：汇校汇注汇评》，崇文书局2020年版，第13页。

刘备坚决不信；当赵云历经艰辛保全阿斗来到刘备身边的时候，刘备当众把阿斗摔在地上，说："为汝这孺子，几损我一员大将！"刘备对百姓的关爱、对将领的信任和爱惜正是他能在汉末三国群雄混战时代存活下来的一个法宝。他的做法也被诸葛亮继承下来。比如诸葛亮七擒孟获正是仁民的表现，他在失街亭之后既着人搬取姜维老母又内迁天水等三郡百姓，表明他心中想着自己的爱将以及百姓的安危。

第三，"兵者，诡道也。故能而示之不能，用而示之不用，近而示之远，远而示之近。利而诱之，乱而取之，实而备之，强而避之，怒而挠之，卑而骄之，佚而劳之，亲而离之。攻其无备，出其不意"①。

"夫兵形象水，水之形避高而趋下，兵之形避实而击虚，水因地而制流，兵因敌而制胜。故兵无常势，水无常形，能因敌变化而取胜者，谓之神。"②

仗应该怎么打？打仗有没有模式和路数？这个问题不能简单地回答，可以借用古人对诗歌写作的一个解说："学诗当识活法。所谓活法者，规矩备具，而能出于规矩之外；变化不测，而亦不背于规矩也。是道也，盖有定法而无定法，无定法而有定法。知是者，则可以与语活法矣。"③ 诗歌文章的写法千变万化，没有固定的模式和套路，如果像八股文那样去写诗作文，那天下的文章就都被写死了。但不能因此说写诗作文可以天马行空，完全不讲规矩和方法。写诗作文是有规矩和方法的，那就是"活法"，也就是"有定法而无定法，无定法而有定法"，人们能够从诗文创作中总结出一定的"法"，并在创作实践中灵活地运用它们。关键是要"活"，不能死，要知道灵活和变通。打仗亦如是，兵法和军事理论就是"法"，就是规矩和方法，不懂兵法和军事理论就不能打仗，这是肯定的；但又不能死守兵法，要在具体的战争

① 陈曦译注：《孙子兵法·计篇》，中华书局 2011 年版，第10 页。

② 陈曦译注：《孙子兵法·虚实篇》，中华书局 2011 年版，第 110～111 页。

③（南宋）吕本中：《夏均父集序》，《四部丛刊》影旧钞本《后村先生大全集》卷九十五《江西诗派》引。

环境中灵活地运用兵法，使兵法成为指导作战的利器。所以说打仗既“有定法”（兵法和军事理论）又“无定法”（灵活地运用），既要是“有”又要是“无”，不能拘执。这就像水，水的流势千变万化、随物赋形，似乎是无从把握的，“无定法”，但实际上水的流动却有规律可循，有“法”可依，那就是“避高而趋下”，“因地而制流”，“有定法”。打仗也要把握兵势，详审虚实，从而“避实而击虚”“因敌而制胜”，绝不能像宋襄公那样“不鼓不成列”[①]，也不能像马谡那样“居高临下，势如破竹”[②]。影响作战的因素很多，战场形势瞬息万变，所以说“兵者诡道也”。这要求战争指挥者既要有谋略，巧妙地调动敌人，又要洞悉战场形势变化，有随机应变、临机决断的能力。

《三国演义》是小说，不是战例汇编集，它在叙写战事时不能抛开故事情节而专门展示和讲解每次战争的技战术，但是我们却可以透过作家的妙笔生花，从军事角度了解军事指挥者指挥战争的成败得失和技战术水平，领略战场指挥艺术之美。

以官渡之战为例，袁绍在占据冀、并、青、幽四州，钱粮兵马充足的条件下，“起马军十五万，步兵十五万，共精兵三十万，望黎阳进发”，以救援徐州刘备为名，杀向曹操。这是小说中夸大了的起兵人数。曹操则“自引大军二十万，进黎阳，拒袁绍”，同时又遣弱旅刘岱、王忠带兵五万，“去徐州攻刘备”。如此看来，袁、曹二军似乎实力相当，曹操仅稍弱而已。实际上并非如此。曹操的兵力远少于袁绍，且曹操的“盟友”也远少于袁绍。在双方力量悬殊的情况下，曹操是怎么做的呢？

① 即敌人不能排列好战阵就不去进攻。有人说宋襄公是在遵守春秋时代贵族战争中的礼仪规范，称其师为“仁义之师”，并与西方古代战争中的骑士精神和贵族式决斗类比，这诚然是有道理的。但同时我们也要注意到时人子鱼的议论：如果你这么在意战争中的礼仪规范以及对敌人的怜悯，还不如在战争未起或初起时就对敌人屈服投降；既然是战争，就应该充分利用战场上对自己有利的作战时机消灭敌人，以保护本国的利益。

② “居高临下，势如破竹”本身并没错，问题是也得看具体情况，不是什么情况下都是如此。如果高处缺乏水源，易引火灾，没有掩体，再加上缺少士气，军无斗志，居高会成为一种灾难，不得不慎处之。

第一，稳定侧翼，主攻中间。一开始敌情不明，己方又处于守势，所以曹操决定稳定侧翼，主攻中间。主攻中间，所以曹操“自引兵至黎阳”；稳定侧翼，所以曹操先遣弱旅防备刘备，再遣臧霸“把守青、徐”。敌是一路进攻，一路侧应；我也是一路对攻，一路侧防。但为了迷惑敌人，不暴露己方的意图，曹操让弱旅刘岱、王忠虚打“曹丞相”旗号，冒充主力部队，虚张声势，又吩咐他们在实际作战中“不可轻进”。

第二，调整策略，解决侧翼。袁绍是个没有决断的人，内部谋士又意见不和，钩心斗角，所以袁军没有把出兵之初的气势保持下去，在进兵至黎阳，与曹军相隔仅八十里的情况下，竟各自深沟高垒，相持不战达数月之久，“自八月守至十月”。作为高明的战争指挥者，曹操洞悉敌方的问题所在，知己知彼，及时调整作战计划，而没有和袁绍空耗。他决定先解决侧翼和后方问题，先后解决了腹背的张绣、刘表和侧翼的刘备、马腾问题，又平息了朝廷内部的纷乱，解除了自己的后顾之忧。而与此同时，袁绍内部除原有问题外，又起了立嫡之争，内忧外患使袁绍心神恍惚，错过了很多有利时机。

第三，正面进攻，挫其锐气。袁绍延宕了数月，终于又向前进发了。他让颜良作先锋，进攻白马。曹操这时候可以腾出手来，专心一意地对付袁绍了，于是他再次调整策略，选择和袁绍正面交锋，先在白马杀了颜良，后在延津杀了文丑，极大地消挫了袁绍的锐气。

第四，相持官渡，实力对耗。不管怎么说，袁、曹最终还是要在战场上进行实力比拼，腾挪躲闪不过去，在兵法上这叫“以正合”。双方在官渡对垒、厮杀、城池攻防，相持两个月，“自八月起至九月终”。虽然曹操破了袁绍的诸多攻城计，但无奈粮草不济，曹操感到快坚持不下去了，欲撤离官渡退守许都，幸亏荀彧的提醒和鼓励才没走出这一步。从兵法上讲，走出这一步一切就结束了。官渡是许都的拱卫，官渡都守不住，凭什么能守住许都呢？这无论在政治上还是军事上都会造成无可挽回之局，所以坚决不能撤，必须坚持，和袁军死耗，等待合适的时机以出奇兵，一招制胜，“此用奇之时，断不可失”！

第五，火烧乌巢，出奇制胜。以正合，以奇胜。这种以弱胜强的战争，正面战场上的较量是必须的、不可避免的，但同时，又不能只在正面战场上角力较量、和敌方死耗，必须捕捉战机，以敌人想不到的方式出奇制胜。曹操制胜的奇招在哪里呢？不在一个一个地破解敌方的攻城计，不在和敌方长年累月地对峙，不在大量地杀伤敌人，而在打击敌人的补给。说到底，袁绍一方的软肋和曹操是一样的。曹操是粮草不济，部队吃不上饭，没法继续打下去；而袁绍虽然粮草充足，却劳师远征，补给线过长。补给线过长，则有运粮的队伍可以打，储粮的地方可以毁，问题是要找到机会。这时候，情报工作的意义就凸显出来。通过袁军细作的供述，曹操掌握了袁绍的运粮情报，派兵烧毁了他的粮草辎重；又有许攸，本是袁绍谋士，因受袁绍的打压而转投曹操，并献上火烧乌巢的计策，曹操敏锐感觉到这条计策的重要性（他不认为许攸的计策有诈，这是他比袁绍高明的地方），果断地亲自带兵杀向乌巢，烧毁了袁绍的粮草储备基地，从而以奇招克敌制胜，取得成功。

从《三国演义》娓娓道来的官渡之战我们可以知晓战争过程的不可预测性，明白“兵者诡道也”的深刻含义，也可以领略曹操对战场形势的敏锐感知力和他随机应变、应对得法的战争指挥艺术，叹服他不愧是一位深谙战争之道的高明的军事统帅。什么是战争叙事中的道器合一？这就是战争叙事中的道器合一。表面上按照小说的叙事法则信马由缰、虚虚实实、真真假假，实际上却暗合兵法与战争之道，让人感知到战争指挥艺术的魅力。

像官渡之战叙事这样的贯彻了道器合一战争叙事精神的段落在《三国演义》中还有很多。比如其时尚名不见经传的东吴陆逊在夷陵之战中火烧刘备七百里连营，以弱胜强，一战成名，在作家绘声绘色的故事讲述中，就同时揭示了陆逊的取胜之道，展现他是如何利用天时（炎夏干燥）、地利（长江中游两岸山势险峻绵延）条件以及恰当、巧妙的技战术（避战死耗，等待有利于自己的战机），来战胜强敌的。在夷陵之战故事讲述中，既有器的呈现（丰富生动的战争场面和细节），又有道的寓含（取胜之道和战争规律性），是一个很巧妙高明的道器合一的战争叙事。

五、同中有异的战争叙事艺术

《三国演义》战争叙事值得称道的地方还有它表现了同中有异的战争叙事艺术。战争叙事既要客观真实（允许有必要的、合情合理的细节虚构），又要同中有异，体现出不同战争的个性和差异性。

《三国演义》里写了很多战争故事。就实际发生的战争而言，由于战争发生发展的时空条件和影响战争进程的主客观因素各不相同，每一次战争事件的实际状况肯定是不一样的，没有两个可以复写的战争。就像每个人都来自不同的家庭，都有各不相同的成长环境和人生经历，所以就不会有两个可以复写的人，每个人都有自己的故事，每个人都有不同的个性。这是可以肯定的。但从叙事角度看，要想在同一本书里把每次战争故事都讲得与众不同，讲出战争的个性和差异性，讲出战争的独特味道，又是非常困难的，非高手不能为之。为什么会这样呢？其一，从战争叙事方面讲，战争虽然是千变万化、神妙莫测的，却又是可以认识的，其间有规律可循。这些规律是从具体战争实践中总结出来的，可以归类，如军事战略思维的分类、技战术的分类（明代茅元仪《武备志》将古典军事技术分为野战、攻城战、守城战、水战、火攻五类）、阵型阵法的分类等。在进行战争叙事的时候，呈现这些分类就容易使叙事变成同一种模式和套路从而消解战争叙事的个性化。其二，从文学叙事方面讲，文学叙事也有基本的方法和手法，好的叙事者应该综合地、灵活地运用这些叙事的方法和手法，而不是机械、不知变通、不懂创造地写作。若是后者，则很容易给人一种故事雷同、情节雷同、手法雷同的套路写作之感，就难以称为巧妙叙事了。揆诸历来实际上的叙事文学创作，艺术上如此不足的作品还是挺多的，可以反映叙事之难。所以，尽管实际的战争事件都是个性十足、各不相同的，但在叙事上要讲好这些战争故事、讲出这些战争事件的个性独特性来却非常不易，需要相当的艺术巧思与匠心。

《三国演义》里的战争叙事是非常成功的，其成功的表现之一就是写出了诸多战争事件的个性和独特性，写出了战争的同中之异。比如奠定天下三分的三大战役——官渡之战、赤壁之战、夷陵之战——都是以弱胜强的战役，但它们何以能实现以弱胜强呢？其理由、过程、方式其实是各不相同的，需要讲述者精心策划、巧妙安排方可明之。《三国演义》对这三大战役采取了不同的叙事策略。大体说来，官渡之战由于袁绍的犹豫无能以及曹操的坚持不懈而显得过程拖沓，一场本可一鼓作气的战争却打得不甚痛快，所以叙事者便把讲述重心放在对战争过程的叙写上，用翔实细腻的过程叙事来显示战争的跌宕起伏、精彩纷呈。赤壁之战的主要战事在于火烧赤壁，由于打得太痛快，无法像官渡叙事那样对其过程展开描述，而此战又太过重要不容马马虎虎、一带而过，叙事者便把讲述重心放在战前的决断与谋划上，以此显示此战的重要性以及战略谋划的思维之美、智慧之美。换言之，官渡叙事重在战争过程，赤壁叙事重在战前谋划；官渡叙事体现力量的比拼，赤壁叙事体现计谋的较量；官渡叙事并不专注于战争叙事，赤壁叙事则全神贯注于战争谋略本身，心无旁骛。

而夷陵之战与官渡之战、赤壁之战相比又有其特殊性。夷陵之战特殊在什么地方呢？特殊在它以弱胜强，但势强却失败的刘备一方是叙事者所要歌颂、赞美的，战争结果与本书的主题表达相冲突，这该怎么处理呢？有鉴于此，一方面叙事者要按照战事发展的实际状态和逻辑显示陆逊的战争指挥艺术之高妙，另一方面又要想方设法减缓刘备远征失败给读者带来的心理冲击，维护刘备的人物形象。于是，夷陵之战的叙事重心便放在刘备出兵伐吴的正当性上：他要为冤死的两个兄弟关羽、张飞报仇，他是为了正义而战。关羽死于东吴吕蒙之手，张飞也因欲为关羽报仇而被害，关羽、张飞两个同生共死的兄弟实际上都是被东吴害死的，这仇哪能不报呢？不报则刘备无以取信于世人，无以立足于天地之间。因此，刘备兵败实在是情有可原的。其一，不可能像赤壁之战那样写刘备在战前对接下来的战事作明智审慎的决断和周密详细的谋划，如果那样的话就不像是复仇之战，而是精于算计的不道德的战争行为了，这有损刘备形象。所以，战争的进程也就不可能像官渡之战那样有序，而是走一步看一步。其二，刘备遇上了狡诈而无耻的敌手。陆逊太狡诈了，他坚寨闭户，抵死避战，就一个“拖”字战术，拖垮了刘备的七十万大军，拖出了对自己非常有利的作战条件。而且任刘备如何焦躁辱骂，陆逊就是躲着不出来，忍耐力十足。所以，从战役过程上看，夷陵之战找不出一个如官渡之战中诛杀颜良文丑、官渡城池攻防、乌巢厮杀火攻那样激烈的、令人印象深刻的战斗场面，夷陵之战叙事既不能讲述精彩的惊心动魄的战斗场面，也不能讲述精妙的周密详细的战争谋画，实际上变成心理战叙事。其三，由于没有做好战前谋划，刘备碰上了四重极为不利的作战环境。一是地形不利。长江中游山势绵延崎岖，又有江水隔绝两岸，这样的地形不利于行军，不利于布阵，不利于战场展开，也不利于作战时部队前后以及长江两岸的部队呼应救援。刘备摆成一字长蛇阵，首尾安营长达七百里，实在是没有办法的事。二是时间不利。早在章武元年（221 年）秋八月，刘备就已起兵伐吴，但由于缺少良好的规划部署和恰当的技战术，再加上陆逊成功的拖延战术，把作战时间拖到了第二年盛夏。盛夏对蜀军来说可谓极为不利，既疲惫炎热又取水困难，于是刘备“遂命各营，皆移于山林茂盛之地，近溪傍涧”，而这一移营山林的军命却是犯了兵家大忌，使陆逊火烧连营成为可能。三是补给不利。蜀军前锋在荆州，补给在蜀中，给部队运送粮草的道路既遥远又难行，后勤补给极为不便。四是客场作战的不利。蜀境多山，吴境多水，蜀利陆战，吴利水战，蜀军深入吴境作战，以己之短对敌之长，又是客场作战，不熟悉环境，其作战条件明显是不利的。四是其高明军师诸葛亮的缺席。诸葛亮一向与刘备共同行动，这次却是例外。原因是多方面的，首先是因为刘备亲征东吴，需要诸葛亮在后方处理政务并做好防范曹魏的工作；其次是因为在征吴问题上刘备与诸葛亮意见不一，刘备只想着报仇，而诸葛亮则希望能维护孙刘联盟以共抗曹魏。最后是小说叙事逻辑，如果刘备的每次行动诸葛亮都参与的话，那凭借诸葛亮高妙的战争谋划，这次征吴还会失败吗？不失败则既不符合历史事实，也无法继续小说下一阶段的叙事。几方权衡之下，只好让诸葛亮缺席这次征吴行动了。

总而言之，同是以弱胜强的战争，《三国演义》没有按照套路写官渡之战、赤壁之战和夷陵之战，而是根据每次战争的实际情况以及小说叙事的实际安排和需要来写，从而写出了每次战争的个性和独特性，写出了战争的同中之异，使读者在阅读不同战争故事的时候都能有所期待、有所发现、有所惊喜，领略战争叙事艺术之美。

冷兵器时代，火攻、水攻是常见的技战术，战争叙事中自然少不了火攻、水攻的场景，但就战争叙事而言，火攻、水攻故事其实难写，为什么呢？因为火攻、水攻都是大规模消灭敌人有生力量最有效、最经济的方法，大火烧来，大水冲来，再强大的敌人也会灰飞烟灭，失去战斗力，哪里还用得着拼命厮杀、比拼作战技术、想方设法扭转战局呢？所以，从战争叙事的方面讲，火攻故事、水攻故事很难写出精彩的惊心动魄的战斗场面，而且还很容易雷同。手段高明如罗贯中者，写火烧赤壁的具体场景也不过区区数十行文字而已，并且大多是“火逐风飞，一派通红，漫天彻地”这样的概写文字以及“烈火初张照云海，周郎曾此破曹公”[①] 这样的诗句，可见描写火攻、水攻之难。《西游记》《封神演义》里面的打斗故事之所以会套路化，一个原因就是打斗者手中有法器。法器厉害得很，再有本事的人在法器面前都会束手无策，乖乖就擒。所以，故事就无法往下讲了。类比而言，火和水就是战争中进攻方的法器，力量无边，所以战争叙事中写火攻、水攻也容易套路化，难有精彩之笔。

然而，《三国演义》却知难而进，写了不少火攻、水攻故事。更难能可贵的是，这些火攻、水攻故事个性十足，读来不仅不觉得枯燥，反倒饶有趣味，兴意盎然。这真是值得称道的战争叙事。究其写作秘诀，乃是根据战争的不同情况来确定火攻、水攻

① 这是李白《赤壁歌送别》中的两句，原句“烈火张天照云海，周瑜于此破曹公”。

的叙事重心，而非整齐划一地正面、单纯描绘火攻、水攻的场景。比如说火攻术，《三国演义》中有相当多的战事使用过，著名的有火烧乌巢、火烧博望坡、火烧新野、火烧赤壁、火烧连营、火烧藤甲军等，如果对这些火攻场景都作正面、单纯的描绘，想必是相当单调乏味的，然而罗贯中却巧妙地解决了这个问题。从交代火攻计的时间上看，有放在叙事之初的（火烧博望坡、火烧新野），有放在叙事之中的（火烧赤壁、火烧藤甲军），有放在叙事之末的（火烧乌巢、火烧连营），处置方法并不相同。即使同在叙事之初、叙事之中或叙事之末交代，作家的处置方法也有变化，要而言之，以情节设计曲折精彩为要。

先说放在叙事之初的火烧博望坡、火烧新野二战事。二者都是在叙写战事之初就向读者显示主用火攻计的。在火烧博望坡时，诸葛亮分派作战任务时反复说到“焚其粮草”“纵火烧之”“预备引火之物……放火”等语；在火烧新野时，仗还没打，诸葛亮就先作出声明：“前番一把火，烧了夏侯惇大半人马；今番曹军又来，必教他中这条计。”可以看出，二者在交代火攻计的方式上有着些微区别：前者是暗示，没有直接宣示用火攻计，只是分派作战任务时暗示出来的；后者是明示，直接说出来了。但不管是暗示还是明示，从叙事的角度看，在叙事之初即显示此战要主用火攻计，看上去都不像是高明的叙事策略，因为叙事者过早地亮了“底牌”。这种叙事策略用兵家术语来说叫作明码发报、兵行险招，乃犯了兵家大忌，使后面的故事讲述少了悬念和精彩。然而实际情况却不是这样，此二战的故事叙事仍是相当吸引人的，这是为什么呢？奥妙就在于此二战特别是火烧博望坡之战在《三国演义》故事叙事中的特殊地位——它是《三国演义》灵魂人物诸葛亮的亮相之战、“立身”之战。小说要着意塑造的诸葛亮的光辉形象须借助此战而树立起来。在火烧博望坡战事爆发的时候，读者最关心什么？不是诸葛亮用什么战术去打仗，而是诸葛亮能不能打赢。俗话说：“是骡子是马，拉出来遛遛。”诸葛亮本来就是民间传说中神仙般的人物，小说中又通过刘备三顾茅庐、隆中对、关张不认可诸葛亮等情节，拉高了人们对诸葛亮实际军事才能的期待，所以此时读者关注的点在于诸葛亮能否一战成名，获取信任，而至于他通过什么手段，是火攻、水攻或者其他什么技战术取得胜利，则并不是读者最关注的，不会引起读者太多的兴趣。这是火烧博望坡一战的特殊之处。既然火攻计的“底牌”吸引力不大，叙事者索性一开始就亮明底牌，把叙事重点放在诸葛亮如何实施火攻取得胜利方面，从而戳中读者的阅读“痛点”。如果此时让诸葛亮慢悠悠地考察地形、气候，寻找和确定合适的作战技术，并禀告刘备，征得他人同意，那么，曹军允许吗？关羽、张飞服气吗？读者们能接受吗？从战争叙事策略上讲是不合叙事逻辑的，也是不明智的。

火烧博望坡一开始就暗示火攻的理由，那么，紧接其后的火烧新野之战为什么也一开始就显示用火攻，而且还是明示呢？这不是犯了战争叙事的大忌吗？难道曹军会如此不长记性，连续地中诸葛亮的火攻计吗？然而这正是作家的别出心裁之处，以此造成情节悬念：诸葛亮究竟有什么妙招让刚吃过火攻的亏、处处提防着火攻计的曹军再次上当呢？这招数还不能用得太牵强，一定要说得真切，叫人心服口服。读者正是带着这样的疑问来阅读火烧新野这个段落的，这恰恰成了这一故事叙事的有效看点。确实，在诸葛亮的一番操作下，火烧新野有着和火烧博望坡完全不同的作战环境。其一，通过疑兵计等手法，让曹军误以为前次火攻只是诸葛亮的偶然操作、特殊操作，从而放松了对火攻的警惕。其二，让曹军连续作战、疲劳作战直到天黑，这样人困马乏的曹军就自然而然地被引至新野空城宿歇，因非山林草木丛生之处，从而造就了一个全新的火攻作战环境而不被怀疑。可见，第二次火攻的设计并不牵强，而在叙事之初即明示火攻的叙事策略非但没有弄巧成拙，反而有着引人入胜的效果，在情节上明知故犯，却犯得好。火烧新野叙事还有一处与火烧博望坡叙事相异的地方，那就是火攻和水战的结合。

其实，曹军不长记性、再次被诸葛亮火攻的更著名的战例是赤壁之战。诸葛亮对周瑜说：“吾料曹操虽两番经我这条计，然必不为备。”诸葛亮说得很轻松，但对叙事者来说，这却不是一件轻松的工作：要讲出此一火攻计的合理性，要讲出此次火攻与前两次火攻的同中之异。这确实需要叙事者大费周章、巧妙安排方能成之。事实也正是如此，赤壁之战为火攻所作的安排明显比火烧博望坡、火烧新野复杂许多，这从叙事篇幅、设计环节、参与设计人员等方面就可以看出来。一是要表明火攻非实施不可，舍此并无获胜可能；二是要让曹军放松对火攻的警惕并为实施火攻创造条件；三是要能切实实施火攻计划。从叙事逻辑上讲，这三方面环环相扣，缺一不可，需要全面细致地讲述。敌强我弱，力量对比极为悬殊，除了长江我方又无险可守、无势可凭，这时候以火攻大规模地杀伤敌人成为我方获胜的唯一可能。问题在于，我方想得到，难道敌方想不到？敌方想到了并加以防范，那火攻还怎么实施？幸运的是，隆冬时节只刮西北风不刮东南风，这让曹操对火攻失去了应有的警惕。但这种天时之利对我方实施火攻同样是不利的，需要“借东风”——也就是等待有利于我方的天时。幸亏长江天险阻隔提供了等待东风所需的时间。然而，只有东风对火攻来说还远远不够，东风只是必要条件之一，此外还有很多工作要做：要让曹操练不了水军，要让曹操愿意把战船连成一片，要让曹操愿意接受我方船只靠近，要让曹操看不透我方作战意图，等等。可见，对叙事者来说，要讲好赤壁之战中的火攻，要讲出此一火攻与前两次火攻的同中之异，确实不是一件容易的事。

因为定下火攻计以后还有许多事情要交代，定下火攻计以前则要先对赤壁之战作战前决断，有舌战群儒、献策孙权、智激周瑜等事项，所以定计火攻之事便放在叙事之中交代了。同样在叙事之中定计火攻的是火烧藤甲军。火烧藤甲军是七擒孟获的最后一战。孟获请来了藤甲军助战，藤甲军刀枪不入、渡江不沉、经水不湿，在作战中很难对付，诸葛亮经过实际调查后才找到火攻的办法，所以放在叙事之中交代。

放在叙事之末交代火攻计的是官渡之战和夷陵之战这两个大型战争叙事。官渡之战为什么要把火攻计放在叙事之末才交代呢？是因为其一，一开始无法定计火攻、实施火攻。袁、曹双方都是北方军队，都善陆战，黄河根本起不了天险阻隔的作用。其二，中原地区一马平川，无法以一场火攻大规模地杀灭敌人，获取胜利。其三，火烧乌巢是曹操智力孤穷后偶然获得的妙计，无法预知，无法预先设计。其四，火烧乌巢一火定乾坤，虽未大规模地杀灭敌人，但袁军粮草全毁，彻底动摇了袁军军心，接下来便是袁军撤退、曹军追歼。所以，官渡之战在叙事之末才交代火攻计，既是战争叙事逻辑的需要，也能收到出人意料、峰回路转的叙事效果，堪称巧妙之至。

夷陵之战为什么也要把火烧连营放在叙事之末呢？原因也有几点。其一，长江为孙刘两家所共有，作战双方皆有水步兵，且刘居长江上游，把控长江中游，地势上占优，陆逊不可能一开战就设计出一个一火定乾坤的取胜之法。其二，火烧连营的战机是多种有利因素叠加的结果，有地形方面的——长江中上游地区的特殊地形使刘备布阵困难，有阵形方面的——刘备摆出了一字长蛇阵，首尾不能相救，两岸不能相救，有天时方面的——夏季炎热干旱，部队须全部上山避暑，有战场选择方面的——陆逊需要把刘备控制在适合自己放火并且自己能够放火的地区，前移后移都不行，前移江宽水缓，刘备有可能选择水战，后移在蜀境，吴军控制不了江面，无法上岸点火……可见火烧连营是陆逊慢慢熬出来的有利战机，不是预先设计的。其三，陆逊一把火烧掉了刘备的主力，刘备只能仓皇退兵，身死白帝城，战争结束。和火烧乌巢不同的是，陆逊不是到最后一刻才定计火攻的。火烧连营虽然不能预先设计，却不是偶然降临的战机，一方面要慢慢等，另一方面也要主动做局、创造火攻的战机。只是叙事者为了故事的讲述效果迟迟不言明陆逊心中渐渐成形的火攻计，直到最后一刻才以实际战斗让读者恍然大悟、拍案叫绝。

六次著名的火攻，《三国演义》根据它们的具体战况来讲述，既有其同，更显其异。作者拒绝运用统一的战争叙事模式，体现了战争叙事的丰富性和创造性，体现了极高的战争叙事艺术水平，是非常值得人们学习和借鉴的。

第六节　名著互读

要深切领略《三国演义》文学叙事艺术的独特成就，比较研究其实是不可或缺的。比较可以见其长，比较可以见其短，比较可以见其侧面，比较可以见其价值。

古典小说名著应该互相阅读，比较阅读，这样才能读得深，读得透，读得亲切，读出滋味，读出厚度。要进得去，也要走得出。走出来，看看外面的风景。比较阅读、比较研究，就是出来看风景。

古人苏东坡有八面读书法。将《三国演义》和不同类型、不同风格、不同派别的小说以及受其影响的或竭力摆脱其影响的小说，比如《水浒传》《西游记》《封神演义》《金瓶梅》《隋唐演义》《红楼梦》等进行比较，能够发现《三国演义》叙事艺术的不同维度。民间俗语有云：“真《三国》，假《封神》。”又云：“少不读《红楼》，老不读《三国》。”又云：“王熙凤是女曹操。”这些其实都是比较阅读，给读者提供了颇有意趣的比较研究课题。这对《三国演义》文学叙事研究来说，就是出来看风景。甚至不妨跳出小说界别，将《三国演义》与《三国志》《史记》乃至《庄子》《西厢记》《牡丹亭》等进行互读，和现代的、外国的一些文学名著进行互读。

每次比较阅读都是一次别样的心灵之旅。这是一个庞大的课题，但值得一试。

本节的论述关键词：互读与比较。

一、金圣叹对《三国演义》的批判

宋代诗人苏轼有诗云：

横看成岭侧成峰，远近高低各不同。

不识庐山真面目，只缘身在此山中。

读《三国演义》，把握其《三国演义》文学叙事的艺术特征，除了仔细研读《三国演义》文本外，不妨跳出《三国演义》，将《三国演义》和中国其他古典小说名著进行比较阅读和研究，或者能有意外的惊喜与收获。诚如苏轼诗句所言“横看成岭侧成峰”，古典名著之所以能成为名著，其在文学叙事也就是在讲述故事和刻画人物这两方面，皆姿态横生、各领风骚、各有千秋，给读者呈现了一道道美丽的风景。有的是桃红柳绿，山花烂漫；有的是戈壁大漠，空阔苍茫；有的是万水奔腾，一泻千里；有的则是平湖秋月，静默如处子。“生如夏花之烂漫，死如秋叶之静美。”① “奇山异水，天下独绝。”② 名著里所呈现的风景真的是绚烂多姿、美不胜收。那么，如果把不同的风景置于同一个镜框中，情形又会怎么样呢？

小说评点家们早已经在作名著互读、比较的工作。痴迷《水浒传》的金圣叹就认为《三国演义》不如《水浒传》，他说：

> 题目是作书第一件事。只要题目好，便书也作得好。或问：题目如《西游》《三国》，如何？答曰：这个都不好。《三国》人物事体说话太多了，笔下拖不动，趲不转，分明如官府传话奴才，只是把小人声口替得这句出来，其实何曾自敢添减一字。《西游》又太无脚地了，只是逐段捏捏撮撮，譬如大年夜放烟火，一阵一阵过，中间全没贯串，便使人读之，处处可住。③

这里金圣叹对《三国演义》的写作语言提出了批评，批评什么呢？“人物事体说话太多了，笔下拖不动，趲不转。”这句话不太好理解，金圣叹就打了个比方：“分明如官府传话奴才，只是把小人声口替得这句出来，其实何曾自敢添减一字。”旧时官府衙

① ［印］泰戈尔，郑振铎译：《新月集·飞鸟集》，中华书局2012年版，第100页。

② （唐）欧阳询撰，汪绍楹校：《艺文类聚》（上），上海古籍出版社1999年版，第129页。

③ （清）金圣叹著，曹方人、周锡山校点：《金圣叹全集》，江苏古籍出版社1985年版，第17页。

门里的长官有了指示或命令，都叫手下人向各方传达，这手下人身份、眼界、格局都不高，即所谓传话奴才；他们在传达时会原封不动、一字不落地把长官的话说出来，甚至还把长官的口吻、神态学得有模有样，只可惜模仿再怎么准确、再怎么像，那都不是自己的话，没有自己的个性和灵魂，都是奴才、小人的口吻。经金圣叹这么一解释，我们就明白了，他是在批评《三国演义》的写作语言（包括叙事语言和人物语言）一味地模仿，没有表现出故事人物的个性和灵魂。

金圣叹的这一批评是否合理、有无道理，见仁见智，各有不同，此处姑且不论。我们需要弄明白的是，他为什么要这样批评《三国演义》，《三国演义》怎么就是因模仿而使故事人物形象失去个性和灵魂？

金圣叹这里批评《三国演义》有一个背景。他是在评说《水浒传》的时候顺带评说《三国演义》的，还顺带评说了《西游记》。换言之，他是在对《水浒传》和《三国演义》作比较研究。他激赏《水浒传》的人物描写，认为写出了人物个性，把梁山英雄给写活了。他说“一百八人中，定考武松上上”“鲁达自然是上上人物”“李逵是上上人物”“独有《水浒传》，只是看不厌，无非为他把一百八个人性格，都写出来”。“《水浒传》写一百八个人性格，真是一百八样。若别一部书，任他写一千个人，也只是一样；便只写得两个人，也只是一样。”[①] 诸如此类。《水浒传》中也有写得不好的，如时迁、宋江就被金圣叹评为下下人物，但这不是问题所在。

在小说叙事艺术中，金圣叹更看重写人，认为写人比叙事重要。《水浒传》的人物描写为什么能够写出个性、能够成功呢？为了说明这个问题，金圣叹找了一部史书来参照。这就是《史记》；出于《三国志》《三国演义》和《史记》之间的关系，金圣叹的解说对于我们理解他对《三国演义》的批评就有了意义。

① （清）金圣叹著，曹方人、周锡山标点：《金圣叹全集》，江苏古籍出版社1985年版，第19～20页。

《史记》是金圣叹极为推崇的著作，同被列为“才子书”，可金圣叹实际上对《史记》仍有微词。金圣叹认为，《史记》在写作时“以文运事”，“是先有事生成如此如此，却要算计出一篇文字来”。而他认为写作的最高境界应该是“因文生事”，作家“只是顺着笔性去，削高补低都由我”。“以文运事”和“因文生事”有什么不同呢？虽然都是讲事、文关系，但其间差异却是巨大的：“以文运事”中事是中心，文是记录事情的工具和手段，文在记录事情的时候不能违背事情本身实际状况，不能根据写作需要去“改造”事情中的人和事，也就是说，文只是在“模仿”事；而“因文生事”中文是中心，是本体，作家可以专注于文的创作，一切事情都是根据文的需要，即根据叙事与写人的需要“生发”而来，作家不受真实事件的羁绊，不需要模仿真实的事，对自己的文有完全的自主权，那么这样的创作才可能是真正的艺术创作，才可能是有高水平的艺术创作。作家不是历史学家，写出高水平的艺术作品是他的本业，所以应该是“因文生事”而不是“以文运事”。

金圣叹的这一解说对于我们理解他对《三国演义》的批评有直接启发作用。《三国演义》的叙事当然不是像《水浒传》那样“因文生事”，而是像《史记》那样“以文运事”。为什么这样说呢？它们不同样都是小说吗？同样都是小说，但《三国演义》和《水浒传》的题材来源却是完全不同的：前者取材于史书，后者取材于传说。《三国演义》取材于史书，虽然也对史书作了相当程度的改写和改造，添油加醋，无中生有，夸张虚写，导致很多地方跟史实相比已面目全非，但毕竟有个限度，有基本历史事实和历史线索的约束，不能太出格，比如赤壁之战发生在 208 年，你不能把它挪到 218 年；曹操在 220 年才病逝，你不能让神通广大的诸葛亮在华容道就把他消灭；你可以写关羽被封神，以表明关二爷的不朽，但你不能让他在败走麦城时逃出生天。而取材于传说的《水浒传》就不一样了。宋江之事在史书上自然有提及，但具体事迹完全语焉不详，对于作家来说仅聊胜于无而已，作家对宋江故事、对梁山故事有完全的创作空间，完全可以进入自由的创作境界，而不会受到史实的约束和羁绊。因此，借用金圣叹的话说，《三国演义》是“以文运事”，《水浒传》是“因文生事”。连《史记》这样的才子书“以文运事”都受到金圣叹的批判，又何况《三国志》《三国演义》这样的作品呢？金圣叹评书的眼光是严苛的。

《三国演义》“以文运事”是因为迁就史实，作家在刻画汉末三国有关人物时确有相当多的内容是从史书及相关文献中搬剥过来的，考虑的是塑造历史人物形象的需要而不是艺术形象发展的需要，由此在艺术人物的形象塑造上难免会囿于“历史刻板印象”而不能自由创造，造成人物个性的单一、割裂或过度夸饰等缺点亦在所难免。说《三国演义》中的人物“如官府传话奴才”——也就是只是历史形象的传声筒而没有作为艺术形象应有的独立个性和艺术灵魂——自然是有些刻薄了，作为艺术经典的《三国演义》中的一众形象尚不至于如此不堪，实际上有些形象特别是曹操、蒋干等某些所谓“坏人”，塑造得还是不错的，令人印象深刻，值得称道。但无可否认，金圣叹的此一评语确乎是“片面的深刻”，能切中《三国演义》这部经典作品在艺术创作方面的瑕疵和疏漏，至少给人提供了观察这部作品的独特视角。人们在阅读《三国演义》的时候或可感受到刘备、诸葛亮这样的主要人物在形象上不够丰满、真实、立体、鲜明，作家因要表现人物的美德与智慧而忽视了性格塑造，不少形象给人一种扁平化、脸谱化、单一化的印象。鲁迅先生在《中国小说史略》中即批评说：“欲显刘备之长厚而似伪，状诸葛之多智而近妖。”[①] 诚哉斯言！

简言之，金圣叹在对《三国演义》和《水浒传》作了比较阅读后指出，《三国演义》在人物形象塑造上存在缺失，缺失有二：一是所塑造的人物缺少个性，二是作家在塑造形象时不能“自由”“率性”，没有写出人物的趣味。

① 鲁迅：《中国小说史略》，上海古籍出版社1998年版，第87页。

二、毛宗岗的评点

然而《三国演义》毕竟是经典，是名著，有它的过人之处，为包括《水浒传》在内的其他名著所不及。金圣叹痴迷《水浒传》，自然会拿《水浒传》去衡量《三国演义》《西游记》，去品评二书在写人方面的不足，认为“瓶子里有一半没装水”。而如毛宗岗一般酷嗜《三国演义》者则对《三国演义》大加赞誉，谓之“第一奇书”，并殷勤作《读三国志法》以明其心志，传于世人。《三国演义》奇在什么地方？奇在故事叙事上。传统的小说创作有三要素：故事、人物、环境（西方现代派小说创作的情况与此不同）。中国古典长篇小说创作因为脱胎于说话艺术，尤重故事的情节性和叙事艺术。无论金圣叹还是毛宗岗都津津于叙事法的探讨（金圣叹更加重视写人法的探讨）。在毛宗岗看来，《三国演义》的叙事之奇体现在三个方面：叙事结构之奇、叙事虚实之奇、叙事笔法之奇。毛宗岗论其叙事结构之奇曰：

> 《三国》一书，乃文章之最妙者，叙三国不自三国始也。三国必有所自始，则始之以汉帝；叙三国不自三国终也，三国必有所自终，则终之以晋国。……假令今人作稗官，欲平空拟一三国之事，势必劈头便叙三人，三人各据一国，有能如是之统乎其前，出乎其后，多方以盘旋乎其左右者哉！……①

故事不能一股脑儿地讲出来，总得考虑先后顺序的问题，先讲什么，后讲什么，预先要有个安排，是为叙事结构。像《水浒传》，一百单八将上梁山，得一个一个讲，史进、鲁达、林冲……各个英雄之间串成了一条线；《西游记》中取经路上遇种种妖魔鬼怪，遭九九八十一难，得一个一个讲，各个斗妖故事串成了一条线；《金瓶梅》中，西门庆妻妾间各种争斗故事，鸡毛蒜皮，全把它

① （清）毛宗岗：《读三国志法》，王连熙、顾易生主编：《清代文论选》，人民文学出版社 1999 年版，第 787～788 页。

讲出来肯定拎不清，作家便把潘金莲和李瓶儿的争斗故事作为主线，重点讲，其他的人物事情靠后；《儒林外史》是“事与其来俱起，亦与其去俱讫，虽云长篇，颇同短制”[①]，和《水浒传》的叙事结构有些相像；《红楼梦》又称《石头记》，以一个石头（贾宝玉）的视角去讲述以林黛玉、薛宝钗为首的一群女子悲欢离合的故事，在叙事结构上颇同于《金瓶梅》。和这些后出的小说名著相比，《三国演义》在叙事结构上显得很“刚性”。作家无权取舍历史已设定好的互相平行的三国故事线索，你可以有主次轻重，却不可以根据好恶作取舍；作家也无权把分布、分散于全国各地的人物与故事捏合成“一块”（像《金瓶梅》《红楼梦》那样以一个家庭为中心），得根据历史进程进行“流转”。这种刚性无疑对讲三国故事的人提出了极大挑战。别的小说里的人物事件都可以根据需要作柔性整合和处理，可《三国演义》不行。你不能改写历史，或者让历史残缺不全。然而《三国演义》对此却作了很好的安排。这正是毛宗岗激赏《三国演义》叙事结构的地方。

毛宗岗激赏《三国演义》叙事结构的论述还有一些，观其论述有两个要点。其一，从整部作品的叙事结构看，没有采用平行叙事的结构，没有让三条线索齐头并进，而是以时间为经、事情为纬，把各条线上的故事打乱并重新组合、上下延伸，重新安排故事的时空坐标。其二，在各具体故事的叙事上注重起承转合、伏笔照应、前后勾连。毛宗岗对后一要点的具体表述是“《三国》一书，总起总结之中，又有六起六结……”，诸如此类。应该说，毛宗岗对《三国演义》叙事结构的评说确实点到了《三国演义》的艺术优长，可谓独具慧眼，富有启发性。

毛宗岗所说的《三国演义》叙事之奇还包括叙事虚实的意涵，他说：

> 读《三国》胜读《水浒传》。《水浒》文字之真，虽较胜《西游》之幻，然无中生有，任意起灭，其匠心不难，终不

---

① 鲁迅：《中国小说史略》，上海古籍出版社 1998 年版，第 156 页。

若《三国》叙一定之事，无容改易，而卒能匠心之为难也。且三国人才之盛，写来各各出色，又有高出于吴用、公孙胜等万万者。[①]

巧得很，和金圣叹一样，毛宗岗也是将《三国演义》和《水浒传》作了比较性的阅读研究，他认为在虚实叙事的处理上《三国演义》比《水浒传》难多了，因而显示出更高的技巧性和艺术水平。这里所说的虚实叙事（毛宗岗称作“真幻”）不是一般的文艺作品中普遍存在的以正写侧写、繁写略写或实写虚写为特征的虚实叙事，而是以《三国演义》为代表的历史演义小说才面临的反映历史面貌的真实程度问题，也就是所谓“七分实事，三分虚构”或“真《三国》，假《封神》”问题。前面所讲金圣叹批评《史记》《三国志》《三国演义》“以文运事”，其实也是说的这后一个虚实问题（反映历史面貌的真实程度问题），只不过这种叙事虚实技巧是妨碍了作家的艺术创作还是体现了作家的高超创作水平，金圣叹和毛宗岗的看法相左。金圣叹认为写作的最高境界应该是“削高补低都由我”，应该是完全“自由”的创作，要求叙事合于实事对于作家来说是桎梏、是镣铐，是完全不可接受的；而毛宗岗则认为“戴着镣铐跳舞”方显作家能耐和本色。《水浒传》“无中生有，任意起灭，其匠心不难”，终究比不上《三国演义》“叙一定之事，无容改易，而卒能匠心之为难也”！金、毛二人各言其是，其是非实难定夺，这就如同李白崇尚“清水出芙蓉，天然去雕饰”[②]，杜甫却“遣词必中律”[③]，“晚节渐于诗律细”[④]；又如同戏剧中汤显祖强调剧本曲词的“意趣神色”而

① （清）毛宗岗：《读三国志法》，王连熙、顾易生主编：《清代文论选》，人民文学出版社1999年版，第796页。

② 詹锳主编：《李白全集校注汇释集评》，百花文艺出版社1996年版，第1681页。

③ （唐）杜甫：《桥陵诗三十韵》，（唐）杜甫撰，（清）仇兆鳌注：《杜诗详注》，中华书局2015年版，第202页。

④ （唐）杜甫：《遣闷戏呈路十九曹长》，（唐）杜甫撰，（清）仇兆鳌注：《杜诗详注》，中华书局2015年版，第1324页。

不愿受“九宫四声”的束缚与牵累[1]，沈璟却声言“名为乐府，须教合律依腔”，“越有才，越当着意斟量”。[2] 春江水暖鸭先知。他们都是大家，都有自己的拥虿，我们读者不必强作解人、强断是非。

毛宗岗不仅将《三国演义》与《水浒传》作比较阅读研究，他还将《三国演义》和《西游记》《史记》《列国志》——比金圣叹多了一个《列国志》——作了比较性的阅读研究。和《西游记》作比较，谈的是叙事虚实问题；和《史记》《列国志》作比较，谈的是叙事结构问题。谈叙事虚实问题，除了反映历史面貌的真实程度问题这一层含义之外，还涉及现实主义、浪漫主义这两种文艺创作的表现手法问题。毛宗岗说：

> 读《三国》胜读《西游记》。《西游》捏造妖魔之事，诞而不经，不若《三国》实叙帝王之事，真而可考也。且《西游》好处，《三国》已皆有之。如哑泉、黑泉之类，何异子母河、落胎泉之奇；朵思大王、木鹿大王之类，何异牛魔、鹿力、金角、银角之号；伏波显圣、山神指迷之类，何异南海观音之救。只一卷《汉相南征记》，便抵得一部《西游记》矣。……[3]

要理解这段话中虚实叙事的两种含义，须引入《水浒传》为中介。在《三国演义》和《西游记》中间插进一个《水浒传》，以它为基准在左右两个方向上比较，可以看出小说叙事的虚实两个向度：向左比较，也就是由《水浒传》到《三国演义》，叙事趋于更写实；向右比较，也就是由《水浒传》到《西游记》，叙事趋于更虚幻。由此形成两组虚实关系。但这两组虚实关系的含义并不相同。由《三国演义》和《水浒传》构成的虚实关系讲的是

① （明）汤显祖：《玉茗堂尺牍·答吕姜山》，（明）汤显祖著，徐朔方笺校：《汤显祖全集》，北京古籍出版社 1999 年版，第 1302 页。

② （明）沈璟：《词隐先生论曲》，徐朔方辑校：《沈璟集》，上海古籍出版社 2012 年版，第 718～719 页。

③ （清）毛宗岗：《读三国志法》，王连熙、顾易生主编：《清代文论选》，人民文学出版社 1999 年版，第 795 页。

反映历史面貌的真实程度问题，但从文艺创作的表现手法上看，这两部作品基本上都是写实的，前者写历史之实，后者写生活之实，都是表现“已然的社会生活”。由《水浒传》和《西游记》构成的虚实关系讲的则是由真至幻问题，也就是两种不同的文艺创作的表现手法，前者是写实主义的，后者是非写实主义的，亦即所谓浪漫主义的艺术生产方式和表现手法，用以表现人们的理想、愿望与浪漫情怀，表现“可能的社会生活”。《水浒传》中讲的故事非有其事，《西游记》中讲的故事亦非有其事，表面上看是一样的，但其实前者讲的故事不发生在甲的身上，也能发生在乙的身上，在“可观察的”生活中是可能发生的；后者讲的故事在“可观察的”生活中却是不可能发生的，你永远不会看到某人（不是孙悟空）能一个筋斗云翻上十万八千里来，也永远不会看到某人被压在五行山下五百年还能活得很自在等待菩萨搭救。这就是差异。所以从表现手法上讲，《三国演义》《水浒传》是一类，《水浒传》《西游记》不是一类，换言之，这是两种不同含义的虚实关系。

毛宗岗所谓“诞而不经”“真而可考”，说的是第一种含义的虚实关系，又有所谓“哑泉、黑泉之类，何异子母河、落胎泉之奇”等则说的是第二种含义的虚实关系。至于他认为在这两种含义的虚实关系的叙事上《三国演义》都胜过《西游记》，甚至说出“只一卷《汉相南征记》，便抵得一部《西游记》矣”这样的话，却是有些言过其实了。《三国演义》和《西游记》用的是不同的文艺表现手法，如同苹果和橘子，各有其美味与功效，不能是此非彼，失却公允之心。《西游记》作为文学名著自然也不是浪得虚名，有它的过人之处，绝对不是“七擒孟获”故事（即毛宗岗所谓《汉相南征记》）能抵得过、比得了的。

毛宗岗将《三国演义》和《史记》《列国志》作比较阅读研究，意在称道《三国演义》的叙事结构。《史记》是史学、文学名著，其叙事之美、写人之妙向来为人所称道，其作为通史叙写上下数千年之事（始于黄帝迄于汉初），气魄亦不可谓不宏大壮观，然而由于《史记》创造了纪传体的写作体例，以人物为中心组织各篇叙事，故篇与篇之间互不联属、互相独立，“各国分书，各人分载……分则文短而易工”[①]；《列国志》即明末冯梦龙在余劭鱼《列国志传》基础上编著而成的历史演义小说《新列国志》，虽未能成为比肩《三国演义》《水浒传》《西游记》的文学名著，但也不失为继《三国演义》之后一部较好的、有影响的演义作品，故毛宗岗亦引之与《三国演义》作比较。《列国志》“本诸《左史》，旁及诸书”[②]，根据《左传》《国语》等书来写作，所以在叙事结构上受到《左传》《国语》分篇叙事、分国叙事的影响，故事整合得不好，不能一气呵成、融为一体，常给人断续之感。毛宗岗认为，与《史记》比，《三国演义》在叙事之佳上不遑多让，在叙事之难上却要增倍；与《列国志》比，同样是片断故事的整合，《三国演义》把故事整合得合铆接榫、无可挑剔，《列国志》却整合得很疲沓，在艺术水准上有霄壤之别。应该说毛宗岗的这一比较是有见地的。

三、金圣叹对毛评的认可

金圣叹评《水浒传》在前，毛宗岗仿评《三国演义》在后，金圣叹后来恰好看到了毛宗岗的评论，非常认可他的意见，说“余与毛子有同心”[③]，并把《三国演义》嘉许为“第一才子书”。那么，金圣叹的批评前后矛盾吗？不矛盾，因为前后立论的角度不一样。说《水浒传》好，夸赞的是它把人物给写活了；说《三国演义》好，夸赞的是它“以文章之奇，而传其事之奇”。一夸人，一夸事，有什么矛盾呢？金圣叹夸赞《三国演义》叙事之奇，其角度又与毛宗岗有所不同。其一，取材好。中国历史上的争战故事并不都适合作为小说的题材，有的时间太短（如楚汉相争和西汉末东汉初的战争），有的争战方太多（如春秋十二国、

① 丁锡根编著：《中国历代小说序跋集》，人民文学出版社1996年版，第932页。

② 高洪钧编著：《冯梦龙集笺注》，天津古籍出版社2006年版，第100页。

③ （清）金人瑞：《三国志演义序》，郭绍虞主编：《中国历代文论选》（3），上海古籍出版社2001年版，第69页。金圣叹和毛宗岗都是苏州人，通常认为此序是毛宗岗伪托金圣叹而作。

战国七雄、五胡十六国）或太少（如楚汉相争、东西魏战争仅两方），有的故事又太平淡（如有些争战形势一边倒，一战定乾坤，难以把故事做精妙的敷演铺陈），唯有三国争战，时长六十年，争战方三个，三国局面之形成又充满了历史玄机，仿佛冥冥之中天注定一般——既没有让刘备成就又一次“光武中兴”，也没有让曹操成就一次“王莽篡汉”；出了诸葛亮就再出个周瑜才智皆与他相当，令吴蜀能彼此争衡；曹操死后，诸葛亮好像没了对手，“兴复汉室，还于旧都”好像不成问题了，哪晓得又生出个司马懿，令诸葛亮功败垂成、抱憾终身。让这一段历史颇有看点，从各方面看都适合写成小说。其二，编得好。好的题材遇上庸手犹如明珠投暗，也不能成为佳作。《三国演义》的作者虽然“无所事于穿凿，第贯穿其事实”，也就是如《史记》般“以文运事”，却能“错综其始末，而已无之不奇”，把极其复杂的历史事件整合清晰，且有故事性，有引人入胜之妙。简而言之，《三国演义》妙在事奇与文奇。

当然，金圣叹认为，《三国演义》还有第三奇：遇上评者毛宗岗之奇。中国历朝历代故事皆被演绎成演义作品，有明一代，号称演义者可谓汗牛充栋，“其浩瀚几与正史分签并架”[①]，但在金圣叹看来，这些演义作者全是“庸手”，《三国演义》混迹其间真是给埋没了！幸亏遇上了毛宗岗，点拨世人，方知《三国演义》是一世间少有的好书、奇书。

奇怪的是，在古典小说名著中，金圣叹、毛宗岗独独错漏了《金瓶梅》。《金瓶梅》的艺术成就实不在诸名著之下，早在明朝就有若干文人称赏《金瓶梅》，谓为“嘉靖间大名士手笔”[②]“为世庙时一巨公寓言”[③]。作为著名的小说鉴赏家、评点家，他们二人岂不知之？不过他们绝口不提《金瓶梅》也不难理解，因为从

---

① （明）可观道人：《新列国志叙》，朱一玄编，朱天吉校：《明清小说资料选编》（上），南开大学出版社 2006 年版，第 6 页。

② （明）沈德符撰：《万历野获编》，中华书局 1959 年版，第 652 页。

③ 参见兰陵笑笑生《金瓶梅词话》中廿公所写的“跋”。（明）兰陵笑笑生著，陶慕宁校注：《金瓶梅词话》，人民文学出版社 2008 年版，第 3 页。

思想上说，他们二人都属于正统派，满纸“秽言”的《金瓶梅》实在令其无从置喙。

《三国演义》是我国古代第一部长篇小说杰作，不仅确定了中国长篇小说创作的高起点、高标准，而且实际上也对后世创作乃至现当代小说创作产生了深远影响，提供了创作的经验与启迪，因此之故，我们在阅读、欣赏《三国演义》的时候，不妨像金圣叹、毛宗岗那样，采用名著互读、比较研究的方法，来认识、理解《三国演义》创作叙事的精妙之处，真正把这部名著读懂、读通。当然，我们也不要讳言《三国演义》的不足，“它山之石，可以为错”[①]。我们要做的工作还有很多，并不能满足于金圣叹、毛宗岗所做的那些。我们应该有更广阔的批评视野和更丰厚的理论修养。我们要站到现代小说批评的高地上。重要的一点是，我们需要定下心来，埋下头去，去潜心阅读先人用他们的智慧和才华所创作出的绝世之作、经典名著，让这些绝世珍宝能够永存。

① （清）阮元校刻：《十三经注疏（清嘉庆刊本）·毛诗正义》，中华书局 2009 年版，第 926～927 页。

第二章 前官渡叙事

一般而言，长篇小说的情节发展都以作品中的重大事件作为情节线索节点，《三国演义》也是如此。《三国演义》的情节线索很长，从黄巾起义起，最后写到西晋统一，中间出现何进、董卓、吕布、袁绍、曹操、刘备、孙权、诸葛亮、姜维等许多大人物的故事，如何把握其情节线索节点对整部小说进行“切割”呢？不妨抓住作品中的“三大战”进行鸟瞰。

官渡之战（200年）是发生在当时北方地区两个最大的军阀袁绍和曹操之间的一次决战，堪称曹操的崛起之战和魏国（220年建立）的“立国之战”；赤壁之战（208年）是发生在曹操和孙刘联军之间的一次全国范围内的大决战，堪称孙权、刘备的生存之战和吴国（229年建立）的“立国之战”；夷陵之战（219年）是发生在当时南方地区两大军事集团孙权和刘备之间的一次“分家”之战，夷陵之战后不久，蜀国便建立了（221年）。“三大战”对三国历史发展的重要性不言而喻，自然也就成了《三国演义》故事叙事的重要场景，亦可被视作该小说的情节线索节点，也就是给整部小说划分故事段落的大体依据。

官渡之战发生前的故事是《三国演义》小说的开篇部分，其时黄巾变乱初起，各地军阀混战，在叙事上头绪众多，线索纷繁，没有一个中心事件可以用来整合各人物故事，于论述上颇为不便。为方便论述起见，本书以袁曹官渡之战为据，特创设“前官渡叙事”一词，用来涵指黄巾变乱、群雄并起、何进弄权、董卓乱政、十八路诸侯讨董、连环计、吕布诛董、李郭之乱，以及吕布、曹刘、二袁、孙坚孙策等人在官渡之战前的故事等一系列情节叙事，以收化繁为简、以简驭繁之效。前官渡叙事虽然人繁事多，可作家却从容不迫、游刃有余、井井有条，显示出了极强的叙事功力和高超的叙事艺术，令人叹服。

第一节　大气磅礴的起笔

清人毛宗岗曾经有过一个设想：假如是你我这样的普通人写《三国演义》，将如何构思它的开头？是“劈头便叙三人，三人各据一国”呢，还是像现在的文本这样“叙三国不自三国始”呢？如果是前者的话，那就太平庸了，毫无叙事的艺术性可言，失却故事叙事应有的“统乎其前，出乎其后，多方以盘旋乎其左右”的回环往复、曲折婉转之美。毛宗岗的这一设想说明了慎重构思小说开篇的重要性。

《三国演义》的起笔和开篇部分向来为人们所称道，作家在“一堆纷乱的线团”中仔细寻找，终于找到了那根最适合、最妥当、最贴切的线头，然后抽丝剥茧，一一梳理，娓娓道来，既使令人眼花缭乱、无所适从的汉末三国故事一下子有了拨云见日、柳暗花明之感，又使小说主题得到了宣示和彰显，满足了读者的阅读期待和审美需要，另外还给人以历史的纵深感以及大气磅礴风云卷舒的高开气势，堪称绝妙之笔。《三国演义》给后世的长篇小说开篇提供了极佳的示范。

本节的论述关键词：小说开篇。

一、凤头、猪肚、豹尾

关于如何写文章，元代作家乔吉（字梦符）有一个著名的形象而又贴切的比喻说法："凤头、猪肚、豹尾。"[①] 凤[②]是传说中的神鸟，形似野鸡，身披五彩，它的头是非常漂亮的，所以用来说明写文章"起要美丽"。猪是圈养动物，贪吃爱睡，肚腩饱满肥硕，所以用来说明写文章"中要浩荡"。豹是狮、虎一类的猛兽，《水浒传》写景阳冈武松打虎时老虎有三招：先"和身望上一扑"，再"把腰胯一掀"，最后"把这铁棒也似虎尾倒竖起来，只一剪"。[③] 豹尾也和虎尾一样有极强的扫射力量，所以用来说明写文章"结要响亮"。其实，写小说也跟写文章一样，要"凤头、猪肚、豹尾"。

俗话说，万事开头难。又说，良好的开头等于成功的一半。还说，慎于始慎于初。历来小说家都非常重视小说的开头，开头开得好，不仅能给人留下深刻印象，而且还能使后面的写作变得更加顺畅。世界文学名著中因为开篇好而为人称道的例子不胜枚举。先说外国文学名著中的一个著名例子。俄罗斯文学泰斗列夫·尼古拉耶维奇·托尔斯泰的小说代表作之一《安娜·卡列尼娜》以"奥布浪斯基家里，一切都混乱了"开篇就是一个巧妙的设计[④]，为什么这样说呢？因为开篇的"混乱"一词是整部小说的隐喻，它暗示着一系列混乱的开始：情感的混乱、家庭的混乱、社会的混乱、思想观念的混乱……作家要借由这混乱让主人公安娜以及列文在其中痛苦、苦苦挣扎、沉沦并寻找出路。故事的最后，安娜因不堪重负卧轨而走向毁灭，列文因在淳朴的乡村生活中获得信仰而得到解脱，找到了生活的意义。如果没有这混

---

① （元）陶宗仪《南村辍耕录》卷八"作今乐府法"条云："乔孟（注：原文作孟）符吉博学多能，以乐府称。尝云：'作乐府亦有法，曰凤头、猪肚、豹尾六字是也。'大概起要美丽，中要浩荡，结要响亮，尤贵在首尾贯穿，意思清新。"[（元）陶宗仪撰：《南村辍耕录》，中华书局 1959 年版，第 103 页]

② 《尔雅·释鸟》云："鶠：凤，其雌'凰'"郭璞注："鸡头，蛇颈，燕颔，龟背，鱼尾，五彩色，高六尺许。"[（清）阮元校刻：《十三经注疏（清嘉庆刊本）》，中华书局 2009 年版，第 5761 页]

③ （明）施耐庵、（明）罗贯中著，史则标点：《水浒传》，上海古籍出版社 1997 年版，第 285 页。

④ 据人民文学出版社 1956 年版《安娜·卡列尼娜》（周扬译）"译本序"（陈燊作）介绍，现在的小说开卷语"幸福的家庭都是相似的；不幸的家庭各有各的不幸"在作家原稿中曾是第一部（小说共有八部）的题词。

乱，作家在小说中所要建构的一切都将无从谈起。从这个意义上说，这开篇的“混乱”一词既是整部小说的眼睛，照见一切，洞悉一切，也是我们读者理解整部小说创作意图的一把金钥匙。从具体的情节链条的建构方面讲，这“混乱”无疑又是小说中一系列关键情节的引子和转捩点：因为安娜的哥哥一家陷入了混乱（哥哥跟家庭女教师私通，哥嫂吵架，家里下人们趁机闹罢工、闹辞职，孩子们也趁机闹腾），于是安娜坐火车从圣彼得堡赶来莫斯科劝架，于是才有了安娜和沃伦斯基在火车站的相遇和一见钟情，于是有了安娜和沃伦斯基的爱情故事。反过来想一下，如果没有这开篇的“混乱”，那么女主人公安娜就不会到莫斯科来，就不会遇见令她怦然心动的沃伦斯基，也就不会有后来发生的一切故事了。这开篇的“混乱”可谓安排得妙矣！

再来看中国古典小说名著中出色的开篇。《红楼梦》以女娲补天的神话开篇含义丰富，意味深长；《西游记》以神猴出世而不是以唐僧的身世开篇就是一个极巧妙、极高明的安排；《儒林外史》从第二回正文开始第一个讲周进，再由周进带出范进，带出张乡绅，带出汤知县，带出王德、王仁、严贡生和严监生等人，看似闲散的故事讲述中却能够看出作家巧妙开篇的匠心；《水浒传》的情况跟《儒林外史》类似；还有《金瓶梅》，兰陵笑笑生原本先顺着《水浒传》的源头以人们熟悉的景阳冈武松打虎开篇，批评家张竹坡改以西门庆热结十兄弟开篇，分别体现了不同的小说创作意图。要想写好小说，故事开篇岂能不慎欤！

二、《三国演义》的开篇

《三国演义》的开篇同样是意味深长的。现在市面上最流行的《三国演义》的本子是清初毛宗岗的评改本。毛改本以明代李卓吾评本为基础，参照志传本①修改而成，共120回。毛宗岗纠

① 明嘉靖壬午（1522年）本是现存最早的《三国演义》刊本，此后，刻印《三国演义》的很多，有的题为《三国志通俗演义》，有的题为《三国志传》或《三国英雄志传》，由此形成演义本和志传本两个版本系统，到清代毛宗岗评改本出现、定题为《三国演义》后，演义本和志传本两个版本系统逐渐被取代，不再通行。

正了原先本子中错讹的史事，并更换论赞，增删文字，把回目改成了对偶回目。经过毛宗岗的评改，《三国演义》的正统色彩增强[①]。

毛宗岗在他的评改本中加进了明人的有关评述论赞，其中最有名、最成功的是把明人杨慎（字用修，号升庵）《临江仙》词（滚滚长江东逝水）置于《三国演义》全书的卷首，不仅很好地檃括了全书主题，而且还给人以历史的沧桑感，令人无限感慨。杨慎的《临江仙》已成为《三国演义》不可分割的一部分，至今为人传诵。电视连续剧《三国演义》把杨慎词作为片头曲，由杨洪基演唱，苍健有力。

《临江仙（滚滚长江东逝水）》是杨慎晚年所著通俗说唱作品《廿一史弹词》（原名《历代史略十段锦词话》）之第三段“说秦汉”的开场词，是杨慎用自己苦难的人生所凝成的心血之作，严迪昌先生对这首词有一个很贴切的解析：

> 时、空、人、事之间的感悟，并非人人都能把握。历史固是镜子，倘若没有一己丰富的甚至是痛苦的残酷的人生体验，那面镜子仍或虚设，最多也只是热闹好看而已。杨慎的人生感受太多太深。他以官家子弟，高中魁首，着实春风得意过好一阵；可到头来，七十二岁的生命却有三十五年被耗在边境戍地。太复杂了倒会转成简单，看透了人生，一切都可抛撇。当然，这种“透”是经历过痛彻入骨，心力交瘁后的自救境界，“转头空”既是消沉的又是愤慨的，无非是愤慨已臻没火气而已。在时、空的悟解中，“青山依旧在”是不变，“几度夕阳红”是变，“古今多少事”没一件不在变与不变的相对运动中流逝，杨慎愈老愈深悟这一点。他靠着它，从“是非成败”的纠葛中解脱出来，活了过来。所以，淡语、轻松语、超脱语，不是人人说得来，说得好，说得深刻的。淡语深刻，绝非文字技巧能获致，但又非凭借举重若

① 明清时代程朱理学盛行，是国家政治和社会生活中的正统思想。

轻，漫不经意似的文字功力不可。此或即所谓“无技巧”境界。①

杨慎对历史和人生有如此深厚的涵括力，与人们读完《三国演义》后的感悟、感慨亦是如此贴合、如此相通，难怪人们要把它看作《三国演义》所叙全部故事不可分割的一部分了。“是非成败转头空”，那说的不正是刘备、诸葛亮、关羽、张飞，还有曹操、孙权、周瑜、司马懿等人物吗？他们当年驰骋疆场，叱咤风云，成就经天纬地的事业，书写可歌可泣的故事，也引起“是非成败”的纷纷扰扰、聚讼纷纭，“而今安在哉”！只是“古今多少事，都付笑谈中”了！你看，这《临江仙》把《三国演义》说得多“透”！这是历史的悟彻、人生的悟彻！

看透与悟彻是读者的事情，作为讲故事的人，只须把故事讲好，对故事人物的悲欢离合、喜怒哀乐进行全景式的呈现。这就如同厨师的本分是做好一盘菜，至于菜美味与否，则交由食客评判。所以罗贯中是不能也不应该把《临江仙》（或类似的作品）用作故事开篇的，他要有另外的安排。那么，罗贯中是怎样给他的皇皇巨著开篇的呢？那就是：

话说天下大势，分久必合，合久必分：周末七国纷争，并入于秦……

这是何其大气磅礴的起笔啊！和作家将要逐次呈现的波澜壮阔、风云卷舒的三国历史画卷又是何其相配相应啊！掩卷细思，只有这样极有气势、极富感染力而又极有涵括力、哲理性和历史感的话语才配得上做《三国演义》的开头！换用别的话语都是失败、都是庸手！它一下子拉高了人们观察问题的视角，进入宏观层次，令听者有“气吞万里如虎”的气魄与心胸，又仿佛讲说者从远古走来，从历史走来，给人以强烈的纵深感。读这样的开篇，我们好像在看巨景航拍画面。“话说天下大势，分久必合，合久必分”提供了航拍的高度和角度；由周到秦再到楚汉再到两汉再

① 严迪昌编选：《金元明清词精选》，江苏古籍出版社2002年版，第70～71页。

到汉末三国，则是航拍者逐渐拉近镜头，由全景到远景、中景、近景，进而特写。两者相配合，极具画面感和视觉冲击力。这真是一个巧妙别致的开篇设计，而且读起来还通俗易懂，朗朗上口，体现了汉语语言的韵律之美。

三、刘备、曹操的出场

不仅开头要好，第一回写什么也很重要。王实甫《西厢记》第四本第三折即俗称的“长亭送别”中有“却告了相思回避，破题儿又早别离”。学者王季思注曰：“唐宋人谓诗赋之起首，曰破题，故谓事之起首为破题儿。”[①] 启功先生说：

> 开头“破题”，是说出这次要讲的主要的内容是什么，性质也就相当于今天所谓文章的“主题”。[②]

又说：

> 顾名思义，“破”即是解开、分析的意思，翻译密码叫做“破译”，猜谜语叫做“破谜”。文章开篇先把题义点明，叫做“破题”。从唐代人作律赋、宋代人作经义，直到明清人作八股文，开始点明题义的那几句话，都被称为破题，只是唐宋人作法没有明清人在八股文中那样死板罢了。[③]

又举了一个非常有名的破题破得好的例子：

> “子曰”二字题，破说：“匹夫而为百世师，一言而为天下法。”这是不露出谜底的任何一字而把“子”（孔子，至圣先师）、“曰”（孔子所说，至理名言）二字说得不但非常透彻，而且绝对不能移到别人身上，这是最标准的破题。[④]

这个破题不仅破得好，而且破得巧，它巧用了古人的成句——

---

① （元）王实甫著，王季思校注：《西厢记》，上海古籍出版社 1978 年版，第 151、155 页。

② 启功、张中行、金克木：《说八股》，中华书局 2000 年版，第 2 页。

③ 启功、张中行、金克木：《说八股》，中华书局 2000 年版，第 8～9 页。

④ 启功、张中行、金克木：《说八股》，中华书局 2000 年版，第 10 页。

“匹夫而为百世师，一言而为天下法”二句出自苏轼所作的《潮州韩文公庙碑》。可见破题不容易，是需要技巧和匠心的。

破题既需要点明题义（主题）又不能直接说破，这不仅是诗赋文章写作的要求，同样也适用于小说等叙事文学创作。长篇小说的第一回即相当于破题。

《三国演义》第一回是怎样“破题”的呢？正如毛宗岗所说，作家不能“劈头便叙三人，三人各据一国”。为什么不能这样写呢？有二个不便。是不便于故事叙事。三人、三国、三条线，各自平行发展，不便于把它们整合成一个有机的完整的故事。二是不便于主题表达。《三国演义》的主题是尊刘贬曹，曹、刘是敌对的双方，水火不相容，他们都应该在第一回中现身，属于“破题”中的题中应有之义，现在又在第一回中冒出个孙氏，既不属曹，也不属刘，不红不黑，不清不白，算是怎么一回事儿呢？所以，毛宗岗敏锐地指出：“刘备、曹操于第一回出名，而孙权则于第七回方出名。”[①] 让且只让刘备、曹操二人在第一回中出场，正是要点明小说的创作主题。三是不便于叙写人物事迹。三国的建立者分别是曹丕、刘备、孙权，三人中只有刘备是小说的主要人物；更重要的是，他们三人年辈不同，曹丕、孙权属后辈，刘备是和他们的父亲也就是曹操、孙坚同属一辈的人物，刘备在蜀汉建立后不久就去世了，所以若是“劈头便叙三人，三人各据一国”，那么，小说主要人物刘备和另一个主要人物曹操以及与他们相关的许多人物的故事就只能通过倒叙或追叙的方式来写了，这会给故事叙事造成很大的不便和麻烦，而且倒叙或追叙手法在中国古典小说中也是很少被使用的。有鉴于此，罗贯中没有这样进入故事叙事。

作为一部战争题材的小说，《三国演义》在叙事布局上也应该体现战争特点。在冷兵器时代的战场上，作战双方都高擎帅旗，壁垒森严地对阵着；帅旗就是战斗的目标、前进的方向，帅

① （清）毛宗岗：《读三国志法》，王连熙、顾易生主编：《清代文论选》，人民文学出版社1999年版，第787页。

旗指向哪里，战士们就冲向哪里。在当时人构建的三国叙事结构中，代表正方的刘备阵营和代表反方的曹操阵营互相对峙、各不相让，他们在对阵时都首先会亮明帅旗，推出己方的主帅，换言之，在叙事之初、小说的第一回里，刘备和曹操（而不是曹丕）都应该出场，而且刘备先曹操后，刘备主场曹操客场。这应该是作家在安排故事叙事时首先要考虑的问题。如果刘备、曹操这两面“帅旗”迟迟不能举起来，这接下来的冲锋陷阵还怎么进行呢？

刘备、曹操本是两个没有任何交集的人。刘备生于涿郡涿县（今河北涿州），曹操生于沛国[①]谯县（今安徽亳州），两地相隔遥远。刘备家境寒微，“与母贩履织席为业”；和刘备相比，曹操的家境还是很说得过去的，父亲曹嵩攀上曹腾这样的关系，并且官至太尉。刘备平生不喜欢读书，也没读过什么像样的书，到十五岁时才在母亲的要求和他人的资助下拜学者卢植为师，但仍然“好交结豪侠”“用合徒众”；曹操虽然也“任侠放荡，不治行业”，却早早地走向仕途，履历甚好，“年二十，举孝廉为郎，除洛阳北部尉，迁顿丘令，征拜议郎”[②]。如果不是历史的风云际会，这两个人是无法被捏合到一起的。

然而时势造英雄，刘备、曹操这两个完全不搭边的人终于有机会相遇，契机就是汉末黄巾起义。朝廷传檄平定黄巾，刘备、曹操转而投军，期待在战场上刈旗斩将、建功立业，开始他们的轰轰烈烈的人生。从这个方面看，《三国演义》从黄巾起义起笔“破题”叙事真是巧慧，它巧妙地、自然地、不露痕迹地引出本书故事的两个主角，鲜明地树立起正反双方的两面帅旗，使读者眼有所向、心有所属，知故事思想主题之所在。黄巾起义是刘、曹二人平生事业的起点，是他们这两个社会地位完全不平等的人物最终成为英雄敌手、平等地开展英雄竞赛的开始。有了此一事

① 汉代在行政区划上实行郡国并行制。

② 本段资料均引自《三国志·先主传》《三国志·武帝纪》，参见（西晋）陈寿撰，（南朝宋）裴松之注：《三国志》，中华书局1982年版，第871、1页。

件，刘、曹二人的人生也才得以有了交集。从黄巾起义起笔是《三国演义》叙事的不二选择。

而且黄巾起义是东汉末年扰动全国的大事件，范围足够广，力量足够强，气势足够大，上自朝廷中至地方下及黎庶百姓，无论贫富贵贱，皆牵涉其中，以此为故事开场堪称大气磅礴、气势不凡，上接上“话说天下大势，分久必合，合久必分”的高起笔，下承汉末三国时代英雄辈出的宏大叙事场景，读起来给人畅快淋漓、一气呵成的感觉。

于是我们读着读着就突然读到：

> 刘焉然其说，随即出榜招募义兵。榜文行到涿县，引出涿县中一个英雄。那人不甚好读书，性宽和，寡言语，喜怒不形于色；素有大志，专好结交天下豪杰。生得身长八尺，两耳垂肩，双手过膝，目能自顾其耳，面如冠玉，唇如涂脂，中山靖王刘胜之后、汉景帝阁下玄孙，姓刘名备字玄德。

再往后读，又是：

> 为首闪出一将，身长七尺，细眼长髯，官拜骑都尉，沛国谯郡人也，姓曹名操字孟德。操父曹嵩，本姓夏侯氏。因为中常侍曹腾之养子，故冒姓曹。曹嵩生操，小字阿瞒，一名吉利。操幼时好游猎，喜歌舞，有权谋，多机变。

这里介绍了两人的姓名、相貌、出身、个性，作家对他们的褒贬态度虽未明言却是鲜明的。对刘备只规规矩矩地介绍他的姓、名、字，对曹操则另外点出他的另名和小字，特别是指出他的冒姓之事[①]。刘备身材比曹操高大，不仅相貌奇异，而且仪容美观，胜于曹操；刘备出身皇族，曹操为太监之后；刘备性格宽和，素有大志，而曹操却“好游猎，喜歌舞；有权谋，多机变”，十足是个小人的形象。紧接在二人出场介绍之后的是他们幼年时候的

① 《三国志·魏书·武帝纪》说曹操就姓曹，是汉初相国曹参的后代，父为曹腾养子，“莫能审其生出本末”，未言其有冒姓之事。

一个小故事：刘备以家门口大桑树为天子车盖，自小就有远大的理想抱负；曹操因叔父说自己“游荡无度”，便使诈令叔父失信于其父，使其得计，自小就表现出无赖耍滑的性格。

这是刘备、曹操二人的闪亮登场。汉末英雄辈出，比刘、曹二人地位高、出身好、能力强、影响大的很多，为什么单单浓墨重彩地介绍他们二人？就是要为全书将要叙述的战争故事立主角、竖帅旗。

四、另一种含义的“开门见山”

然而，在第一回渲染主角出场的时候要把握“度”，不能太过火，也就是只能暗中对刘备、曹操加以褒贬，而不能让他们一出场就针锋相对、剑拔弩张甚至大打出手，这在叙事法上是很犯忌讳的。

第一，虽然民间皆知刘备是“大好人”，曹操是“大坏人”，但讲故事的人却要有所克制，不能贴标签讲故事，而要把他们所做的好事、恶事一一地、慢慢地、细细地道来，这在仅仅一回的篇幅里是做不到的。俗话说，三岁看小，七岁看老。诚然第一回中有二人“七岁看老”的故事桥段（刘备以大桑树为天子伞盖，曹操使诈欺骗叔父），但作不得真，叙事者只能以此暗示，却不能以此为据判定二人的大善大恶。以天下为己任、天下为公是为大善，窃国篡权、祸国殃民是为大恶。所以只能让他们在第一回中露一下脸而已，不能讲太多。

第二，俗话说，画虎画皮难画骨，知人知面不知心。认识人的本质是一个过程，只有把这个过程详尽地写下来，才是叙事者的本分。刘备、曹操不是天生仇敌，刘备不会因为曹操有那个“七岁看老”的桥段而视曹操为死敌，要那样的话刘备就太没有格局、太没有境界了。刘备是因为曹操的“大恶”才欲与曹操不共戴天的。他们的交恶有个过程，有个因果，作家需要用相当的故事篇幅、故事材料来交代他们交恶的过程和因果，而不能不明不白，不清不楚，无缘无故，草草地交代，那样就太对不起“三国”这个宏大叙事题材了。

第三，虽然在整部小说中刘备、曹操是主要人物、主要角色，但在平定黄巾的时候他们刚出场，怎么说也是小角色、小人物，比他们牛的人很多，不可能喧宾夺主，由他们当主角，主导历史发展的进程。此时过多写他们的故事不合适。

第四，过去两军对垒时，帅旗虽立，但主帅一般“运筹于帷幄之中”，而不会出阵厮杀、斩将立功，更不可能一开战即由主帅对决较胜负。刘备、曹操是小说中黑白两方的主帅，没有让他们直接厮杀的道理；不仅第一回不可能，后面叙写的若干故事里也没有出现。我们看到，刘备、曹操曾联手除吕布，亦曾煮酒论英雄；曹操东征刘备时，俘虏的是关羽；南下荆州时，对阵的是张飞、赵云。刘备、曹操没有直接交过手。

这种既须立旗又须掩抑从而把精彩故事精彩场景留到后面慢慢呈现的写法，我们不妨借用一个词而称之为“开门见山”[①]。当你来到一个所在，抬头看到一面匾额时（立旗、点题），你知道这是一处园林；你拾级而上，推门而入，欲徜徉其间领略无限风光，却不料迎面一座假山挡住你的视线（掩抑），这时候你不必失望或遗憾，因为这正是中国园林的妙处——假山后面的精彩正等着你！只要你转过这座假山，则别有洞天。或许不是一座假山，而是一面照壁或一帧屏风，都没关系，意思都一样，就是要通过遮挡掩抑造成一种效果，让你好奇，让你想象，想知道这遮挡掩抑背后究竟藏着怎样迷人的风光。中国园林建筑就追求这种含蓄蕴藉的美，非常忌讳一进门就把一切尽收眼底，一马平川，一览无余（开门见山的原意）。那是一杯白开水，是没有韵味令

① “开门见山”语出唐人刘得仁《青龙寺僧院》：“此地堪终日，开门见数峰。”用来比喻说话或者写文章一开头就不绕弯子，直截了当，直入本题。南宋严羽《沧浪诗话·诗评》：“太白天才豪逸，语多卒然而成者。……太白发句，谓之开门见山。”郭绍虞校释《沧浪诗话》引清人潘德舆《养一斋李杜诗话》：“沧浪又谓‘太白发句，谓之开门见山’。夫诗有通体贵含蓄者，有通体贵发露者，岂有发句必求开门见山之理？此可以论唐人试帖之破题，而不可以论太白诗也。”参见（南宋）严羽著，郭绍虞校释：《沧浪诗话校释》，人民文学出版社1983年版，第173～176页。笔者对潘氏之论深以为然，故借用“开门见山”一词而弃其原意、别出他意，不用来指发露而用来指含蕴。

人乏味的设计。《红楼梦》中大观园是怎么设计的？

> 贾政刚至园门前……先秉正看门。只见正门五间，上面桶瓦泥鳅脊；那门栏窗槅，皆是细雕新鲜花样，并无朱粉涂饰；一色水磨群墙，下面白石台矶，凿成西番草花样。左右一望，皆雪白粉墙，下面虎皮石，随势砌去，果然不落富丽俗套，自是欢喜。遂命开门，只见迎面一带翠嶂挡在前面。众清客都道："好山，好山！"贾政道："非此一山，一进来园中所有之景悉入目中，则有何趣。"众人道："极是。非胸中大有邱壑，焉想及此。"①

贾政一行人就从这假山上寻了一条小径转到山后面去了。这段文字分两个层次："遂命开门"之前是"开门"，之后是"见山"。贾政在开门前先"秉正看门"，也就是恭恭敬敬把大观园的门墙外貌审视了一番，他审视了正门、门栏窗槅、墙以及墙下面"随势砌去"的虎皮石路，看得非常仔细，看得心生欢喜；接着开门，却"只见迎面一带翠嶂挡在前面"，众人不以为这是败笔，反倒连称"好山"，并以为增加了园中趣味，是"胸中大有邱壑"的巧妙设计。

和《三国演义》第一回所写相对照，可以看出两者是相通的。第一回的主要写作目的是什么？答案很简单，就是让刘备、曹操这两个整部小说的主要人物、灵魂人物出场。为此，作家不惜运用包括肖像描写、语言描写、动作描写、对比描写、追叙、白描等多种方法来浓墨重彩地叙写他们，给读者留下了深刻的印象。和他们相比，叙写其他人物——汉帝、十常侍、黄巾诸人、刘焉、龚景、卢植、皇甫嵩、朱儁等的文字都堪称闲文，也是必不可少的闲文。拟之贾政事，即贾政"秉正看门"，把门墙外貌做仔仔细细的端详审视，是给整部小说的叙事立旗、点题。

然而，由于种种原因，第一回中刘备、曹操的故事又不能讲

---

① （清）曹雪芹、（清）高鹗：《红楼梦》，人民文学出版社 1982 年版，第 225～226 页。

得太多太细，对他们的善行恶举不能讲得太明，更不能写他们结仇交恶、互相打斗，必须有所克制、有所掩抑，正如大观园一进门就迎面看到一座山那样，含蓄委婉，把洋洋大观的美好景致留到后面慢慢去呈现，慢慢去欣赏。

简言之，《三国演义》的开篇很有艺术内涵，可谓巧思。其起笔有气势、有哲理、有历史的深邃感，在之后的故事叙事环节，作家既创设了氛围让两个主角自然出场、隆重亮相，却又写得克制不让他们表演过头，做过多的戏，真不愧丹青妙手、匠心独运！

第二节　化繁为简

《老子》第四十二章说："道生一，一生二，二生三，三生万物。"纷繁复杂的世间万物皆是由极简之道逐步衍生出来的，那么逻辑上讲，人们要认识纷繁复杂的世间万物，亦不妨反向而求，从极简之道上去把握，化繁为简，以简驭繁。这是中国传统文化留给后人的一种哲学智慧。

《三国演义》的开篇部分若干章回，由于需要处理的叙事材料太过繁杂，不利于故事的有序讲述，作家便把化繁为简的哲学智慧转化为一种叙事笔法，从几条易操作的叙事原则出发，有取亦有舍，有详亦有略，有所为亦有所不为，抓住中心人物和重大事件，同时努力建构情节发展的链条，贯穿尊刘贬曹的叙事红线，并做好故事的过渡和铺垫工作。不愧是大手笔的文学叙事，一切看起来举重若轻，给读者带来了美好的阅读体验，非常值得称道。

本节的论述关键词：繁与简。

一、繁富复杂的叙事材料

破题之后，接下来写什么？文章学上有专门的术语，叫承题、起讲。启功先生解释承题是在破题后用几句话“承接破题所说出的意思”“具有承上启下的作用”，起讲是“引申、讲明题义，或并说明题目内容的背景等等”[①]。破题难，承题、起讲也不易。写文章从来就不是容易的事。“文章千古事，得失寸心知。”[②]

说到底，小说也是一种文章，哪怕是长篇小说，在写作的基本理路上跟写文章也是相通的，就是说，要有破题，破题后要有承题和起讲。我们看《三国演义》，第一回是破题——其回目是“宴桃园豪杰三结义，斩黄巾英雄首立功”，所谓“豪杰三结义”“英雄首立功”云云，说的全是刘、关、张，破的是尊刘的题；第二回是则承题和起讲——其回目是“张翼德怒鞭督邮，何国舅谋诛宦竖”，前者承了尊刘的题，后者却明显是要起讲了。可见写作的基本理路是不差的。

然而，长篇小说所要处理的写作问题比写一般的文章要复杂得多，远非破题、承题、起讲等技巧、讲究所能讲明的。《三国演义》讲历史故事，是宏大叙事题材，所要处理的写作问题尤甚。比如启功先生说，八股文的起讲“最多不得超过十句”[③]，而《三国演义》在第一回开篇之后却面临着繁富复杂的叙事材料选择、去取问题。

和那些比较后出的英雄传奇小说、神魔小说、世情小说比起来，历史演义小说所面对的叙事材料特别丰富、特别复杂，令人有眼花缭乱、难以取舍之感。第一，历史文献提供了过量的人物和事件。据瞿林东《中国史学史教程》介绍，魏晋南北朝时期，撰史之风盛行，撰成的东汉史有 13 种，其中纪传体 11 种，编年体 2 种；撰成的三国史有 14 种；撰成的晋史有 23 种。[④] 范晔《后汉书》、陈寿《三国志》是其中的佼佼者。此外，刘昭注《后汉书》、裴松之注《三国志》、刘彤注《晋纪》以及如刘义庆《世

① 启功、张中行、金克木：《说八股》，中华书局 2000 年版，第 12 页。

② （唐）杜甫：《偶题》，（清）彭定求、杨中讷等编：《全唐诗》卷七六七，中华书局 1960 年版，第 2509 页。

③ 启功、张中行、金克木：《说八股》，中华书局 2000 年版，第 12 页。

④ 参见瞿林东：《中国史学史教程》，高等教育出版社 2011 年版，第 62 页。

说新语》(刘孝标注)这样的志人小说都提供了海量的资料。第二，历史人物和事件不能随意地删减、改动。其他类型的小说在材料的选择加工上有完全的自由，唯有历史演义小说，虽然容许选择加工乃至虚构调包，但毕竟有许多刚性的历史材料不能任由作家选择或改造。比如《三国演义》写曹、刘斗争，但你不能只写曹操、刘备，与之相关的其他许多人物的故事却不能不一并讲述。在小说的前几回，作家能不提孙坚吗？那后来孙权的东吴从何而来？作家能不提袁绍吗？那后来的官渡之战怎么讲？作家能不提刘焉、刘表、马腾、何进、董卓、吕布等人吗？那都是“刚性材料”、历史“硬件”，是少不了、避不开的。还有发生于其间的种种历史事件，也是如此。第三，许多历史人物和事件之间是杂乱的、缺乏联系的。比如从生活的角度看，刘备投军平黄巾和曹操投军平黄巾就是两起孤立事件，两者之间无法建立起联系，但作为讲故事的人，却又不能无视这两起孤立事件，必须在故事中一并交代，否则后面的故事就没法讲。再比如第二回：“不五十日，报捷，江夏平。诏封坚为乌程侯，封刘虞为幽州牧，领兵往渔阳征张举、张纯。”孙坚事和刘虞事就是发生在一南一北的两起孤立事件，与这两起孤立事件同时发生的还有许许多多其他事件，但作家为什么对其他事视而不见，单挑这两起事件来说呢？就是因为这两起事件对讲故事有用。这就是一个叙事材料的选择、去取问题。《三国演义》中有许多“却说”“且说”(别的小说中或称为“花开两朵，各表一枝”)，说的也是这种情况。

所以，面对繁富复杂的叙事材料，作家必须确立一些选择、去取的原则，而不能随心所欲，眉毛胡子一把抓，不加甄别。

二、中心人物和重大事件

第一个原则：写中心人物和重大事件。从哲学的角度看，世间万事虽然纷繁复杂，却是有章可循，可以认知和把握的。毛泽东指出：“在复杂的事物的发展过程中，有许多的矛盾存在，其中必有一种是主要的矛盾，由于它的存在和发展规定或影响着其他矛盾的存在和发展。”“任何过程如果有多数矛盾存在的话，其中必定有一种是主要的，起着领导的、决定的作用，其他则处于次要和服从的地位。因此，研究任何过程，如果是存在着两个以上矛盾的复杂过程的话，就要用全力找出它的主要矛盾。捉住了这个主要矛盾，一切问题就迎刃而解了。”[①] 于复杂事物中看到主要事物、典型事物，于复杂中看到简单，于多中看到一，这是一种辩证看问题的科学、有效的思维方式，用之于如《三国演义》这样有着复杂叙事材料的长篇小说的创作构思，则顿时有豁然开朗的感觉。

汉末社会动乱，豪雄并起，诸事纷繁，虽然其导火索是黄巾起义，但作家在构思的时候却不能沿“平黄巾”的思路继续想下去。为什么？因为黄巾起义的烽火遍布全国许多地方，写各路豪雄平黄巾无疑会使故事叙事变成一团乱麻，不得要领；再者，黄巾起义虽然气势很盛，但其实很快就被官府镇压下去了，张氏三兄弟都在起义当年病死或被杀。所以，黄巾起义在整个故事中充其量只是引子，写刘、曹二人在第一回亮相之后便乘势崛起既说不通也行不通，构思故事正文得暂时抛下刘、曹二人，另起炉灶。起什么炉灶呢？写豪雄之最者，也就是写能主宰全国政局的最有权势、最令人闻而生畏的豪雄。这样一来，问题就变得简单了。

第一个合乎条件的是董卓。第三回到第九回是讲董卓的故事(第一回董卓出场时为中郎将)。董卓为什么合乎条件？其一，董卓是前将军、鳌乡侯、西凉刺史，统西州大军二十万，有行政权有兵权，有爵位有军职，人多势众，是标准的大军阀。其二，他带兵抵达全国行政中枢、首都洛阳，对东汉朝廷形成碾压性的优势。其三，他废杀少帝刘辩，擅立陈留王刘协为帝（献帝），控制朝局，祸乱首都，有篡位的野心。其四，他和汉末第一勇将吕布结为同盟，天下无人能敌。

第二个合乎条件的是吕布。第三回到第十九回是讲吕布的故事。吕布为什么合乎条件？其一，他是当时的第一勇将，有三英

① 《毛泽东选集》(第一卷)，人民出版社1991年版，第320、322页。

战吕布（第五回）、曹操战吕布、曹刘联手战吕布诸事为证，而在混战时代，骁勇善战、孔武有力无疑是活下去的第一法则。其二，在与董卓结盟以及诛除董卓的事件中，吕布累积了令人生畏的名声，人一闻其名便内心发怵。其三，吕布先投丁原，后因利（赤兔马等财物）杀丁原投董卓，又因色（貂蝉）杀董卓投袁术（未成功），有“三姓家奴”之恶名，是典型朝秦暮楚、见利忘义、无智无信、不可捉摸的宵小之徒，有勇有义如关羽者更令人敬重，有勇无义如吕布者更令人害怕。

简言之，在汉末动乱初起的一段时间里（董卓189年进京，吕布199年殒命），故事叙事应当围绕董卓、吕布这两个中心人物展开，写他们把控朝廷、左右政局的情况和过程，以及权力在他们二人之间的流转。从事件上说，也是拣大放小，写董卓进京、结交吕布、废立皇帝、作乱京城、谋除董卓、董吕反目、诛杀董卓，以及之后李傕的作乱、吕布的窜逃、吕布的挣扎、吕布的覆灭等事件。如此，则纲目清矣，线索明矣。

当然，不是说这一个叙事部分里只写董卓、吕布这两个中心人物，其他人物不要涉及。不能像纪传体史书那样写成“董卓传”和“吕布传”，而要整合其他的人和事，写成流畅的故事，故事里不能由人物唱独角戏。那么，其他的人和事怎么选择呢？有以下两个标准。一是写相关的人。董卓进京不能直头直脑、无缘无故地来，总得有个理由吧？好，那就得讲何进的故事。董卓一开始不认识吕布，双方还是敌对阵营的人，要结盟，得有人牵线搭桥，从中说合，于是有了李肃的故事。董、吕反目，王允、貂蝉乃是主谋，小说能不讲他们的故事吗？诸如此类。二是写后面的故事里将要处于主场的人。官渡之战中，袁绍、曹操、刘备等都是中心人物、主角，这些人物到时候不能临时出现，给人突兀感，而应该在写董卓、吕布的这一部分里就让他们活动，从而给后面的故事埋引线、设伏笔。另外，有一个与之类似的情况：有些人物在后面不再出现了，如孙坚如马腾，但他们却是后面故事的重要线索，不讲他们则后面故事（孙策孙权的故事、马超的故事）将无从谈起。于是，这些人物也需要提及。有了人就有了事，事随人转。如此，大小人物、主次事情互相配合，故事的讲述就不会单调乏味了。

还是得注意，这些人物在这一部分里终归都是次要人物，不能冲击董卓、吕布这两个中心人物，他们的故事都得根据讲述董卓、吕布故事的需要来安排、展开，不能喧宾夺主。

三、情节链条的建构

第二个原则：建构情节发展的链条。有了要写的人和事还不行，这些都是散乱的砖、瓦等建筑材料，还需要把这些建筑材料，也就是故事中要写的人和事，按照一定方式和逻辑组织起来，此即所谓情节链条的建构。建构情节发展的链条乃是小说作家叙事的本职所在。

作家在组织材料、构思情节的时候，要多问几个为什么。董卓为什么要进京？是何进暗差使命赍密诏召来的。何进为什么要暗差使命召地方诸镇进京？是因为他和宦官集团十常侍有矛盾，他欲假诸镇之手诛除十常侍。他和十常侍之间有何矛盾？两者在立帝问题上相对立。何进欲立其妹何太后之子刘辩，十常侍欲立王美人之子刘协。这是东汉朝廷外戚和宦官争权斗争之中的又一戏码。十常侍尽管得到了灵帝之母董太后的支持，但在立帝问题上还是让何进得了先机，立刘辩为帝。十常侍不甘心失败，造谣生事，由此威胁到了何进，于是袁绍向何进建议"召四方英雄之士，勒兵来京，尽诛阉竖"。何进从之。这样，何进、十常侍立帝之争——双方矛盾激化——何进召地方诸镇进京诛除十常侍——董卓带兵进京，就构成了一段情节发展的链条。

董卓出场之后，接下来需要建构的情节链条是董卓、吕布如何结盟以及二人如何分道扬镳。这是《三国演义》故事叙事的一个大关目，有极大的故事想象空间和叙事操作空间，也是能够见出作家叙事艺术水平和写作技巧能力。陈寿《三国志》、范晔《后汉书》皆有董卓传和吕布传，记二人分合事，所记大略相似；范晔《吕布传》记载：

刺史丁原为骑都尉，屯河内，以布为主簿，甚见亲侍……会（何）进败，董卓诱布杀原而并其兵……卓自知凶恣，每怀猜畏，行止常以布自卫。尝小失卓意，卓拔手戟掷之。布拳捷得免，而改容顾谢，卓意亦解。布由是阴怨于卓。卓又使布守中阁，而私与傅婢情通，益不自安。因往见司徒王允，自陈卓几见杀之状。时允与尚书仆射士孙瑞密谋诛卓，因以告布，使为内应……布遂许之，乃于门刺杀卓。①

可以看出以下三点。

第一，虽然交代了吕布先投丁原后在董卓的引诱或劝诱下杀了丁原，改投董卓门下，并与董卓情同父子，但没有交代董卓用什么办法来引诱或劝诱吕布，或者说吕布究竟是为了什么背弃丁原而与董卓结盟。

第二，吕布曾因事得罪董卓，董卓用手戟打吕布，幸亏吕布动作敏捷才逃过一劫；又，吕布在当董卓守卫的时候曾和董卓的一个侍婢有私情，这让吕布心中不安，生怕被董卓发觉。这两件事是各自独立的事情，彼此没有关联，并不是董卓因为发现了吕布和侍婢的私情而用手戟打吕布的。

第三，恰巧——说明也是独立事件，只是碰了巧而已——当吕布私下里向司徒王允诉苦的时候，王允正和士孙瑞密谋除董卓的事，就势必拉吕布入伙，一起行事。

也就是说，关于董卓和吕布的结盟与反目，史书上只提供了一些孤立材料，而没有提供生动的连续性的故事场景，材料之间没有“粘合剂”，本身没有丰富的细节支撑，人们也没有办法从材料中把握事情的来龙去脉。这就给罗贯中重新“编次”董、吕故事提供了必要性和可能性。罗贯中需要做的工作有以下三点。一是在结盟问题上需要交代前因后果，亦即董卓因何要结交吕布，而吕布又因何人、因何事而弃丁投董、改换门庭。二是在反目问题上需要把董卓吕布发生冲突、吕布和董卓侍婢私通、王允

① （南朝宋）范晔撰：《后汉书》卷七十五，中华书局2000年版，第1652页。

士孙瑞密谋杀董卓三起孤立事件整合起来，变成一个完整故事，从而使人知晓二人反目的来龙去脉。三是补充大量的细节，使材料“活”起来。细节是灵魂，细节决定成败，细节是情节的细胞。生命之树常绿，细节就是那树上的叶子，使树风中婆娑、摇曳生姿、充满情意。人们总不会喜欢一棵光秃秃的树，没有丰富的细节的支撑，所谓情节叙事将变得枯燥无味、毫无意义。罗贯中需要通过细节塑造场景，让读者如见其人，如闻其声，有身临其境的感觉。比如董卓的侍婢，她姓什么、叫什么，长什么样，如何哭如何笑，说话的神态、样貌、腔调，等等，作家都得语带感情地讲述清楚，让我们能够感知她的存在、她的温度、她的热情，而这，又岂是“侍婢”二字所能代替得了的。

简言之，罗贯中的核心工作就是建构情节，补充细节。这需要非凡的想象力（思、意）和生花妙笔（言、文）。“规矩虚位，刻镂无形。”“意授于思，言授于意。”[①] 罗贯中没有辜负读者的期望，他在董、吕结盟问题上编造了董卓赠送赤兔马给吕布的情节，在董、吕反目问题上编造了王允设连环计的情节，这两个情节编造得非常成功，成为后世人们耳熟能详、津津乐道的故事段落。董卓赠送赤兔马给吕布的情节编造得很有逻辑性，不仅讲述了赠送赤兔马的诸多细节，刻画了吕布见财起意、忘恩负义的可恶的丑陋的小人嘴脸，而且交代了事情的前因后果，即董卓为什么要赠送赤兔马给吕布（因）以及吕布得到了赤兔马之后做了什么（果），从而使整个故事成为一个有意义的情节链条。董卓为什么要赠送赤兔马给吕布呢？因为吕布是丁原的护卫，而丁原却是董卓想要独断朝纲的拦路虎，不除之不足以成事。用董卓本人的话说：“吾观吕布非常人也。吾若得此人，何虑天下哉！”那么，赠送赤兔马以拉拢吕布有用吗？有，因为吕布是个“勇而无谋，见利忘义”的人。果然，李肃一出马，稍加劝说，吕布便杀丁原而投董卓了。史料文献上，吕布确实杀了丁原并拥有赤兔

① （南朝梁）刘勰著，黄叔琳注，李详补注，杨明照校注拾遗：《增订文心雕龙校注》，中华书局2012年版，第365页。

马，且时有“人中有吕布，马中有赤兔”的歌谣[①]。不过，此赤兔马是否为董卓所赠则未见记载，恐为作家的想象之词。然而，从故事叙事的方面看，这一想象不仅为建构情节链条所必须，而且非常合情合，想想看，吕布好歹有“飞将”之名，没有赤兔马这样的重礼哪里能收买他呢？

王允连环计更为有名也更为精彩。仅从连环计的计名——计中有计，环环相扣——上就能看出作家整三合一的工夫。其一，王允从仅是诛董卓一事的谋划者变成离间董、吕关系暨联吕诛董的总策划、总导演。其二，与吕布偷情的女子从无名无姓的董卓侍婢变成大名鼎鼎的貂蝉，她先是王允家的歌伎，后来才在王允的安排下做了董卓的侍妾，成功地离间了董、吕关系，从而为王允谋诛董卓创造了条件，也就是说，仅在偷情一事中现身的这个女子在小说中“跨界”了，成为贯串董吕打斗、吕婢偷情、王允诛董三事的主要人物和关键角色。其三，董吕打斗和吕婢偷情本是毫无关联的两则史料，却被貂蝉给一手“盘活”了，变成东汉末年诛除董卓的政治大戏中一个有意义的爱情故事段落，变成诛董过程的一部分，创设了“为了政治的爱情”或“爱情与政治”的叙事范式。

总之，赠马计和连环计是围绕董卓这个中心人物所建构的关键的情节链条，并巧妙地实现了中心人物由董卓向吕布的流转，与此一情节链条无法构成因果联系的其他许多的人和事就被作家化繁为简地省略了。此后围绕吕布所建构的情节链条也同样使繁富复杂的叙事材料变得更易于操作和处理。

四、一根红线

第三个原则：贯穿尊刘贬曹的红线。对于讲故事的人来说，无论他要处理的人物事件有多么繁富复杂，无论他要讲述的情节故事有多么紧张激烈，他都要始终记得他为什么要讲这些故事，

① （西晋）陈寿撰，（南朝宋）裴松之注：《三国志》，中华书局1982年版，第220页。

也就是说，他要在复杂的故事叙事中贯穿创作的主题和红线，要做到“形散而神不散”。如果他的叙事不能贯穿主题红线，即使叙事再精彩、再有趣，也会成为“巴尔扎克的手”①，是要毅然而然、决然而然把它给砍去的。

《三国演义》的创作主题是尊刘贬曹，既是创作主题，就需要贯穿整个作品的始终，而不是只体现于其中的一部分。在后文写赤壁之战、争荆州、夷陵之战等曹刘对决的部分中，曹、刘是故事的主角、叙事的中心人物，叙事材料和创作主题是统一的，这时候，要贯彻尊刘贬曹的创作主题比较容易，可是在这之前，情况就不一样了。

官渡之战还好说，毕竟曹操是主角之一，虽然刘备还不是，但已经和曹操有了接触和交集，要体现尊刘贬曹亦不难，然而再往前追溯至董卓、吕布时期，要体现尊刘贬曹就不甚容易了。为什么呢？董卓、吕布时期，中心人物是董卓、吕布，叙事的重心亦在董卓、吕布。这时候曹操、刘备还是“小人物”，特别是刘备，更不比曹操有个一官半职（曹操献刀时为骁骑校尉，刘备则辗转于地方），要想进入朝廷中枢，进入董卓、吕布的故事叙事中几乎没有空间。这就造成了小说的叙事材料和创作主题之间的矛盾，无法实现尊刘贬曹创作主题的表达。从叙事的角度看，这一矛盾是无论如何都要解决的。作家不能让此一部分的故事内容游离于全书的创作主题表现之外。

这一矛盾的解决体现了作家的艺术匠心。先说曹操，由于家世原因，曹操出仕，让他进入董卓的故事叙事中并不算很难，但问题是，董卓是坏人、奸贼，曹操却是反董的，还是反董斗争中著名的英雄人物，“关东有义士，兴兵讨群凶”②，真真切切曹操

① 雕塑家罗丹雕塑了一尊巴尔扎克的塑像，完成后请人来观看点评，观者在仔细端详后给予好评，然后盯住巴尔扎克的一只手，赞叹道：“啊，这只手太美了，简直可以成为独立的艺术品！”罗丹听后，立即拿起锤子，毫不犹豫地砸掉了这只手，说道：“这只手不应该属于巴尔扎克，它破坏了塑像的整体美！”

② （东汉）曹操：《蒿里行》，林久贵、李露编著：《曹操全集：汇校汇注汇评》，崇文书局2020年版，第13页。

的诗句，完完全全正面的素材，怎么好做成“贬曹”的文章呢？那不太为难人了吗？可罗贯中就是有办法，就是有才，他通过曹操献刀的故事设计，巧妙而轻松地解决了这一问题。

原来曹操在众人面前确实是一个反董的英雄形象，他嘲笑朝廷公卿徒然哭泣，无计杀董；他在司徒王允面前大包大揽，满腔豪情，“操沥酒设誓……操藏刀饮酒毕，即起身，辞别众官而去”，大有荆轲刺秦的豪迈与悲壮。然而，这是装出来的，根本不是这么回事儿。他其实是个胆小鬼。他见到董卓，虽几次三番要刺董（必须这么写，为后文曹操参加反董作战打下伏笔），可“惧卓力大，未敢轻动”；趁吕布出门的当口，“急掣宝刀在手，恰待要刺”，吕布又回来了，“操惶遽，乃持刀跪下曰：‘操有宝刀一口，献上恩相’”，硬生生把刺董的悲壮英雄行为变成一个笑话。一个“惧”字，一个“跪”字，把曹操骂得体无完肤。接下，曹操来还慌不择路地纵马而去，狼狈逃窜。

之后的反董作战又怎么样呢？曹操的公众形象仍然很好。他招兵买马，首举义旗，又会集十八路诸侯，推袁绍为盟主，并积极为反董事业出谋划策，识拔英雄，俨然反董第一功臣。然而实际的作为却肮脏不堪，令人憎厌。其一，先是在举兵之前，尚在逃亡奔命时，他便残忍地杀害了恩人吕伯奢全家，并放出“宁教我负天下人，休教天下人负我”之语。其二，他举兵反董并非奉皇帝命，乃是“发矫诏”，也就是假传圣旨，这在古代无疑是一种奸邪行为，是十恶不赦的罪状，难怪回目中要直接点出“发矫诏”三字，并和后文刘备“奉衣带诏”讨曹（第二十回“董国舅内阁受诏”）构成鲜明对比。其三，作家写了不少十八路诸侯和董军作战的故事，特别是温酒斩华雄和三英战吕布的故事令人印象深刻，可写来写去却不见曹军和董军作战之事，只有曹操动了几次嘴皮而已。这其实是一种暗贬，暗指曹操在反董作战中并未出力，是一个只会借重他人来为自己博取好名的小人。

董卓死后曹操反吕布的故事也存在“坏人打坏人”，即所谓题材和主题打架的问题。题材上，曹操打吕布史上乃确有其事，且当时能够除掉、愿意除掉吕布的也只有曹操了。但在主题表现上，吕布是朝秦暮楚、反复无常、忘恩负义的邪恶之徒，人所共知，这样的“坏人”理应由正直义士如刘备者予以清除，若由曹操除之则诚为不美矣。作家是怎么处理的呢？且看曹操缢杀吕布的一段：

> 方操送宫下楼时，布告玄德曰：“公为坐上客，布为阶下囚，何不发一言而相宽乎？”玄德点头。及操上楼来，布叫曰：“明公所患，不过于布。布今已服矣，公为大将，布副之，天下不难定也。”操回顾玄德曰：“何如？”玄德答曰：“公不见丁建阳、董卓之事乎？”布目视玄德曰：“是儿最无信者。”操令牵下楼缢之。布回顾玄德曰：“大耳儿！不记辕门射戟时耶？”（第十九回）

吕布是什么人曹操心里最清楚，他几次三番评说吕布是无义之人，他也把除吕布作为要事来办。他接受郭嘉建议，引诱袁绍攻打公孙瓒，让自己有机会东征吕布。为了除掉吕布，曹操甚至和敌手刘备联合起来共同行动，可见他要除掉吕布的决心之大。可到他费了九牛二虎之力终于擒获吕布时，却又觉得吕布是个人才，杀了可惜，忘了吕布是个无信无义之人，留不得，留了会坏大事。也就是说，曹操是个没有大是大非的人，他会为了小利而忘大义，也是个“坏人”。还是刘备明事理，知大义，他先假意答应吕布，迷惑吕布，然后严肃地向曹操指出吕布是个无耻之徒，是必须要杀掉的。刘备这样建议是要冒风险的，万一曹操不听他的建议而留下吕布呢？何况吕布曾对他有救助之恩呢（辕门射戟）？可刘备仍然舍小信而求大义，坚决主张杀掉吕布，这和曹操见利忘义的所谓“怜才”之心形成了对照。“大行不顾细谨，大礼不辞小让。”[1] 刘备是个顾大体、行大义、有担当的人。一管窥豹，一叶知秋。吕布诚然还是由曹操下令杀掉的，但缢杀吕布前曹、刘二人的这一小分歧、这一小插曲还是颇有意味的，不能等闲放过。

---

① （西汉）司马迁撰，（南朝宋）裴骃集解：《史记》，中华书局1982年版，第314页。

做个小考证。《三国志·吕布传》记载了吕布被缢杀前刘备劝曹操杀吕布的事，似乎《三国演义》演述其事乃是再正常不过的写法，没有必要过度解读，上升到尊刘贬曹的高度。但实际上不是这样。裴松之特意给此事加注，引《献帝春秋》上另一种说法：吕布跟曹操聊家常，并引齐桓公杀公子纠而用管仲的典故，希望曹操能饶过他；又乞求刘备帮他在曹操面前说点好话。结果刘备没讲话（既没假意答应吕布也没劝曹操杀吕布），而曹操又有了放过吕布的念头（曹操对吕布说，大意为“你与其求刘备不如直接求我”），这时候，曹操的主簿王必进言说：“布，勍虏也。其众近在外，不可宽也。”曹操对吕布说：“本欲相缓，主簿复不听，如之何?”裴松之是主张尊刘贬曹的，他在此事上却不同意陈寿的说法，补阙备异，提供另一说，可见确实不一定是刘备劝说以后曹操才杀掉吕布的。而且王必劝杀吕布的理由也和刘备不同，王必以势劝杀，刘备以义劝杀。《三国演义》在写这一段时弃裴注而取陈志，应该有表现创作主题这一方面上的认真考虑。

由此说到尊刘。刘备自然无法被安插到初进洛阳的董卓叙事中，但很快，作家找到了让刘备在反董卓斗争中“大显神威”的机会，夺得“威镇乾坤第一功”。说的是曹操会集十八路诸侯讨董，公孙瓒是其中一路，刘备投奔了公孙瓒，所以便有机会投身波澜壮阔而又伟大神圣的反董事业。这个安排还算自然，逻辑上也说得通，但问题是，史书上对刘备、关羽反董之事语焉不详，《三国志》没提，裴注仅在所引《英雄记》中提了一句：“会灵帝崩，天下大乱，备亦起军从讨董卓。”[①] 从谁？如何讨董？刘备当时有多大的实力？做了什么“先进事迹”？统统不知。小说为了尊刘，不仅把这些“阙漏”补全了，而且还掠人之美，书写了“关羽温酒斩华雄”的神功传奇，并编造出“三英战吕布”，令人读后畅快淋漓！

刘备和吕布倒是有交集的，这一点有史明载，不难讲述，但

---

① （西晋）陈寿撰，（南朝宋）裴松之注：《三国志》，中华书局1982年版，第872页。

两人的恩怨分合之关系非常复杂、一言难尽：既有吕布对刘备的偷袭，也有吕布对刘备的救助；既有刘备与吕布的策略性联手，也有刘备和曹操两个敌手对吕布采取的共同行动。刘、吕关系的多面性很难用“尊刘”一词简单地进行概括，但《三国演义》却都能采取适当方式处理，以树立刘备的正面形象，并改造那些不利于刘备的素材。如前文所分析的曹操缢杀吕布的故事，本来未必出自刘备对曹操的劝说，可作家却有意选择了有利于尊刘的故事素材，以表现刘备的大义和担当。由此颇能见出作家的“为文之用心也”。

五、过渡和铺垫

第四个原则：做好过渡和铺垫。小说叙事是一个过程，有开端，有发展，有高潮，有结局。长篇小说的故事叙事更呈现出阶段性。《三国演义》虽然把汉末三国的英雄故事整合为一个有机整体，有一个完整不可拆分的叙事框架，但具体的故事发展进程却呈现明显的阶段性、过程性。董、吕活动的时期，袁、曹争霸的时期，曹操、孙刘对决的时期……每个阶段和过程都是相对独立的，同时却又前后联系，是不能硬生生把它们分割成独立篇章的。高明的作家在体现叙事阶段性、过程性的同时，更应该致力于段落和段落之间、阶段和阶段之间、过程和过程之间的彼此照应、连接，穿针引线，连接补缀做好过渡和铺垫的工作，使读者感觉不到故事的阶段性、过程性，从而巧妙自然地实现叙事过渡。

汉末英雄故事的叙事材料虽然繁富复杂，看似一团乱麻，但只要有所取舍、按章取舍、化繁为简，则“难事亦易矣”。除了前文所讲的围绕中心人物和重大事件建构情节链条、表现创作主题外，作家实际上还要做好故事向下一阶段发展的铺垫和对接工作，也就是为下一阶段的袁、曹争霸叙事搭桥埋线，提前准备。

在下一阶段的袁、曹争霸叙事中，袁绍无疑是主角和中心人物之一，但他是怎么来的？总不能让他莫名其妙地出现在读者面前吧！应该在小说的第一部分里，亦即董、吕活动的时期有所交代。你得告诉读者：一是有袁绍这么个人，二是他将成为未来霸主的有力竞争者，三是他将在未来霸主竞争赛中失败。你既不能明讲，只能通过暗示，又不能大讲多讲，以致冲击主要人物董、吕或主题人物曹、刘的叙事，需要恰当地把握尺度，却不能不讲、不能明讲、不能多讲、三“不能”。

于是我们在读着董、吕、曹、刘故事的间隙不时能够看到袁绍的影子：何进谋诛宦官的时候，袁绍挺身而出，“愿借精兵五千……扫清朝廷，以安天下”；董卓乱政的时候，袁绍参与政事谋划，以致董卓欲杀袁绍；曹操“发矫诏”讨董的时候，袁绍举兵响应；之后袁绍亦和吕布有几次交手……总之在此一部分，袁绍其人不时出现在我们眼前，给我们留下较深的印象，使我们预感到，这是一个“大人物”。

究竟有多大呢？作家没有明讲，也没有过多着墨，涉及袁绍叙事的文字都比较简短，三言两语，没有铺排，没有渲染，也没有连续性。如讲反董斗争的时候，十八路诸侯中袁绍贵为盟主，却被“手下人”曹操、刘备等人抢了戏夺了风头，就是一个例子。就像《西游记》中唐僧是师父，主角却是孙悟空、猪八戒那样，作家在写袁绍故事时明显比较克制，把握了尺度。不过读者能隐隐约约感觉到，袁绍是个厉害角色，要不然，曹操首举义兵，十八路诸侯会集，各有神通，怎么反倒让袁绍当了盟主？难道不是令人吃惊的事情吗？小说中零星地介绍了袁绍的一些背景，如“司徒袁逢之子、(太傅) 袁隗之侄”(第二回)；“四世三公，门多故吏”(第五回)；拥有立帝的野心和实力；其弟袁术称帝；攻打公孙瓒，攻城略地，“虎踞冀、青、幽、并诸郡，带甲百万”(第二十二回) 等，这些都是对袁绍将要成为未来霸主有力竞争者的暗示。

然而更妙的是，在零星的、不连续的介绍中，作家不仅暗示袁绍将要成为未来霸主的有力竞争者，而且暗示他将在未来的霸主竞争赛中失败，换言之，他看上去“很厉害”，实际上却名不副实。和曹操相比，他在政治上确实非常幼稚他冲动，在政治上无谋略，非常幼稚。比如说第二回讲何进谋诛宦官的事，曹操认为宦官问题是东汉的棘手问题，谋诛宦官须谨慎机密，不能鲁莽，袁绍则“慷慨激昂”“豪气冲天”，带五千御林军在皇宫里打打杀杀，最后怎么样？由于何进之妹何太后的阻挠，诛宦官之事变得虎头蛇尾。接着，袁绍更提出一个馊主意：召四方外镇进京诛杀宦官。由此导致了董卓之乱。可见袁绍是个成事不足败事有余的人。再比如董卓欲废少帝立陈留王，袁绍表现得义愤填膺，在手无寸权的情况下反抗董卓，“汝剑利，吾剑未尝不利”，不讲任何策略、谋略和方法，最后怎么样？事情没办成全家反而遭了董卓的毒手。在汉献帝地位稳固之后，袁绍既犯了政治上的幼稚问题，不承认汉献帝的合法性，又不保护汉献帝的安全（第六回写曹操谴责袁绍对董卓“劫迁天子”事按兵不动，无动于衷），还看不到汉献帝在政治上的价值（只有曹操迎献帝于许都），甚至心生妄念，要拥立刘虞为帝以取代汉献帝——其政治情商竟如此不堪。在反董卓战斗过程中，作为盟主的他没有尽心尽力地讨董，不以大义大局为重，表现出很强的私心和贪欲（如不惩治渎职的粮草官袁术、与孙坚争玉玺等），致使讨董联军军心涣散、功败垂成。如此种种，不一而足。袁绍这样的政治情商、这样的格局、这样的性格，怎么能成就大事？在未来与曹操的争霸竞赛中又怎能不败呢？

在官渡之战爆发前，小说多处写袁绍，从笔法上说，是《春秋》之义，暗含褒贬；从章法上说，是不得不做的过渡和铺垫的工作。让故事主角渐次过渡到袁绍，同时又为袁绍未来的结局和命运做铺垫。试想，如果袁绍不是官渡之战中的一个主角，这一部分《三国演义》能这样写吗？这是不可想象的事情。

第三章 官渡之战叙事

官渡之战是袁曹争霸战和曹操的崛起之战，由于陈寿《三国志》以曹操的人物传记为首篇，因此官渡之战实际上还隐含了另一层意义：它可以看作汉末和三国两个历史时期的前置分界线。三国中的曹魏诚然是在220年由曹丕建立的，但追溯其渊源，曹魏基业的创建却是有赖于二十年前的官渡之战。官渡之战前，群雄逐鹿中原，天下形势混沌未定；官渡之战后，曹操取代袁绍一家独大，天下形势则日益趋于明朗化。曹操挟天子以令诸侯，征伐四方，汉献帝和东汉政权名存实亡，直待二十年后被直接终结。毫无疑问，官渡之战的历史意义是非常深远的。

基于此，官渡之战自然也就成了《三国演义》文学叙事的重要内容之一。小说从第二十二回“袁曹各起马步三军”写起，到第三十三回“郭嘉遗计定辽东”曹操最终扫除袁绍的残余势力，整整用了十二回的篇幅，占了全书的十分之一，可见作家对官渡之战叙事的重视程度。从文学叙事的角度看，官渡之战可谓既好写又难写。说它好写，是因为此战和数年后的赤壁之战一把火定乾坤不同，它有一个明显而清晰的战争发展进程，而且此战本身就包含了不少悬念和不确定性，很适合作为战争叙事的材料；说它难写，是因为此战涉及太多的头绪，军事的、政治的、外交的、本地区的、本地区之外东南西北各个方向的，太复杂了、太纷乱了，处理不好就容易把官渡叙事写成一盘散沙、一团乱麻。

《三国演义》作者在叙写官渡战事的时候能够匠心独运、扬长避短，不仅写出了官渡之战作为战争的特点和个性，而且还针对叙事场景的复杂性做到了在不同叙事场景之间流转自如，从而使整个官渡叙事读起来酣畅淋漓、一气呵成，毫无断续拉扯之感，体现了很高的艺术性。

第一节　袁曹地区争霸

如何进行官渡之战叙事是一件颇费思量的事情，作为小说中一次极为重要的大型战事，作家在讲述它的时候至少要考虑以下一些问题。其一，官渡之战是如何决策和进行的？其二，它有着怎样的战争特点和战争个性？其三，它为什么是这样而不是那样的战争形态、战争进程？其四，如何既写出它作为战争事件的客观性、写实性，同时又写出它作为文学叙事的故事性、趣味性？其五，作为整部小说的一部分，如何与此前、此后的故事情节衔接，做好伏笔、照应、过渡、铺垫等“密针线”工作？其六，作为刘备人生的低潮期和曹操一生事业的高光时刻，如何在官渡之战中表现尊刘贬曹的创作主题（两者看起来有些撕裂）？其七，如何做好战争叙事和非战争叙事之间的连接和穿插工作？这些问题中哪一条处理不好，都有可能造成官渡之战叙事的败笔。总之，讲好官渡之战，既是对作家战争叙事艺术水平的一次挑战和考验，同时也是奠定《三国演义》艺术经典性的一个重要契机，岂可不慎欤？

本节的论述关键词：个性化叙事。

一、官渡之战的战争个性

人有个性，战争如人，亦有个性，相应地，战争叙事也需要写出特色、写出个性，而没有也不应该有一个统一的战争叙事模式。譬如赤壁之战，正如人们所知道的，那是一场壮观的史诗般的战争，可是由于火烧赤壁，战争过程无法充分展开，所以作家便巧妙地避开直接叙写战争过程，而采取了详写战前决策、准备及战后追逃的叙事策略。但这种叙事决定于赤壁之战的战争个性，并不适用于其他的战争叙事，不能固化为一种战争叙事模式。我们来看《三国演义》中另一场重要的战争——官渡之战，它就有着不同于赤壁之战的战争个性，因此它也呈现出属于自己的一个战争叙事模式。官渡之战是怎样的一场战争呢？从战争特点上说，它有着怎样的战争个性呢？

官渡之战是汉献帝建安四年至五年（199～200 年）发生在袁绍和曹操之间的一场以弱胜强的地区争霸战。当时，袁绍占据冀、青、幽、并四州，广有土地、兵精粮足、人口众多，而曹操却相对弱小得多。在北方，公孙瓒、吕布、袁术已被翦灭，曹操的东面尚有刘备，西面尚有张绣、马腾等势力；在南方，刘表占有荆襄之地，势力最大；此外，江东的孙氏、四川的刘氏等势力亦割据一方。汉朝皇帝虽在，但汉朝已名存实亡。南方的势力对北方均采取守势，北方的势力虽众，但欲言争霸者无疑只能是袁绍和曹操，余者或弱或偏，不足道也。袁、曹之间，袁的祖上四世三公，“门生故吏遍于天下”[①]，广有门阀、人脉和政治势力，他本人又曾任讨董大军的盟主，可谓守成者；曹操虽然势小，但也不是等闲之辈。一是迎汉献帝到许都，挟天子以令诸侯；二是新灭吕布、袁术，征讨刘备、张绣，势头正盛；三是曹操本人很有野心和才能，既行屯田法又广招天下贤才，唯才是举，所以麾下人才济济，发展态势良好，可谓新兴崛起者。曹操自然成了袁绍的眼中钉、肉中刺，是袁绍的首要敌人，而曹操也是可以和袁绍较量一番的。官渡之战，实际上是守成者和崛起者之间的一次地区争霸战和生死存亡的较量，其情形有点类似于古希腊时期斯巴达和雅典两个城邦之间的争战，被认为是一种历史的必然。简言之，从性质上看，官渡之战乃是地区争霸战，和赤壁之战这一

① （西晋）陈寿撰，（南朝宋）裴松之注：《三国志》，中华书局 1982 年版，第 190 页。

带有统一战争意涵的战争意义并不相同。

早在199年的六月，袁绍就率兵十余万南下，拉开了官渡之战的序幕。可是在要不要出兵的问题上袁绍集团内部意见不统一，大体上，沮授、田丰反对出兵，审配、郭图主张出兵，这让袁绍犹豫不决；加之缺少出兵的名义，不知不觉竟在进兵途中蹉跎了数月之久。这给曹操准备迎战提供了宝贵时间。尽管曹军人数仅当袁军的十分之一，但基于曹操对袁绍的了解，他还是克服了许都议臣对袁绍的恐惧，选择迎战。曹操在把主力部队集中于官渡地区用以对付袁军主力的时候，又派臧霸入青州牵制袁绍，巩固右翼，同时还派人镇抚关中，拉拢凉州，以防止左翼生变，扰乱战事。

为什么要把主力部队集中于官渡地区呢？因为官渡（在今河南中牟东北）地处鸿沟上游，濒临汴水，可通达黄、淮之间的多条水道，并连接虎牢、巩、洛等要隘，交通便利，位置险要，又在许都北部略偏东的地方，为许都北、东方向之屏障，是袁绍南下许都的要津和必争之地，故对曹操来说，扼守官渡既可以拱卫许都，又可以比较方便地获得后勤补给。

鉴于己方兵力不足的现实，曹操没有采取分兵把守黄河南岸的战略，而是集中兵力重点设防，控制一些关隘据点，用以迟滞袁军渡黄河并长驱南下的步伐。最北处曹军进据冀州的黎阳，这是在黄河的北岸；在黄河南岸，他令刘延守白马，于禁守延津（在白马西南方向），协助白马守军。白马、延津是官渡之外的又一道防线。

袁、曹在进兵布阵、相互对峙的同时也在努力争取其他势力的支持，东汉政治生态发生剧烈变动，其中刘表助袁，张绣投曹，关中势力观望两不靠。

袁绍打瞌睡，曹操迟迟不给他送枕头，等了几个月，终于等来了一个。建安五年也就是200年的正月，董承、刘备等人奉汉献帝衣带诏诛杀曹操的事情泄漏，曹操大怒，夷灭董承等人的家族，而刘备已东逃，并联结袁绍反曹，于是曹操亲率精兵东击并打败刘备，刘备投袁，关羽降曹。袁绍得衣带诏，有了出兵讨曹的正当理由。然而令人感到疑惑的是，袁绍拒绝了田丰的建议，没有趁曹、刘交战之机“举军而袭其后”。曹操得以从容打败刘备后回军官渡。

二月，袁绍进军黎阳，并企图夺取黄河南岸的白马，以掩护主力渡河。为了解白马之围，曹操于四月亲自率兵北上，并接受荀攸的建议，先取延津，作势渡河进攻袁绍后方，待袁绍分兵延津之际迅速遣轻骑挺进白马，击杀颜良，袁军大败。随后，在撤离白马回师官渡途中，又以辎重饵敌之计击杀文丑。

袁军初战虽败，但兵力、粮草、军货、财力尚优；曹操虽连杀袁将，挫其锐气，但未能阻止袁绍的进军步伐。二者进入了相持阶段，双方在官渡对峙、抗衡了数月之久。拖时日久，曹操渐渐军力不支，想放弃官渡，撤回到许都，荀彧鼓励他要奋力坚持，等待转机，绝不能后撤。

机会终于来了。十月，袁绍派淳于琼护送运粮队行进至乌巢（今河南延津东南），距离袁绍军营仅有四十里的路程了——四十里，一个看起来完全可以忽略不计的距离、一个似乎已经接近于成功的距离。历史在这里精妙地诠释了什么叫功亏一篑，什么叫无情的玩笑。恰在此时，袁绍的一个谋士，名字叫许攸——历史永远记住了他——投奔了曹操，并告诉了曹操袁军运粮队在乌巢的秘密。曹操当机立断，亲率步骑五千人，“打着袁军旗号，军士皆束草负薪，人衔枚，马勒口”，奔向乌巢，打败护军，焚毁了所有的粮草。攻打曹营的袁将张郃、高览闻讯亦投降曹操。由此袁绍军心涣散，士气瓦解，他本人仅带八百骑仓皇逃回河北，余众七八万人皆被曹军歼灭和坑杀。

官渡之战以后，袁氏集团仍然挣扎了数年之久，但气数已尽，仅苟延残喘而已，并终致完全覆灭、烟消云散，在历史的天空中留下一声叹息。

二、官渡叙事和赤壁叙事的差异

可以看出，作为战争，虽然都是中国历史上著名的以弱胜强的战役，但官渡之战却表现出了明显不同于赤壁之战的战争个性，如赤壁之战是一火定乾坤，而官渡之战则相持甚久，表现出阶段性；赤壁之战功在水战，而官渡之战功在陆战；赤壁之战可事前谋断，是智的较量，而官渡之战则既要靠智，也要靠力，既要靠坚持和信心，也要靠合纵连横、纵横捭阖，也许还需要那么一点点的天意和运气。试想，如果天不欲袁氏败，又何来乌巢火烧呢？如果曹操不走运，为什么会在一个恰当的时候冒出个许攸来呢？总之，两场战争的战争个性是不一样的，相应地，在战争的文学叙事上，两者也呈现出了很大的不同。

（一）详略不同

赤壁之战的叙事详于战前决策略于战争过程，而官渡之战却把叙事重心放在战争过程的描写上。

从战争的层级、规模、意义上说，官渡之战都要逊于赤壁之战一筹。官渡之战是地区性战争，赤壁之战是全国性战争；官渡之战袁绍投入兵力十余万，曹操投入兵力一两万，而赤壁之战曹操率兵二十余万，号称“水军八十万众”[①]，孙权、刘备方面投入的兵力也不下数万；官渡之战是中国北方地区由分裂走向统一的一次关键性战役，而赤壁之战则是奠定天下三分局面和走向的重要战役。若以此而论，官渡之战叙事的篇幅应该少于赤壁之战。可实际情况远不是这样。《三国演义》从第二十二回“袁曹各起马步三军”开始写官渡之战，到第三十回写火烧乌巢，共用九回篇幅，若到第三十三回写曹丕纳甄氏，则更多，达十二回。从叙事体量上看，多于赤壁之战的八回（第四十三至第五十回）。之所以如此，乃是因为官渡之战的重心是描写战争过程。

赤壁战事的主要场景——火烧赤壁——仅有寥寥不多的几句话：“却说当日满江火滚，喊声震地……”之后的近身战斗，作家也仅用了一段文字去叙写：“不说江中鏖兵。且说甘宁令蔡中引入曹寨深处……”与此形成对照的是，官渡之战的战斗过程呈现出明显的阶段性：初攻——相持——奇袭。每个阶段都有相应

① （北宋）司马光编著：《资治通鉴》，中华书局2007年版，第767页。

的叙事重点：初攻阶段重点写曹操解白马之围，相持阶段重点写袁、曹相互斗阵，奇袭阶段重点写许攸献计及曹操火烧乌巢。官渡之战的战争进程得到了完整的艺术的呈现。

（二）叙事方式不同

赤壁之战是集中叙事，而官渡之战却是分散性叙事。

赤壁之战为什么是集中叙事？作家为什么能一口气把赤壁之战的故事从头至尾讲完？原因有二。其一，赤壁之战时，汉末群雄殄灭殆尽，北方地区已基本平定，曹操可专心一意地下江东去对付孙权，而江东的孙权在缔结孙刘联盟之后亦可专意于赤壁战事，双方皆心无他用。其二，赤壁之战是曹操与孙刘联盟的对决，刘备是当然的参与者，这和《三国演义》作者想要正面颂扬刘备的写作宗旨是一致的，所以作家只要将诸葛亮置于赤壁之战的决策和进程之中即可实现创作意图，而无须于战争描写之外再分笔叙之。

反观官渡之战就没有这样的便宜事了。官渡之战时，曹操周围可谓强邻环伺、危机四伏，危险不仅来自袁绍，而且来自朝廷、来自张绣、来自刘表、来自关中、来自孙策，特别是还有虽然已走投无路不得不屈事袁绍实际上却仍然野心勃勃的"大耳儿"刘备。青梅煮酒的时候，曹操明确指出："今天下英雄，惟使君与操耳！"这话可不是白说的。于是，作家在叙写官渡战事时不可能专意只写袁、曹之争，而应该兼顾其他，分笔叙写曹操诛董承、征刘备、收张绣以及与孙策之间的恩怨等事，从而形成了分散性叙事的特点。[①] 正如我们前面已经交代过的，袁绍出兵需要名分、需要理由，如果不分笔去写董承的事，写曹操诛董承、征刘备的事，那么官渡之战还怎么开始呢？

官渡叙事必须作分散性叙事的另一个理由是《三国演义》的创作宗旨是尊刘贬曹。对赤壁之战来说，要体现这一创作宗旨并

① 《三国志·吴书·孙破虏讨逆传》："建安五年，曹公与袁绍相拒于官渡，策阴欲袭许，迎汉帝，密治兵，部署诸将。"参见（西晋）陈寿撰，（南朝宋）裴松之注：《三国志》，中华书局1982年版，第1109页。

不是很难，可对官渡之战来说却有扞格窒碍之处，问题在哪里呢？其一，要尊刘备，可刘备却不是官渡之战的直接参与方，虽然他和曹、袁两家皆不无瓜葛，可于官渡叙事而言毕竟是不顺的；其二，要贬曹操，可官渡之战是曹操一生事业的高光时刻，是曹操打败作为旧势力代表的袁绍并推进北方统一的一场战争，怎么去贬呢？问题就是这两个，那么，怎么解决呢？办法就是分笔叙之，分散性叙事，在讲曹、袁之争的同时讲曹、刘之争。看看第二十二回、第二十四回和第二十五回的回目就可以看到这种分笔叙事的策略了。第二十二回，前半讲袁曹各起马步三军，写袁、曹之争，后半讲关张共擒王刘二将，转到曹、刘之争上；第二十四回，前半讲曹操诛董承，后半讲刘备投袁绍，全是写曹、刘之争；第二十五回则讲曹操解白马之围，转到了曹、袁之争上。当然，在分笔转叙的过程中，作家没有“霸王硬上弓”，以“花开两朵，各表一枝”之法，做生硬的分笔转叙，而是利用情节的自然发展柔性转换、艺术分笔，不落斧凿痕迹。例如袁、曹各出兵之前，刘备已东遁，曹操接受程昱、郭嘉建议派许褚去追未能追回，后刘备义弟关羽又杀曹操心腹车胄，所以曹操在出兵对付袁绍的同时派出一支弱兵去对付刘备乃是顺理成章的事，但由此笔锋却顺势转到曹、刘之争上。曹操在许都，祢衡击鼓骂曹，曹操借袁绍的同盟军刘表之手杀掉祢衡（黄祖杀之），又发生董承的事，刘备与董承是一伙的，所以曹操接下来便必然要东征刘备，刘备投袁绍，可以看出，叙事在曹、袁和曹、刘之间自然地流转。曹操擒关羽，关羽为曹操效力打袁绍，同时又一心想着刘备并最终找寻刘备，叙事亦同样自然地流转着。

官渡叙事中要体现尊刘贬曹的创作宗旨除了分散性叙事，让叙事在曹、袁和曹、刘之间自由切换外，作家还巧用衬托之法。我们在讲赤壁之战时已经看到，作家用周瑜衬托诸葛亮，而诸葛亮又服膺刘备，以此尊刘；作家在官渡叙事的时候也用了类似手法来表达尊刘思想。官渡之战本是曹操的主场，但我们可以看到，关羽明显抢了曹操的风头。在袁、曹各出兵之前，关羽杀车胄，率先登场；紧接着又有关、张共擒王、刘二将，关公约三事，关公杀颜良文丑，封金挂印，千里走单骑，过关斩将，古城聚义诸叙事，前后篇幅足有五回之多。本是曹操的高光时刻，可在叙事上作家却让关羽“喧宾夺主”，唱了大戏。在战场上，关羽杀车胄、诛颜良文丑、过关斩将，勇夺三军，尤其是“策马刺良于万众之中，斩其首还”[①]，美名传扬至今。在道义忠诚上，关羽立誓降汉不降曹，并拒绝曹操待其如国士般的拉拢诱惑，矢志追随义兄刘备，其情令人动容。在个人品德上，关羽私德甚佳，谨事甘、糜两位嫂夫人，拒绝曹操的美色诱惑、金钱诱惑、官职诱惑，可谓“富贵不能淫，贫贱不能移，威武不能屈”[②]。关羽几乎在各个方面都完胜曹操，被塑造成了封建时代的道德楷模、道德完人，最终在民间封神，立关帝庙，成武圣人，与孔子平起平坐，良有以也。而这样的关羽却始终追随刘备、忠诚不二！而更可贵的是，此时的刘备是落难中的刘备，被曹操打得落花流水！由此可以看出作家的用心：袁绍衬托曹操，曹操衬托关羽，关羽衬托刘备，由此，尊刘贬曹之意显矣！在官渡之战中，曹操被称为“贼”“国贼”“逆贼”等，关羽虽投降曹操并为曹操攻打袁绍，但他在曹操面前的态度始终是傲视和居高临下的，或者说不卑不亢。

问题也不是没有。刘备被曹操打败以后投奔袁绍，刘、袁此时算是同盟军，袁之出兵伐曹亦是借了助刘讨贼的名义，那么如果再作进一步追问，问题就来了：袁绍算“好人”还是“坏人”？若算好人还如是可，毕竟好人刘备投奔好人袁绍，刘备还在道德制高点上；可若算坏人就麻烦了，好人刘备将何以自处？关羽拼命追随这样的刘备又如何叫人信服？在官渡之战的时候，袁绍已是穷途末路，即将退出历史舞台，他出兵虽有助刘讨曹的名义，却不是出于他的本心：“玄德便差孙乾星夜赍往袁绍处投递。绍览毕，自忖曰：‘玄德攻灭吾弟，本不当相助。但重以郑尚书之

① （西晋）陈寿撰，（南朝宋）裴松之注：《三国志》，中华书局 1982 年版，第 939 页。

② （南宋）朱熹：《四书章句集注》，中华书局 1983 年版，第 266 页。

命，不得不往救之。’”这样的袁绍肯定不是好人。那么，刘备呢？其实作家考虑了这个问题，坏人袁绍影响不了刘备作为好人的特质。为什么？其一，刘备有两道护身符：皇叔的身份、皇帝的衣带诏；其二，刘备投袁乃权宜之计，并非真心，且很快寻机脱离了袁绍。也就是说，并没有影响尊刘主题的表达。只是苦了曹操，因为要贬曹，所以曹操给予关羽的各种超常礼遇都贬值了，被说成了普通人情，还了也就没了。

官渡叙事采用分散性叙事不仅可能而且必要。袁绍是个优柔寡断的人，大军已经出发，他却还在为要不要出兵、用什么名义出兵的问题纠结、闹心，更不用说军事的战略、战术问题了，把一场好端端的可以打得痛痛快快、酣畅淋漓的仗弄得疲疲沓沓、拖拖拉拉，而且一拖就拖了半年之久，让曹操不仅可以从容地迎战，还可以从容地处理迎战之外的其他许多事，这些事很多都是历史上真实发生的，叙述它们在叙事时间上是完全合理的。

（三）侧重点不同

赤壁之战侧重于讲智谋故事，官渡之战则是兼顾智、力及其他方面。

赤壁之战中，三个主要当事人曹操、周瑜、诸葛亮都是用智高手。周瑜、诸葛亮就不用说了，其一，二人有心结；其二，在对付曹操的问题上只能智取不能力战，所以在他们身上讲智谋故事乃是当然之事、应有之义。而曹操也一向以老谋深算、老奸巨猾著称，虽然在军事力量上对孙刘构成碾压性的优势，但没有盛气凌人、轻视对手，而是多方侦察敌情，认真谨慎地决策，尽可能弥补己方的不足和薄弱环节，做到知己知彼。尽管他在收集情报和战争决策上多有失误，且战争最后失败，但客观地讲，曹操是一个合格的、高明的统帅，他善于用智、善于谋断的品质还是应该肯定的。基于此，赤壁之战叙事侧重于讲智谋故事是合情合理的。

官渡之战叙事就不同了，不能只侧重于讲智谋故事，而应该兼顾智和力的较量以及其他方面，原因有三。

第一，袁绍智力一般，不是一个用智的人。《世说新语·假谲》：

> 魏武少时，尝与袁绍好为游侠，观人新婚，因潜入主人园中，夜叫呼云："有偷儿贼!"青庐中人皆出观，魏武乃入，抽刃劫新妇与绍还出。失道，坠枳棘中，绍不能得动。复大叫云："偷儿在此!"绍遑迫自掷出，遂以俱免。[1]

曹操和袁绍去劫新娘，曹操能够想出办法调出满屋子的人，又能够想出办法帮袁绍跃出枳棘丛脱离险境，确实有计策有智谋；相比之下，袁绍就显得，水平一般了。袁绍参与过不少政治活动，但都没能表现出过人的政治才能和政治谋略，留下不少败笔，如欲私立皇帝而反对董卓立献帝、兄弟阋墙而未能与袁术团结一心、没有迎献帝以号令诸侯，等等。袁绍之所以能在汉末群雄中率先崛起，靠的主要是显赫的家世和随之而来的政治高起点，缺少了艰苦的历练。他常常有好多主意，他的手下也向他提供好多主意，是谋略多产户，但他无法判断哪一个是最好的或较好的，因而犹豫不决、优柔寡断。《三国演义》几乎在袁绍出场之初就给他下了"好谋无断"的评语（第四回)，可谓他才情和智商的真实写照。曹操和这样的人交手是没法用智的。

第二，袁绍是块硬骨头，曹操在官渡之战中确实不能只靠智谋取胜，力的较量恐怕是更重要的方面。周瑜、诸葛亮在赤壁之战中之所以能以智取胜，有赖于一些得天独厚的条件，如长江天堑、曹军不习水战、隆冬的东南风等，官渡之战中的曹操可没有这样的运气。黄河对曹操构不成天然的屏障，袁、曹皆北人，彼此在战术、战法上没有太多的差异和优劣对比，曹操在抵挡袁绍南进的过程中有硬骨头要啃、有恶仗要打，如解白马之围、官渡抗衡相持等，比拼的是力量、坚持和信心。荀彧说："公以至弱当至强，若不能制，必为所乘……若楚、汉在荥阳、成皋间也。"

---

① （南朝宋）刘义庆撰，（南朝梁）刘孝标注，余嘉锡笺疏：《世说新语笺疏》，中华书局 2011 年版，第 735 页。

（第三十回）荀彧说得对，在硬实力的对抗中，谁先“眨眼”、露怯谁就会一败涂地，狭路相逢勇者胜。

第三，袁绍当时势力很大，想要投靠、结交袁绍的人马很多，也就是说，曹操并不能一心一意、全身心地投入官渡之战中，而要分出相当精力去处理战争之外的事务，如董承的事、刘备的事、刘表的事、孙策的事，等等。反映在官渡叙事上，就是在叙写袁绍和曹操之间智与力的较量外还得兼写其他方面的故事。如祢衡的故事，于官渡之战而言似乎是闲笔，实则不然，有着多重作用。其一，曹操之所以能赢得官渡之战，其中一个原因乃是他唯才是举的人才政策，祢衡“裸衣骂贼”，曹操都能忍下，未亲手杀他，可见曹操还是有一些肚量的，这和后来他容忍关羽形成映照；其二，刘表是曹操在南方的劲敌，是曹操在官渡之战时的后患之一，必须与刘表通好，至少是稳住他，才能解除后顾之忧，写祢衡就是为了引出刘表；其三，曹操是国贼，为人又阴险奸诈、心狠手辣，他以借刀杀人之计除掉祢衡便是一个明证。换言之，写祢衡的故事有表现曹操性格和表达创作主题的作用。

当然，官渡之战叙事也没有排斥讲智谋故事，实际上贯穿其中的大大小小的智谋故事还是不少的，只是这些智谋故事不像赤壁之战叙事那样一环扣一环，连环计一般被密集地讲述，而且它们也不是官渡之战的着重点和故事“卖点”，乃是兼顾而已。前面提到的祢衡故事是著名的借刀杀人之计，曹操欲借刘表之手杀掉傲视侮辱他的祢衡，而祢衡终被刘表部将黄祖杀害，达成曹操所愿；关羽立誓降汉不降曹，曹操便施以赤裸裸的美人计，给关羽送了十个美女，以惑乱他的心志，忘了义兄刘备，但关羽不曾上当；官渡战事在即，远在江东的孙策也来凑热闹，有威胁许都之心，为了集中精力对付近旁的袁绍，曹操采用远交近攻之计，以曹仁之女许配孙策幼弟孙匡，以稳住孙策。当然，于官渡战事最要紧、最值钱的一个计策是许攸所献的火烧乌巢之计，给袁绍以釜底抽薪式的致命的一击，从而瓦解了袁绍军心，彻底扭转了战争态势。可以看出，官渡之战叙事中也有智谋故事，却是分散的，不像赤壁叙事那样集中、紧凑、扣人心弦。

总之，官渡之战是发生在袁绍和曹操之间的类似于修昔底德陷阱式的地区争霸战，和后来的赤壁之战相比，有着不同的战争特点和战争个性，由此造成官渡之战叙事和赤壁之战叙事的差异。其差异主要表现在三个方面：一是赤壁之战的叙事详于战前决策略于战争过程，而官渡之战却把叙事重心放在对战争过程的描写上；二是赤壁之战叙事是集中叙事，而官渡之战却是分散性叙事；三是赤壁之战叙事侧重于讲智谋故事，官渡之战则是兼顾智、力及其他方面。

第二节　官渡叙事之流转

艺术创作以美为至上。艺术之美，美在何处？或云：美在真实。或云：美在有情。或云：美在对称、均衡……不同的艺术品类有不同的美的标准。对叙事作品来说，叙事的圆润、婉转、流畅、无斧凿痕迹，无疑就是其艺术美的表现之一。小说家在面对不同叙事时空、叙事场景的流转切换时都尽力追求圆润流畅之美，丝滑无节，船过水无痕，令读者浑然不觉。《三国演义》的官渡之战叙事在这一问题上就尽显高明，是颇值得称道的。

本节的论述关键词：叙事流转。

一、官渡之战的多场景叙事

大凡长篇叙事作品，都会涉及众多的人物和事件，涉及不同的叙事时空，如此就有了叙事流转的问题。高明的叙事作品，在叙事流转问题上都表现出很高的艺术性，让叙事流转如行云流水，不露痕迹，无迹可求，读者或听众、观众在故事时空场景发生重大变化的时候都鲜能注意到叙事是如何进行流转的。这就是艺术。

《三国演义》在极广阔的历史时空中叙事，自然会经常面临叙事时空、叙事场景的流转切换问题，即使是在同一个大的叙事单元中也是如此。

《三国演义》中的赤壁之战在叙事流转上是比较容易处理的。参战方虽然有三方，但由于刘备方有诸葛亮这个“特命全权代表”常驻东吴和周瑜、鲁肃朝夕相处，所以实际上只有曹操和孙刘两方、两个叙事场景。两方、两个叙事场景的实际地理位置很近，只有一江之隔，可以很方便地往来，甚至有时候还会缠结在一起，所以彼此切换、流转叙事场景不需要耗费太多的心力。

官渡之战就不同了。在长达一年多时间的官渡之战中，遭遇了更多的人事、更大的活动范围、更广泛的叙事空间以及更频繁的叙事场景切换，由此带来了叙事流转的难度。作家需要精心思考、安排各场景之间如何自然巧妙过渡的问题。

首先，更多的人事。在官渡之战时期，汉末群雄几乎悉数登场，有袁绍、曹操、张绣、刘备、关羽、张飞、马腾、刘表、孙策、孙权等人物（甚至可以算上吕布、袁术，吕死于199年，袁死于200年，算得上是官渡大战的序幕人物）的身影。这些人物有唱主角的，有做配角的，有当背景的，但不管怎么样，他们共同构成了汉末英雄群像，堪称真正的汉末英雄“群英会”。这一历史画面是在后来的赤壁之战中所见不到的——赤壁之战时，除曹刘孙外，各路英雄已零落殆尽矣！

其次，更大的活动范围。对袁、曹两个直接当事方来说，官渡之战横跨河北、河南地区，有黎阳、白马、延津、官渡等战争支撑点，有较大的战略纵深；袁、曹之外，刘备在徐州，马腾在凉州，刘表在荆州，孙策在江东，几乎全国各地势力皆和袁、曹形成了联动关系，换言之，官渡之战牵一发而动全身，它的影响力辐射全国。

最后，更广泛的叙事空间以及更频繁的叙事场景切换。除了战争叙事外还有大量非战争性叙事，如曹操诛董承的朝廷政治斗争、曹操和刘表、张绣、孙策、马腾等势力之间的合纵连横、曹操拉拢关羽这样的情感故事等，作家可以在不同类的叙事中自由切换，叙事的空间更大了，讲故事的自由度更高了——不像赤壁之战那样只能专注于战争叙事，连续讲用计、斗智的故事。当然也有后果，那就是更多的线索缠结和更频繁的叙事场景切换。作家需要讲究线索组织和场景切换的技巧，避免“花开两朵，各表一枝”式的生拉硬拽，造成阅读上的不自然。

二、场景切换与流转的案例

《三国演义》在进行官渡叙事的时候很注意叙事场景切换的艺术性，用一个人、一件事或一个物在不经意间就把场景给切换了，让读者一点也感觉不到、留意不到。兹列举数例如下。

第一，第二十二回袁、曹之间的叙事切换。袁绍在收到刘备求援信后“遂聚文武官，商议兴兵伐曹操”，田丰、沮授反对，审配、郭图赞同，正踌躇不决的时候，“忽许攸、荀谌自外而入”，二人也投了赞同票，于是乎少数服从多数，出兵！这袁绍果真不可靠。明明是袁绍自己想出兵，却搞出投票表决这怪主意来，令人哭笑不得。但不管怎么说，无论出不出兵，都是袁绍自己的事，跟别人有何相干。不过，从故事叙事也就是讲故事的角度看，作家都应该把叙事场景切换到曹操这边来了，因为袁绍出了兵，浩浩荡荡、杀气腾腾地奔过来了，曹操这边如果一点准备都没有，没有调兵遣将，没有部署布防，没有应对之策，那这仗还怎么打呢？如果还说这仗曹操最后打赢了，岂不是滑天下之大稽？所以必须转到曹操这边来，说曹操做准备的事。问题是怎么转？要知道，袁绍在河北，曹操在河南，路途相距遥远，曹操又没派情报人员去探听消息（也无理由派），哪里能知道袁绍出兵的事呢？

这问题难不倒作家，作家巧妙地利用了一个人，谁呢？陈琳。

陈琳是如假包换的大才子、大作家、大文豪，只要提起他的文名，可谓无人不知、无人不晓；他被列入建安七子，是享誉后世的“建安文学”的代表人物之一。陈琳的《饮马长城窟行》写长城徭役给老百姓带来的深重苦难，读来令人沉痛，是建安文学中著名的诗篇。陈琳初在国舅何进手下，何进诛宦官事败、董卓作乱洛阳时投奔袁绍，在袁绍那里做书记官。陈琳写的文章厉害到什么程度呢？曾经有个叫臧洪的人，是个义士，率军跟袁绍作对，弄得袁绍头疼不已；陈琳为此写信劝降臧洪，臧洪竟肯回信，表达他坚定的决心。现在陈琳又派上了用场。

原来袁绍私下想要灭曹当霸主，却又想表明自己是赤胆忠心、出于公义，需要一篇讨曹檄文昭告天下。于是乎陈琳的《讨曹操檄文》横空出世。这真是篇千古以来骂人的奇文，大概也就后来骆宾王所写的《讨武曌檄》可以跟它比肩了。陈琳骂曹操是往死里骂，骂得不留任何余地，骂得证据确凿无可辩驳，骂得曹操“一佛出世二佛升天”。都是怎么骂的？先骂曹操“赘阉遗丑”的出身，再骂曹操对袁绍忘恩负义、不知回报，曹操压迫百姓，残害忠良之士，在朝廷里胡作非为、祸乱朝纲，盗墓掠金，连死人也不放过……真是旁人想得到的、想不到的陈琳都给翻出来做了骂曹的素材了。

然后怎么样呢？然后就是——曹操很快读到了这篇檄文，“头风顿愈”，但夸赞陈琳文事佳文采好，还从容地商讨破袁迎敌的事。作家只寥寥数语：“绍览檄，大喜，即命使将此檄遍行州郡，并于各处关津隘口张挂。檄文传至许都，时曹操方患头风……”读者还意识不到，转场叙事问题就这样举重若轻地解决了。

刘勰说：“檄者，皦也。宣露于外，皦然明白也。张仪檄楚，书以尺二，明白之文，或称露布，播诸视听也。”[①] 檄文是古代出征时用于声讨敌人的文书，要把出征的理由和敌人的罪行明明白白地写在一块一尺二寸大小的木片上，并昭告天下。因为檄文是用于出征讨敌的，所以传递速度很快，被罗贯中巧妙地用于转场叙事。

第二，第二十二回曹、刘之间的叙事切换。官渡之战是写袁、曹之争的，但《三国演义》又有尊崇刘备的创作宗旨，所以作家不能完全甩开刘备去写官渡之战，而是要在写官渡之战的时

① （南朝梁）刘勰著，黄叔琳注，李详补注，杨明照校注拾遗：《增订文心雕龙校注》，中华书局2012年版，第278～279页。

候不时地关注一下刘备，让刘备和刘备一方的人在此战中有存在感。而要表现在故事叙事上，就面临曹、刘之间叙事切换的问题。因为有曹操东征刘备和关羽效力曹营之事，所以曹、刘之间时有交集，可以兼顾，无须切换，但有时候却是要考虑这个问题的。如第二十二回中，曹操看到袁绍的檄文，正和部下商议着迎战的事呢，这时候需要提一下刘备，不能“冷落”了他，那么怎么办呢？好办，派刘岱、王忠引一支弱旅去对付刘备。但一连串的问题来了：一是曹操四周都是敌人，为什么只防刘备？“今天下英雄，惟使君与操耳！”张绣、刘表等人不足道，最要防备的是刘备。二是为什么不派劲旅派弱旅？这是自然，袁绍毕竟是主要威胁，跟袁绍比，刘备可以说差得太多。三是刘岱、王忠会不会把事情搞砸了引火上身？这也是程昱担心的问题，曹操早考虑到了。曹操命刘岱、王忠打“曹丞相”旗号虚张声势，刘备果然“不知曹操虚实，未敢擅动”。四是为什么在曹操商议迎战袁绍的关键时刻要岔开一笔写刘岱、王忠防刘备？这既是因为在曹操看来刘备是袁绍的同盟军，需要防备，也是因为刘备是本书的主角，是英雄，是要歌颂的对象，有主角优势，要显示他的存在感和在官渡之中的“曝光度”，还因为接下来曹、刘之间将有交手，关、张擒王、刘二将是预演。这也就是毛宗岗所说的“将雪见霰、将雨闻雷”之法：曹操东征刘备是雪、是雨，刘岱、王忠防刘备则是雪前的霰、雨前的雷。通过曹操分派刘岱、王忠防刘备就轻松解决了叙事切换的问题。

第三，第二十三回曹操和刘表之间的叙事切换。这是官渡叙事中最为复杂也最见精彩的一次叙事切换。曹操在中原的豫州，刘表在江南的荆州，相距甚遥，中间还隔着张绣，所以两人之间没什么联系，但现在情况变了，必须要建立联系。曹、袁大战在即，必须要解决后顾之忧。什么后顾之忧呢？刘表就是其中之一。张绣争取过来了，曹操和刘表就有了直接接触，万一前方打起来，刘表在后方突然袭击，捅上一刀，那就要两头兼顾，难免狼狈。刘表既有势力，又是老狐狸，有政治头脑，推行远交近攻的策略，那么，即使不能争取过来，也要让他保持中立，至少不在明面上反对曹操。明面上反对会造成恶劣的示范效应，在政治上是很不利的，会造成坏的后果。刘表问题需要政治解决，叙事上就有了切换的问题。

张绣争取过来了，曹操命张绣“作书招安刘表”，张绣手下的谋士贾诩进言说，刘表好结交名流，所以应该派一个才子去游说他。荀攸推荐了孔融，孔融推荐了祢衡。

问题到这里似乎已经解决：祢衡去了刘表那里，叙事转场就完成了。但如果这么顺利，《三国演义》也就没什么艺术性可言了。叙事应当有波折，而尤其是讲到才子故事的时候，更要讲出点“小意思”来，方是好故事。祢衡是大才子，“故事味”十足，岂能错过？必须在祢衡去荆州的路上生出“故事”来，一波三折、九曲回肠、山重水复，而不能“就这样算了”。正如建造园林，即使像苏州网师园或扬州个园那样小巧，也绝不可以一进大门就使人一览无余，需要设置景观，造成曲径通幽的效果。

祢衡是大才子，恃才傲物，狂放不羁，他见曹操对他礼数不周——“礼毕，操不命坐”——大为不满，并将怒气转为对曹操手下人物的抨击和诋毁。曹操向以求贤若渴、广纳英才著称，他本人也常以此自诩，可祢衡却说他所招来的都是些“衣架、饭囊、酒桶、肉袋”，辱人欺物，莫此为甚！想想曹操是什么人啊，当朝丞相，领袖群臣，众星捧月，竟受到白面书生的如此羞辱，哪里能忍？在场的张辽当即就要把祢衡杀掉，被曹操阻止。曹操并不是善心大发，他有制裁祢衡的特殊方法。曹操想，一怒之下杀掉祢衡，既便宜了这小子，又让自己落了个害贤之名，不划算。得回过头来羞辱他一下，杀他的气焰，并见我的手段。

曹操果然是此中高手，他若称第二就没人敢称第一。他命祢衡次日到宴会上当击鼓手，为公卿宾客击鼓助兴。这放在今天没什么，都是工作，还是高雅的艺术，光荣。可在古代，不行。为什么不行呢？因为这是低等的工作，文人士大夫是瞧不起的。为什么不行呢？因为这事情是低等的工作，文人士大夫们是瞧不起的。在当时，叫文人士大夫当击鼓手，为他人吃饭助兴，是一种侮辱，跟扒了他家祖坟辱骂他的先人并不二致。

祢衡是大文人、大才子、大知识分子，自认有经天纬地之才，“上可以致君为尧、舜，下可以配德于孔、颜”，推荐给朝廷哪里是充当击鼓手的呢？奇怪的是，“衡不推辞，应声而去”。

这里作家给读者设下悬念：祢衡如何接招？

宴会上，曹操传命祢衡击鼓。祢衡穿着旧衣服进来了，“遂击鼓为渔阳三挝，音节殊妙，渊渊有金石声。坐客听之，莫不慷慨流涕”。可见祢衡的音乐素养很高，颇能营造音乐的意境。但当时有规定，击鼓者必换新衣才能击鼓。在监事人的喝令下，“衡当面脱下旧破衣服，裸体而立，浑身尽露”——真是石破天惊的一脱！要知道，那是在大庭广众之下、公卿宾客之前，而且是在特别讲求礼义廉耻的时代啊！祢衡摆明了是在挑衅，难怪坐客们“皆掩面”了。祢衡是在挑衅谁？不言而喻。祢衡从容地、不慌不忙地、娴雅地换上新衣服，“颜色不变”。曹操忍不住斥责祢衡无礼，祢衡顺势痛骂曹操，指责他眼浊、口浊、耳浊、身浊、腹浊、心浊，简直是个欺君罔上、不识贤愚的家伙！祢衡继续骂曹操道：“吾乃天下名士，用为鼓吏，是犹阳货轻仲尼，臧仓毁孟子耳。欲成王霸之业，而如此轻人耶？”他把自己比作孔子、孟子，把曹操比作轻毁孔孟的阳货、臧仓。

大风起于青蘋之末。曹操“不命坐”的轻慢举动，招致祢衡诋毁其手下的回怼；曹操迫使祢衡当击鼓手的报复性侮辱举动，招致祢衡当众脱衣、裸体庙堂的更猛烈的回击；曹操对祢衡“何太无礼”的公然斥责，则招致祢衡畅快淋漓的迎头痛骂，骂得曹操哑口无言、理屈词穷、体无完肤，只有招架之功，没有还手之力。两人之间的斗争螺旋式上升。一个是奸贼，一个是国士，互不相让，一方的回击只会招致另一方更猛烈的回击。应该说，在这场两人的较量中，祢衡赢了——当然，是从精神方面说的。现在，两人之间的矛盾已经到了不可调和的地步，摆在祢衡面前的只有一条路：死。问题只在于怎么死。

曹操当然想立刻杀掉祢衡，但被孔融劝阻了。孔融是推荐人，又真正爱才，所以替祢衡排解，说您大人有大量，犯不着跟祢衡这种小人一般见识。曹操居然接受了，对祢衡说：“你不是自夸有经天纬地之才吗？好，是骡子是马，拉出来溜溜。现派你个活儿，出使荆州劝刘表来投降我，如能成功，我就服你，让你做公卿；如不能成——哼哼！”曹操真是这么想的吗？不是。曹操选择原谅祢衡了吗？没有。曹操只是耍了个一石三鸟之计：既结交了刘表，又除掉了祢衡，还落得好名声。为什么这样说呢？原来刘表虽然“好结纳名流”，却也是无雅量之人，曹操料定他必不能和祢衡和平共处，且将害之，如此，则刘表得害贤之名，曹操得人望，乃两全其美之事。

祢衡自然不肯就范，但这次由不得他了，曹操非要他去不可，“教备马三匹，令二人扶挟而行”，去也得去，不去也得去。曹操还索性把“好人”做到底，“教手下文武，整酒于东门外送之”。在旁人看来，曹操真是爱才如命、雅量非常，祢衡如此无礼，当众羞辱他，放在旁人早就按捺不住，把祢衡杀了，可他不仅容忍，还备酒送行。然而祢衡不吃曹操这一套——如果祢衡就此认了，那就不是祢衡了，不是大名士、大才子了。大名士、大才子有大名士、大才子的做派——祢衡把荀彧一干人等一顿瘟骂。什么死尸啦、蝶虫啦，怎么强悍怎么来。幸好有荀彧充分领会了曹操的“意图”，从中拦阻，否则的话祢衡根本到不了刘表那里。

刘表也是老狐狸，料到了曹操的借刀杀人之计，因此再次借刀，转送祢衡给黄祖，杀了祢衡。祢衡的大名士、大才子人生戛然而止。

读者为祢衡的故事深深吸引，为祢衡的遭际扼腕叹息。读者在沉浸阅读时赫然发现，在官渡之战的叙事中作家已经把生动的祢衡故事作为介质，悄然在曹操和刘表之间建立了联系，完成了叙事切换。真是高超的艺术设计！

第四，第二十九回曹操和孙策之间的叙事切换。江南的势力除刘表外还有孙策。从故事叙事的角度看，在叙写官渡之战故事的时候不能不提刘表和孙策，理由有二。其一，虽然曹操和袁绍是直接的战争当事方，但刘表和孙策都广有势力，又处曹操后方，又都不是如刘璋那样没想法、没头脑的人，所以无论从政治上还是从军事上讲都应该纳入考虑的范围，而不能选择无视。其二，《三国演义》的旗帜人物刘备在官渡之战后将南下荆州，后又与东吴的孙权联合导演赤壁之战的大戏，整个故事的叙事重心都将随之南移，再也没有转移回来。那么，在官渡之战的叙事能不对南方的势力做些交代、用作铺垫吗？特别是孙权，他是赤壁之战的决策者、三国之中东吴的建立者，赤壁之战后很多事件里都有他的身影，这么一个重要角色从哪里来？在讲说三国史、三国故事的时候哪能不交代呢？

“为报倾城随太守，亲射虎，看孙郎。”[①] “千古江山，英雄无觅孙仲谋处。”“天下英雄谁敌手？曹刘，生子当如孙仲谋。”[②] 孙权是三国时期和曹操、刘备比肩的杰出人物，比曹操小 27 岁，比刘备小 21 岁，虽是三国英雄中的后辈，但其政治才干和功业建树却一点也不逊于前辈们。他在三国政治史上留下了浓墨重彩的一笔。可谁也想不到的是，他的出场纯粹是偶然，要不是一次普通刺杀事件的发生，孙权或许将默默无闻，至少不会像现在这样出名。为什么这样说呢？因为他有一个强悍无比的哥哥——孙策。

孙策有多强悍呢？短短几年之内他就打下了江东六郡（吴郡、会稽郡、丹阳郡、豫章郡、庐陵郡、庐江郡，即今江苏、浙江、江西、安徽），奠定了东吴的基业。“孙策以天下为三分，众才一旅；项籍用江东之子弟，人唯八千。”[③] 而且孙策去世的时候年仅 26 岁（175～200 年），大家可以想一想他少年英雄的风采！

当然，江东孙氏的崛起是从他们的父亲孙坚开始的。孙坚也是一个少年英雄，十七岁的时候就运用智谋一人解决了一群海贼，后在平黄巾、讨董卓等各种事件中奋勇杀敌、屡立战功，由是声名鹊起。特别是在讨董卓的过程中，关东群雄起初还能勠力

① （北宋）苏轼著，（宋）傅干注，刘尚荣校证：《苏轼词集》，上海古籍出版社 2017 年版，第 144 页。

② 谢永芳编著：《辛弃疾诗词全集》，崇文书局 2016 年版，第 683 页。

③ （北周）庾信：《哀江南赋序》，（北周）庾信撰，（清）倪璠注，许逸民校点：《庾子山集注》，中华书局 1980 年版，第 101 页。

同心、共同对付董卓，后来却各自盘算，离心离德，致使联盟军分崩离析，在此情况下，唯有孙坚毅然抗董，为国效命。孙坚军队是讨董诸军中唯一一支敢于和董军正面交锋并取得过重大胜利的军队。著名的“关羽温酒斩华雄”实际上是孙坚的功绩：“坚复相收兵，合战于阳人，大破卓军，枭其都督华雄等。”[①] 无奈孤掌难鸣、讨董功破，孙坚只好黯然收兵，并在此后的混战中殒命于黄祖部将之手。

虎父无犬子。孙坚的英明神武影响了孙策、孙权，也使他们成为一代英杰，但是，就创设三分天下有其一的江东基业来说，孙坚仅肇开其端，孙权乃承守其业，成其事者无疑是孙策。如此功勋人物怎能不作交代呢？那么，在什么地方交代呢？答案是官渡之战叙事。因为正当袁、曹官渡酣战之际，江东孙策被人刺杀了，江东权力由此被迫发生转移，孙权登场。

孙策被人刺杀实在是一个意外事件。当时有个叫许贡的吴郡太守，觉得孙策是一个和项羽差不多的不安分的狠角色，朝廷应该用手段——“宜加贵宠，召还京邑”[②]——防着他，要不然会出大事的。许贡把自己的意思写成密信派人送往许都。哪知道半路上被孙策手下人截住了，于是孙策便把许贡骗过来给杀了。谁知这许贡竟有三个忠心耿耿的家客，发誓要为主人报仇，他们找准孙策一人打猎的时机，就乱箭把他射死了。孙策没有当场死，被人救回去以后，向孙权移交了权力并交代了后事，然后死去。

《三国演义》第二十九回还有孙策和于吉于神仙之间发生的一段故事。孙策死于200年5月5日。江东发生大事的时候，河南的袁、曹激战正酣，按理说不应该分笔叙之，但情势上却不得不分笔叙之，否则后面孙权的故事就没法讲了，所以，必须做一次叙事上的切换。怎么切换呢？一句诗可以概括：“只因河北英雄去，引出江东豪杰来。”曹操东征刘备的时候，刘备情急之下

---

① （西晋）陈寿撰，（南朝宋）裴松之注：《三国志》，中华书局1982年版，第1096页。

② （西晋）陈寿撰，（南朝宋）裴松之注：《三国志》，中华书局1982年版，第1111页。

转投了袁绍——刘备是涿县人，所谓的河北英雄指的是刘备而非袁绍。虽然刘备当时陷入困境，本钱全无，袁绍是在收留而非借重刘备，但至少在表面上、形式上壮大了袁绍的势力，并给袁绍进攻曹操提供了正当性（刘备是皇叔，又有衣带诏）。可刘备并非真心要投靠袁绍，他的志向和抱负不是袁绍所能约束得了的，何况他的好朋友公孙瓒还死于袁绍之手。所以，不久之后，刘备便找了个结交刘表为袁绍说项的理由，离开了袁绍。与此同时，刘备的义弟关羽为曹操所擒，诛杀了袁绍的大将颜良和文丑，挫了袁绍的锐气；关羽又在助曹操解白马之围后封金挂印、过关斩将，寻找他的哥哥刘备，并最终实现了刘关张赵的古城聚义。从袁绍方面来说，刘备的出走发生在官渡之战初期袁军攻势受挫之时，虽非伤筋动骨的事情，却会和白马之败形成叠加效应，带来不利影响与挫败感。当初袁绍发兵攻曹之所以犹犹豫豫、举棋不定、畏缩不前，迁延数月之久，就是因为缺少政治盟友和正当性；现在刘备走了，当然不是小事，需要新的势力来填补空缺，谁呢？江东孙氏。袁绍要出兵攻打刘备，被郭图劝止，郭图说：“刘备不足虑，曹操乃劲敌也，不可不除。刘表虽据荆州，不足为强。江东孙伯符威镇三江，地连六郡，谋臣武士极多，可使人结之，共攻曹操。”郭图的分析不无道理。袁绍认可了郭图的建议，“即修书遣陈震为使，来会孙策”。于是乎，叙事切换到江东孙策这边来了。

第三节　赤兔马——小物件大作用

制造一件器物，需要拧紧它的螺丝，以稳固它的结构；建造房屋宫室，少不了附加一些回廊轩道，以密切房室之间的联系，使之构成一个整体；规划一所园林，须讲究山、水、树、石等景点间的呼应勾连，而不能让它们各自独立成章、不通声气。同样，写作一部长篇小说，由于人物、事件、情节、场景众多，很容易造成松散的、不稳定的创作结构，这时候作家就需要在稳固情节结构方面多用点心，多做工作，勿使作品散架。稳固结构的办法很多，《三国演义》在官渡之战的叙事中用赤兔马这一“小物件”来锚定官渡之战前后诸叙事单元之间联系的做法，可谓给后人提供了有益的启示。

本节的论述关键词：锚定叙事结构。

一、叙事作品的结构性

戏剧史上曾发生过著名的汤沈之争，说的是晚明戏剧家汤显祖和沈璟二人对于如何写剧本发生了激烈争执，汤显祖主张剧作家应该在剧本中展露创作的才情，“凡文以意趣神色为主”[①]，而不要太过计较剧本曲词的音律问题；沈璟却认为，既然是写剧本，要唱戏给人听，就要好好地、认真地、一丝不苟地推敲曲词的音律问题，把才情用在这上头，“越有才，越当着意斟量”[②]。汤沈二人均坚持自己的主张，互不相让，“故自冰炭”[③]，势同水火。那么，谁的主张更合理一些呢？笔者更认同是汤显祖。因为剧本乃一剧之根本，只有写出有艺术魅力、有价值的剧本来，才有必要搬演到舞台上给人看。果真像沈璟说的那样“宁协律而不工，读之不成句”[④]，这样的剧本还会有人看吗？还有必要搬演到舞台上吗？所以，清代剧作家、戏剧理论家李渔明确指出，词采的地位高于音律。但李渔在剧本创作问题上还有一个更厉害、更高明的见解，那就是他提出“结构第一”的著名理论，也就是说，剧作家在写剧本的时候，首先应该考虑的既不是汤显祖所说的词采问题也不是沈璟所说的音律问题，而应该是叙事结构问题，因为剧作家是在讲故事，只不过是在用文学语言和音乐语言

---

① （明）汤显祖著，徐朔方笺校：《汤显祖全集》，北京古籍出版社 1999 年版，第 1302 页。

② （明）沈璟著，徐朔方辑校：《沈璟集》，上海古籍出版社 2012 年版，第 719 页。

③ （明）王骥德著，陈多、叶长海注：《曲律注释》，上海古籍出版社 2012 年版，第 308 页。

④ （明）王骥德著，陈多、叶长海注：《曲律注释》，上海古籍出版社 2012 年版，第 309 页。

讲故事罢了。[1]

李渔的理论同样适用于像《三国演义》这样的长篇叙事性作品，换言之，《三国演义》和传奇剧本一样，也存在叙事结构的问题。

那么，如何安排剧本的叙事结构呢？李渔提出了“立主脑”“脱窠臼”“密针线”“减头绪”等法则，如关于“密针线”，李渔说：

> 编戏有如缝衣，其初则以完全者剪碎，其后又以剪碎者凑成。剪碎易，凑成难，凑成之工全在针线紧密。一节偶疏，全篇之破绽出矣。每编一折，必须前顾数折，后顾数折。顾前者欲其照映，顾后者便于埋伏。照映埋伏，不止照映一人、埋伏一事，凡是此剧中有名之人、关涉之事，与前此后此所说之话，节节俱要想到，宁使想到而不用，勿使有用而忽之。[2]

叙事作品是一个有机整体，需要运用一些叙事方法来加强其中各人、各事、各部分的关联性，以密针线、固结构，照映法、埋伏法就是常见的用来密针线、固结构的叙事方法；此外，实际上这样的叙事方法还有很多，如金圣叹所总结的草蛇灰线法或戏剧作品中常用的以一个小物件作为情节线索来贯串全剧的方法。《三国演义》作为一部优秀的长篇叙事性作品，其中不乏巧妙的叙事方法，需要读者悉心地去把握、体会。在官渡叙事中就出现过一个小物件大作用、可以用来密针线固结构的事物，那就是赤兔马。

---

① 在李渔《闲情偶寄》的目录安排中，“词曲部”下按重要程度列有“结构第一”“词采第二”“音律第三”等名目，参见（清）李渔：《闲情偶寄》，《李渔全集》第3卷，浙江古籍出版社1992年版，第1页。杜书瀛指出：“在中国古典戏剧美学史上，李渔第一个提出‘结构第一’的观点，把结构问题摆在戏剧创作一定阶段上最突出的地位，要求予以充分地重视。”见杜书瀛：《李渔美学思想研究》，中国社会科学出版社1998年版，第80页。

② （清）李渔：《闲情偶寄》，《李渔全集》第3卷，浙江古籍出版社1992年版，第10页。

二、赤兔马的隐喻和象征

提起赤兔马，人们并不陌生，那是关羽的坐骑，是关羽忠勇形象的象征，是关羽忠勇形象之不可分割的组成部分，小说中一再呈现关羽骑着赤兔马斩将立功的光彩形象：

> 关公奋然上马，倒提青龙刀，跑下土山来，凤目圆睁，蚕眉直竖，直冲彼阵。河北军如波开浪裂，关公径奔颜良。颜良正在麾盖下，见关公冲来，方欲问时，关公赤兔马快，早已跑到面前。颜良措手不及，被云长手起一刀，刺于马下。忽地下马割了颜良首级，拴于马项之下，飞身上马，提刀出阵，如入无人之境。（第二十五回）
>
> 只见文丑后面，军马齐到，（徐）晃料敌不过，拨马而回。文丑沿河赶来。忽见十余骑马，旗号翩翩，一将当头，提刀飞马而来，乃关云长也，大喝："贼将休走！"与文丑交马。战不三合，文丑心怯，拨马绕河而走。关公马快，赶上文丑，脑后一刀，将文丑斩下马来。（第二十六回）
>
> 却说云长所骑赤兔马，日行千里，本是赶不上，因欲护送车仗，不敢纵马，按辔徐行。……关公教车仗从人只管望大路紧行，自己勒住赤兔马，按定青龙刀，问曰：……（第二十七回）
>
> 言未毕，一声炮响，两边五百校刀手摆开，为首大将关云长，提青龙刀，跨赤兔马，截住去路。（第五十回）

火红的、飞奔的赤兔马，再加上八十二斤重的青龙偃月刀，以及二尺长的美髯，构成了武圣人关二爷的光彩形象。它们互相映照，珠联璧合，迎来了关羽在战场上的一次次高光时刻，千百年来已经深入人心、令人怀想。考较少了一样都是不对的。光有赤兔马、青龙刀而没有美髯，行吗？不行！光有赤兔马、美髯而没有青龙刀，行吗？不行！同样，光有美髯、青龙刀而没有赤兔马，行吗？也不行！三者缺一不可，这里为了叙事的方便，我们且先撇下青龙刀和美髯，单道一个赤兔马，看它在小说中有何作用。我们就此析出两个问题：第一，赤兔马为什么会是忠勇的象征？第二，赤兔马在小说结构的联结中有什么作用？兹分别论之。

第一，赤兔马为什么会是忠勇的象征？先看名字，赤兔马这名字取得确实好，既简洁又形象，象征意义也好，能给人以强烈的视觉冲击力。赤，红色也，那是太阳的颜色，也是心的颜色，也是代表中国的颜色，“中国名曰赤县神州”[①]。“何处望神州？满眼风光北固楼。”[②] 赤色在人眼可见的诸种颜色中最为火红、最为耀眼、最为醒目、最为昂扬，是用作出征奋战的义旗的颜色：“纷纷暮雪下辕门，风掣红旗冻不翻。”[③] “弄涛儿向涛头立，手把红旗旗不湿。”[④] “信所出奇兵二千骑，共候赵空壁逐利，则驰入赵壁，皆拔赵旗，立汉赤帜二千。”[⑤] 红色也被用作忠勇义士的象征色。在戏台上，红脸代表忠义，白脸代表奸诈阴险，黑脸代表铁面或粗豪……在长期以来传统文化的熏陶和积淀中，颜色的指向性象征意义已经成为不证自明、不言而喻的常识。关羽“面如重枣”，脸是红色的；骑的是赤兔马，马也是红色的；这是必须的。若是别的颜色，他就不可能成为忠义关公了！“赤兔”的第二个字必须是“兔”，为什么？能直接显示赤兔马速度快。“骐骥一跃，不能十步；驽马十驾，功在不舍。”[⑥] 骐骥和驽马的区别正在于奔跑速度的快慢，千里马自古以来即为人们追求。“老骥伏枥，志在千里。烈士暮年，壮心不已。”[⑦] “世有伯乐，然后有千

---

① （西汉）司马迁撰，（南朝宋）裴骃集解：《史记》，中华书局1982年版，第2344页。

② 谢永芳编著：《辛弃疾诗词全集》，崇文书局2016年版，第683页。

③ （唐）岑参撰，廖立笺注：《岑参诗笺注》，中华书局2018年版，第325页。

④ 唐圭璋编：《全宋词》（第一册），中华书局1965年版，第6页。

⑤ （西汉）司马迁撰，（南朝宋）裴骃集解：《史记》，中华书局1982年版，第2616页。

⑥ 安继民注译：《荀子》，中州古籍出版社2008年版，第16页。

⑦ （东汉）曹操：《龟虽寿》，林久贵、李露编著：《曹操全集：汇校汇注汇评》，崇文书局2020年版，第44页。

里马；千里马常有，而伯乐不常有。”[1] 伯乐相马、九方皋相马、千金买马骨等故事为大家耳熟能详、津津乐道。如兔子一般奔跑如飞的赤兔马一定能在战场上大显神威、施展宏图。赤为忠，兔为勇，赤兔乃忠勇的象征。

再比较关羽的三宝。汉献帝在朝堂上称关羽是“美髯公”（第二十五回），诸葛亮在书信里亦雅称关羽为“美髯公”，让关羽颇为得意，“将书遍示宾客”（第六十五回），但美髯这一宝对于关羽来说只有外在形象上的加分效果，彰显他美男子及男子汉的形象气质，而与他被人推崇的忠义形象没有太大关系。换言之，忠义形象不能通过长髯或美髯表现出来。戏剧舞台上的长髯须生只是表现老成、成熟，并不必然指向忠义。关羽第二宝是青龙偃月刀，早在第一回就被打造出来用作关羽的兵器，是关羽一生都在使用的、爱不释手的兵器，可以说“追随”关羽时间最久，而且在关羽死后又被关兴从潘璋手中夺回，可谓既勇且“忠”，把它作为忠勇的象征并不为过。只可惜是镔铁做成的器物，是“冷艳锯”，冷而艳，和赤兔马相比终究是缺了一点灵性。唯有赤兔马，自从见了关羽之后，便是人马之间“两情相悦，生死相依”，书写了一段感天动地、传诵至今的人马情。

关羽拒绝了曹操赠予的官印、金钱、美女，也拒绝了曹操千般挽留的“诚意”，唯独接受了赤兔马的馈赠，并“再拜称谢”，可见关羽对赤兔马的喜爱程度。关羽看中赤兔马的原因有三。首先，形象好。“那马身如火炭，状甚雄伟。”其次，能负重。关羽说“贱躯颇重”，可赤兔马却能轻松地驮着他征战沙场。最后，能日行千里。关羽说：“吾知此马日行千里，今幸得之。”

而赤兔马带着关羽斩将立功、千里寻兄等等的事就不说了，这里单说赤兔马的终局。赤兔马这么神勇的战马怎么最后没能保全关羽呢？原来中了东吴人所设的圈套：

公大怒，拍马轮刀来战。朱然便走。公乘势追杀。……

[1] （唐）韩愈撰，（宋）魏仲举集注，郝润东、王东峰整理：《五百家注韩昌黎集》（第二册），中华书局2019年版，第698页。

正走之间，一声喊起，两下伏兵尽出，长钩套索，一齐并举，先把关公坐下马绊倒。关公翻身落马，被潘璋部将马忠所获。（第七十七回）

关羽被俘，孙权欲劝降，手下人劝止，于是关羽遇害。“关公既殁，坐下赤兔马被马忠所获，献与孙权。权即赠马忠骑坐。其马数日不食草料而死。”赤兔马平素不言不语，却是颇通人性的，它知主人已死，便不愿独活于世，“不食草料而死”，表现了对关羽生死相依相随的忠诚。这种忠诚是封建时代人们所极力推崇的一种美好品德。三国动乱之世很多苟活者朝秦暮楚、依违进退，把忠诚二字抛诸脑后，其德其情与赤兔马相比又如何呢？赤兔马之胜于人者多矣！

三、赤兔马和吕布

那么，赤兔马在小说结构的联结中有什么作用？

和青龙偃月刀始终为关羽所有不同，赤兔马有着曲折的遭遇。赤兔马的第一任所有者是董卓，他为了除掉政敌丁原，在李肃的劝说下，把赤兔马作为礼物送给了吕布。吕布是丁原的义子，在赤兔马及金珠、玉带等物的诱惑下，杀掉丁原，改投董卓门下，成为董卓的义子。司徒王允设连环计，先允诺把貂蝉配给吕布，再偷偷把貂蝉献给董卓，此事被吕布发现，“吕布骑马执戟而来，正与王允撞见，便勒住马，一把揪住衣襟，厉声问曰：‘司徒既以貂蝉许我，今又送与太师，何相戏耶？’”王允的目的在于离间董卓和吕布的父子关系，然后借助吕布之力除掉董卓。王允达到了目的，吕布杀死董卓，但此后吕布却被董卓旧部打败，逃离长安。吕布凭借着杀董卓为袁家报仇的功劳去投奔袁术，却被袁术拒之门外；投旧友张杨，又疑被张杨出卖；改投袁绍，袁绍用他来对付黑山军，吕布因有赤兔马的神勇而大有斩获，声名远播，却由此遭到袁绍的疑忌以至于追杀。再次投奔张杨。后为反叛曹操的张邈、陈宫所推戴，做了兖州牧①。曹操闻讯，出兵征讨吕布，于是有濮阳之战，赤兔马使吕布大显神威，曹操几为吕布所擒。后因旱灾、蝗灾而罢战。曹、吕再战，吕布败退，来到徐州，为刘备所收留，可吕布又暗中被袁术买通，算计了刘备，只因袁术失信，吕布和刘备重归于好。袁术攻打刘备，吕布辕门射戟，解了二家的兵争。此后三年，袁术、吕布、曹操、刘备几股势力继续分分合合，朝敌暮友，难以备述，终于到了建安三年（198 年），曹操兵围吕布于下邳（今江苏徐州睢宁），并于数月后擒杀吕布，一代英雄就此陨落，成为历史。

吕布之死中两个疑问：第一个疑问，既然有神勇的赤兔马，吕布为什么还是被曹操擒杀？第二个疑问，赤兔马为什么没有像后来对关羽那样“不食草料而死”？

第一个疑问比较好解释。原来曹操决沂、泗之水淹下邳城，吕布恃有赤兔马而毫不在意，日日与妻妾痛饮美酒，忽发现饮酒伤身，于是在城中禁酒。手下有个叫侯成的因为追回了被人盗走欲献给刘备的十五匹马，心里头高兴，便想跟几个朋友喝点酒庆贺庆贺，知道吕布下了禁酒令，就先奉上五瓶酒给吕布希望他因此通融一下，为他开回酒禁，哪承想吕布说侯成这是在图谋不轨，“同谋伐我”，竟命斩了侯成。多亏诸将告饶，改为重打五十背花，捡回了一条性命。吕布的残暴引起下属的恐惧和反叛。侯成乘夜盗了赤兔马投奔曹操。吕布号称“三国时期第一勇将”，赤兔马使他如虎添翼，而一旦失去了赤兔马，吕布也就失去了神勇，不复往日气概了。吕布和曹军长时间激战，战斗间隙不觉困倦，被手下人偷走方天画戟，然后把他用绳索捆绑起来献给曹操，曹操缢杀吕布于白门楼下。

第二个疑问，赤兔马为什么没有像后来对关羽那样“不食草料而死”？回答这个问题就有些复杂了。因为作家在这里与其说是叙写了马的前后不同的行为，毋宁说是在对马的前后两任主人——吕布和关羽做道德上的评判。赤兔马是忒有灵性的神马，它

① 《三国演义》第十一回对吕布的这一段经历有简介，稍有出入。

知道人的良善与邪恶，愿从善去恶，作家表面上写的是马，实际上说的是人。那么，吕布和关羽有何相同之处又有何不同之处呢？相同之处是，二人都是三国时期赫赫有名的战将，有万夫不挡之勇。吕布曾凭其威猛护卫在董卓身边，令董卓可以肆无忌惮地作恶，又凭其威猛诛杀了董卓；袁绍拿凶猛的黑山军束手无策、一筹莫展，而吕布却仅带少量人马就把黑山军给解决了，“横扫千军如卷席”；吕布有百步穿杨的功夫，曾经辕门射戟吓住穷凶极恶的袁术。而关羽的盖世英名亦如雷贯耳：温酒斩华雄，于万将丛中直取颜良首级，诛文丑，过关斩将，后来更有单刀赴会、水淹七军诸事。三国英雄固然多矣，但就英勇善战而言，却很少有人能在吕布和关羽之上，赤兔马先后找到吕布、关羽做它的主人，是上天冥冥之中的巧妙安排，可谓得其所哉！

二人的相同之处在于作战的技术和能力，是艺、是器、是粗、是表面，其间更有更高层面的属于道和精之范畴的不同之处，那就是二人人品上的不同，由此造就了二人不同的精神境界和人格力量，即孟子所说的“浩然之气”。若说因为二人都是三国时期一等一的勇将就将二人划等号，那就真是岂有此理了。吕布是谁？吕布是“三姓家奴”。三姓家奴可是个超级贬义词，但说吕布是三姓家奴一点儿也不冤枉他。丁原是他的第一个恩主，看中他的才能，提拔他到身边当主簿，并收为义子，可见对他的器重，吕布却恩将仇报，为了一个赤兔马，也为了一个可能的前程，竟然把丁原给杀了，改投董卓的门庭。改投就改投吧，虽说董卓是坏人，脾气也暴躁，有时待吕布也不好，但好歹也是义父，又对吕布有提拔、很倚重，可吕布却为了一个女人的事把董卓给杀了——吕布杀董卓并不是因为报效朝廷，吕布在逃离长安后的几年中依违周旋于几股势力间，朝三暮四、朝秦暮楚，表现出反复无常、不知恩义的人格特征。有人说，身处三国（汉末）乱世，像吕布这样的人很多，何必苛责他呢？这话既对也不对。对在什么地方呢？时移世易，当时确有很多人出于种种原因、迫于种种压力改换门庭，另择新主，要用先秦时期忠仆义士的道德标准来衡量、约束时人实在是有点冬葛夏裘、扞格不入，即使像刘备、关羽这样被推崇的人也不能免俗，有时也会权宜或苟且，可尽管如此，吕布跟时人相比还是走得太远了。且不说陈宫、沮授等宁死不降曹操的人物，像张辽、张郃这样因战败而改投曹操或像刘备、关羽这样因走投无路而屈节从权的情况其实也是可以理解、情有可原的，可吕布就太不像话了！他杀丁原的理由何在？丁原有对不起他的地方吗？他是走投无路被迫去杀丁原的吗？他是为了正义事业去杀丁原的吗？即使想要改换门庭另攀高枝，自己走就是了，用得着取恩主的性命来递投名状吗？吕布是十足的小人，做人全无信义、道德，人生第一步就走得这么无耻、凶残、血腥，迈出这无耻的第一步，后面一再做出荒唐事来也就不足为怪了。吕布杀董卓也不是为了社稷和正义事业，也不是走投无路，他完全是为了自己，这是客观为社稷主观为自己的卖主行为，其中的逻辑和此前杀丁原可谓如出一辙，只是表现形式变换了而已。难怪此后袁术不接纳他，袁绍要追杀他，刘备在曹操擒获吕布动了怜才之心时要旧事重提力劝杀他了。连他的部下都说他“无仁无义”（第十九回）。大家想一想，他的不可信、不可靠的恶名深入人心到了怎样的地步！刘备据守徐州，吕布来投奔他，张飞说：“吕布本无义之人，杀之何碍。”刘备不听张飞劝，收留了吕布，结果吕布怎么样？乘刘备、袁术缠斗之时鸠占鹊巢，袭取了徐州，这就是不讲信义、不知感恩的吕布。

综上所述，赤兔马不会也不能为这样的人绝食而亡。

四、赤兔马和关羽

反观关羽，可谓忠贞义士、义薄云天，和吕布的人格境界有霄壤之别。自从桃园结义后他就跟定了刘备，不管刘备处于何种境地，他都忠心耿耿、不离不弃。在徐州的时候，刘备数度陷入生存的绝境，袁术压制他，袁绍忌恨他，吕布欺负他，曹操讨伐他，可谓非常狼狈、走投无路，不仅输光了原有的资本，甚至连妻小家室亦为人所擒，势力孤穷至于此乎。可关羽对他仍矢志相随，千里相寻，甚至拒绝了曹操的百般拉拢。曹操对关羽的拉拢条件真是太诱人了，金钱、美女、赤兔马、封爵、赐官、保护刘备妻室……能想到的拉拢手段都用上了。而且曹操对关羽是真心喜欢，与当初董卓对吕布的拉拢不是一回事儿。好多人劝曹操不要放虎归山（后来事实也确实如此），杀掉关羽，曹操大气地说："各为其主，勿追也。"作为当时的一方霸主，曹操这样做实属难得。可关羽仍不为所动，仅视为恩情，而不肯报以忠义。有人说，关羽有关羽的想法，投曹营，仅恩遇一时而不能持久，且只能在人才济济的曹营里"存在"而已。这种说法实在是有些没道理。其一，当时刘备是什么状况？到刘备那里当个"鸡头"有什么意思呢？连甚有势与力的吕布、袁术都很快灰飞烟灭了，刘备的未来谁说得清？其二，关羽在曹营的状况仅是一种可能性猜测。其三，刘备后来更倚重诸葛亮等人，关羽并没有表现出不满的情绪。可见关羽千里寻兄是没"想法"的，对关羽的这种算计式认知是一种吹毛求疵的忖度君子的解读，笔者认为并不可取。

所以，赤兔马归于关羽并最终"不食草料而死"不仅是因为勇，更是因为忠，是有着道德评判意义的写作安排。

除了隐喻、象征的意义外，我们看到，赤兔马在叙事结构上实际上还起到重要的联结作用。三国形成的历史发展过程大体上可以划分为三个阶段：董吕阶段、袁曹阶段、孙刘阶段。由于外戚和宦官之间的斗争，西凉兵、并州兵被召入都，董卓、吕布因此登上了历史舞台，主导了汉末黄巾动乱以来相当长一段时间里政局的走向（189～199年）；袁绍为关东讨董的盟主，曹操是新崛起的军阀，在董吕、袁术等势力退出历史舞台之后，他们之间便爆发了地区争霸战，也就是官渡之战，成为这一阶段里影响最为深远的历史事件（199～208年）；曹操平定北方后随即起兵南下，孙权、刘备为了自保，联合起来对付曹操，于是有了赤壁之战，没想到孙刘联军以弱胜强，不仅保全了自己，还在南方经略得风生水起，最终形成三分天下的历史局面（208～222年）。三个阶段之间先后相续、彼此缠结，却又有着以重大历史事件为标志的明显的分割线，其间牵涉复杂的人物关系和叙事线索，如果在叙事时不掌握一定的叙事技巧，不遵循一定的叙事方法，故事将是一团乱麻。为此，讲述者需要在每一个故事阶段里以领袖级人物为中心组织材料，抓大放小，详近略远，推动故事的进展；同时，设置一些有特征的小物件串连不同的故事，沟通不同的场景，用作情节线索，犹如战场上的红旗，战场可以根据情况要求不断变化，但那面红旗始终不倒，标志着战场的所在。我们看到，赤兔马就是这样一个线索、一面红旗。一匹赤兔马，联结了董卓、吕布、曹操、关羽四个英雄，联结了董吕、袁曹、孙刘三个阶段，见证了相当长一段时间里的时代风云变幻，而不管时代风云如何变幻，英雄们来来去去，聚散离合，慷慨悲歌，驰骋纵横，赤兔马却还是那个赤兔马，它是勇敢的，它是忠义的，它是历史的见证者，它是一腔英雄血，它以火一般的色彩、闪电般的速度飞扬于历史的烟尘里，深刻于人们的记忆中……

赤兔马在曹操擒杀吕布的时候并不能“不食草料而死”，因为此时它作为忠义化身的意义还没有呈现，它作为历史见证者的使命还没有完成，它作为不同时代故事联结者的作用还没有实现。谚语有云：“人中吕布，马中赤兔。”但其实，吕布根本代表不了赤兔马，吕布和赤兔马之间不能画等号。历史已经证明，并将继续证明，赤兔马形象是与关羽形象紧密相连的，两者共飞扬、共毁誉、共存亡。

第四章 赤壁之战叙事

赤壁之战叙事是《三国演义》中继官渡之战叙事后又一个独立而完整的文学叙事单元。

在《三国演义》文学叙事中，说起战争叙事的重要没有哪一个能超出赤壁之战的，其重要性表现在以下几点。第一，赤壁之战奠定了三国鼎立局面的雏形。参与赤壁之战的三方势力后来各自建立了魏、蜀、吴三国，所以把赤壁之战说成是三国时代的开局之战并不为过。第二，赤壁之战是"文学形象诸葛亮"大显神威、奠定历史声名的一场大战。诸葛亮是《三国演义》中的最重要的人物①，但此前的火烧博望坡、火烧新野都不足以显其神勇，唯有赤壁之战这样规模的战争才能体现他的才华。第三，赤壁之战既重要又难写。赤壁之战难写在什么地方呢？这场战争作为战争叙事题材缺少必要的战事过程性、延展性，叙事者无法指明战事的各个阶段，但又不能潦草地写，换言之，赤壁之战叙事考验着叙事者的艺术功力，是《三国演义》文学叙事的"必答题"。第四，赤壁之战在中国民间也极有名，由于赤壁之战的重要性，人们在此战之中附加了很多故事、计谋和传奇，把这些历史积淀的故事、计谋和传奇整合到赤壁之战叙事中正是《三国演义》作

① 名义上，刘备是君，诸葛亮是臣，刘备的地位要高于诸葛亮，但在实际的文学叙事中，诸葛亮的地位要比刘备重要得多，诸葛亮是更为重要的文学人物，这有点类似于《西游记》中的唐僧和孙悟空、《水浒传》中的晁盖和宋江。

者的本职所在，符合读者的阅读期待。

赤壁之战相较于官渡之战虽然只晚了八年，但天下的局面已经完全不同，汉末群雄被曹操一一翦除殆尽，主要势力唯余江南的孙刘和西南的刘璋。刘璋偏处西南，不足虑，亦不在赤壁之战的叙事范围之内。也就是说，赤壁之战叙事具有封闭性，叙事者只能把叙事范围局限在曹操和孙刘之间，彼此来回穿梭，从文学叙事要婉转曲折的角度看，这是很不利的因素，缺少三个乃至四个叙事方之间勾连流转所能提供的腾挪回旋的叙事空间，同样是对作家叙事水平的考验。《三国演义》作者运用他的生花妙笔，巧妙地解决了这个问题，使赤壁之战叙事悬念迭出，精彩纷呈，有着很高的艺术性、可读性和观赏性，可以作为战争故事文学叙事之典范。

第一节　赤壁之战

赤壁之战叙事在整部小说中的重要性不言而喻，需要研究和解决的叙事问题很多，本节主要讲三个问题。第一，赤壁之战为什么特别有名和重要？第二，赤壁之战的实际贡献者究竟是谁？第三，《三国演义》是如何操作的？

本节的论述关键词：故事主角设定。

一、赤壁之战的历史地位

《三国演义》是一部写英雄征战、驰骋疆场的小说，里面所写大大小小的战争不计其数，但要说其中最重要、最有名的则无过于赤壁之战。说到赤壁之战以及与之相关的故事和话题，人们皆耳熟能详、津津乐道，仿佛是战争的亲历者一般。由此可见赤壁之战的知名度。

但其实一开始，赤壁之战似乎并不那么有名，也不那么重要。陈寿《三国志·蜀书·先主传》记载：

> 先主遣诸葛亮自结于孙权，权遣周瑜、程普等水军数万，与先主并力，与曹公战于赤壁，大破之，焚其舟船。先主与吴军水陆并进，追到南郡，时又疾疫，北军多死，曹公引归。[①]

该书《诸葛亮传》详述诸葛亮游说东吴的言语，《周瑜传》稍详于黄盖献计诈降、周瑜火烧赤壁的情形，但总之，对于此战也就只把它当作一般的战事来对待，并没有更加突出和强调。陈寿并不特别看重赤壁之战是事出有因的。第一，陈寿是晋人，晋氏代魏，故持尊曹立场，对于曹操的赤壁兵败是不愿过多着墨的，且曹操虽则赤壁兵败，中止了南进的步伐，但其实他在北方的根基并未因此动摇（这和后来淝水兵败后前秦的情况完全不同）；第二，陈寿生活在结束了三国争战的统一的晋朝，预见不到中国后来将出现长期分裂的局面，所以他在考察像赤壁之战这样的三国事件的意义时缺乏一种必要的历史纵深，难以站上历史高度。

赤壁之战声名鹊起是在唐朝，李白、胡曾、孙元晏、杜牧、陆龟蒙等诗人都写有咏叹赤壁的诗歌。李白："二龙争战决雌雄，赤壁楼船扫地空。烈火张天照云海，周瑜于此破曹公。"[②] 孙元晏："会猎书来举国惊，祗应周鲁不教迎。曹公一战奔波后，赤壁功传万古名。"[③] 陆龟蒙："水绕苍山固护来，当时盘踞实雄才。周郎计策清宵定，曹氏楼船白昼灰。"[④] ……在诗人们意气风发、神采飞扬的咏叹声中，赤壁之战的宏大、壮观的战争场面便矗然立体地呈现于世人面前。此后，宋代著名诗人、文学家苏轼反复歌咏赤壁，赤壁之名更是随着那些名作名满天下。赤壁之战的声名不光是由于《三国演义》的传扬，在这之前早就有多重铺垫

---

① （西晋）陈寿撰，（南朝宋）裴松之注：《三国志》，中华书局1982年版，第878页。

② （唐）李白：《赤壁歌送别》，詹锳主编：《李白全集校注汇释集评》，百花文艺出版社1996年版，第1208页。

③ （唐）孙元晏：《赤壁》，（清）彭定求、杨中讷等编：《全唐诗》，中华书局1960年版，第8702页。

④ （唐）陆龟蒙：《算山》，（清）彭定求、杨中讷等编：《全唐诗》，中华书局1960年版，第7188页。

了。司马光《资治通鉴·汉纪五十七》"建安十三年"也整合相关史料，交代了赤壁之战的全过程。

文人们的咏叹以及《三国演义》的传扬是一方面，另一方面，从大尺度的历史发展进程考察，赤壁之战也确实与当时发生过的诸多战争不同，具有非凡的、重要的历史意义。这历史意义表现在以下几个方面。

其一，陈寿所看到的统一的西晋在历史上实际上只是昙花一现，之后的中国仍处于分裂状态，历东晋南朝与十六国北朝的长期对峙，至隋朝时方始重归于统一。这一分裂状态绵延数百年之久（220～589年），欲追溯其肇端，则无疑非赤壁之战莫属。为什么这样说呢？因为若曹操赢得赤壁之战，则孙刘无存，中国将延续统一的态势，或不会出现三国两晋南北朝长期分裂的历史局面；反之，则"三国之势成"，历史已据此描画出了它真实的发展轨迹。换言之，赤壁之战是发生于历史紧要关头的一场战争，带有历史发展方向性的意义。

其二，作为一个战争案例，赤壁之战集多个特点于一身，是其他许多战例不能比拟、无可企及的。它既是一场有全局性意义的战争，也是一场以弱胜强的战争，放眼中国历史，还是一场历史上不太多见的南方政治集团打败北方政治集团的战争。一方面，赤壁之战时，汉末群雄翦灭殆尽，曹操尽起北兵挥马江南，自信满满，统一在望，这在当时是没有多少人能怀疑的。另一方面，刘备新近取败，孙权举全部力量迎战曹操，所以无论是从战争涉及的范围、战争动员的兵力、战争的烈度凶险度还是从战争可能导致的后果上来看，赤壁之战都堪称一场有全局性意义的战争，在汉末三国时期是罕有战事可与之相比的，而即便是在整个中国军事史上，这样的战例也是屈指可数的。对于孙刘一方来说，力量太过弱小，又是被动迎战、处于守势，又无政治上的援手（曹操有汉献帝打掩护）和胜利之师的剩勇锐气（曹操新晋霸主、刘备新败），所可凭恃的只有长江、水师与地利之便，而刘琮的降曹又使这微小的优势和便利打了折扣。看来是困兽犹斗、没有什么胜算了，然而孙刘方却凭借出色的战略（孙刘联盟）、战术（火烧曹营）以及那么一点运气（隆冬季节的东南风、曹军发生瘟疫）奇迹般地打败了曹操，创造了中国军史上著名的以弱胜强的战例。真是令人叹服！而且，孙刘是南方政治集团，曹操是北方政治集团，南北对决的态势在中国历史上曾经多次出现，结果往往是北胜南败，天下一统；相反的结果并不是没有，却不是很多，而赤壁之战正是那不是很多的南胜北败中的一个著名战例，值得我们去做历史的审视。

二、赤壁之战的实际贡献者

赤壁之战的实际贡献者是谁，本来并不构成问题，但《三国演义》却制造出了这个问题：是周瑜还是诸葛亮？

一方面，有人对苏轼《念奴娇·赤壁怀古》中“羽扇纶巾，谈笑间，樯橹灰飞烟灭”说的是谁产生疑问，认为是指诸葛亮而不是周瑜。追究起来，这也是《三国演义》引发的争议。

另一方面，民间一直有“瑜亮情结”一说，指出身、地位、才情相近的两个共事者之间像乌眼鸡一般相互嫉妒、暗中较劲，彼此针对，这瑜亮情结也是《三国演义》造出的典故，《三国演义》第五十七回写道：

> 周瑜览毕，长叹一声，唤左右取纸笔，作书上吴侯，乃聚众将曰：“吾非不欲尽忠报国，奈天命已绝矣。汝等善事吴侯，共成大业！”言讫昏绝，徐徐又醒，仰天长叹曰：“既生瑜，何生亮！”连叫数声而亡。寿三十六岁。

少年英武的将军，竟因对诸葛亮羡慕嫉妒恨而亡，真令人唏嘘感叹不已！这也是在赤壁之战中结下的梁子。诸葛亮当时太突出了，智慧才能竟在我之上，竟抢了赤壁之战的头功，爱又爱不得，除又除不掉，让人恨得牙痒痒！想起黛玉临死的场景：

> 探春紫鹃正哭着叫人端水来给黛玉擦洗，李纨赶忙进来了。三个人才见了，不及说话。刚擦着，猛听黛玉直声叫道：“宝玉，宝玉，你好……”说到“好”字，便浑身冷汗，不作声了。……只见黛玉两眼一翻，呜呼，香魂一缕随风

散，愁绪三更入梦遥！……只听得远远一阵音乐之声，侧耳一听，却又没有了。探春李纨走出院外再听时，惟有竹梢风动，月影移墙，好不凄凉冷淡！①

黛玉对宝玉、周瑜对诸葛亮，虽然关系不同，情感各异，但皆于临终前呼其名，则其间复杂的难言的爱恨情仇却是有几分相似。

那么，究竟有没有所谓“瑜亮情结”呢？或者换个说法，赤壁之战的主要贡献者是周瑜还是诸葛亮呢？笔者认为没有“瑜亮情结”，在赤壁之战中，周瑜的作用和贡献远胜于诸葛亮。

发生瑜亮情结须有前提：一是两人的出身、地位、才情要相近；二是在一起共事；三是至少有一方心胸狭窄，嫉恨对方。我们来看周瑜、诸葛亮二人在这三方面的情况。

周瑜与诸葛亮的出身皆是不错的，均为当时的大族，但二人的地位、才情至少到赤壁之战的时候是不相等的、有差别的。周瑜从小与孙策交好，长大后追随孙策征战，又与孙策分娶大、小乔，和孙家有了姻亲关系，所以他在东吴的地位既高又稳固，到建安五年（200 年）孙策遇刺身亡的时候，他“以中护军与长史张昭共掌众事”，成为东吴方面的军事主将，时年二十五岁。建安十三年（208 年）春，“权讨江夏，瑜为前部大督”，军事上的位次仅次于统帅孙权。是年爆发了赤壁之战。周瑜辉煌的政治资历和诸葛亮形成了强烈的反差。诸葛亮二十六岁，在赤壁之战发生的前一年方才出山，此前蛰居乡间，仅是一个“农村待业青年”。虽然三顾茅庐的出场方式着实惊艳，但在政治资历上和周瑜比起来就逊色多了。要不是“大人物”刘备猥自枉屈，礼贤下士，还不知道结果将如何呢！至少当时关羽、张飞等人物是强烈不服的。“关羽、张飞等不悦”——惜墨如金的史书对此都有记录，可见当时的情景。所以，要说周瑜和诸葛亮地位相侔、可以平起平坐还缺乏理据。周瑜会被这政治上的新人气死吗？至少笔者是抱持怀疑态度的。

① （清）曹雪芹、（清）高鹗：《红楼梦》，人民文学出版社 1982 年版，第1383～1384 页。

再说才情。诸葛亮自然是有才的，我们读他的《出师表》，那可是千载传诵的名文啊！那么周瑜呢？周瑜不仅胸有韬略、武艺精通，还是一个不折不扣的“文艺青年”。“曲有误，周郎顾。”这种天分可不是什么人都能有的。试想，在紧张忙碌的战斗间隙，听上一曲高山流水，闻弦歌而知雅意，那是一种多么美妙的意境啊！苏轼说“羽扇纶巾，谈笑间，樯橹灰飞烟灭”，讲的应该是周瑜而不是诸葛亮。如果讲的是诸葛亮，那么前文说“遥想公瑾当年，小乔初嫁了，雄姿英发”那个“遥想”就没有着落了。所以，在才情上周瑜也是不遑多让的。

既然地位、才情并不相侔，加之二人是主客关系而非同事关系，即使诸葛亮表现出再多的智慧才华，周瑜也用不着因此去忌恨诸葛亮，以致去迫害诸葛亮。“事急矣，请奉命求救于孙将军。”刘备当时力薄势衰，在大敌当前的情况下，死马当活马医，结盟抗曹是第一要务，诸葛亮懂这个道理，身为东吴三军主将的周瑜难道不懂吗？他肩负着保土卫家的重任，对战事全力以赴、全身心投入，自有其待人处事的应有的格局和境界。这是毋庸置疑的。史书上说周瑜“折节容下”“雅量高致”“器量广大”，能够为了国事而忍辱负重、甘受委屈，殆是实情。[①] 诸葛亮“主观为自己，客观为他人”，跑到东吴来游说其实也是为了东吴的利益，周瑜怎么就会挟藏私心，不顾大体，不能像容忍程普那样容忍诸葛亮呢？假借公义之名嫉贤害能，在古人的伦理道德话语体系中是小人之举。“试玉要到三日满，辨才须待七年期。”周瑜不是那样的小人——迫害诸葛亮就是破坏孙刘联盟，则赤壁之战必败无疑。周瑜果是小人的话，东吴也不能容他。当时曹操、刘备皆挑拨过孙权和周瑜的关系，未能成功。孙权说：“孤非周公瑾，不帝矣。”确实，周瑜和孙策年龄相当，又手握兵权，在孙权跟前他尽可以胡来，即使取而代之也未尝不可，然而周瑜用事实表

---

① 《三国志·吴书·周瑜传》注引《江表传》：“普颇以年长，数陵侮瑜。瑜折节容下，终不与校。普后自敬服而亲重之，乃告人曰：‘与周公瑾交，若饮醇醪，不觉自醉。’时人以其谦让服人如此。”［（西晋）陈寿撰，（南朝宋）裴松之注：《三国志》，中华书局 1982 年版，第 1265 页］

达了他的忠诚和君子之风。有人说他会不会是装的呢？笔者认为，退一万步讲就算他是装的，但“作之不止，乃成君子”，从孙策时期装到孙权时期，再装到死，那也与真是如此无异了。就像诸葛亮之于刘备、之于刘禅，只能用一心一意、忠贞不贰来评价了。孙权和权母皆十分信赖周瑜的为人，从未心生嫌隙。所以说，周瑜不可能在东吴面临生死存亡的时刻因嫉才而假手迫害诸葛亮的。

综上所述，所谓“瑜亮情结”是不成立的。当然，否定“瑜亮情结”并不意味着否定周瑜对于赤壁之战的主要贡献，即使周瑜不嫉恨诸葛亮也绝无可能把主导权拱手让给诸葛亮，诸葛亮也没这样的野心。再怎么说，孙刘联盟虽然重要，但刘备一方也只能作为侧翼和辅助力量，赤壁之战的主要作战方和主导方必然是孙权一方。这是毫无疑问的。没有其他可能性。曹操就是冲着孙权而来的。“会猎书”上写得清清楚楚。关于这一点，史书上有明晰的交代，唐宋人物也是众口一词这么说的。整个战争决策和战争进程基本上都没诸葛亮什么事儿。诸葛亮和刘备一方所做的事有二：其一，“事急矣，请奉命求救于孙将军”，也就是建立孙刘联盟，合力迎曹；其二，“备与瑜等复共追”，也就是追击残敌，杀敌于已败。此外，下迎战的最后决心、制定作战计划、军事部署和部队调动、长江布防、武器装备的保障、后勤补给运输、侦察敌情、熟悉战地情况、初战、诈降、火烧曹营、作战等，都是孙权、周瑜、鲁肃、程普、黄盖一班人在操持，而周瑜无疑是其中的核心人物。对此，李白有诗云：“烈火张天照云海，周瑜于此破曹公。”确实如此。周瑜是孙权下决心迎战曹操的最大的本钱、最后的依靠；周瑜也是有权力调兵遣将、安排作战并实际指挥作战的人，此外无他。

但我们知道，《三国演义》不能这么写。

三、《三国演义》的叙事操作

《三国演义》却不能写周瑜的巨大作用。为什么呢？因为千千万万的读者不同意；因为这不符合尊刘贬曹的全书写作宗旨。

赤壁之战是打败“坏人”曹操的大快人心的一场战争，又是这么有名的、这么好玩的、这么激动人心的、这么波澜壮阔的、这么富有历史意义的一场战争，怎么能让周瑜来主导呢？一千个不答应！一万个不答应！必须改成由诸葛亮来主导！必须的！至于怎么办、如何实现，那是你作家的事，读者不管。

对于读者的命题作文，《三国演义》的作者处理得很好，完全符合读者的心意和期待。我们在《三国演义》中读到的赤壁之战，从开头到中间再到结束，处处都是诸葛亮的神机妙算、长袖善舞，周公瑾也在，但被压在了诸葛亮之下，非常窝囊——想想看，不窝囊后来怎么会被诸葛亮气死呢？没有赤壁时期的力压周瑜就没有后赤壁时期的美人计和气死周瑜，两者在文理上是贯通的。可见，无论是从阅读期待、写作宗旨上讲还是从故事的文理脉络上讲，都应该让诸葛亮来主导赤壁之战。

如何突出诸葛亮的作用、让诸葛亮来主导赤壁之战呢？作家的做法是用想象和虚构来超越历史。具体的操作方法主要有加料、加戏、正衬、反衬四种。

（一）加料

这里所谓加料指的是对史实中诸葛亮有可能做过的事进行加工、充实、渲染和拔高，丰富细节，增强现场感。如舌战群儒。诸葛亮奉命去东吴办外交，游说东吴君臣，建立孙刘联盟，这时候，东吴也面临危局，难下决断，持各种心态、各种想法的人都有，纷纷扰扰，惶惶不安，所以诸葛亮很有可能参与了说服、安抚的工作，帮东吴人下决断。舌战群儒之事并非全然虚构。但具体场景如何呢？史书上并无记载，需要作家给诸葛亮加料，造出一个令人感到真切的场景，让诸葛亮面对东吴人的种种嘲笑、刁难、批评，并一一破解。舌战群儒的故事很有代入感，其作用不光是展示诸葛亮的辩才和智慧，更重要的是要告诉读者，在赤壁之战这场历史大戏中，诸葛亮是第一个进场的大人物，他是主导。他不是到东吴“求救”的，那是史书上的说法，那是令人气短的说法，那是毁损“光辉形象”的说法；他是来拿主意、下决断、导演赤壁鏖兵的。如果把赤壁之战比作一首华彩乐章，那么诸葛亮舌战群儒就是它的起始音、定调音。《三国演义》讲赤壁之战的故事从哪里开始算起？就从第四十三回开始。不能前移更不能后移，后移了会让孙权或周瑜抢了诸葛亮的风头。那怎么能行呢？用舌战群儒故事给诸葛亮形象加料，起到了先声夺人的作用。

（二）加戏

加戏和加料不同，加戏指的是诸葛亮没做过这件事，作家硬给他造出这件事，或者把别人做过的某件事接到他的头上来。加料是添油加醋，加戏则是无中生有。古代文学创作中，这两种方法都常见。《史记》的人物传记中常常加料；《三国演义》在写人时常常加戏。华雄非关羽所杀，可作者给关羽加了戏，使温酒斩华雄成为一个著名故事。同样，在赤壁之战中，作家也给诸葛亮加了不少戏码。如草船借箭。《三国演义》的作者借花献佛，说是诸葛亮的妙笔，用以突出诸葛亮的作用和智慧。再如借东风。《三国志·周瑜传》只说："盖放诸船，同时发火。时风威猛，悉延烧岸上营落。"《资治通鉴》明确提到了东南风："时东南风急……"没有说借风，更没有提到诸葛亮。诸葛亮和火烧赤壁没有关系，登坛祭风完全是罗贯中给诸葛亮加的戏。

（三）正衬

为了突出正面形象或主要形象，文学创作中常用衬托的表现手法。毛宗岗说："古史甚多，而人独贪看《三国志》者，以古今人才之众未有盛于三国者也。观才与不才敌，不奇；观才与才敌则奇。观才与才敌，而一才又遇众才之匹，不奇；观才与才敌，而众才尤让一才之胜，则更奇。"[①] 毛宗岗这里说的就是衬托之法。衬托又分正衬和反衬。在讲述赤壁之战故事的时候，罗贯中有时候用周瑜正面衬托诸葛亮，有时候又用周瑜反面衬托诸葛

---

① （明）罗贯中原著，（清）毛宗岗评订：《毛宗岗批评三国演义》，齐鲁书社1991年版，第7～8页。

亮，随表达需要，并无一定之规。在制定火攻计的时候，周瑜和诸葛亮就构成了正衬关系，也就是俗语所说的英雄所见略同，二人皆是聪明智慧的人物，不分轩轾。那么，为什么说是周瑜衬托诸葛亮而不是诸葛亮衬托周瑜呢？我们看作者的叙述：

> 少顷，孔明入寨见周瑜。瑜下帐迎之，称羡曰："先生神算，使人敬服。"孔明曰："诡谲小计，何足为奇。"瑜邀孔明入帐共饮，瑜曰："昨吾主遣使来催督进军，瑜未有奇计，愿先生教我。"孔明曰："亮乃碌碌庸才，安有妙计！"瑜曰："某昨观曹操水寨，极其严整有法，非等闲可攻。思得一计，不知可否。先生幸为我一决之。"孔明曰："都督且休言。各自写于手内，看同也不同。"瑜大喜，教取笔砚来，先自暗写了，却送与孔明。孔明亦暗写了。两个移近坐榻，各出掌中之字，互相观看，皆大笑。原来周瑜掌中字，乃一"火"字，孔明掌中亦一"火"字。瑜曰："既我两人所见相同，更无疑矣。幸勿漏泄。"孔明曰："两家公事，岂有漏泄之理。吾料曹操虽两番经我这条计，然必不为备。今都督尽行之可也。"饮罢分散。诸将皆不知其事。

这段文字有几个地方值得我们注意。其一，火攻计承接草船借箭而出，故在定火攻计之前，作者先借周瑜之口称羡诸葛亮的"神算"，给下文诸葛亮的又一"神算"铺垫、渲染，使读者形成阅读期待。

其二，在讨论火攻计的时候，作为主将和年长者的周瑜（比诸葛亮大六岁）表现得一点都不沉稳，想到了火攻计便沾沾自喜，自以为得计，急切地想要在诸葛亮面前表现，以挽回在草船借箭上丢失的面子，殊不知诸葛亮乃是火攻的高手，周瑜能想到的难道诸葛亮就想不到？这周瑜作为东吴主将的见闻和见识实在令人担忧！作家先是写周瑜向诸葛亮问计，但还没等到诸葛亮说话，周瑜便迫不及待地表明自己"思得一计"，在诸葛亮说书于手心时，周瑜非但没有意识到诸葛亮亦已有计，停止卖弄，虚心问计，反而是"大喜"，且"先自暗写了，却送与孔明"，表现得像个渴望在上司跟前表功邀赏的人物；没有一点风度。反观诸葛亮，谦逊沉稳，成熟老练，和周瑜形成了对比。周瑜衬托了诸葛亮。

其三，周瑜在定计后赶忙叫诸葛亮“幸勿漏泄”，他都不想一想：两人所见相同，他想得到的计策，诸葛亮想得到的计策，难道曹操就想不到？曹操是何等样的人物？这叫知己知彼吗？诸葛亮就比周瑜高明多了。诸葛亮淡淡地说道：“吾料曹操虽两番经我这条计，然必不为备。”这句话真是厉害！一方面表明，这时候周瑜眼中盯着的是诸葛亮，而诸葛亮盯着的是曹操——大敌当前，这时候应该盯着谁？另一方面在告诉周瑜，火攻计曹操也想得到，勿须我泄露！你周瑜太低估曹操了。此外，这句话还预留了伏笔，只是周瑜没有追问。什么叫“然必不为备”？曹操想得到火攻计，为什么却不怕、不做预防？只要稍微留意，不难问出此问题。而此问题却是要紧的、致命的所在。但周瑜只是乘兴继续喝酒。不是因为醉酒（从蒋干中计故事中可以看出周瑜海量），而是因为想出火攻计的“大喜”令其智短。曹操不做预防乃是因为现在是隆冬时节，刮西北风，怎么用火攻？这就为后面连环计、苦肉计、诈降计、借东风等一连串的戏预留了空间。没有这句话的交代，后文的讲述就接不上，显得突兀。你说这句话关键不关键？在创作中，有时候真是一句顶一万句。作家可以淡淡地写出，读者诸君却不可等闲错过。终归是周瑜衬托了诸葛亮，不是吗？

（四）反衬

在赤壁之战中，周瑜正恼火诸葛亮，两人共商计策的时候有，但是不多；更多的情况是周瑜欲加害诸葛亮，除之而后快。由此，小人之心和君子雅量构成了反衬关系。这种例子不难找，此不赘述。另外，诸葛亮和曹操、周瑜和曹操也有反衬关系，在此按下不提。

第二节　草船借箭

草船借箭故事是赤壁叙事单元中著名的故事片段之一，因其高度的叙事技巧性而为广大读者所津津乐道，并入选中学语文教材。关于草船借箭故事有三个问题。第一，为什么要写草船借箭这个故事？第二，草船借箭这个故事哪里写得好？第三，草船借箭这个故事有什么作用和后果？

本节的论述关键词：悬念设置。

一、草船借箭对于赤壁叙事的必要性

生活中发生的事总是杂乱无章的，彼此之间往往缺少关联和逻辑关系；与之相反，在文学创作特别是小说创作中，诸事之间必须建立联系，至少看起来是有联系的，高明的小说家能够让读者相信，某件事在他的艺术作品中是一个必然的存在，不得不写，不得不这样写，不得不在这个地方写，少了它是不行的、是有漏洞的。这就是叙事的水平。这种叙事上的必然性构成了叙事艺术的魅力，吸引读者反复阅读、咀嚼、回味。

我们说，草船借箭就是这样一个叙事的存在。并不是作者纯乎为了传播民间智慧而设计的一个游离、孤立事件。

为什么这样说呢？我们不妨设想一下没有草船借箭后的情形。草船借箭是赤壁之战这一大故事中的一环，而赤壁之战乃是诸葛亮大显身手的舞台，是要用来突出他的主导作用的。在草船借箭之前，小说已经写了诸葛亮舌战群儒、诸葛亮智激周瑜，然后写孙权决策、周瑜三江口用兵、群英会等故事；在草船借箭之后，写定计火攻、苦肉计、诈降计、连环计、曹操赋诗、曹营练兵、登坛祭风等故事。如果没有草船借箭，会出现以下几个问题。

第一，在草船借箭之前，诸葛亮只有舌战群儒、智激周瑜二

事，还不曾——特别是在周瑜面前——展示过他在军事方面的智慧和才干，想当初刘备三顾茅庐时关、张是很不高兴的，诸葛亮是通过火烧博望坡、火烧新野——也就是在定计火攻时诸葛亮对周瑜说的“曹操虽两番经我这条计”——才最终叫关、张服气的！那么，你什么都不做，凭什么让周瑜这位东吴的主将乖乖地请你去参与最高军事决策？虽然在实际的情形下，即使诸葛亮有草船借箭之事，周瑜也绝不会请诸葛亮去参与最高军事决策，周瑜身边不乏谋士。但读者诸君管不了那么多。他们从心理上觉得，诸葛亮得在军事上有所表现，胜过周瑜，压过周瑜。如此，赤壁火攻是由诸葛亮定下的方才有可信度和说服力。这就像触龙说服赵威后让儿子到齐国当人质一样，未有寸功，何以服众？草船借箭便有这样的四两拨千斤、窥斑见豹的功效，是读者心理上接受的周瑜能够让诸葛亮参与定计火攻的必要前提。

第二，历史上的诸葛亮是有相当的军事才能的，略定西南、六出祁山、八阵图、木牛流马、连弩……从战略、谋略、指挥、阵法再到军事技术发明等皆有建树，并非浪得虚名。这是可以考据的，民间千百年来亦颇有传诵。“功盖三分国，名成《八阵图》。”也就是说，读者对此是有心理预期的。那么，在波澜壮阔、汪洋恣肆的赤壁之战中，作家如果对诸葛亮的军事才能不作点染，让诸葛亮在前线“缺席”，又怎么向读者交代呢？在草船借箭中，诸葛亮可是亲临火线的啊！

> 遂命将二十只船，用长索相连，径望北岸进发。……当夜五更时候，船已近曹操水寨。孔明教把船只头西尾东一带摆开，就船上擂鼓呐喊。……却说曹寨中听得擂鼓呐喊，毛玠、于禁二人慌忙飞报曹操。操传令曰：“……可拨水军弓弩手乱箭射之。”……

“大江东去浪千叠，引着这数十人驾着这小舟一叶。又不比九重龙凤阙，可正是千丈虎狼穴。大丈夫心别，我觑这单刀会似赛村社。”[①] “僵卧孤村不自哀，尚思为国戍轮台。夜阑卧听风吹雨，铁马冰河入梦来。”[②] 亲临火线的胆量与气概使一向只以忠义和智慧示人的诸葛亮身上平添了一股英雄气，他的形象倏然变得更加伟岸、高大。草船借箭故事使诸葛亮形象加分不少、增色不少。试想如果没有草船借箭这一沉甸甸的秤砣压着，在赤壁大戏中只有舌战群儒、智激周瑜、登坛祭风等文戏加持，那么诸葛亮的形象将变得轻飘飘的，有些无足轻重了！诸葛亮不能给人一种只会耍嘴皮、不敢上战场的感觉。诸葛亮在草船借箭、面对敌军的时候气定神闲、从容不迫，使读者对他万分地崇拜。

第三，从讲故事的方面亦即叙事角度来看，舌战群儒、智激周瑜是赤壁故事的开始，登坛祭风差不多是赤壁故事的终了（赤壁战事本身没完，但“看点”基本上没有了），那么，由诸葛亮演的戏这中间未免隔得太远了。主角如果一次也不出现，那也就名存实亡了。草船借箭正好在故事的中间，呼首应尾，叙事上构成补笔，给人一种前中后全程参与的感觉，作用何其大哉！

综上所述，首先，草船借箭是诸葛亮能参与定计火攻的前提条件；其次，草船借箭是诸葛亮展示军事才干和英雄胆量的机会；最后，草船借箭是赤壁之战叙事中必要的补笔。所以，它是整个故事的有机组成部分，是万不可缺少的。

二、故事的悬念设置

叙事的必要性是一方面，叙事的艺术性是另一方面，从某种意义上说，是更为重要的一方面；草船借箭固然重要，但如果讲得不好，那也是可惜了，成不了脍炙人口的著名故事，进不了中学课本。我们需要探究一下，这个故事哪里写得好？

故事情节并不复杂。周瑜嫉妒诸葛亮的识见过人，欲除掉诸

① （元）关汉卿：《单刀会》，陈云发解：《元杂剧选解》，复旦大学出版社 2008 年版，第 1 页。

② （南宋）陆游著，钱仲联校注：《剑南诗稿校注》，上海古籍出版社 1985 年版，第 1830 页。

葛亮，于是假意委派诸葛亮十日内监造十万支箭，却叫手下故意延迟造箭材料的供应。没想到诸葛亮欣然答应下来了，并说只要三天时间。可是诸葛亮既不逃走，也不忙着造箭，只教鲁肃准备船只、军士、稻草等和造箭无关的东西。原来诸葛亮是向曹操"借"了十万支箭，完成了周瑜的军令。

可是作家在讲故事的时候却巧妙地设置了一系列的悬念，从而使简单的故事变得一波三折、精彩纷呈，深深吸引着读者的心，具有无限的艺术魅力。

第一个悬念："吾决意斩之!"古典长篇小说是在说话艺术的基础上发展起来的，长期以来，说话艺人们积累了丰富的讲故事的经验，设置悬念便是其中之一；悬念设置得好，便能使故事惊心动魄、扣人心弦，使读者听众读之听之而欲罢不能。人们耳熟能详的"欲知后事如何，且听下回分解"，说的其实就是设置悬念。草船借箭不是到故事结束处才设置悬念的，从一开始就设置了一个大大的、叫人无比揪心的悬念：周瑜要杀诸葛亮。诸葛亮这次死定了!

当然，这有个前提：周瑜是坏人，诸葛亮是好人，坏人杀好人令人揪心，才叫悬念，否则，坏人被好人杀掉，如武松杀王婆、潘金莲之类，那叫痛快，还叫什么悬念呢?

周瑜是什么人?东吴的都督，有生杀予夺大权。诸葛亮是什么人?一介文人而已，在东吴虎狼之窝是主宰不了自己的命运的。之前在舌战群儒的时候，人们已经见识了诸葛亮身处的环境；现在落到周瑜的手上，那当然逃无可逃、必死无疑了。那么，周瑜为什么要杀诸葛亮呢?因为诸葛亮聪明过人，识破了周瑜的反间计，并说破了鲁肃的访意，这引起了周瑜的忌惮和嫉恨。如果诸葛亮也像后来刘禅对曹魏说"此间乐，不思蜀"那样装糊涂[①]，不做识破和说破，那么就不会有这第一个悬念，当然更不会发生草船借箭这一精彩的故事了。那多令人遗憾!这一悬念设置得果然是好。故事还没开始，气氛就骤然紧张，显示了强

① 有人说刘禅是真糊涂，有人说刘禅是装糊涂，此处不论。

烈的对抗性。读者不禁好奇：周瑜会用什么法子杀诸葛亮呢？诸葛亮又会如何逃生呢？

第二个悬念："只消三日，便可拜纳十万枝箭。"好家伙！别人给你挖了个坑，你说："小了，再大再深些。"你又拿锹继续挖，并跳了进去！这便是聪明绝顶的诸葛亮！诸葛亮，你到底卖的什么关子啊！

第一，周瑜说：军中缺十万支箭，现在分派你来监造，十日内完工！

周瑜的话外音：哼，看你小子要聪明，此番你死定了！我已吩咐手下不帮你的忙，看你怎么办？大战在即，没叫你上战场只叫你监造武器，很说得过去。其实我哪里缺箭矢呢——真要到这火烧眉毛的时节还缺箭矢，这打曹操的事儿就别提了！我摆明了就是要整你，但我这事做在明面上，你没话说的！

这可真是大陷阱一个！

第二，诸葛亮说：大都督，军情这么紧急，你竟然拖拖拉拉给上十天的时间？拖上十天，曹操杀过来，一切都晚了！不行，必须、只能给我三天的期限！

诸葛亮的话外音：你挖陷阱、装好人，这点小伎俩别人看不穿我还看不穿？好呀，索性再把陷阱挖深点，叫你称心！

内行看门道，外行看热闹。高手过招，水平的高低不在于外在的凌厉和强势，有时候示弱是一种更高的智慧和哲学。周瑜说："跳吧。"诸葛亮说："你这是陷阱，我不跳。"那诸葛亮就太失水准了。诸葛亮应该"傻乎乎地"跳下去。

事实上，诸葛亮不仅跳了，而且还填了土，断了逃生的后路："愿纳军令状：三日不办，甘当重罚。"

有一个问题：为什么是三天呢？

两天行不行？四天或五天行不行？

不行。

反正都不是你诸葛亮造的箭，为什么不行呢？

毕飞宇先生有这样一个疑问。林冲在沧州从天王堂被派到草料场是在酒生儿李小二告诉他要紧事体之后的第六天——"街上寻了三五日……到第六日，只见管营叫唤林冲到点视厅上……”为什么是第六日？第四日、第五日行不行？第七日行不行？[①]

不行！

为什么不行？

因为陆虞候们在等待、在观察。在等待、观察什么？一个特种天气。他们在等待“彤云密布，朔风渐起”。这一特种天气意味着将要下一场“纷纷扬扬”的大雪，而这大雪又是后文故事叙事的一个非常要件。比第六日早了或晚了，这一场雪就下不下来或是下过了，这戏就没法唱了！

同样，诸葛亮也必须把周瑜宽限的十天造箭期限“杀价”杀到三日，不能多也不能少。这个三日不是顺嘴说出来的，不同于酒桌上罚酒三杯的三，或三人行必有我师焉的三——当然在诸葛亮说的这时候读者是不晓得其中的奥妙的。为了这个三日，作家不惜添上这样的“闲笔”：“第一日却不见孔明动静；第二日亦只不动。”这就如同《水浒传》中说的那句：“街上寻了三五日，不见消耗，林冲也自心下慢了。”可是读者诸君，这哪里是闲笔呢！第六日是“彤云密布，朔风渐起”，三日后入夜是“大雾漫天，长江之中雾气更甚，对面不相见……果然是好大雾”，这才是关键！没有大雪，火烧草料场的戏没法唱；没有大雾，草船借箭的戏也没法唱。你说是吗？只是陆虞候的大雪是等出来的，诸葛亮的大雾是算出来的，诸葛亮比陆虞候高明多了、聪慧多了。还有，陆虞候等雪是为了害人，诸葛亮算雾是为了自救，不是一个层次上的事情，虽是题外话，亦须明察。

第三个悬念：“望子敬借我二十只船……”

所谓悬念，是指高明的出牌者不按常理出牌给观者带来的思维上的困扰。于是诸葛亮又出状况。造箭的材料明明是箭竹、翎毛、胶漆等物，可诸葛亮却要起了船、人、稻草。不仅鲁肃“不解其意”，读者更是莫名其妙。幸亏鲁肃此次谨遵诸葛亮的嘱咐，“回报周瑜，果然不提起借船之事”，否则的话诸葛亮的计谋将要

① 毕飞宇：《小说课》，人民文学出版社 2017 年版，第 31～32 页。

泡汤了！在罗贯中笔下，周瑜的智力段位还是要高于鲁肃的，诸葛亮对此拎得清。

第四个悬念：“特请子敬同往取箭。”

鲁肃是诸葛亮草船借箭的全程亲历者、参与者，可对鲁肃来说，这第四个悬念就像是还没见生火煮饭，就听主人说，饭熟了，请入席！好令人惊讶！罗贯中讲故事、设置悬念的手段十分高明，能把悬念设置到谜底快要揭开的时候，叫读者的心一直提着。怎么取箭呢？一篇长长的《大雾垂江赋》请您欣赏！这仿佛又是一个闲笔，但从讲故事的角度看，却恰恰是一个吊胃口的妙笔！您不是很想知道诸葛亮、鲁肃是怎么取箭的吗？那么，请您欣赏满天的江雾以及前人写就的《大雾垂江赋》！这就是一波三折、曲径通幽的叙事笔法。

草船借箭故事以诸葛亮和周瑜的斗智为核心，连续设置四个悬念，既造成了故事人物之间的强对抗性，又渲染了惊心动魄的气氛。四个悬念环环相扣，一气呵成，如作文章一般，构成起承转合的关系：第一个悬念“吾决意斩之”是起，一个“斩”字一下子把之前略显平和的气氛带动起来，形成故事的张力。第二个悬念“只消三日，便可拜纳十万枝箭”是承，“箭”字进入读者的视野，并盘旋于读者的心中，怎么造？能按期完工吗？周瑜可是要斩你的！这是一种深深的担忧感。第三个悬念“望子敬借我二十只船……”是转，“船”字是核心、是关键，和“箭”字风马牛不相及，把读者的惯性思维给扭转、宕开，在紧张、担忧之外平添狐疑感，造成新的阅读体验。第四个悬念“特请子敬同往取箭”是合，“取”是关键字，故事快要结束了，谜底快要揭开了，可是读者还不知道是怎么一回事，带来一种惊讶感。由“斩”“箭”“船”到“取”，每个字都有强烈的心理冲击力，阅读心情也因此由紧张到担忧再到狐疑、惊讶，不断变化，非常奇妙。但不管情节怎么转，心情怎么变，作家始终让诸葛亮控制局面，从而凸显了诸葛亮的智慧以及他处变不惊的风范。

三、草船借箭故事的作用

草船借箭这个故事有什么作用和后果呢？

第一，突出了诸葛亮在赤壁之战中的作用。有了草船借箭以及随后的定计火攻，诸葛亮可谓全程参与了赤壁之战的推进过程，既为迎战曹操的政治决断发挥了关键作用，也为赤壁鏖兵的军事谋划和武器准备作出了重要贡献。

第二，丰富了诸葛亮的人物形象。作为一个斗智故事，展示诸葛亮的智慧是题中之义。诸葛亮的智慧展示表现在三个方面。一是诸葛亮运用智慧巧妙地化解了周瑜的刁难。这个故事告诉我们，在遇到看似无法解决的难题时，不妨打破习惯思维，发挥想象，运用奇特的、超常规的思维来切入问题，往往能收到意想不到的效果。当然这要以相当的知识储备为前提。二是诸葛亮运用智慧改变了自己身处的危险环境。周瑜因嫉妒而欲加害诸葛亮，诸葛亮则通过鲁肃明白地告诉周瑜：

> 为将而不通天文，不识地利，不知奇门，不晓阴阳，不看阵图，不明兵势，是庸才也。亮于三日前已算定今日有大雾，因此敢任三日之限。公瑾教我十日完办，工匠料物都不应手，将这一件风流罪过，明白要杀我。我命系于天，公瑾焉能害我哉！

这段话带有“平话”的痕迹，乃是借故事人物之口告诉读者本故事的意在哪里——平话常常是这样做的；但同时我们也要看到，这段话在情节发展中也是有作用的，它明确说破了周瑜的诡计和险恶用心，含有警告周瑜不要轻举妄动的意味。确实，在草船借箭之后到登坛祭风之前，周瑜并没有对诸葛亮起杀心，诸葛亮的处境是比较安全的，说明诸葛亮的警告收到了效果；再往后看，诸葛亮的这一警告（“公瑾焉能害我哉”）实际上还影响了三气周瑜以至于周瑜之死，作用不可谓不大。

三是诸葛亮运用智慧让自己有机会实际参与到赤壁之战的具体军事活动中，成为局内人而不是旁观者。我们看到，草船借箭故事是从诸葛亮有意说破周瑜的反间计以及鲁肃的访意开始的，而后才一步步走到草船借箭、定计火攻等军事活动，这不得不说是诸葛亮运用智慧的结果，因为诸葛亮作为东吴集团的局外人，本来是没有资格、没有可能参与东吴军事决策和军事准备活动的。另外，诸葛亮还能有机会亲自走上抗曹前线，也是运用智慧的结果。

除了展示诸葛亮的智慧之外，草船借箭还展示了诸葛亮一些其他方面的品质。首先，胸襟宽。诸葛亮是友军，是来襄助东吴抗曹保土事业的，周瑜却因嫉妒诸葛亮的才华而要加害于他，可谓气量狭小、难成大事；相反，诸葛亮为了共同抗曹事业相忍为安，并不当面说破周瑜的不公不义，只以巧劲化解危局，可以说是胸襟宽广、有人格风度的君子。其次，眼界高。草船借箭故事发生的背景是什么？孙刘联合抗曹。可故事自始至终，周瑜眼中只盯着诸葛亮，只一心想害死诸葛亮，而诸葛亮却除了防着周瑜之外，更把眼睛盯着曹操，深入前线，从曹操那里借箭。诸葛亮明白，周瑜再坏，那也是个人恩怨、是友军，真正的敌人在江对岸，那是奸臣奸贼，是要彻底消灭掉的。而且从后来诸葛亮一生的行事来看，这不是权宜之计，而是终生以之的信念。这是无比宝贵的美好品质。最后，勇敢有胆量。向敌人借箭听起来像是一个浪漫的、美妙的主意，其实充满了相当的危险性，尽管有江雾防护，但万箭齐发的场面又何其惊心动魄。想想看，能面临此境的人需要怎样的勇气胆量？可是诸葛亮不仅去了，而且还一边指挥草船受箭，一边“酌酒取乐”，表现出了从容不迫、儒雅镇定的气度。难怪杜甫有诗赞曰：“伯仲之间见伊吕，指挥若定失萧曹。”[①] 也难怪有人会把苏轼所刻画的“羽扇纶巾，谈笑间，樯橹灰飞烟灭”的儒将形象移到诸葛亮身上。读草船借箭中诸葛亮往曹营酌酒借箭的一段文字，果然有这样的感觉。

第三，稳固了情节发展的逻辑链条。情节发展是一个逻辑链

① （唐）杜甫：《咏怀古迹五首·其五》，（唐）杜甫撰，（清）仇兆鳌注：《杜诗详注》，中华书局 2015 年版，第 1243 页。

条，要经得起拷问和推敲。诸葛亮不在周瑜跟前展示一下自己的军事智慧和才能，不临阵获取寸功，何以令周瑜拜服？何以令周瑜向他问计？更进一步，后来周瑜能够让诸葛亮登坛祭风，完成赤壁之战前最关键的准备之一，实则和草船借箭之间也存在某种因果关系，即周瑜信服诸葛亮的结果。如此，草船借箭、定计火攻、问病周瑜、登坛祭风之间便形成环环相扣的情节发展链条，是周瑜在和诸葛亮斗智中处于下风之后的必然的后果（另一个必然的后果是周瑜要因此处心积虑地加害诸葛亮）。

第四，给后文的故事叙事预留伏笔或形成暗示。小说叙事除了讲究事与事之间的因果关系或逻辑联系亦即所谓情节叙事之外，还讲究这样的一种叙事法：在彼此不存在因果关系或逻辑联系的事与事之间构成某种关联性，或形成呼应，或形成暗示，或形成对照，等等。对于这样的叙事法，古代的小说批评家如金圣叹、毛宗岗等人都特别留意，必于其所批评的作品中着意钩沉并予以揭橥之。金圣叹所谓草蛇灰线法、背面铺粉法、弄引法、正犯法云云，即这方面的心得，至今为论者津津乐道。毛宗岗对《三国演义》亦有诸多独到的论述："吾以为三国有三奇，可称三绝。诸葛孔明一绝也，关云长一绝也，曹操亦一绝也。"[①] "《三国》一书，总起总结之中，又有六起六结。其叙献帝，则以董卓废立为一起，以曹丕篡夺为一结。"[②] 董卓废立与曹丕篡夺之间本无因果关系或逻辑联系，然而在作家的叙事安排中却遥遥地构成了某种关联性（呼应关系），此乃小说叙事之妙。

草船借箭故事中，有诸葛亮算雾并乘雾渡江一节文字，孤立地看，它似乎只是在提示向曹营借箭的一个必要条件，使曹操因雾而疑有伏兵，不敢下令追击只能胡乱放箭，此外别无他用。实则不然。我们看到，接下来将有诸葛亮登坛祭风一篇"大文字"，这是赤壁鏖兵之前一个关键性事件，也是诸葛亮神机妙算与天象气候"通灵""对话"的一个著名情节——这样的"通灵""对

① 王连熙、顾易生主编：《清代文论选》，人民文学出版社1999年版，第786页。
② 王连熙、顾易生主编：《清代文论选》，人民文学出版社1999年版，第788页。

话”在《三国演义》中还有一些——那么，这草船借箭中的诸葛亮算雾就和它有了某种关联了。诚然，算雾和借风在情节上没有必然的逻辑的联系，但读者在读到算雾的时候却有可能、甚至是不由得生发出联想，想到即将发生的借风事件，并感叹诸葛亮的神机妙算、妙通天理。也就是说，算雾这个情节不仅有提示作用，而且有暗示作用，它是登坛祭风这个大故事的引线和伏笔。

第三节　“状诸葛之多智而近妖”

诸葛亮是《三国演义》赤壁之战叙事中需要着力塑造的首要的人物形象，作家意欲在其中表现他的智慧、才干、勇敢和忠义，而尤以表现智慧为先。诸葛亮要以智慧鼓动东吴人物抗曹并坚定其信心，要以智慧获取赤壁之战对于曹操的胜利，要以智慧和周瑜斗智斗勇却又斗而不破，要以智慧建立孙刘联盟不负刘备的使命，要以智慧全身而退摆脱周瑜的陷害……诸葛亮在赤壁之战中的诸多作为向来为人们津津乐道，作家对诸葛亮的形象描写和角色定位是得到了万千读者认可的。但是从小说艺术创作的角度看，赤壁之战叙事中的诸葛亮形象是成功的还是有缺憾的呢？这历来是存在争议并颇值得研讨的。

本节的论述关键词：性格描写。

一、鲁迅的评语

尽管草船借箭故事展示了诸葛亮多方面的形象和品质，但我们必须说，作为一个斗智故事，它的主要创作宗旨还是在于展示智慧——“状诸葛之多智”。其实不仅草船借箭，赤壁之战中乃至《三国演义》中其他许多故事都意在“状诸葛之多智”。借东风的时候，诸葛亮运用智慧成功逃离险境，转危为安；东吴招亲的时候，诸葛亮授锦囊妙计成功化解诸多困境；火烧连营的时候，诸葛亮巧布八阵图；略定西南的时候，诸葛亮运用智慧打败蛮兵，又降服孟获；唱空城计的时候，诸葛亮运用智慧吓退了司马懿的大军；甚至诸葛亮病逝之前，还运用智慧让蜀汉大军安全撤退。一部《三国演义》，有一多半的篇幅（从第三十六回到第一百零五回）是在讲诸葛亮的故事，而尤其乐道诸葛亮的智慧故事，次数如此之多，使诸葛亮几乎成了智慧的化身和代名词。民间至今有谚语“三个臭皮匠，顶个诸葛亮”，称道的就是诸葛亮的智慧。从文学形象刻画的角度看，《三国演义》中的描写使诸葛亮的形象有神化和刻板化的感觉，使读者觉得一切都在诸葛亮的掌握之中，一切都在诸葛亮的神算之中，只要诸葛亮出马，一切问题都会迎刃而解。《三国演义》不是神魔小说，其故事讲述也基本上走的是历史写实主义的路线，但诸葛亮的形象却有些魔幻，不是神而近乎神。其实诸葛亮的形象还有其他的方面，但不幸的是，一般人都把它忘记了。人们只记得诸葛亮身上那充满神性的智慧。鲁迅先生对此批评道：“至于写人，亦颇有失，以致欲显刘备之长厚而似伪，状诸葛之多智而近妖。”[①] 鲁迅的批评是有道理的。然而，作为《三国演义》的读者，却不能止步于此，需要追问几个为什么——古人在劝学时说“学而不思则罔，思而不学则殆”[②]。今人也说，读书做学问要有问题意识。我们有些人读书时不肯费脑筋，做一个念经的小和尚，做一个思考的懒汉，这是不对的。不追问几个为什么，读书怎么能益智呢？开卷怎么能有益呢？囫囵吞枣、稀里糊涂，书读得再多也是没有意义的。

二、“多智”和性格描写

“状诸葛之多智而近妖”这句批语是什么意思呢？它说的是小说人物形象塑造问题。鲁迅只不过例举诸葛亮这个形象个案来关注这个问题罢了。小说创作就其大端而言无非二事，一是叙事，二是写人，那么，小说写人是写人的什么呢？写人的生平经

---

① 鲁迅：《中国小说史略》，上海古籍出版社 1998 年版，第 87 页。

② （清）阮元校刻：《十三经注疏（清嘉庆刊本）·论语注疏》，中华书局 2009 年版，第 5348 页。

历吗？写人的外在形象吗？写人的才华能力吗？写人的社会网络吗？写人的思想内涵吗？写人的情感表现吗？写人的社会贡献吗？这些或许都能写到，但好像都没说到点子上。金圣叹经过长期对《水浒传》的揣摩研读，悟出小说写人的关键乃是要写出人物的性格，也就是说通过对人物语言、动作的分析，能够将此人与彼人很好地区分开来，人物的区分度靠的是人物说话的神态、腔调、习惯以及举手投足的与众不同，而不是他的相貌、他的才华、他的思想或他做了别人不曾做过的某件事情。金圣叹的见解可谓独到，批评可谓深刻。他说：

> 或问：施耐庵寻题目写出自家锦心绣口，题目尽有，何苦定要写此一事？答曰：只是贪他三十六个人，便有三十六样出身，三十六样面孔，三十六样性格，中间便结撰得来。[①]

金圣叹又说："独有《水浒传》，只是看不厌，无非为他把一百八个人性格，都写出来。"还说："《水浒传》写一百八个人性格，真是一百八样。若别一部书，任他写一千个人，也只是一样；便只写得两个人，也只是一样。"又说："如今却因读此七十回，反把三十六个人物都认得了，任凭提起一个，都似旧时熟识，文字有气力如此。"[②] 金圣叹的反复陈说，突出了性格在小说人物形象塑造中的意义。性格描写也是现代小说理论的核心内容之一，恩格斯有一段著名的话："每个人都是典型，但同时又是一定的单个人，正如老黑格尔所说的，是一个'这个'，而且应当是如此。"[③] 黑格尔说的"这个"和恩格斯说的"典型"，强调的就是人物的区分度，当是就是性格描写；金圣叹的性格论具有小说理论现代性的意义。

人物形象是立体的，人物性格是变化的，相应地，小说中人

① （清）金圣叹：《读第五才子书法》，（清）金圣叹著，曹方人、周锡山标点：《金圣叹全集》，江苏古籍出版社1985年版，第17页。

② （清）金圣叹：《读第五才子书法》，（清）金圣叹著，曹方人、周锡山标点：《金圣叹全集》，江苏古籍出版社1985年版，第19页。

③ 《马克思恩格斯选集》第4卷，人民出版社1972年版，第453页。

物形象塑造也应该具有性格的多样性和流动性，而不应该是单一的和固定的。在小说，特别是长篇小说的人物描写中，性格单一是写作大忌。比如李逵，粗犷是他性格的基本面，但不妨有时候写他细心、要滑；比如林冲，行事谨慎是他性格的基本面，但不妨有时候写他肯“豁出去”。如此，人物形象才有血有肉、多姿多彩，否则容易扁平化、脸谱化。还要可信，就是要让读者觉得，他这样的人就应该是这样的性格。性格描写要与人物的出身、地位、生活环境、成长经历、遭遇等相一致、相关联、相适应。比如粗犷和行事谨慎两种性格就不能在李逵和林冲之间互换，换了就不可信了。林冲是八十万禁军教头，有家室妻小、地位前程，怎么能像鲁达、李逵、张青、三阮那样行事呢？他怎么能时时都不瞻前顾后，一副要“豁出去”的样子呢？他怎么能像个愣头青呢？这是不行的。对于其他水浒英雄，情况也是一样。另外，高明的小说家还要善用、巧用人物的对比描写，让人物性格在对比中更加突出、更加个性化。比如林冲的娘子被高衙内欺负了，鲁达要带一帮子泼皮替林冲出头，去收拾高衙内，却被林冲委婉地劝止了，这样的情节就巧妙地让鲁达、林冲这两位英雄有不同的个性表现，使人物既可信又有很好的区分度，给读者留下深刻的印象。

回过头来看“状诸葛之多智而近妖”的评语，其中包含了这样几层批评的意思。

第一，“多智”不是性格描写。前一句中形容刘备的所谓“长厚”是指道德，本句中形容诸葛亮的所谓“多智”是指能力(智力)，都不是心理学范畴的性格。说某人聪明是很难将他和其他人区分开来的。诸葛亮的聪明和周瑜的聪明、曹操的聪明、司马懿的聪明在心理学意义上有不同吗？没有。因为这不是心理学问题而是“智力”问题。在人物塑造中，聪明是没有意义的，要聪明（如蒋干）才有，说某人爱耍聪明是性格描写，能够将他和其他人区分开来。

第二，“诸葛之多智”并不是不能写，问题是不能从头到尾单写这一项。人的生活是多样的，情感是多样的，性格特征是多样的，因此表现在文艺作品中的形象面貌也是多样的。即便诸葛亮作为历史人物，作为“大人物”，他也有喜怒哀乐，也有七情六欲，也有自己的癖好、习性，也有自己待人接物的方式方法，他的性格不能仅表现为智慧。问题不在于有没有，而在于作家肯不肯动脑筋、花心思去发现、去挖掘、去写。这是从艺术逻辑上说的。上升到哲学层面，和而不同、多样性的统一乃是万物应有的生态，人物形象塑造也应该寻求人物性格多样性的统一，而不是单一性。

第三，“状诸葛之多智”还应该把握一个度，不能描写过度、形容过头，否则会适得其反，使人物形象神秘化、妖魔化，失真、“近妖”。像草船借箭中诸葛亮的智慧描写是比较适度的，虽在意料之外却在情理之中。但像诸葛亮智算华容以及之后在美人计中授赵云锦囊妙计等故事，把诸葛亮渲染得神乎其神，一切都在其妙算之中，就有些过分了。不是说诸葛亮不是这样有智慧的人，也不是说生活中没有这样智慧超群的人，而是说要看怎样写，要写得让人相信他的超然智慧是可信的、合情合理的、不掺假的。《三国演义》中诸葛亮的智慧是一个不证自明的、先入为主的、先验的存在，民间早已把它给框定好了，不是小说情节本身逻辑发展的结果。这才是问题的要害。

说诸葛亮形象“近妖”不是指他在有些故事中装神弄鬼的情节。装神弄鬼、故作玄虚确实给人以“近妖”的感觉，但有时候却是情节发展所必需的，不是“状诸葛之多智而近妖”这一批语中所包含的意思。比如说七星坛诸葛祭风，里面有这样的文字：

孔明说：“亮虽不才，曾遇异人，传授人门遁甲天书，可以呼风唤雨。都督若要东南风时，可于南屏山建一台，名曰‘七星坛’……亮于台上作法，借三日三夜东南大风，助都督用兵何如?”……孔明于十一月二十日甲子吉辰，沐浴斋戒，身披道衣，跣足散发，来到坛前，……孔明缓步登坛，观瞻方位已定，焚香于炉，注水于盂，仰天暗祝，下坛入帐中少歇，令军士更替吃饭。孔明一日上坛三次，下坛三次，却并不见有东南风。

什么“奇门遁甲天书”，什么“呼风唤雨”“助都督用兵”，什么“沐浴斋戒，身披道衣，跣足散发”“焚香于炉，注水于盂，仰天暗祝”云云，活脱脱一个蛊惑人心的妖道形象，令人想到的是神话中作雾的蚩尤，而不是忠义、辛劳的诸葛亮。那么，这是读者的心错付了？还是作家的笔头不听使唤？都不是。因为这里的形象刻画是情节发展所必需的，诸葛亮形象越“妖道”，越有利于情节发展——他要借此脱身。他已经协助周瑜做好了赤壁鏖兵之前的一切准备工作，他已经在周瑜面前暴露了自己太多的智慧，他已经开药方治好了周瑜的心病，换言之，接下来无论如何周瑜是不会饶过他的。他已经自己把自己逼到了绝境，自己把自己架在火炉上。他必须想办法脱身。如何脱身？装神弄鬼啊！故弄玄虚啊！其实东风不是借来的，是天定的，借不借都是那么回事儿——难道不是吗？诸葛亮心里清楚，读者心里也清楚。但他要瞒过周瑜，瞒过鲁肃，瞒过徐盛、丁奉等二百个杀气腾腾的刀斧手和弓弩手，瞒过七星坛上执旗守坛的一百二十个军士，要逃离周瑜给他布下的天罗地网！诸葛亮要使用障眼法。诸葛亮要作妖——作得越厉害，越能逃出生天，反之，稍有破绽，在劫难逃。你说这里能不“状诸葛之多智而近妖”吗？除此别无他法。诸葛亮嘱咐守坛将士：

> 不许擅离方位，不许交头接耳，不许失口乱言，不许失惊打怪，如违令者斩！

此外又“一日上坛三次，下坛三次”，弄得活像真的。其实诸葛亮吃透了当时人们崇信道术的心理，吃透了周瑜迷信他能呼风唤雨的心态。四个“不许”以及次数多得令人熟视无睹的上坛、下坛，给天罗地网扎下窟窿。他正是利用了自己“近妖”的形象成功脱身。

三、智算华容道

举一个操作过度的例子：诸葛亮智算华容。《资治通鉴》：

> 顷之，烟炎张天，人马烧溺死者甚众。瑜等率轻锐继其后，雷鼓大震，北军大坏。操引军从华容道步走，遇泥泞，道不通，天又大风，悉使羸兵负草填之，骑乃得过。羸兵为人马所蹈藉，陷泥中，死者甚众。刘备、周瑜水陆并进，追操至南郡。[①]

看见没有？历史上是有曹操败走华容的事情，但跟诸葛亮、关羽没有关系，史书上找不到诸葛亮智算华容的证据。不过，如前所述，小说可以编，不受史实的约束。问题是要编得好、编得巧，编得合情合理，编得没有破绽。《三国演义》想突出诸葛亮在赤壁之战中的作用，显示诸葛亮的智慧，因此写诸葛亮智算华容的故事，让诸葛亮在赤壁之战的收尾阶段也能主导局势，这可以理解。可惜做得过了，露出破绽。破绽在哪里呢？破绽在让关羽守华容道。当时刘备就提出质疑："吾弟义气深重，若曹操果然投华容道去时，只恐端的放了。"长厚的刘备能想到的问题难道多智的诸葛亮想不到？只是诸葛亮的解说过于牵强附会："亮夜观乾象，操贼未合身亡。留这人情，教云长做了，亦是美事。"真是岂有此理！可以说通过观测气象算出几天后有江雾，也可以说通过了解特定的地形气候条件知道隆冬时节会刮东南风，但说可以通过观察乾象（日月星辰的运行）掐算出某人的生死，未免有些大言欺人，很难叫人信服。诚然，汉朝人信谶纬、信灾异，认为人的生死是由上天决定的，古时候也确有一批算人生死的术士讨生活，但从小说人物形象塑造方面看，不得不说是一个创作艺术的硬伤。当时的读者出于对诸葛亮的崇敬、出于对"死生有命"的执念或许可以原谅，后世的读者又怎么可以原谅呢？这不是"近妖"又是什么？曹操在赤壁之战时没有立刻去世，还多活了十年有余，这个史实是没法糊弄过去的，而作家又想让诸葛亮在此时显神通，戏耍曹操，那怎么办呢？便设置关羽守华容道这个情节。叫别人守不行——赵云不行，张飞不行，糜竺、糜芳、

① （北宋）司马光编著：《资治通鉴》，中华书局2007年版，第769页。

刘封不行，公子刘琦也不行。为什么不行呀？因为叫这些人尤其是叫勇将赵云、张飞守就无法达到作家想要的效果——他们不会放过曹操的，他们也没有理由放过曹操。而曹操若死了这戏就没法再往下唱了，所以不行，必须换成关羽。恰巧关羽和曹操之间此前有一桩人情公案，人尽皆知，尚不曾勾销掉。关羽下邳兵败后滞留许都，曹操“礼之甚厚”：封官拜爵，赐金赠美，另加一匹赤兔马——此后赤兔马、青龙偃月刀成了美髯公的形象标配。曹操想要以此挽留关羽，关羽说：“吾极知曹公待我厚，然吾受刘将军厚恩，誓以共死，不可背之。吾终不留，吾要当立效以报曹公乃去。”① 关羽在白马之战中诛杀颜良，有神勇表现②。关羽离开曹营时有人欲追击，曹操说：“彼各为其主，勿追也。”③ 小说还因此敷衍出封金挂印、过关斩将、千里走单骑的动人故事。关羽是个重情重义的人——至少小说是要这么塑造关羽的，所以曹操的美意和人情必须要还，不还，则关羽为失信负义之人，作家无法向读者交代。而且从艺术上讲，前有伏笔则后须照应，关羽欠了曹操人情后却再无下文，不啻是一个艺术上的大窟窿。所以作家分派关羽守华容道正合适。曹操、关羽此后再无交集，这是关羽还曹操人情的最后机会。

一是要显示诸葛亮的神机妙算，二是不能叫曹操在华容道上死掉，三是还可以勾销掉关羽、曹操之间的人情公案。几下里一合计，这安排真是再稳妥、再绝妙不过了，让诸葛亮智算华容有了交代。“亮夜观乾象，操贼未合身亡”，对刘备有了交代；不让赵云等守华容，对曹操有了交代；“留这人情，教云长做了”，对关羽有了交代。罗贯中不愧是大作家，难为他煞费苦心，把这件事考虑得如此周全，以致使我们差点忽略掉深藏于其中的一个悖论、一个死结：他必须让一个应该被毫不容情地处死的人继续活

---

① （西晋）陈寿撰，（南朝宋）裴松之注：《三国志》，中华书局 1982 年版，第 940 页。

② 《三国演义》写关羽亦诛文丑，是小说家言，非是。

③ （西晋）陈寿撰，（南朝宋）裴松之注：《三国志》，中华书局 1982 年版，第 940 页。

着！1加1必须等于2又不能等于2。实际上这种安排使作家把自己逼上了绝境。曹操是什么人？天下之大敌，汉室之贼也，人人得而诛之，岂容有半分半毫的犹豫和容情？助刘备翦灭曹操、为天下除患是大公义，亦系诸葛亮毕生事业所在，若因关羽还曹操人情的小私心废却此大公义，则刘备情何以堪？诸葛亮情何以堪？这于诸葛亮公而忘私的形象塑造是非常不利的。而曹操又确实不能在这个时候死掉。无奈之下，作家做了艺术化处理，用诸葛亮能夜观乾象、知人生死的无稽之谈来糊弄读者、蒙混过关。这是艺术作弊，或者说是艺术上的偷懒。当然，相应地，诸葛亮对于关羽私放曹操的通敌行为也只高高举起，轻轻放下，潦草处理。

四、空城计的过度“多智”

智算华容故事中有像“亮夜观乾象，操贼未合身亡”这样描写过度从而使形象“近妖”的明显的艺术硬伤，也有更隐蔽的描写过度“多智”故事，如空城计。空城计是一个怎么样的情况呢？

> 孔明分拨已定，先引五千兵退去西城县，搬运粮草。忽然十余次飞马报到，说：“司马懿引大军十五万，望西城蜂拥而来！”时孔明身边并无大将，止有一班文官；所引五千军，已分一半先运粮草去了，只剩二千五百军在城中。……懿笑而不信，遂止住三军，自飞马远远望之，果见孔明坐于城楼之上，笑容可掬，焚香操琴；左有一童子手捧宝剑，右有一童子手执麈尾，城门内外有二十余百姓，低头洒扫，傍若无人。懿看毕大疑，便到中军，教后军作前军，前军作后军，望北山路而退。次子司马昭曰：“莫非诸葛亮无军，故作此态？父亲何故便退兵？”懿曰：“亮平生谨慎，不会弄险。今大开城门，必有埋伏。我兵若进，中其计也。汝辈岂知？宜速退！”于是两路兵尽皆退去。孔明见魏军远去，抚掌而笑。

这段文字看上去不像智算华容道那样有艺术硬伤，纯以平实白描取胜，但细细考究之下却可发现有描写过度、夸张失实之嫌，只是比较隐蔽而已。问题在哪里呢？问题在于司马懿退兵太轻率、太突然、太莫名其妙了。作家大概也意识到有这个问题，所以在讲述时反复地渲染、铺垫、夸饰，以便使人相信司马懿是非退兵不可的。其一，前军哨到城下，见了如此模样，皆不敢进；其二，司马懿本人亲临观察，看毕大疑，二话不说，立刻撤军；其三，司马昭提出无兵的疑问，遭司马懿否决，理由是诸葛亮“平生谨慎，不曾弄险。今大开城门，必有埋伏。我兵若进，中其计也”；其四，诸葛亮揭开空城计谜底，即司马懿所言；其五，众官叹服诸葛亮神机妙算；其六，后人诗赞；其七，诸葛亮说：“吾若为司马懿，必不便退也。”足足七条理由，七个方面书写诸葛亮之神，但其实只有一条：诸葛亮是谨慎的人，一定是不肯弄险的，之所以现在这样，是要引诱我们中计上钩。当然关于这一条，之前是有过铺垫的。第九十五回开头，司马懿刚进蜀时就说：“诸葛亮平生谨慎，未敢造次行事。若是吾用兵……他非无谋，但怕有失，不肯弄险。”为空城计中司马懿退兵埋下伏笔。艺术创作的逻辑也是逻辑，是要经得起拷问和推敲的。我们再来看司马懿不退兵的理由，有三方面。其一，司马懿说：“西城虽山僻小县，乃蜀兵屯粮之所，又南安、天水、安定三郡总路，若得此城，三郡可复矣。”西城既如此重要，必得司马懿领军，必得有十五万人进兵，亦必得有一场恶战方可得之。袁绍的乌巢，曹操可是费了九牛二虎之力才烧掉的，难道司马懿想不费一矢一卒，就唾手得到诸葛亮的西城重地？那太奢侈了。其二，司马懿是名将，十五万大军从长安赶过来一趟也不容易，而且新得街亭，为胜利之师，却竟然只凭诸葛亮不肯弄险之一念即行退兵，没有其他的战斗预案（如安营扎寨、围而不打等），未免把征战之事当作儿戏，也与其名将身份不符。此时司马懿是进攻方，诸葛亮是防守方，空城计却给人以攻守易位的错觉。这是把战争决策简单化了。其三，司马懿决定退兵前是亲自侦察过的，他“自飞马远远望”，“见孔明坐于城楼之上，笑容可掬，焚香操琴”，旁边有两童子捧剑、执麈侍候，看得这么清楚，说明距离已经相当近了，这时候司马懿竟然只让他的十五万兵马静立而未派出他的神射手？而且“城门内外，有二十余百姓，低头洒扫，傍若无人”，即使城中有埋伏，司马懿竟然不做一次试探性的进攻——哪怕只有一次——就退兵？太不可思议了！诸葛亮可是蜀国的灵魂人物啊，抓住他一切皆休，而他此刻就在眼前，远道而来的司马懿却轻易地放过了他！其间没有江的阻隔，没有雾的困扰，没有勇将霸桥当关，只有诸葛亮“平生谨慎，不曾弄险”这道护身符，多么不可靠也多么不可信啊！

《三国志·蜀书·诸葛亮传》记载：

> 魏明帝西镇长安，命张郃拒亮，亮使马谡督诸军在前，与郃战于街亭。谡违亮节度，举动失宜，大为郃所破。亮拔西县千余家，还于汉中，戮谡以谢众。[①]

失空斩中，失街亭、斩马谡是史实，唯空城计事出于虚无，是作家编造出来以凸显诸葛亮“多智”的。毕竟是小说嘛，这未尝不可，诸葛亮是故事中正面的、主要的人物，时时不能忘记他。问题是要写得牢靠，不能过头，过头了就无法取信于读者，造成艺术硬伤。十五万大军浩浩荡荡开进西蜀夺取战略要地，主帅亲临一线侦视敌情，而敌方的统领又近在咫尺，近在目力所及的范围内——这就像一架天平，一边说退兵，一边说不退兵，两边都在加砝码、讲理由，试图说服读者倾向自己这一边。那就得拿出过硬的理由，而不是把诸葛亮“平生谨慎，不会弄险”这个理由妖魔化、神秘化，致使人物形象描写失实“近妖”。空城计故事的失误就在这里。

鲁迅“状诸葛之多智而近妖”讲的是人物形象塑造问题，但其中所谓“近妖”不是指人物的外在形象状貌，而是指人物形象塑造要真实可信，可以形容、夸饰，却要把握尺度，不能过。

① （西晋）陈寿撰，（南朝宋）裴松之注：《三国志》，中华书局1982年版，第922页。

《三国演义》在写诸葛亮时就有一些过度的形象描写，须细辨之。

第四节 诸葛亮的“读心术”

小说叙事艺术中常见的评价术语除了性格描写之外还有心理描写。心理描写是表现人物性格特征的手法之一，作家作为叙事者，不仅可以超越具体时空限制，描写不同叙事场景中人物的语言、对话、行事、活动等，而且可以由外向内，走进人物的心灵世界，呈现人物内心的所思所想。心理描写是小说相对于其他文体的一大优势。然而，东西方小说在心理描写上有不同的表现和特征，小说创作中存在所谓“中国式心理描写”。《三国演义》赤壁之战叙事中就有多处运用了中国式心理描写，很好地推进了故事情节叙事。

本节的论述关键词：心理描写。

一、中国式心理描写

继续看“状诸葛之多智而近妖”这个问题。

在上一节的讨论中，笔者有些“鸡蛋里挑骨头”。尽管《三国演义》中一些斗智故事有些过度或不太牢靠，但总体上看还是实在的、有趣的、值得称道的，和神魔小说、神话小说中那些天马行空的斗智故事有本质的不同，读者也基本上选择原谅，长久以来始终保持着对它们的热情。那么，为什么会这样呢？读者选择原谅的理由是什么呢？

《三国演义》的写作重心在叙事而不在写人，而且其故事叙事大体上被既有历史框定了，作家并没有太多自由发挥的空间，属于“戴着镣铐跳舞”，所以过分追究作品在人物形象塑造方面的成败得失可能有些文不对题、不得要领。因为作家写作时始终存有平实讲故事的良好愿望，尽可能地在历史事实、文献记载、故事叙事、主题表现、形象塑造等诸因素间维持平衡，只是当无法兼顾时才偶尔露个破绽，实是可以理解和原谅的。比如说智算华容道，假如不开"亮夜观乾象，操贼未合身亡"这扇天窗，那么该如何让曹操既逃不过诸葛亮的手掌心又不会被诸葛亮现时擒获呢？比如说空城计，假如不让司马懿执着于诸葛亮"平生谨慎，不曾弄险"这个念头，该如何退得司马懿汹汹而来的十五万大军呢？历史上没有司马懿生擒诸葛亮之事啊！于是也没有更好的办法。所以，读者只能选择原谅。

以上是从比较消极的方面来看待诸葛亮的形象塑造的，但实际上还有积极的方面，也就是在诸葛亮的形象塑造上比较成功的地方。是什么呢？就是在各种有关诸葛亮的智慧故事中巧妙运用了心理描写——不是现代文艺创作中那种直接的、直白的、片段的心理描写，而是隐藏于字里行间的那种看不见的心理描写，这是中国古代小说创作中常见的手法。

在有关诸葛亮的智慧故事中，有很多这样的心理描写，是诸葛亮对其他人物个性与心理的认知和把握，我们不妨认为是诸葛亮的"读心术"。所谓斗智，是人与人之间的智力较量，不仅要靠知识的积累和运用，还要求斗智者深刻把握对方的心理，并巧妙灵活地使之为我所用。这就是读心。谋智重在谋心，读懂对方的心理是斗智者取胜的一个法宝。兵法上说，上兵伐谋，其次伐攻①，表现在斗智上，所谓伐谋，就是解读、把握对方的心理状态、心理特征；所谓伐攻，就是比拼硬智力。斗智和兵法在内在理路上是一致的。

然而，俗语说得好，"知人知面不知心"，他人的心理状态是极难感知的，即使感知了，用语言文字把它描述出来也非常不容易。再者，从讲故事的角度看，静态的心理描写并不受中国听众欢迎，因而在传统小说创作中没有市场。传统小说创作依靠直接叙事以及人物的语言、动作来推动情节发展，人物的心理状态隐藏于人物的语言、动作之中，并非显性的呈现。也就是说，这样的人物语言、人物动作耐咀嚼、耐品味，背后有很多潜台词，有

① 《孙子兵法·谋攻》："故上兵伐谋，其次伐交，其次伐兵，其下攻城。"

人物的心理活动做支撑，细心的读者能够从字里行间寻绎出当事人的当下意念和心理状态，从而读出作品的意蕴和厚度。

《三国演义》就是这样的作品。《三国演义》在写诸葛亮智慧故事的时候，全是白描性的人物语言、人物动作，但我们分明能够读出诸葛亮的心理活动，叹服他对他人个性和心理的把握和运用。诸葛亮不愧是读心的大师，智慧超群，他之所以能够智压对手，就赢在他比其他人更能读懂人心。

二、草船借箭的“三心”

还是以草船借箭为例吧。

草船借箭是发生在诸葛亮和周瑜之间的一个斗智故事，假如把它看作舞台上的一部戏，那么诸葛亮无疑是一号主角，周瑜是二号主角，但此外还须有一个在两个主角之间穿梭往来的、起穿针引线作用的角色——鲁肃，少了他这戏就没法唱了，因为两个主角有心结，需要有人疏通排解。当然，还有一个角色，虽然有台词但可以把他看作背景人物，那就是曹操，他也是少不了的。这四个人物共同演绎了抑扬顿挫、悬念迭出、波澜起伏的草船借箭故事。但各个人物在本戏中如何入戏以及何时入戏，主动地入戏或是被动地入戏，除了决定于情节发展的客观情势之外，还有一个基础、一个前提、一双看不见的手，那就是一号主角诸葛亮的巧妙读心，亦即他对周瑜、鲁肃、曹操三人个性的精准把握和适时运用。

简要地说，周瑜、鲁肃、曹操三人有三心，那就是周瑜的嫉妒心、鲁肃的实在心、曹操的多疑心。若不是这三人的三心，草船借箭的戏既演不起来也演不下去。

草船借箭是紧接着反间计发生的故事，它的起因是什么呢？它的起因正是反间计。反间计是周瑜利用蒋干巧杀曹操水军将领蔡瑁、张允的故事，除掉了横在周瑜心头的曹操水军大患，是《三国演义》设计的独立展示周瑜智慧的著名故事之一，是真正属于周瑜（没有假手诸葛亮、庞统、黄盖或其他人）的高光时刻，正因如此，周瑜对此事是非常得意的，对鲁肃说：“吾所患者，此二人耳。今既剿除，吾无忧矣。”曹军是北方人，不习水战，新得荆州蔡、张，弥补了此劣势，却成为周瑜的心腹之患，现在心腹之患既除，周瑜为之高兴、大喜属人之常情，是可以理解的。问题是周瑜嫉妒诸葛亮的聪明，他想要搞清楚诸葛亮知不知道他施的绝妙反间计，于是派出鲁肃探访诸葛亮。他为什么不自己出马而是派鲁肃呢？一是他的身份“高贵”，又和诸葛亮不熟，且不知道诸葛亮是不是可以和他进行智力对话的那个人；二是鲁肃是他的心腹，又跟诸葛亮要好，可以探听“真实的”诸葛亮。周瑜的算盘打得很响。

然而，凭借诸葛亮对周瑜个性的了解，这一切尽在诸葛亮的掌握之中，当鲁肃来到诸葛亮住的小船上的时候，诸葛亮已尽知来意。这时候，他要考虑两个问题：一是如何利用周瑜的嫉妒心让自己巧妙进入赤壁之战的发展进程之中；二是如何把鲁肃巧妙地用起来。对于前者，诸葛亮决定“置之死地而后生”，先让周瑜因“心怀妒忌”而“寻事害亮”，然后再见机行事、巧妙解脱；对于后者，诸葛亮知道鲁肃是个实在人，虽然跟自己交好，但毕竟是东吴的人、周瑜的心腹，所以既要让鲁肃替自己传话、做事，又要拿捏好分寸，且不能跟鲁肃明讲此意，否则会弄巧成拙。为此，他要让鲁肃明白，真心实意向周瑜输诚，把他的一切情况皆告知周瑜，会有严重后果，会对不起他这个老朋友。他要暗示鲁肃对周瑜有时候须“留一手”。当然，只能暗示，不能明讲，明讲就等于是全盘告诉周瑜了，那底下的事情就没法做了！那么，怎样才能让鲁肃知道哪些话该讲、哪些话该留呢？于是诸葛亮让鲁肃见识周瑜的手段，毕竟鲁肃跟周瑜不一样，出于大局兼私谊，他还是想保诸葛亮无生命之虞的。因此，诸葛亮必须表现得比周瑜更聪明、更智慧，激发出周瑜的嫉妒心。

以上便是诸葛亮见到鲁肃来访时的心理活动——当然，这是读者的分析，作家并没有这么写。作家只写了诸葛亮和鲁肃之间的对话。对话的主旨是，我诸葛亮知道周瑜你派鲁肃来的目的是打探我知不知，我一切尽知，他只能骗过曹操，根本骗不了我。诸葛亮就是要让周瑜明白，他比他聪明。诸葛亮也不用担心周瑜会不知道，因为有鲁肃做忠实的传声筒。所以，诸葛亮对鲁肃说："望子敬在公瑾面前，勿言亮先知此事。恐公瑾心怀妒忌，又要寻事害亮。"这叫什么？这叫反向鼓励法，"在公瑾面前勿言"就是"一定要在公瑾面前说"的意思。诸葛亮对鲁肃的这句逆向交代很重要，可谓有三个目的。第一，鲁肃"回见周瑜，把上项事只得实说了"——想想看，诸葛亮临别时特意叮嘱过的，实在人鲁肃怎能不悉数实说呢？第二，"此人决不可留，吾决意斩之。""吾自有公道斩之，教他死而无怨。"周瑜是个"小心眼儿"的人，诸葛亮就是要给他创造一个陷害自己——"寻事害亮"——的机会，这毋庸多言。第三，"吾曾告子敬，休对公瑾说，他必要害我。不想子敬不肯为我隐讳，今日果然又弄出事来"。在诸葛亮向周瑜保证三日内造十万支箭之后，第三个目的容易被读者忘掉，然而这正是作家的叙事缜密处。唯有这第三个目的，才能让鲁肃明白，不对周瑜"留一手"，会将诸葛亮置于险境；而有了这第三个目的，诸葛亮这次叫鲁肃不要向周瑜透露为他所做的材料准备事项的特意叮嘱才有效，"只不可又教公瑾得知。若彼知之，吾计败矣"。鲁肃"果然不提起借船之事"，没有重蹈覆辙，并耐住性子看诸葛亮如何完工。

可以看出，诸葛亮对周瑜、鲁肃的个性与心理拿捏得很精准，特别是对实在人鲁肃的巧用（透过鲁肃向周瑜传话、让鲁肃背着周瑜备借箭的材料、跟鲁肃一同去借箭）真是令人拍案叫绝。此外，草船借箭得以成功，还有赖于诸葛亮对曹操心理的把握和运用。曹操有什么心理？曹操有"疑心病"。他对什么人都不放心，他对什么事都不放心。何由知之？周瑜施的反间计就是一例。曹操新得的荆州水军降将蔡瑁、张允正好用来训练水军，弥补己方之不足，可是他们可靠不可靠？他们会不会假投降真反水？俗话说，用人不疑，疑人不用。曹操的"疑心病"给了周瑜可乘之机，使反间计得以成功实施。其实曹操的"疑心病"非此一例，早在曹操初登场不久时，就发生过一件他因"疑心病"而残杀恩人吕伯奢全家的事情，并留下"宁教我负天下人，休教天下人负我"的千古名言，其文曰：

伯奢拜陈宫曰："小侄（指曹操）若非使君，曹氏灭门矣。使君宽怀安坐，今晚便可下榻草舍。"说罢，即起身入内，良久乃出，谓陈宫曰："老夫家无好酒，容往西村，沽一樽来相待。"言讫，匆匆上驴而去。

操与宫坐久，忽闻庄后有磨刀之声。操曰："吕伯奢非吾至亲，此去可疑，当窃听之。"二人潜步入草堂后，但闻人语曰："缚而杀之，何如？"操曰："是矣！今若不先下手，必遭擒获。"遂与宫拔剑直入，不问男女，皆杀之，一连杀死八口。……伯奢回头看时，操挥剑砍伯奢于驴下。

"说罢，即起身入内，良久乃出"，一可疑也；"忽闻庄后有磨刀之声"，二可疑也；"但闻人语曰：'缚而杀之，何如？'"，三可疑也；再加上"吕伯奢非吾至亲"，可疑变成了铁证，九条人命便丧于剑下。曹操"疑心病"之重可见一斑。虽是前事，诸葛亮哪能不知道呢？关键是如何利用曹操的"疑心病"来为自己服务。恰巧江上起了大雾，给激发曹操的"疑心病"创造了条件，"操传令曰：'重雾迷江，彼军忽至，必有埋伏，切不可轻动。可拨水军弓弩手乱箭射之。'"心态、口吻和当年凶杀吕伯奢全家时别无二致。诸葛亮再添把柴火，命船上人擂鼓呐喊，更加重了曹操的"疑心病"。

前文我们通过故事的悬念设置分析草船借箭，这里我们变换角度，通过诸葛亮的读心术分析草船借箭，好故事的写作值得我们从不同的、更多的角度去反复阅读、仔细品味，读出故事的美妙，品出故事写作的艺术水准，就像一首好歌，我们可以反复地听唱；就像一部好戏，我们可以百看不厌。这就是文学的魅力，这就是文学千百年来生生不息的根源所在。

三、周瑜的复杂心理

人在不同的环境中有不同的心理状态，《三国演义》的可贵处在于没有简单化地处理诸葛亮的"读心术"，让诸葛亮"一招鲜，吃遍天"，而是让诸葛亮在不同的情况下读出人物的不同心理，从而反映人物心理的多样性、复杂性。这恐怕也是尽管《三国演义》“状诸葛之多智而近妖”，读者们却宽容待之的原因之一。假如作家在诸葛亮的若干智慧故事中只写及周瑜的嫉妒、鲁肃的实在、曹操的多疑，那就比较令人讨厌了。幸好不是这样。我们且来看诸葛亮解读的周瑜之心。

第一，自尊。在智激周瑜抗曹一则故事中，周瑜在诸葛亮面前假意说要投降曹操，要看诸葛亮如何表态、如何接招。诸葛亮亦假意顺承其意，主张投降曹操，那怎么投降呢？送东吴的二乔给曹操，曹操就会退兵。何以见得？因为曹植《铜雀台赋》中说：“揽二乔于东南兮，乐朝夕之与共。”意思是说，曹操想要得到东吴的二乔，供养在铜雀台上。二乔是谁呢？是乔公的两个女儿大乔、小乔，大乔是孙策妻，小乔是周瑜妻，“遥想公瑾当年，小乔初嫁了，雄姿英发”。曹植的原意是流连于铜雀台东南方向上的两座桥上看风景，与东吴的大、小乔没有任何关系，“铜雀春深锁二乔”也是诗人杜牧的随性发挥，但（《三国演义》中的）诸葛亮却通过篡改、曲解《铜雀台赋》的文义来刺激周瑜，以此坚定他抗曹保土的决心。

第二，争强好胜。周瑜见诸葛亮比自己聪明，能看出孙权在抗曹问题上仍犹豫不决，派诸葛瑾以兄弟之情说服其弟归东吴又未成功，便由妒转恨，分派诸葛亮去聚铁山截断曹操的粮道。曹操的粮道是生命线，哪里是诸葛亮区区兵马能截断的，分明是一个毒计，欲借曹操之手杀诸葛亮罢了。回绝是不行的，也有失水准，那怎么破解呢？诸葛亮抓住了周瑜争强好胜的心理，扬言说：“吾水战步战马战车战，各尽其妙，何愁功绩不成？非比江东公与周郎辈，止一能也。”周瑜好歹是东吴主将，哪里能被人说得如此没能耐？罢了，罢了，“何欺我不能陆战耶？不用他去，我自引一万马军，往聚铁山断操粮道。”

第三，嫉妒心。草船借箭巧用周瑜的嫉妒心让诸葛亮达成了自己的目标。

第四，欣赏和宽容。这好像和我们所认知的周瑜形象不太吻合，但其实却是周瑜复杂形象的一部分，需要我们辩证地去把握。孙权决定迎战曹操后，任命周瑜为大都督，任命程普为副都督，程普年长于周瑜，“今瑜爵居其上，心中不乐”，所以在周瑜下了军令“诸将官吏来日俱于江畔行营听令。如迟误者，依七禁令五十四斩施行”后，“托病不出，令长子程咨自代”。大敌当前，团结抗战是最重要的，周瑜明白程普的心结，并没有简单化地处理程普抗令之事，而是展示自己调兵遣将的军事才能，“动止有法”，使程普真心真意心服于自己，颇有古人蔺相如的风范。程普“遂亲诣行营谢罪”，而周瑜也表达了“逊谢”之意，对程普给予宽容，从而达到了团结抗战的目的。这是周瑜形象的另一面，是《三国演义》作者着墨不多的一面，也是我们读者容易忽视的一面，但又是我们不能不知的一面。所以，当周瑜、诸葛亮“各出掌中之字”的时候，他们是“互相观看，皆大笑。原来周瑜掌中字，乃一‘火’字；孔明掌中，亦一‘火’字”。我们必须说，这个时候周瑜的“大笑”是真诚的、宽容的，是“英雄所见略同”的笑，是不含嫉妒与狠毒的笑。也正是因为他这个时候欣赏和宽容诸葛亮，才使他忽视了随后诸葛亮“吾料曹操虽两番经我这条计，然必不为备”这句话所包含的重大信息。之后一系列围绕“风”所展开的故事也就可以顺理成章地叙写了。试想，如果这时候周瑜对诸葛亮还是怀有嫉妒残害之心，纠缠诸葛亮所言，那故事还怎么往下讲呢？还有，如果把二人斗智故事写成模式、写成套路，只要诸葛亮一露才智周瑜就心怀嫉妒寻机迫害再被诸葛亮巧妙化解，而全无变化变通变换，那么在艺术上就是失败的，在阅读体验上也是不美的，让人觉得无论周瑜还是诸葛亮皆是尖酸刻薄之人，一见面就较劲，没劲。当周瑜、诸葛亮“互相观看，皆大笑”的时候，读者会认为两人这时候真是好可爱啊！这体现了作家写作艺术的灵活性，是对周瑜艺术形象的纠偏和补笔，避免了形象的单一性和简单化处理，是值得称道的。

第五，敬畏天意。“欲破曹公，宜用火攻。万事俱备，只欠东风。”于是，当诸葛亮为周瑜借东风的时候，诸葛亮对周瑜已经没有使用价值了，周瑜为诸葛亮布下了天罗地网。那么，诸葛亮是如何逃离这天罗地网的呢？一句话，诸葛亮利用了周瑜敬畏天意的心理。火攻曹营就差关键的东南风了，而东南风的有无又跟反间、诈降、连环抑或排兵布阵等诸事不同，它是上天决定的，非人力所可为也。周瑜又没有诸葛亮那种神算天意的才能，只好仰仗诸葛亮，听凭诸葛亮调遣了。周瑜哪里敢违背天意呢？诸葛亮便在这一点上大做文章，把筑坛、祭风的戏演得充分、逼真、到位，叫周瑜一点破绽也看不出来，一点漏洞也抓不住。说诸葛亮筑坛、祭风是演戏并不是说他敢违背天意或敢戏耍老天，只是表明诸葛亮深通地理天文，能算出几时刮风几时起雾，这刮风起雾的事是老天早就安排好了的，并不因诸葛亮祭不祭拜而改变。草船借箭的时候并没有祭拜祈雾的戏码——当时也不能做，做了就穿帮了——雾也照样按时按刻从江上升腾起来，而且还浓得恰到好处，让诸葛亮巧妙完成了借箭任务。同样，借东风也是如此。诸葛亮祭不祭拜这东风都是要起的，这是天意，诸葛亮知之，但周瑜不知道，周瑜以为这东风是祭拜得来的，因此须对老天怀虔敬之心，不能违逆。

这里还可做一点引申发挥。一方面，中国人自古以来就重敬天事神，俯仰之间特别尊崇天意、天命，人须顺天知命，与天和谐共处，听命于天的安排，或取法象天地的生存法则，这是无可讳言的文化传统，也是根深蒂固的文化理念。但这只是问题的一方面。另一方面，中国的南北文化在这方面是存在一点差异的，北方文化表现得更理性、更积极，南方文化中则有着较多的淫祠祀鬼、敬天事神的成分。可以找到很多例证。《诗经》和《楚辞》可分别作为先秦时期北、南方文学的代表，其间的差异是很明显的：《楚辞》中有很多沟通人神的诗句，有问天、招魂、写山鬼湖神的作品，《诗经》中则充满了积极的、写实的诗篇。思想文化中，儒、墨、法起源于北方，有较强的理性精神，有积极的生命态度；道家起源于南方，在生命取向上则比较消极避世，后来更和楚文化、汉文化相结合，汉代的谶纬之学的兴盛实与此有关。

回到登坛祭风的故事。相对来说，周瑜及其他东吴人比诸葛亮更相信东风是诚心向老天借过来的，是诸葛亮筑坛、沐浴、斋戒、祝祷、祭拜的结果。所以，当诸葛亮有板有眼登坛祭风的时候，周瑜除了做好战前最后准备之外，便是等待东南风了。他没有做好除掉劲敌诸葛亮的任何准备，这是他的一大失误。为什么会这样呢？因为他既希望诸葛亮借到东南风，又担心诸葛亮借到东南风——这不是矛盾吗？这是怎么说的呢？其实并不矛盾：从打败曹操、保卫东吴的方面说，他希望诸葛亮借到宝贵的、关键的东南风，否则一切皆休；从证明诸葛亮“不行”的方面说，他又希望诸葛亮借不到东南风，如此，他就有充分的理由除掉诸葛亮了。当然，前一种心态占据上风，孰轻孰重周郎还是拎得清的。正是在这样矛盾、纠结的心态中，周瑜错失了诛除诸葛亮的最后机会，留下永远的遗憾！他不敢先除掉诸葛亮——先除掉诸葛亮，就没人祭天了，这是逆天之举，是对上天的不敬，上天会因此而生气、降罪，不借东南风了，这是万万不行的。所以，在东南风未起时，他便规规矩矩地在营帐中坐等，不敢对诸葛亮轻举妄动。只听他对鲁肃说：“孔明之言谬矣。隆冬之时，怎得东南风乎？”其盼望东南风起的焦急心情可见一斑。

诸葛亮正是抓住了周瑜以及东吴人敬畏天意的心理，给自己制造了从容逃生的机会。当周瑜骇然说“此人有夺天地造化之法、鬼神不测之术！若留此人，乃东吴祸根也。及早杀却，免生他日之忧”，并急唤丁奉、徐盛立即动手的时候，诸葛亮已经乘船“望上水去了”。这难得的东南风不仅是助攻曹营的神器，也是诸葛亮顺利回家的顺风，一风二用，甚好！只留下东吴周郎在风中零乱了。

赤壁之战以后，瑜、亮二人再无直接的交集，但小说还通过三气周瑜的故事继续让他们二人隔空斗智，直到周瑜被气死。诸葛亮趁曹、孙鏖兵之机袭取了南郡、荆州、襄阳三地，这是一气周瑜；诸葛亮破周瑜美人计，令他赔了夫人又折兵，这是二气周瑜；诸葛亮破周瑜“假途灭虢”之计，这是三气周瑜。三气周瑜的成功，也有赖于诸葛亮的读心术，是诸葛亮在特殊环境下准确把握周瑜特定心理活动的结果，这里不再细析。

一味夸大或过分渲染诸葛亮的超群智慧固然不利于人物形象

塑造，容易使人物形象单一化、扁平化、空洞化甚至扭曲，使读者产生倦怠感，但如果处理得当，灵活变通，像《三国演义》这样在讲述斗智故事时引入心理分析，以心理分析为基础编造故事情节，安排人物的语言、行动，则能弥补形象塑造上的缺憾，写出引人入胜的故事。

第五节　赤壁之战叙事

说到底，《三国演义》是一部写战争的小说，战争叙事乃是这部小说的主要看点，也是这部小说的魅力所在。所以，研读《三国演义》，关注它的战争叙事问题是题中应有之义。

战争是不同于日常生活的特殊事件，有它的自有特性、发展形态、发生条件和规律性；同样，战争叙事也不同于其他方面的叙事，有其自身的特点与方式。而且，由于每个战争皆有其特殊性，所以战争叙事并没有统一的或固定的模式，不同作家、不同作品甚至同一个作品中的不同战争的叙事都应该是不一样的，有着不同的叙事策略和叙事方式。作为一部以写战争见长的小说，《三国演义》中所写的许多战争故事都很有特色、很有个性，显示了明智的战争叙事策略和高超的战争叙事水准，是值得我们去学习、研究的。

我们不妨看看赤壁之战的叙事艺术。《三国演义》从第四十三回开始到第五十回结束，用了整整八回的篇幅来连续叙写赤壁之战故事，占了全书内容的十五分之一，其权重不可谓不大矣！这样的故事权重和赤壁之战作为历史性重大战争事件所具有的意义与分量是相对称、相匹配的，如果作家不从中深挖故事看点，不采用适当的叙事策略，而只把它写成了一般的战争事件，就像三英战吕布或关云长过关斩将或诸葛亮火烧新野那种级别，那么将会大失水准，也必然会降低作品对读者的吸引力。

读者不禁会好奇：何以一场战争故事用文言语体竟能写出四万字左右的长度来？它到底写的什么、又是怎样写的？八回之中，真正直接写战斗过程亦即火烧赤壁和赤壁鏖兵的段落仅占半回——第四十九回的下半回“三江口周瑜纵火”，其他文字，既包括之前的也包括之后的，皆为战斗过程之外的叙事，其实，能把火烧曹军水寨的文字写出半回的篇幅来已是很厉害的手笔了。东南风帮助下的一把大火把曹军烧得七零八落，呈摧枯拉朽之势，作家能“熬”出多少文字来呢？这显然不是赤壁叙事的重点。重点另有所在。

周瑜纵火之前，有长达六回半的文字，写战前决策和准备工作；周瑜纵火之后，也有一回文字写战后追逃收尾工作，虽然只有一回，不算太长，但相对于周瑜纵火这个主要战斗过程来说，却也不短了。这就是《三国演义》赤壁之战故事的叙事布局。只要稍加思考和研判，这个叙事布局是不难看出的。问题是作家为什么采用这样的叙事布局？作家有着怎样的叙事考量？

至少，我们可以从四个角度来解析这个问题。一是从赤壁之战的自身特性，二是从作家的创作意图，三是从赤壁之战的叙事角度，四是从叙事的时间节奏和情节节奏。

本节的论述关键词：战争叙事策略技巧。

一、赤壁之战的自身特性

前文已经说过，赤壁之战是一次意义非凡的战争，对曹操来说，孙权是他统一进程中的最后一个主要障碍，消灭了孙权，就可以创造不世之功，实现他人生的理想和抱负；对孙权、刘备来说，赤壁之战是生死存亡之战，只能赢，若输了一切就都结束了。所以，对于双方来说，都必须谨慎决策、充分准备，争取最大的赢面，而不能轻率从事，仓促应战，以免招致祸败。作家详细叙写决策和准备情况，每一个细节和微小的过程都意在表明决策者、指挥者对此战所持的慎重态度，如果作家只是一般性地讲说一下赤壁之战的决策情况，没有郑重其事，添加许多波折，那么，作为文学作品，怎样才能够向读者暗示赤壁之战是一场意义非凡的、必须慎重对待的战争呢？就像景阳冈上打虎的武松，如果作家不在打虎之前添加许多“闲文”，造出若干波折——如手持哨棒、醉酒、轻视店家警告、指责店家欲谋财害命、笑店家使诡诈、看到印信榜文后欲回酒店等，那么，还能够凸显出武松作为一个打虎英雄的光辉形象吗？事情虽然不是同一件事情，但创作者想要突出事情意义的用意却是一样的。对赤壁之战之前的决策与准备情况的介绍实际上是可详可略的。要知道，在《三国志·周瑜传》中，关于赤壁之战的决策和准备，虽然有所着墨，可用笔却还是很俭省的。

赤壁之战不是遭遇战，如果是遭遇战的话，战争在仓促之间爆发，那是不可能对战争事态做谨慎决策和充分准备的，表现在创作上，会是另一种情形的叙事。赤壁之战的战争特性决定了参战双方都有较充裕的时间做战前的决策、谋划工作，什么战争特性呢？那就是，虽然曹军在数量上数倍于孙刘联军，明显占优势，又为新胜之师，锐不可当，但其综合军力对对方并没有形成碾压性的优势，尤其是还存在明显的不足甚至是致命的弱点。《三国演义》第四十四回周瑜对孙权分析的曹操所犯的四个“兵家之忌”——北土未平、不熟水战、马无藁草、多生疾病[①]——可以说个个说到了点子上，特别是“不熟水战”这一忌成了致命的弱点，想一想，习惯于马上征战的曹军必须要在长江上和南方的水上英雄们进行生死较量，那是一件怎样令人不寒而栗的事情啊！所以，面对长江天堑，曹操必须花费足够的时间并找到合适的人选来操练他的水军，这就给孙刘一方从容谋划战局提供了珍贵的契机。作家把叙事重心放在战前决策、准备而不是战争过程上，既体现了决策者、指挥者慎重大战、不鲁莽轻率的态度，也是当时战争情势所允许的，并不会因为这样的叙事布局而影响到人们对军情紧急的认知。

对孙刘一方来说，在战前确有一些重要问题亟须解决，以为赢得战争的前提与先决条件。其一，从政治上说，有两个问题需

---

① 曹操所犯的这四个兵家之忌亦见于司马光《资治通鉴》，参见（北宋）司马光编著：《资治通鉴》，中华书局2007年版，第768页。

要孙权作出回答，一是要不要迎战曹操，二是要不要和刘备结成联盟。这是两个有风险、难以作出决断的问题。对于前者，迎战胜算不大，说不定会搭上全部家底，而且反对的势力强大，团队内部意见不统一、力量不团结，不迎战则一切皆休；对于后者，刘备乃“天下枭雄”①，连曹操都惧怕他三分，此时他虽身处困境，日后必成对手，与他结盟会不会养虎为患、贻祸他日？常言道，军事是政治的延续。七分政治，三分军事。不能把赤壁之战看成是单纯的军事事件，政治决断和政治筹划乃是开战的前提，不可不思，亦不可不断。比如说孙刘结盟问题，此时刘备固然是势衰力单、不堪一击，但孙权一方如果没有刘备的援助对曹操的掣肘，单凭他一家的势力单打独斗，纵有长江天堑亦绝无胜算，所以孙权需要作出决断：是先和刘备联合抗曹保住江东之地要紧呢，还是不理会刘备的求援以免日后多一个对手？最后，孙权做出现实而理性的决策，让联合刘备抗曹保土成了优先选项。

其二，从军事上说，也有一系列具体的军事问题需要周瑜处置：如何制定最合适、最恰当的作战方案以及相应的军事部署和后勤储备？如何利用长江防线和己方优势最大限度地保护自己打击敌人？如何寻找敌方的薄弱环节即曹操所犯的“兵家之忌”而打击之？如何消除曹操的荆州水军隐患？……工欲善其事，必先利其器。若无精心、充足的准备，赤壁之战会一败涂地、一地鸡毛，作为有着丰富征战经验的军事指挥者，周瑜是深知这一点的。

可以看出，赤壁叙事的重心放在战前的决策和谋划方面不仅是可能的，而且是必要的，体现了战争决策者、指挥者应有的慎战态度。相比之下，一把火便解决了大部分的作战问题，确实很难成为叙事的重心。

二、作家的创作意图

《三国演义》是一部宣扬尊刘贬曹思想的小说，这一思想贯

① （北宋）司马光编著：《资治通鉴》，中华书局2007年版，第766页。

穿于创作的始终，赤壁之战叙事也是如此。在赤壁之战中，曹操是进攻的一方，也是寻求统一的一方，如果没有尊刘贬曹思想的影响，作家完全可以把曹操塑造成一个正面形象——可是情况恰恰相反。曹操被写得非常不堪，被打得一败涂地落荒而逃。是谁造成了这一局面？是孙刘一方的诸葛亮和周瑜。二人是如何打败强大的曹操的？不是靠实力硬拼——靠实力硬拼是拼不起的——而是靠谋略和智取；所以大力叙写诸葛亮、周瑜的谋略和智慧，而非如关羽过关斩将、赵云大闹长坂坡、张飞断喝当阳桥那样的实战，能很好地契合他们作为军事战略家和指挥者的身份，突出赤壁之战作为一场重大、特殊战争的战争个性，并体现尊刘贬曹的创作思想。

前文已经指出，赤壁之战实际上的灵魂人物是周瑜。周瑜能文能武，有勇有谋，又有孙吴势力作为后援以及江东六郡作为他施展军事才能的基地。可以想见，当曹操舳舻千里挥师数十万东下的时候，孙刘联军如果没有周瑜的军事谋略和巧妙指挥，是不可能取得赤壁之战的辉煌胜利的，三国鼎立之局也将不可能形成，这是毋庸置疑的。但是，作为揭橥尊刘贬曹思想主题的小说，《三国演义》却不能这样写。它必须既贬曹操又抑周瑜，充分突出诸葛亮在赤壁之战中的作用和地位。然而这样写有两个障碍。其一，此时刘备的力量实在是太弱，难堪赤壁抗曹的大任。此前刘备已引败新野，奔走汉津口，若再让他在赤壁之战中挑大梁担纲主角，那不仅仅是和史实严重脱节的问题（这在小说中其实不算什么大问题），更主要的是有点“赶鸭子上架”，很难写得合情合理、自圆其说。对于写小说、讲故事来说，把故事编得合情合理、令人信服应该是创作艺术考量的重中之重。其二，诸葛亮虽然自比齐相管仲、燕将乐毅，单福（徐庶）称道他有“经天纬地之才”（第三十六回），但他毕竟只是文士，并不能像周瑜那样亲自上战场斩敌立功，加之他在东吴是客，既无决策参与权，也无调兵遣将权，可谓英雄无用武之地，在这种情况下，要让他在赤壁之战中挑大梁担纲主角，同样考验作家智慧，处理不好容易弄巧成拙、画虎类犬。

然而，这难不倒作家。作家是一群敢于想象和创造的人，他们有能力、有本事写得叫你对他们要你相信的东西心悦诚服。罗贯中要读者相信诸葛亮在赤壁之战中不仅有参与权，而且掌握着主动权，是一个比周瑜更为重要、更为关键、更为灵魂的人物，那好，他就一定能够做到。他是怎么做到的呢？办法就是详写诸葛亮容易发挥的部分——战前的运用智谋和战后的排兵布阵；略写诸葛亮不容易发挥的部分——战斗中斩敌立功。写诸葛亮运用智谋的时候，让诸葛亮和周瑜斗智，并叫周瑜时时处于下风，不敌诸葛亮；写诸葛亮排兵布阵的时候，则完全抛开了周瑜，把追亡逐北的功劳全部归于诸葛亮，曹操因诸葛亮而抱头鼠窜。结果，经过如此这般的一番操作，给人的感觉就是，从诸葛亮舌战群儒开始，中经智激周瑜、草船借箭、定计火攻、诸葛问病、登坛祭风诸事，到诸葛亮智算华容道结束，整个赤壁之战全由诸葛亮掌控、主导，周瑜反倒成了配角。这叫什么？这叫偷梁换柱。这叫偷天换日。这叫明修栈道，暗度陈仓。这就是作家的本事和创作的魅力。

三、赤壁之战的叙事角度

我们再从故事讲述的角度上解析。

《三国演义》是小说，是故事，是故事就得把它讲好，就得能够吸引听众、读者。那么，吸引听众、读者的是什么呢？是情节。让故事在时空的经纬度上发展变化、跌宕起伏，就能构成精彩情节。让故事动起来，这是编织情节的秘诀。对于赤壁之战来说，故事情节的看点在哪里呢？战前、战中还是战后？不用说，是战前和战后，而不是战中。为什么是这样呢？因为在战中只有一把火在燃烧，没有人与人的较量，没有情感、心智和力的较量，也就没有故事看点了；而在战前和战后，却能在人与人的较量中挖掘出很多故事看点，构成扣人心弦、引人入胜的情节线。

先看赤壁之战的战前。此时，读者首先放心不下的是这个仗能不能开打？诸葛亮真心想打，但他没有决定权，有决定权的是孙权；孙权也有心想打，但他不敢轻易下决心打，需要诸葛亮给他做通思想工作。但孙权的这思想工作不好做，因为不光是自己力量弱小，下面更有张昭、虞翻、步骘等人齐声反对。诸葛亮必须先对付东吴群儒，拿下张昭等人才会有后话。张昭等人个个是名士，个性十足，想法颇多，那么，诸葛亮如何对付这些只顾私利不顾公义的儒士们呢？这就是故事的一大看点了。作家就从这里起笔。

然而，对付张昭等人只是起笔，更有周瑜等人。孙权打不打赤壁之战，周瑜的态度是关键，所以对于诸葛亮来说，必须用心对付周瑜，啃下周瑜这块硬骨头。可周瑜这块硬骨头实在不好啃，为什么？一是周瑜在诸葛亮面前不肯表态，很有城府，诸葛亮须得撬开周瑜的嘴；二是周瑜聪明能干却又猜忌诸葛亮，和他相处须得处处设防、时时斗智，要斗而不败，不能被他害死；三是周瑜的智慧又不足以独自完成抗曹大业，诸葛亮须得斗而不破，想方设法去帮助他。如此矛盾、复杂、艰巨的任务便制造了一系列的故事看点：智激周瑜、草船借箭、定计火攻、诸葛问病、登坛祭风。故事由此次第展开、一波三折、精彩纷呈。

战争是奇妙的，战情是不断发展变化的，周瑜在动，曹操也在动。赤壁之战的叙事不能光看一方。这不，在三江口初战失利后，曹操发现了己方的问题所在，开始委派蔡瑁、张允训练水军了。周瑜得知情况后，须想法除掉蔡、张二人，于是有了反间计的故事。

对于诸葛亮来说，光是说服周瑜开打还远远不够，更重要的是要帮周瑜打赢，否则一切都无意义了。问题是还不能直接告诉周瑜怎么打。周瑜是东吴大都督，久经沙场，能征善战，又心高气傲，眼里正容不得诸葛亮呢，诸葛亮能有资格告诉周瑜怎么去打？须得由周瑜本人悟出取胜之难并由诸葛亮从旁协助、起死回生。这就又有了一系列的故事看点。那么，周瑜在定计火攻（这是周瑜本人想出来的，并得诸葛亮赞同）之后会遇到哪些意想不到的难题呢？一是需要找到放火的人。这不难，东吴的忠臣不止周瑜一个，黄盖便是其中之一。黄盖“受孙氏厚恩”，向周瑜献苦肉计，愿受肉刑，诈降曹操，到战时可以有机会接近曹操水寨放火。于是乎周瑜打黄盖——一个愿打，一个愿挨。二是需要有人告诉曹操黄盖受刑后愿意投降的事。这事也不难，谋士阚泽挺身而出，深入曹营献诈降书。三是曹操是个多疑的人，需要有人向曹操证明黄盖投降、阚泽献书是真不是假。说来也巧，曹操在诸葛亮用计借箭后派蔡中、蔡和到东吴来假投降，实际上是要他们当奸细获得情报，周瑜正好利用他们来做假证。这正是俗语所说的"瞌睡了，恰有人送枕头来"。四是黄盖放火只能烧一小部分船，须得教曹操用铁环把楼船勾连成一大片、成一个整体。曹操想不想这样做呢？实在是太想了，因为北方人水上作战很是痛苦。但这事有点难。难在哪里呢？难在要让多疑的曹操心甘情愿地接受它而不以为是计，而不会泄露火攻的作战计划。幸亏"自己人"蒋干、大名士庞统的加持（人），再加上自己这边确实需要（地），又没料到隆冬会刮东南风，没对火攻设防（天），人、地、天诸因素的叠加，终使曹操上当中计。五是周瑜于江边巡视观战之际见风折曹军黄旗，又风吹旗角拂面，突然悟到"万事俱备，只欠东风"，引发了心病；但这是天意，是周瑜无能为力却又不得不为的事情。怎么办呢？高人诸葛亮适时登场，解决了问题。

赤壁之战的战前可以说充满了看点，作家有尽可能多的挖掘空间。作家以时间矢量和军情变化为经纬，围绕"打不打"和"怎么打"这两个核心问题来编写故事、组织情节，确实是一个很好的叙事策略，体现了高度的艺术性。故事看点聚焦人物之间的智力较量，一计接着一计，计计相连，环环相扣，一波三折，峰回路转，折射出艺术魅力，呈现出叙事的张力。这是战前。赤壁之战后叙事上同样呈现出时间的延展性和叙事张力。何谓时间的延展性？指的是故事叙事可以在足够的时间长度上展开，而不是像火烧赤壁那样刻不容缓、间不容发。何谓叙事张力？指的是故事人物之间的紧张对峙给读者带来的一种强烈的情感体验，如蒋干盗书时周瑜和蒋干之间、草船借箭时周瑜和诸葛亮之间，由于暗中较劲或公开对峙，让读者在阅读时情绪高度紧张、被深深地吸引，就是一种叙事张力。叙事张力是我们在读小说、看戏的时候常常能够体验到的，是叙事作品艺术性的表征之一，它和时间的延展性之间有内外、表里的关系。换言之，表现人物之间的紧张对峙是叙事内容，需要足够的时间长度来做保证；而人物之间的紧张对峙“被表现出的”程度越高，就越能让读者体验足够的时间长度，正如尴尬、痛苦或难熬的时光即使短暂也能给人以很漫长的感觉一样。

事实上，早在火烧赤壁之前，诸葛亮就开始为战后追逃布局了。诸葛亮给赵云分配了任务，给张飞分配了任务，甚至给糜竺、糜芳、刘封也分配了任务，唯独把第一勇将关羽晾在一边，这在叙事上无疑构成了一种紧张关系：诸葛亮和关羽之间有什么过节？诸葛亮葫芦里卖的什么药？释卷联想，读者可能会想到三顾茅庐时关羽对诸葛亮的不满。但问题是，诸葛亮不该是如此小肚鸡肠的人啊，况且当时张飞的表现更恶劣，诸葛亮可一点也没有计较。可见不是这个原因。再往下看，我们才知是关于关羽和曹操之间的恩怨情仇。当年曹操有恩于关羽，关羽说要报答，却一直没有机会，关羽又是个讲信义的人，现在要追杀刘备的死敌曹操，诸葛亮怎能对关羽放心？问题是关羽说“已斩颜良，诛文丑，解白马之围，报过他了”，且向诸葛亮立下军令状。那么，曹操会不会提起当年事，要求关羽放他一马？关羽会不会顾及信义而因私废公？如果关羽因私废公，诸葛亮该如何处置？……这些问题构成了新的紧张关系，构成了读者对战后追逃的阅读期待，这就是一种叙事张力。这种叙事张力又能在足够的时间长度上呈现，其叙事时间富有延展性，因为曹操逃生需要一定的时间，从而给作家在这个时间里大做文章提供了可能。事实上，仅是诸葛亮智算华容道一事就占了一整回的篇幅（第五十回），而且关羽义释曹操成了其中重要的故事看点，与重大战争事件火烧赤壁通共只写了小半回篇幅相比，那分量实在是够重了。

四、叙事的时间节奏和情节节奏

无论从赤壁之战的自身特性看，还是从作家的创作意图看，抑或从赤壁叙事的角度看，《三国演义》对赤壁之战的详略安排都是很恰当的。它是一个连续的、顺时的、单向度的叙事，但改变了时间的节奏。实际生活中，时间是匀速流逝，如同江河流水一般。“子在川上，曰：逝者如斯夫！”[①]“黄河之水天上来，奔流到海不复回！”[②]但文学作品中有自己的时间，我们称之为文学时间、虚拟时间或心理时间。这种时间有自己的流向，既可以像赤壁叙事那样直流，也可以像“花开两朵，各表一枝”那样分流，还可以像“话说三日之前……”那样倒流。这种时间也有自己的节奏，文学时间不是匀速流逝的，遵循的是“有话则长，无话则短”的可伸缩的时间法则，也就是说，在有故事的地方大讲特讲，叫时间慢下来，“春宵一刻值千金”；在没有故事的地方叫时间“如白驹过隙，忽然而已”，“秋月春风等闲过”。在文学创作中，作品既可以像《尤利西斯》那样在一天之中精雕细琢，也可以像《百年孤独》那样在大的时间尺度上纵横驰骋；在同一部作品中也是如此。时间在不同的故事里、在同一个故事的不同段落或细节里有不同的权重，由此表现出时间的节奏来。这就如同古人画地图，并不运用同一个比例尺，而是在有人的地方用大比例尺，在渺无人烟的荒漠高山地区用小比例尺；又如同写意中国画，突出能够表意的部分，略过背景或非表意的部分，无视绘画的透视原理。在《三国演义》中，我们看到，蒋干盗书是一个吃重的情节，作家精描细写、精雕细刻，创造了一个“长时段的”文学时间；而草船借箭中，诸葛亮向周瑜立约三天，“第一日却不见孔明动静；第二日亦只不动。至第三日四更时分……”这近三天的时间却是过得太快了！相较于实际时间只在数分钟之内的

---

① 杨伯峻译注：《论语译注》，中华书局1980年版，第92页。

② （唐）李白：《将进酒》，詹锳主编：《李白全集校注汇释集评》，百花文艺出版社1996年版，第358页。

蒋干盗书来说真可谓“忽然而已”。再比如登坛祭风中，十一月二十日甲子吉辰的第一次登坛是一个“长时段的”文学时间，作家仔细交代了诸葛亮祭拜的装扮、程序、规矩以及祭坛情况等内容，很是细腻，而之后三天——“至二十二日丙寅”——的祭拜，则是“一日上坛三次，下坛三次”，作家干脆省略了，提都没提。这就是变速的、可伸缩的、存在于心理空间上的文学时间。

在赤壁之战叙事中，除了上述以阅读心理为基础的时间节奏外，还有一个以情节张弛为特征的叙事节奏。作家将战斗场景（如三江口曹操折兵、诸葛亮草船借箭、三江口周瑜纵火）和非战斗场景、对抗斗智交锋等对峙性场景和非对峙性场景（如宴饮、交谈、赋诗等）交替叙写、交错呈现，而不是连续叙写、呈现某一类型的场景，制造出刚柔相济、张弛有度的阅读效果。古语云：“立天之道曰阴与阳，立地之道曰柔与刚。”[①] 又云：“一张一弛，文武之道。”[②] 文学叙事应该有刚柔相济、张弛有度的节奏感，这是艺术表现力的表征之一。在京剧舞台上，既能看到生旦戏，也能看到净丑戏，生旦戏大体上是严肃的，净丑戏大体上是活泼的，两种戏交错安排，角色间互相配合，其实也是要制造出刚柔相济、张弛有度的观演效果。在《三国演义》中，不仅是不同的故事之间用这种方式连缀，即便写同一个故事，作家也尽可能地做到不同故事片断间的张弛相间、张弛对比，甚至让同一个故事片断张中有弛或弛中有张。比如蒋干中计，群英会写宴饮，是弛，且弛中有张；蒋干盗书则是张，且张中有弛。群英会中人们觥筹交错、欢声笑语，但你分明能看到刀光剑影、气氛凛然；蒋干盗书时气氛固然是很紧张的了，让人屏住呼吸，不敢出声，但同时大家要知道，这可是一个宁静的夜晚呀，霜凝冰结，四周一片沉寂。这种张弛对比、张弛融合的叙事收到了强烈的艺术效

---

① （清）阮元校刻：《十三经注疏（清嘉庆刊本）·周易正义》，中华书局2009年版，第196页。

② （清）阮元校刻：《十三经注疏（清嘉庆刊本）·礼记正义》，中华书局2009年版，第3399页。

果。再比如草船借箭，鲁肃探访是弛，周瑜设计是张，鲁肃再访又是弛，草船借箭又是张，最后诸葛亮揭开谜底交付箭矢又是弛，叙事的节奏感很明显。特别是周瑜欲斩诸葛亮与之后三天里诸葛亮悠然自得、浑若无事两个片段之间形成了强烈对比；而为了反衬草船借箭的强对抗性，作家在此之前特意声情并茂、颇有气势地写“大雾垂江”，以此构成另一组强弱张弛的对比。可见作家赤壁之战叙事的匠心。

第五章 荆州和祁山叙事

从最简单的意义上说，《三国演义》是一部有关刘备和诸葛亮故事的小说，故事情节的变迁流转皆依此二人的活动轨迹而转移，其他三国人物故事的有无详略亦皆以此为标准而做出取舍。早在“隆中对”时，诸葛亮就给刘备擘画了发展路线图，提出了两大战略方向：一是“跨有荆、益”，也就是先夺取荆州作为根据地，再向西部益州方向发展；二是“汉室可兴”，也就是率兵北伐，灭曹兴汉，其具体做法是“命一上将将荆州之军以向宛、洛，将军身率益州之众出于秦川”[①]，即从荆、益两个方向北向抗曹。这是既定方针，后来刘备和蜀汉大体上就是循这一路线发展的。只是后来关羽大意失荆州，刘备又崩逝于白帝城永安宫，故只好由诸葛亮代为从祁山道出秦川了。所以，《三国演义》后半部的文学叙事自然便是由荆州叙事和祁山叙事这两大叙事单元构成，而且这两大叙事单元是后先相续、一体相连的关系。

从发展运势上讲，虽然蜀汉成立于此时，但刘备、诸葛亮和蜀汉在此一阶段里却是在走下坡路的，荆州叙事和祁山叙事里充满了失败、死亡和悲情，故事在丰富，秩序在崩溃。在曹、刘、

① （西晋）陈寿撰，（南朝宋）裴松之注：《三国志》，中华书局1982年版，第913页。

孙三方的荆州之争中，刘备最终落败，既失了荆州，又损了关羽，还连带导致夷陵之战的惨败、张飞的枉死以及他本人的忧愤而终。在北向抗曹的六出祁山中，诸葛亮有豪情，有坚持，但却不乏仓皇、失误和挫折，并最终身死五丈原，给人一种元嘉草草、功亏一篑的伤痛感、惋惜感、幻灭感。整个《三国演义》后半部的叙事在叙事基调上和前半部构成了鲜明对比。其实这也是不少中国古典长篇小说如《水浒传》《金瓶梅》《儒林外史》《红楼梦》等所具有的情况。尽管如此，《三国演义》作者还是具有很好的艺术平衡感，他并没有一味地渲染悲情和失败的情绪，而是在叙事过程中注意悲喜情节的穿插，如在荆州叙事中穿插喜感十足的刘备招亲，在荆州叙事和祁山叙事之间穿插富有戏剧性的七擒孟获等，这样就把控了情绪发展的节奏，使悲情宣泄不至于走向极端和不可控。中国文艺在情感表达方面崇尚“乐而不淫，哀而不伤”的中和之美，《三国演义》里的荆州叙事和祁山叙事可谓很好地体现了这一传统美学宗旨。

第一节　争夺荆州

和官渡之战叙事、赤壁之战叙事不同，荆州叙事并不是一个独立事件（如官渡之战、赤壁之战）的故事讲述，而是指围绕荆州争夺而展开的一系列事件的组合，包括若干个回合，经历了较长的时段，牵涉曹、孙、刘三方势力，而以孙、刘矛盾为主要叙事线索。第一个回合是包括美人计、假途灭虢之计在内的三气周瑜，而随着周瑜的逝去，鲁肃、诸葛亮都主张维护孙刘联盟，荆州之争暂时平息下来，故事转向了他事的讲述，如曹操、马超之争以及刘备进取、经略西川等。第二个回合是刘备得西川后，东吴来索荆，索荆不成，便趁曹操和关羽在北线鏖战之机，背后偷袭，致使关羽大意失荆州，失败身死。第三个回合是刘备的复仇之战，本当紧接着第二个回合之后展开的，但历史上却发生了不得不穿插进来讲述的事件，一是曹操死曹丕立，二是曹丕篡汉，三是刘备称帝，这些事件讲完之后才是刘备和陆逊之间的夷陵之战，并以刘备的失败身死而宣告荆州叙事的终结。大体上说，荆州叙事经过了三个回合，跨越了汉末、三国两个时代，又穿插进了与荆州叙事关联性不大的其他事件，可谓头绪众多，纷乱复杂。对于作家来说，如何整合如此复杂多样的情节，既兼顾各方势力的斗争分合，又凸显孙刘争荆这一主要矛盾线索，既要有条不紊地讲清荆州问题的来龙去脉、前因后果和复杂纠葛，又要适时、恰当地穿插其他必要情节，不让人觉得枝蔓纷乱，确实是对叙事艺术水平的一大考验。

本节的论述关键词：情节的整合与穿插。

一、伏脉千里——荆州问题的由来

长篇小说人物多，事件多，线索多，场景多，细节多，要做到叙事井然有序、忙而不乱，就需要在故事发展的各个阶段上确定一个叙事重心和一个主题词，然后据此来构思故事情节的发展，组织、安排写作材料，结构成篇。其间，各种材料的叙写有先后、有详略、有正侧甚至有虚实，读者于作者的剪裁布局间能够窥见其时的叙事重心之所在，从而勾勒出情节发展的线索。比如《三国演义》中袁、曹争霸的阶段，除袁、曹两方外，尚有刘备、孙策、刘表、张绣、马腾以及朝廷等方面，头绪够多的了，人物、事件够多的了，但故事的叙写却始终围绕着官渡之战这四字展开，兵力的部署、计谋的策划、人员的往来、叙事的交替诸项皆须切于此。同样，此后一个阶段，赤壁之战又成了叙事重心，这是读者尽知的，无须多言。那么，再后一个阶段呢？

再后一个阶段，也就是从小说的第五十一回起到第八十四回止的相当长的叙事篇幅里，叙事重心无疑是荆州的争夺，种种的叙事都是围绕着它展开的。荆州问题由来已久，并不是到小说的第五十一回才开始的。早在第六回、第七回讲孙坚故事的时候，荆州问题就埋下了伏笔，只是此后相当长的一个叙事段落里，荆州问题远不是叙事重心，所以便让它如地下伏流一般，时明时暗，时断时续，暗暗地流淌，直到时机成熟时才由暗线转为明线，由伏流转为径流，成为叙事重心。叙事学上把这种写法称作“草蛇灰线，伏延千里”。至少从长篇叙事作品上讲，这种叙事法是不可或缺的，它可以使叙事重心的转换成为自然而然的事，而不给人以突兀感。像荆州问题，如果没有前期铺垫，突然在第五十一回出现，成为叙事重心，成为主要问题，那是不可想象的。没有这样讲故事的。

孙坚是扬州人（富春时属扬州），和荆州本无瓜葛，但他因战功被封长沙太守（第五回出场时即是此职），并在荆州诸郡中经略，遂与荆州有了关联。孙坚后来在讨伐董卓之战中获传国玉玺，急回长沙，被荆州刺史刘表奉袁绍命拦截，于是双方结下了梁子。孙坚依附袁术。袁术向刘表借粮不成，遂命孙坚出兵攻刘表，孙坚听命，并把刘表部下黄祖的部队打得落花流水，却不幸在一次战斗中遭埋伏而死。

可以看出，荆州问题此时还不是一个问题，孙坚攻打荆州是出于报私仇而不是出于战略的安排和考虑，争荆州对孙坚来说没什么意义，因为即使江东也没有被孙坚搞定，他不可能从战略上将扬州、荆州一体谋划和经营。然而，引线已经埋下，孙氏兄弟得为父亲报仇，从而把注意力逐渐引向荆州。从叙事上说，孙坚和荆州的这一段恩怨必须要提及，即便叙事头绪再繁多也要提，因为它是后文荆州叙事之源。

孙策曾跟随父亲参加过攻打荆州的战争，深知取败之道在于没有自己的根基，所以接下来，他把全部的事业热情都放在了经略江东数郡上。他招兵买马，延揽人才，谋划经营，攻城略地，结交豪杰，所作所为都是江东基业，似乎把荆州二字给忘掉了。作家在讲述孙策故事的时候也几乎未提及荆州。但荆州叙事仍在进行，只不过换了叙事方式，不是正写、侧写而是影写罢了。作家在讲孙策故事时背后始终有荆州的身影，或者说是为后文的荆州叙事铺垫。设想一下，如果不是发生了后来曹、刘、孙三方激烈的荆州争夺战的话，那么还有必要在讲述中原群雄争霸分合生灭故事的令人眼花缭乱、紧张不安的时刻，去叙写偏于一隅的江东孙氏的故事吗？完全可以到需要时概述。关中和西北的凉州、西南的益州以及刘表主政的荆州等故事，因为无关乎大局，小说都进行了略写或概述。江东孙氏为什么不这样写呢？背后就是荆州因素在起作用。小说正文中也有暗示。孙策向袁术借兵起家，信物是传国玉玺，理由是报父仇，劲敌刘繇落败后投奔的是荆州刘表，平定江东之后采取的首要策略是结交曹操，也就是稳定北方，准备西进。这一切都指向了荆州。

二、三方的争执

接下来孙权采取了明晰的西进荆州的战略。鲁肃对孙权说："今乘北方多务，剿除黄祖，进伐刘表，竟长江所极而据守之。"孙权接受了鲁肃的建议。要"竟长江所极而据守之"，拥有长江天堑，西进荆州是必然的选择。于是孙权挥鞭西指，与黄祖打得昏天黑地，并终于在建安十三年春诛杀黄祖，报了父仇。

然而形势已经发生了重大变化，这在甘宁初见孙权时的分析中讲得很清楚："南荆之地，操所必争也。刘表无远虑，其子又愚劣，不能承业传基，明公宜蚤图之；若迟，则操先图之矣。"具体说来变化有二：其一，袁、曹争霸已经结束，下一步来抢荆州的又多了一个曹操；其二，刘表执政已近末期，其子又不能承业，荆州的归属问题已经提上议事日程，甚至可以说是迫在眉睫了。

实际上还有第三个变化，一个从后来发展态势上看更为重要、更为关键的变化，那就是刘备势力的进入。在袁、曹争霸时，刘备既受到曹操的打击，又受到袁绍的排挤，于是投奔荆州的刘表。刘表收留了他。而刘表的收留无疑使刘备对荆州事务有了话语权。之后刘备便着意经营荆州，努力把它打造成自己的地盘。他优待百姓，争取民心，礼贤下士，访求人才，先后留下单福遇英主、司马徽荐贤士、三顾茅庐、隆中对等佳话。诸葛亮甫一出山，就为刘备擘画了发展蓝图，其核心就是以荆州为根据地，北拒曹操，东结孙权，西取益州，使荆、益连为一体，然后再从荆、益两个方向上图取中原。"玄德闻言，顿首拜谢"，完全采纳了诸葛亮的战略规划。著名的赤壁之战就是在这样的背景下发生的。隆中对则发生在赤壁之战的前一年，孙权灭黄祖和赤壁之战是在同一年，一个在年头，一个在年尾。作家是个有心人，把隆中对和孙权灭黄祖放在同一回里讲，表明荆州乃兵家必争之地，亦暗示孙、刘两家在荆州问题上的对抗性。

本质上讲，赤壁之战就是荆州叙事的一部分。曹操选择荆州而不是扬州作为进攻方向。他降服刘琮，追逐刘备，顺势训练荆州水军，准备在荆州地界上和孙权大干一场；大敌当前，孙、刘两家暂时放下争端和恩怨（孙权遣鲁肃给刘表吊丧以及诸葛亮使东吴），共同对付曹操，并最终在荆州的赤壁地区大败曹军。

然而，赤壁之战却留下了一个尾巴：曹操势力并没有完全退出荆州，他们还占住南郡、荆襄、夷陵等城池和地区。为此，周瑜带领东吴兵与曹军奋力拼杀，誓要夺回南郡等地，不料在东吴兵付出重大代价（包括周瑜本人受严重箭伤）才击败曹军的情况下，南郡等地却被诸葛亮以计谋获得。此前周瑜和诸葛亮曾有约定：孙、刘两家谁先获得南郡等地，谁就是荆州的所有者。当时周瑜自以为胜券在握，哪知人算不如天算，吃了大亏。周瑜不服气，誓要和诸葛亮兵戎相见，夺回荆州，被鲁肃劝止。鲁肃出于孙刘联盟共对曹操的战略考虑，决定跟诸葛亮谈判，以和平手段要回荆州，周瑜同意，于是有了鲁肃借荆州给刘备的著名典故。

三、借荆与失荆

那么荆州到底归谁？两家各执一词。鲁肃说：

> 前者，操引百万之众，名下江南，实欲来图皇叔。幸得东吴杀退曹兵，救了皇叔，所有荆州九郡合当归于东吴。今皇叔用诡计夺占荆襄，使江东空费钱粮军马，而皇叔安受其利，恐于理未顺。（第五十二回）

诸葛亮说：

> 常言道：物必归主。荆襄九郡非东吴之地，乃刘景升之基业。吾主固景升之弟也，景升虽亡，其子尚在，以叔辅

侄，而取荆州，有何不可？（第五十二回）

鲁肃的依据是力，诸葛亮的依据是义。赤壁之战中，东吴是主力，没有东吴出死力、费钱粮军马，荆州早已落入曹操之手，轮不到你刘备；赤壁之战后，依然是东吴出死力和曹军拼杀，刘备用诡计坐享其成。鲁肃的这个说法有没有道理呢？放在东汉末年那个特定的环境里，有力则生，无力则死，力大为王，确实如此。但是“君子喻于义，小人喻于利”，中国是一个重义轻利、反对一味逐利的国家，崇义是传统，也是文化。在荆州归属问题上，怎么能只讲力和利。朝廷任命刘表为荆州刺史，管理荆州；现在刘表死了，荆州应该归他的儿子刘琦（刘琮已降曹操），刘备是刘表的弟弟（结拜）、刘琦的叔叔，那么他也是有理由拥有荆州的。诸葛亮讲得振振有词。

鲁肃和诸葛亮在刘琦拥有荆州主权这一点上是没有异议的，二人的分歧在于刘备有没有。鲁肃强调，刘琦之后荆州主权应归东吴（“若公子不在，须将城池还我东吴”），诸葛亮本有异议（“别有商议”），但考虑到刘琦还活着，现在不宜假设讨论，故没有反驳和说破，而采取拖字诀，暂时附和了鲁肃的说法（“子敬之言是也”），鲁肃默认。

此后刘备接受马谡之兄马良的建议，利用刘琦的影响力安抚荆襄，并攻取了长江以南湘江两边的零陵、武陵、桂阳、长沙四郡，获得荆州大部分的土地。

哪知正如鲁肃所料，刘琦不久病死了，于是鲁肃复来讨要荆州。这回诸葛亮没有客气，向鲁肃辩明了刘备拥有荆州的四条理由：一是刘备是皇族，血统纯正，有资格被“分茅裂土”；二是刘表、刘备是兄弟，弟承兄业合情合理；三是孙权身份低微，又没给朝廷作贡献，没有资格来争荆州，来争荆州只能表明他的心太贪；四是不能说赤壁之战只是周瑜的功劳，刘备这边是出了力的，况且诸葛亮借东风是周瑜能够火烧赤壁的关键。诸葛亮的这几条理由现在看来有些牵强，但在当时的社会文化背景下却是说得通的，就连鲁肃也称有理。不过鲁肃拿孙刘联盟做要挟，迫使诸葛亮立下借荆州的字据，是为鲁肃担保把荆州借给刘备之典故的由来。

但这种借据是没有意义的，周瑜看得很清楚："名为借地，实是混赖。他说取了西川便还，知他几时取西川？假如十年不得西川，十年不还？"其实还有一层意思周瑜没有说到，那就是即便取了西川，刘备也不会还荆州给东吴的，因为那是他起家的根本，没有了荆州，当下他不能生存，未来他将被困死在西南一隅。既然如此，诸葛亮为什么还要立这种可能会赔上信誉的借据呢？那是因为他既要完成"兴复汉室"的大业，又要顾及孙刘联盟，不想和东吴撕破脸。诸葛亮一生都在小心地维护着孙刘联盟，他是在以拖待变。

现在问题是，周瑜看破了诸葛亮的计谋，为什么不直接派兵来抢荆州呢？难道真是诸葛亮说了"岂惧周郎一小儿乎"吓住了周瑜吗？不是。是曹操帮了诸葛亮的忙。曹操和孙权在合淝方向热战正酣（第五十二、五十三回），东吴不能两线作战，顾此失彼；然而荆州又是不能不要的，恰好刘备新丧甘夫人，于是就有了美人计的故事和"周郎妙计安天下，赔了夫人又折兵"的结局。

尽管美人计失策，周瑜对荆州还是不甘心，又使出假途灭虢之计，假意帮刘备取西川（刘备说他和刘璋是宗室兄弟，不忍心取西川），实则要在途经荆州时夺了它，报此前两番失计之恨。哪知仍被诸葛亮识破，计策失败，周瑜气死。

三气周瑜的故事紧接在赤壁之战后，延续了荆州叙事：为了夺南郡荆襄，周瑜和曹兵死战，结果南郡荆襄却被诸葛亮获得，此为一气也；使出美人计欲扣押刘备为筹码，迫使诸葛亮交还荆州，结果是赔了夫人又折兵，此为二气也；欲以"假途灭虢"这种小儿科计策取荆州，结果又被诸葛亮戏弄，劳而无功，此为三气也。随着周瑜的离世，荆州叙事暂时告一段落。

为什么会暂时告一段落呢？有三个原因。一是周瑜死后，其都督之职由鲁肃继任，鲁肃在要荆州问题上和周瑜是有不同考量的。周瑜不顾一切地想要回荆州，并不管什么孙刘联盟，而鲁肃则有大局观，在讨要荆州的同时又不想伤及两家和气。小说呈现的周、鲁两人的性格特征不同：周瑜褊狭而狡诈，鲁肃忠厚而少谋。那么，周瑜都拿不下的荆州鲁肃能拿下吗？二是曹操为了扫除下江南攻打孙权的后顾之忧，诱杀了马腾，由此引发曹操和西凉马超之间的战争；又选择濡须地区作为下江南的突破口，战争重心转移到长江下游。三是孙权几次想取荆州，但担心曹操的偷袭，就暂时让刘备在荆州扼守着，以便自己尽全力于东线战事，由此给刘备提供了西进益州的契机。刘备则在防守荆州的同时，渐渐把工作重心转移到攻取益州的事务上，从而实现隆中对“跨有荆、益”的战略目标。

尽管叙事重心转移到其他的故事上，但荆州问题还在，而且是不可调和的，最终必须通过战争手段来解决。所以荆州叙事在经过了一段时间的沉寂后，又重新成为叙事的中心内容。

荆州问题重新成为叙事中心的契机是刘备稳固了他在益州的统治——控制了曹、刘两家必争的汉中郡。曹操无法从益州方向攻打刘备，便回过头来挑动孙、刘两家的关系，怂恿孙权出兵攻打荆州；孙权当然很想如此——之前刘备刚得益州的时候，他就已经跟守荆的关羽交涉过，更早前甚至还骗回孙夫人，消除了索荆难题中的一大障碍。但孙权又怕给曹操火中取栗、捡落地桃，所以接受步骘的建议，派人要求曹操先出兵：

> 主公可遣使去许都见操，令曹仁旱路先起兵取荆州，云长必掣荆州之兵而取樊城；若云长一动，主公可遣一将，暗取荆州，一举可得矣。（第七十三回）

曹操许是把刘备给恨透了，很爽快地答应了孙权的要求，命曹仁自樊城出兵攻打荆州，结果却被年轻的孙权摆了一道。曹操遭到了痛击，而孙权获得了荆州。关羽在做好荆州防守工作的前提下，率精兵北上攻打襄阳、樊城，以水淹七军之法把曹军打得落花流水，擒了于禁，斩了庞德，威震华夏，迫使曹操萌生迁都之意。趁着曹、刘两家打得难解难分的时刻，鲁肃的继任者吕蒙向孙权提出偷袭荆州的计划。第一步，设法麻痹关羽对荆州的防守，让他把兵力全部北调樊城去对付曹兵；第二步，把东吴精兵扮作白衣商人，渡江西上，搞掉江边烽火台上的守台官兵，然后人不知鬼不觉，乘胜袭取荆州。依计而行，荆州果然为孙权所得，而一代名将关羽亦在吴、魏两军的南北夹击下败走麦城，被孙权俘杀，也就是民间传说关羽大意失荆州。

无论是借荆州还是失荆州，都表明荆州在政治上和军事上的重要性，孙、刘两家均将其视为禁地，他人不得染指，这种斗争的对抗性和复杂性使得荆州叙事必然地成为了整个《三国演义》小说的叙事重心，其中包含着诸多故事看点。荆州叙事之始，并不起于借荆州，而是可以延伸至早前的刘备依附刘表以及曹操下江南、逐刘备和赤壁之战，甚至是更早时期的孙坚故事；推究荆州叙事之终，亦并不讫于失荆州，之后刘备倾举国之力与东吴血拼，有“陆逊营烧七百里，孔明巧布八阵图”的壮观战争场景，难道不是荆州之争的延续吗？还有，司马懿看破东吴移祸之计，建议曹操说：“蜀胜则击吴，吴胜则击蜀；二处若得一处，那一处亦不久也。”则吴蜀夷陵之战后的魏、蜀相争与缠斗，难道不可以看作荆州之争的余波吗？从故事叙事上看，荆州叙事源头在小说开篇部分，经过了两次伏流和两次洪波（第三十四至五十七回，第七十三至八十四回）之后，直到小说差不多终了的地方，虽然不再有荆州叙事，人们却还是能够看到它涟漪阵阵，可见荆州叙事在整部小说中的权重了。

四、刘备的复仇之战

刘备知道关羽被杀——后来又加上了张飞被杀——那是必然要起兵复仇的，根本没有隐忍宽容的空间。小说写了赵云、秦宓劝阻刘备的情节，而贤明如诸葛亮者，虽则有苦谏却不十分剀切：他知道劝阻不了。于私于公刘备都不应该袖手旁观、无动于衷。“云长与朕犹一体也”“朕不为弟报仇，虽有万里江山，何足为贵！”刘备出身微末，之所以能有今天的一番成就，实离不开关羽、张飞的始终相随、全力拼杀、出生入死，他们的桃园结义之情世人共知，他们的关系超越了一般的世俗人情；关羽当年过关斩将、千里寻兄的故事亦传布人口、感人肺腑。现在关、张遇害了，刘备却要以“蜀国根基”为重，以“抗曹大业”为重，以“孙刘联盟”为重，在旁人看来其实都是借口，无论如何是说不过去的，这将会使他失信于天下，失去做人的根本，丧失人心。蜀国是新立之国，刘备、诸葛亮皆是外来之人，凭什么将几股势力捏合到一起？凭什么让人们继续为蜀国的事业打拼、奋斗？信义为本，情义无价。刘备肯将荆州这样的重地放心地交给关羽防守，靠的就是信、情二字。关羽遇害前痛骂孙权，提到“桃园结义，誓扶汉室”，说的也是信、情二字。再说，荆州对刘备的重要性那是怎么说也不过分的，荆州不容有失。荆州是刘备的起家地，是诸葛亮隆中对美好战略发展蓝图的起点；对蜀国来说，荆州是东部屏障和战略防线，北伐中原进击宛、洛以及东面与东吴争衡皆须依靠荆州，无之，则蜀国将被困死在西南角，只能坐以待毙了。后来诸葛亮六出祁山皆无功而返、不能成事，侧面印证了荆州对于蜀国的重要性。正因为如此，刘备在用心经营益州的时候，要派自己的第一上将、体己可靠的兄弟关羽去防守荆州，此外似无第二人可派。这是从政治、军事角度说的。从经济方面讲，荆州地区物阜民丰，也是蜀国物资生产的重要基地。孙权得到了荆州，东吴在三国中存活最久，这也从另一个方面证明了荆州地区的战略重要性。

关羽被俘杀是在建安二十四年（219 年）底，刘备复仇则在章武元年（221 年）七月，中间隔了一年半左右的时间，也就是说刘备复仇并不是紧接着关羽被俘杀后立刻进行的，这中间他干什么去了？其一，其间发生了曹操亡故、曹丕篡汉的重大历史变故，而后谣传汉献帝遇害，刘备在群臣拥戴下称帝，这是第二次荆州叙事中不能不插说的事件，也为刘备的复仇行动提供了政治舆论上的支持（孙权为避免两线作战，向曹丕称臣）。其二，做好军事准备工作。毕竟是七十余万人出川远征（此数是小说中的说法，出自第八十一回末孙权之口），哪里是说出发就出发的呢？但由于作家的叙事巧妙，读者并不觉得有什么脱节，好像刘备复仇是紧接在关羽被俘杀之后一气呵成似的。

刘备的复仇之战，也就是“蜀、吴夷陵之战”（也称“彝陵之战、猇亭之战”），最终以失败而告终，但在战争初期，刘备一方还是颇占上风的。毕竟倾举国之力，人数上占优，既是御驾亲征，又是复仇之战，更有从上游沿江而下作战的地理上的优势，外加荆州蛮兵相助。事实上，战争开始之后，蜀军确实势如破竹，兵锋所向，直指吴军在荆州地区的核心，“水路军已出巫口，旱路军已到秭归”，“自出川以来，所到之处，望风而降，兵不血刃，直到宜都”。与吴军交战之初，蜀军大胜，“威风震动，江南诸将无不胆寒”。然而，危机却隐含在了光鲜的胜利表象之中。什么危机呢？其一，由于蜀军轻躁急进，而沿途江两岸多山多险阻，不利于部队的大兵团运动和驻扎，所以蜀军最后摆成了一字长蛇阵，前后四十余屯竟连绵七百里，“移营夹江……皆依溪傍涧，林木茂盛之处”，一旦有事，既不能合力拒敌，也不能彼此呼应救助，而且一乱俱乱，无法安全有序撤退。诸葛亮一语中的：“包原隰险阻而结营，此兵家之大忌。倘彼用火攻，何以解救？又，岂有连营七百里而可拒敌乎？”其二，兵马未动，粮草先行。行军打仗，做好后勤补给工作是第一要务，而连绵七百里的崎岖山路给后勤补给带来了巨大挑战，所以蜀军远征利在速战速决，这也是蜀军不断挑衅、辱骂吴军主动寻求作战的原因。而刘备这次却遇到了当时岁名不见经传却无疑是厉害人物的书生将军陆逊，任凭蜀军如何骂阵、吴军将士如何不胜其忿而要求出战，陆逊都岿然不动，死活不出兵，严令部下坚守各自营寨，甚至连孙桓部处于蜀军的重围之中势力孤危也不去救援。陆逊就是一个字“熬”，将蜀军给熬垮。蜀军筋疲力尽、人困马乏，既无法获得饮用水，又无法避开暑热，只好移营到林木茂盛之处（方便取涧水并避暑），给陆逊火烧连营制造了机会。其三，出川水道江狭水急，蜀军水军进则易退则难，很难与其陆军相配合，亦很难在深入吴境时与强悍的东吴水军较定胜负。其四，最初连胜十余阵使蜀军产生骄傲轻敌的情绪，连最高统帅刘备也是踌躇满志、志得意满，他看不出陆逊的计谋，又对自己的领兵才能很自负，不肯问计于诸葛亮，不肯对马良的疑虑加以深思，一有了主意立马施行，加上复仇心理所带来的轻率焦躁情绪，刘备在这次对吴作战中实在是大失水准，又多犯兵家之忌。有这数重危机相互叠加，夷陵之战的胜负之几其实早就明朗了。诸葛亮见到马良送来的蜀军布阵图本，说道：“汉朝气数休矣!”曹丕的反应：“仰面笑曰：‘刘备将败矣!’”孙权则大赞陆逊：“江东复有此异人，孤何忧哉!”只有刘备当局者迷，不知败局已定。

夷陵之败是一代枭雄刘备的滑铁卢，是刘备时代终结的标志性事件，它不仅使新生的蜀国元气大伤、危机四伏，而且使蜀国永远地失去了荆州，失去了王朝续命暨北伐中原的一个重要通道。《三国演义》中漫长的荆州叙事到此戛然而止，令心向蜀汉的读者留下声声叹息。人们希望刘备为关、张报仇，又希望一生历经艰难困苦的刘备能够打赢这场战争，可是故事的结局却是那么的残酷无情，刘备输得一败涂地。为了减缓读者们心理上的失落感，作家采取了一种补偿性的叙事策略：尽量展现刘备一方光彩的一面。一是大力描写陆逊火烧连营前蜀军主动出击战胜吴军的场景，如“此时先主威声大震，江南之人尽皆胆寒，日夜号哭……”二是写刘备杀掉了仇人和叛逃东吴的人，为关、张报了仇，达到了举兵远征的目的，他既杀掉了潘璋、马忠（关羽的仇人），也杀掉了范疆、张达（张飞的仇人），还杀掉了糜芳、傅士仁（叛逃东吴的人），作家通过或真或假的故事为读者出了一口恶气。三是多次描写东吴一方的怯懦、慌张、求和，主动送还张飞的首级和杀害张飞的范疆、张达。四是描写黄忠、傅彤、程畿、张南、冯习等人的忠勇杀敌和慷慨赴死的形象，甚至孙夫人也“闻猇亭兵败，讹传先主死于军中，遂驱车至江边，望西遥哭，投江而死”。五是写诸葛亮巧布八阵图吓退东吴追兵，保全成都无虞。

经过作家这一番补偿性的叙事策略，读者觉得刘备仍是英雄，他在夷陵之战中失败了，却虽败犹荣。《三国演义》始终维护着其尊刘贬曹的写作主题，维护着刘备的形象。

第二节　巧思美人计

《三国志·蜀书·先主传》记载："琦病死，群下推先主为荆州牧，治公安。权稍畏之，进妹固好。先主至京见权，绸缪恩纪。权遣使云欲共取蜀……"[①] 这则史料表明，世人传为美谈的刘备招亲故事是有史实依据的，和《三国演义》中另一则著名的爱情故事——吕布貂蝉故事——纯属虚构的情况不同。另外还有一个不同：虽然两者都是爱情结合政治的模式，但吕布貂蝉故事中爱情是假政治是真[②]，爱情完全服务于政治；刘备招亲故事则既有爱情也有政治，政治是真爱情也是真。这就使得刘备招亲故事在整个《三国演义》故事叙事中有点另类——《三国演义》是一部全程写政治的小说，有斗争，有阴谋，有算计，有厮杀，有血腥，唯独爱情在其中不能存身，而爱情对文学来说又是一个永恒话题，《三国演义》如果缺了爱情故事、爱情描写，那将会是令人遗憾的。所以对作家来说，他在讲述刘备招亲故事时要做好以下工作：一是尽力发挥爱情故事的润滑剂功能，写出这桩史上实有其事的政治婚姻中的浪漫和多情，写出爱情故事特有的气质，以形成《三国演义》中新的故事看点；二是协调爱情和政治这两个气质相左的故事元素之间的关系，使该故事成为整部小说的有机组成部分而不游离于作品之外；三是让这个故事个案和整个荆州叙事勾连、贯通，做好该故事与前后相关故事的榫接工作。孙权嫁妹是用来和刘备"固好"的，孙、刘争荆又导致双方关系的紧张，两个事件的意图恰好相反，换言之，对于争荆来说刘备招亲只能算是一个独立事件，与争荆无关。然而，作家却有义务

---

① （西晋）陈寿撰，（南朝宋）裴松之注：《三国志》，中华书局1982年版，第879页。

② 貂蝉后来嫁给了吕布，但这是王允、吕布联手诛除了董卓以后的后话，在王允连环计故事主体中，令人艳羡的所谓布蝉爱情就是假戏。《三国演义》第十六回："原来吕布有二妻一妾，先娶严氏为正妻，后娶貂蝉为妾……貂蝉亦无所出。"

把刘备招亲故事融入孙刘争荆序列，构建令人信服的逻辑链条。

本节的论述关键词：故事看点。

一、故事看点

“周郎妙计安天下，赔了夫人又折兵。”这句广为流传的民谚说的就是美人计故事，又俗称“刘备招亲”“东吴招亲”“甘露寺招亲”。

讲故事的人一定要注意故事看点，也就是故事中最吸引人的地方、最出彩的地方。美人计故事最吸引人、最出彩的地方在哪里呢？正如该故事名称所揭示的那样有两个：一个是美人，一个是计。或者换个说法：一是刘备招亲，一是周瑜妙计。两个看点为表里关系：周瑜妙计是表，是形式，它的内在内容是刘备招亲。

刘备招亲为什么能成为故事的看点？因为其中包含了两个人们感兴趣的故事元素——爱情和政治。这是一个后世人们非常熟悉也非常喜欢的爱情结合政治的故事叙事模式。不用说，刘备招亲是一个所谓的爱情故事，一个百战英雄和花季少女缔结美满姻缘的故事。作家在讲述这一故事时自然是抖擞精神去描绘、去创作的，使这一故事成了《三国演义》中能够显示作家艺术水准的著名段落之一，后世之所以乐见乐谈这个故事，亦源于此。诚然，爱情故事在文学创作中是最平常的题材，是所谓的永恒主题，古今中外皆然，奈何人们对它的兴趣一直浓郁，始终不减，更何况刘备招亲作为个案还确有一些与众不同的地方。那么在《三国演义》中，刘备招亲故事有哪些特异处呢？

第一，它几乎是《三国演义》中唯一的可被称作爱情题材的故事。《三国演义》是一部写战争的书，叙写战争、歌颂英雄，追求胜利和辉煌、光荣与梦想乃是题中应有之义，作家的职责所在，所谓爱情故事在小说中其实是没有位置的。严格意义上讲，《三国演义》中没有纯粹的爱情故事，所有的爱情故事，包括貂蝉的故事、张绣婶的故事、甄后的故事、孙夫人的故事等，都是战争叙事的一部分，要么是计，要么是恶，总之并非情。但这只是观察问题的一个角度。另一个角度，刘备招亲又明明白白是写“招亲”之事的，跟其他故事的叙事内容都不同。特别是和貂蝉的故事有区别。貂蝉的故事虽然表面上看像是写情的（貂蝉对董卓、对吕布说了很多情话，亦有很多情事发生），也很有演绎成爱情故事的潜质，但貂蝉无论是对董卓还是对吕布都是无情的，她是在报答王允、报效朝廷；刘备招亲故事如果褪去周瑜用计和诸葛亮破计的外壳，则其故事内核是充盈着浪漫与真情、欢爱与感动的，是真正的爱情故事。吴国太对刘备是真心欣赏和喜欢，不然怎肯把自己唯一的宝贝女儿托付给他，而且还是远嫁？刘备对孙夫人也是真爱，不然一个百战英雄，重任在肩，又怎么会在东吴府第中流连忘返、乐不思归？孙夫人对刘备的倾心和忠诚也没得说，从新婚到出走再到最后的殉节，读来都是令人满心的感动……不管怎么说，貂蝉故事里的情是假的，刘备招亲里的情是真的，这样写真情的爱情故事在《三国演义》中是找不到第二个的。

第二，它以故事的形式展示了富有生活气息、富有情趣和特色的中国婚姻文化。爱情是浪漫的，但再浪漫的爱情最终都要落实于婚姻，否则便是镜花水月。中国人特重婚姻文化，并把婚姻文化外化为隆重热闹、郑重其事的婚姻礼仪。《礼记》上说：“昏礼者，礼之本也。”[①] 家庭乃是社会的细胞，夫妇之道乃是人伦根本。由此可见中国人对婚礼、婚姻的重视程度。然而，文学作品中以故事的形式呈现婚姻礼仪场面的描写却不多见，这是为什么呢？因为中国传统的叙事作品特别注重故事的情节性、动作性，而婚姻礼仪场面描写相对而言比较静态，情节性、动作性不强，很难成为紧张紧凑的情节叙事中的一个有机组成部分。不过它不是不可以写。只要构思巧妙，安排得当，在叙事作品中再现婚姻礼仪场面往往能收获奇趣奇效。《三国演义》中刘备招亲故事就

① 《礼记·昏义》，（清）阮元校刻：《十三经注疏（清嘉庆刊本）·礼仪正义》，中华书局2009年版，第3648页。

提供了一个写作范例。

中国的婚姻文化把男女之爱转化为一套复杂烦琐的礼仪程序。首先，请媒人说媒。男女双方不能自媒，一定要双方通过媒人互通心意，以商婚约。先是吕范受孙权之托到刘备处提亲，刘备方经商议权衡后允婚，派孙乾为媒到东吴回话。孙乾的回话看似多余，似乎可由吕范代劳，实则不然，它体现了婚姻关系中的平等原则——男女双方必须各出介绍人。其次，男方携礼物到女方家提亲。刘备带着媒人和从人从荆州前往南徐（今江苏镇江），采买礼物，以向孙家提亲。由于诸葛亮的安排，这一次乔国老做了提亲传话的中间人。再次，相亲。古人的婚姻从来都不是男女双方自己的事，而是双方家族的事，所谓“父母之命，媒妁之言”说的就是这个意思。父母对于儿女的婚姻有决定权。孙权可以为妹妹的婚事做主，吴国太需要为女儿的婚事把关，于是有了孙权嫁妹的计策和吴国太甘露寺招亲的桥段。甘露寺招亲故事至今传为美谈。最后，择日完婚。实际上婚礼有六个步骤，即纳采、问名、纳吉、纳徵、请期、亲迎等，但刘备的事要特事特办，虚构小说也不需与现实情况完全贴合，不能完全按程序来，能减省的地方尽量减省，因为周围环境对他并不很友好，有人想要谋他的命。于是在乔国老的张罗下和吴国太的恩准下，“数日之内，大排筵会，孙夫人与玄德结亲”。刘备招亲走完了一套程序。

尽管刘孙姻缘有美人计之名，但人们对这段姻缘仍然是认可的，孙夫人本人也死心塌地地追随刘备，忠于刘备，并不认为哥哥孙权误了她的终身。从故事叙事角度看，作家既以故事方式呈现了中国古代婚姻礼仪的过程和场面，又不死守“六礼”程序，而是巧妙选择其中具有情节性、故事性的若干场面——吕范说媒、国老贺喜、国太招亲、孙刘斗胜、洞房刀枪等——进行精彩讲说，妙笔生花，读来引人入胜。故事扬长避短，详略有致，可谓构思巧妙、匠心独运矣。

第三，它是一个英雄配美人的爱情故事。在唐传奇、宋话本、元杂剧里，人们最常读到的是普通人的爱情故事，如张生与莺莺的爱情、李益与霍小玉的爱情、崔宁与璩秀秀的爱情、李甲与杜十娘的爱情、王文举与张倩女的爱情、柳毅与龙女的爱情等，写英雄美人爱情故事的并非没有，如《虬髯客传》写李靖红拂女，但数量很少，所以在元末人所写的《三国演义》中能读到像刘备招亲这样的英雄美人故事，确实给人耳目一新的感觉。

英雄美人故事为什么能引人入胜？因为英雄们不平凡的人生经历刺激了读者的想象，加持了英雄们爱情故事的魅力，人们会认为，英雄们的人生既然如此地不平凡、如此地充满传奇，那么他们的爱情故事也一定是不平凡的、充满传奇的。人们有这样的阅读期待。人们极有理由期待阅读到浪漫而又充满了传奇色彩的爱情故事。

极有创作天分的罗贯中没有辜负人们的阅读期待，他不仅把刘备招亲的故事写得风光旖旎、美不胜收，而且还写得惊心动魄、悬念迭出，充满了紧张感和节奏感。从吕范说媒、东吴提亲到甘露寺相亲、洞房花烛，可以说婚礼的每一步都似乎暗藏玄机和杀机，令人有步步惊心之感。且不说在三百刀斧手廊下“侍候”的氛围里相亲是何等感受，单道一个洞房花烛就叫人心惊肉跳：

> 至晚，客散，两行红炬接引玄德入房，灯光之下，但见枪刀簇满，侍婢皆佩剑悬刀，立于两傍，吓得玄德魂不附体。正是：惊看侍女横刀立，疑是东吴设伏兵。毕竟是何缘故，且看下文分解。（第五十四回）

自古来有这样写洞房花烛的吗？没有。洞房是美人相待的地方，洞房是神仙洞府地、温柔富贵乡，洞房是喜庆、祥和、双宿双飞、琴瑟和鸣的所在，怎么能够“枪刀簇满”“侍婢皆佩剑悬刀”呢？那不是军中杀俘测胆的阵仗吗？那不是关云长于万将丛中取颜良首级的场景再现吗？竟然被写在了人们满心期待的洞房花烛时，竟然被写成了充满悬念的“且看下文分解”！但其实是虚惊一场。可见作家别具一格、别出心裁、别有匠心的巧妙设计。

二、诸葛亮的取胜之道

刘备招亲故事还有一个特别的地方，那就是充满了政治色彩，爱情和政治元素结合得如此紧密，人们很难将二者进行剥离。这正是本故事的又一个看点。不仅刘备招亲是本次政治斗争事件的主要内容，而且招亲过程中亦充满了双方的政治博弈和政治斗争内容。在这里，爱情和政治确实是难解难分的。

回顾以往的文学叙事作品，有专写爱情的，有专写政治的，爱情和政治常为二事，不相粘连，互不干涉；即使有能将二者很好结合的题材如李隆基与杨玉环的故事，人们在处理的时候也往往是详此而略彼，并不在二者如何结合、如何勾连的问题上花工夫。白居易《长恨歌》是名作，其叙写的侧重点是李隆基与杨玉环的爱情，李隆基的荒淫误国和安史之乱的发生等政治元素只是诗中的点缀，是为歌咏李、杨二人历久弥坚、超越生死的爱情服务的。在诗人的笔下，无论有没有政治，李杨二人都会相爱，他们的爱情不因政治事件的发生而转移。后来续写李、杨故事者如白朴《梧桐雨》、洪昇《长生殿》等，都承袭了白居易侧重于写李、杨爱情的路数。

唐宋传奇小说中有一些题材，如李靖和红拂女的故事、石崇和绿珠的故事、唐明皇和杨贵妃的故事等，如果设计一下是可以将政治和爱情两种故事元素紧密结合、两全其美的，可惜作者们并没有在这上面花工夫。

《三国演义》中的美人计故事就既写了爱情又写了政治，而且还创造性地将爱情和政治有机地合而为一、融为一体，成为一个一体两面、互为表里的爱情结合政治的故事。爱情中有政治，政治中有爱情，刘孙姻缘因争荆政治而生而成，刘孙姻缘亦促进了争荆政治的发展，并随着争荆政治的进一步的发展而缘起缘灭。

刘孙姻缘是周瑜为向刘备、诸葛亮讨要荆州而设之计，也就是在刘备新丧甘夫人的情况下，以孙权之妹为诱饵，把刘备骗到东吴来扣作人质，强迫刘备方归还荆州。从周瑜的方面看，刘孙姻缘只是手段，要回荆州才是目的；而且他也没打算真的要把孙权之妹嫁给刘备，他没这个权力，也没这个胆量。孙权之妹嫁给谁吴国太是第一责任人，孙权作为“国主”（当时三国尚未分）和兄长也有决定权，但周瑜没有。他只有建议权。所以在他最初设计的美人计中，他并没有设想刘孙成婚的爱情场景，对周瑜言听计从的孙权也没有。他只做着刘备被扣作人质、荆州被顺利要回的美梦，而没有备用计划。

然而，轻敌者总是要失败的。周瑜在一眨眼之间就定下了美人计：

> 细作曰：“刘玄德没了甘夫人，即日安排殡葬。”瑜谓鲁肃曰：“吾计成矣。使刘备束手受缚，荆州反掌可得。”（第五十四回）

他没有认识到荆州问题的重要性，也没有预料到以孙权之妹为诱饵来扣押刘备所牵涉问题的复杂性，更不知道自己的真正对手是谁，这样一个不知己（高估自己的能耐）不知彼（轻视对方的应对之策）的美人计设计，焉有不败之理？

果然，诸葛亮让他领教到了什么叫厉害。庸手下棋，想一招是一招；高手下棋，会通盘考虑、全程考虑眼前棋局，想一招便是很多招、无数招。周瑜刚刚想到美人计，还没对实施办法以及所可能遇到的问题作出安排和研究，就迫不及待地宣称“荆州反掌可得”，其轻敌、幼稚、骄狂之态溢于言表；而诸葛亮先是“在屏风后潜听”，再“别作商议”，然后“卜易，得一大吉大利之兆”，先了解情况，再仔细研究、寻找对策、全面筹划，可谓极其审慎，和周瑜形成鲜明对比。之所以要“卜易”，一是表明态度审慎，二是为了使刘备坚定去东吴的信心。所以，周瑜是一计包打天下、浮躁轻狂，诸葛亮却要一连想出三条应对计策，认真不苟，还挑选了既忠心又勇敢且精明细心的赵云来实施，以确保成功。为什么要有三条应对计策呢？因为诸葛亮欲借以达成三个目的：其一，使周瑜半筹不展；其二，吴侯之妹，又属主公；其三，荆州万无一失。也就是说，一要让刘备安全地去，不被东吴扣为人质；二要让刘备去得有面子、有尊严、有收获，娶到孙权的妹妹；三要让刘备安全地回，断了东吴对荆州的妄想。三个目的每一个都是高难度，都是令人望而生畏的任务，但诸葛亮是何等样的人物？不仅智慧超群，而且谨慎应对，这是难不倒他的。果然，在诸葛亮谨慎而巧妙的应对下，三个目的一一得以实现。

怎样破周瑜扣押刘备做人质的计？答案是利用舆论的力量。扣押刘备做人质是搬不上台面的匪徒行径，岂是光明磊落的英雄豪杰所能行之事？所以只能私底下悄悄地做，知道的人越少越好。诸葛亮便利用了周瑜计策的此一弱点，在南徐大张旗鼓地宣扬刘备招亲之事，一面让刘备赍礼物拜访在东吴地位尊崇的二乔之父乔国老，由他向吴国太传话，一面让“随行五百军士，俱披红挂彩，入南徐买办物件，传说玄德入赘东吴，城中人尽知其事”，舆论声势造得大大的、足足的。在舆论的约束下，周瑜还怎么好扣押刘备？正如乔国老所指出的那样，“若用此计，便得荆州也被天下人耻笑。此事如何行得”！所以，诸葛亮此招确是刘备的护身符，击中了周瑜的软肋。

怎样娶到孙权的妹妹？答案是利用亲情和礼教的力量。要娶到孙权的妹妹，必得走招亲的程序，过吴国太这一关。吴国太点头则事成，吴国太不点头则事败。就这么简单。那么，吴国太肯将刘备招作女婿吗？诸葛亮有这个信心，原因有三。首先，刘备本人是“汉室宗亲”“当世豪杰”“有龙凤之姿，天日之表，更兼仁德布于天下”，也就是既有好出身、好名声，也有好品貌、好人材，内外皆好，文武双全，虽然年纪大了些，“若招得这个女婿，也不辱了令妹”。其次，乔国老这个中间人找得好，他既是个乐于成事的热心人，又和吴国太、孙权说得上话，是成就刘孙姻缘的不二信使。最后，也是最为关键的一条，那就是亲情和礼教：“女儿须是我的”，这是亲情，“杀了刘备，我女便是望门寡，明日再怎的说亲？须误了我女儿一世”，这是礼教，这亲情和礼教像两只无形之手，推着吴国太作出有利于刘备的决断。吴国太是孙权母亲（庶母兼姨母），孙权又是孝子，而一旦吴国太招刘备做女婿，那她自然就成了刘备的“保护伞”了。

然而又有一条：英雄难过美人关。如果刘备耽溺于美满爱情、安逸生活中不能自拔，那又怎么办呢？这一层其实诸葛亮也料到了，并作出妥善安排。终于，刘备决定回荆州。

但怎样让刘备安全地回来，以便断了东吴对荆州的妄想呢？答案是利用孙夫人的特殊身份以及道德的力量。不要指望孙权、周瑜会因为刘备做了东吴女婿就乖乖地放刘备回去，也不要指望吴国太能永远地罩着刘备，甚至也不要指望孙夫人和孙权之间的“亲情”能保护刘备无事，这一切其实都有个前提，那就是刘备交出荆州，如果不交出那就永远待在东吴不回荆州。而这又是诸葛亮不能答应的，所以他要想出能让刘备安全回来的应对之策。他首先能利用的是孙夫人的特殊身份，也就是孙氏兄妹之间的亲情，这样至少能够吓得住奉命前来追杀刘备的那些人物，可要是孙权对孙夫人痛下杀手、亲情这张牌不好用了呢？诸葛亮还可利用道德，也就是把孙权用孙夫人做香饵来骗杀刘备的美人计告知孙夫人，以此激发孙夫人挺身而出保护刘备。无疑，这美人计本身是不道德的，它和道义与亲情对立。既然孙权不顾兄妹之情设下美人计来毁掉孙夫人的名誉和人生，那孙夫人又何必顾惜兄妹之情？夫婿刘备才是她一生的依靠啊！

诸葛亮抓住了周瑜美人计中的弱点和破绽，反将一军，把周瑜打得落花流水，“赔了夫人又折兵”。诸葛亮应对成功的原因除了其态度审慎、方法得当外，还在于他找到了一个很好的计划执行者——赵云。诸葛亮不能自己出马和周瑜斗智。客观的原因是荆州方面事务重，脱不开身，而他又没有适合的身份陪同刘备到东吴招亲（既不是媒人也不是当事人）。主观的原因是在刘备招亲过程中，诸葛亮不便明着和周瑜斗智斗法，周瑜有了防备，诸葛亮的法子可能就不灵了。再说赤壁之战时，周瑜和诸葛亮已结下了梁子，周瑜欲置诸葛亮于死地，诸葛亮岂会自投罗网、以身犯险？所以必得找一个计划执行者代自己行事。

赵云是很好的人选。他是刘备的护卫，“当阳长坂抱阿斗者”，威名赫赫的忠勇之士，有适合的身份陪同刘备到东吴招亲；更重要的是，赵云精明细心、机警灵活，应变能力强，诸葛亮给了他三个锦囊，须依次而行，他能不早不晚，适时判断出到了什么时候该打开锦囊问计——这是需要相当水平的。还有其他许多需要相机行事的事情和场合，如甘露寺遇险等，赵云都出色地完成了任务。

三、美人计和荆州叙事的榫接

美人计的主体内容是爱情故事，这在《三国演义》以政治性、军事性为特色的整个故事讲述中是很另类的，稍不留神便容易把它写成“巴尔扎克的手”，虽然精彩，却处于游离状态，和整个故事讲述之间缺少应有的关联性。为免于此，作家着意加强美人计故事和荆州叙事之间的榫接，建构起爱情结合政治的新的叙事模式，一方面以刘备招亲作为孙刘争夺荆州的一种方式和手段，另一方面又在招亲过程中穿插了若干孙刘政治博弈与斗争的内容，“爱情”和“政治”由此合而为一、浑然一体了。

美人计是怎么产生的呢？这要追溯到赤壁之战时期。赤壁之战时，在共同对付曹操的过程中，周瑜和诸葛亮互相斗智，周瑜总是落败或计差一筹，由此产生了瑜亮情结，周瑜嫉恨诸葛亮，几次三番地欲加害于他。随后，荆州地区的南郡成为故事叙事关键词，周瑜出死力和曹军血战争夺南郡，并因此受了毒箭伤，可南郡却被诸葛亮用巧计夺占了去，把周瑜气得毒箭伤复发，命在旦夕。周瑜本立马要与诸葛亮厮杀夺回南郡，被鲁肃劝止，加之孙权在东线有合淝之围要解，周瑜“只得班师回柴桑养病”，但荆州的事他仍然放不下，南郡之仇他仍然要报。他为什么这么执着于荆州、南郡呢？其一，“权拜瑜偏将军，领南郡太守……屯据江陵”[1]，有南郡太守之名而无南郡太守之实。小说第五十六回也写曹操“表奏周瑜为总领南郡太守”。其二，荆州南郡“正当冲要之处”，北上可进中原与曹氏争衡，西上可收益州而稳固长

① （西晋）陈寿撰，（南朝宋）裴松之注：《三国志》，中华书局1982年版，第1264页。

江防线，对东吴来说可谓生死攸关，乃必争之地。其三，在故事的叙事设定上，他和诸葛亮是死对头，他本来对诸葛亮就充满了嫉恨，现在又在南郡问题上被诸葛亮算计，他实在咽不下这口气。其四，在诸葛亮巧占南郡前，刘备在荆州是客，无立足之地；有了南郡，刘备便是主，不仅有了大本营，而且会借机向周边拓展——事实上，刘备也很快夺占了桂阳、零陵、武陵、长沙四郡——这对东吴来说，不啻身边多了只猛虎，哪里能够容忍呢？

所以周瑜执着于荆州、南郡，对之志在必得，不断地对刘备、诸葛亮施计用策。一是亲去油江口（后改公安），向刘备、诸葛亮表明取南郡之意，并订下“吾若取不得，那时任从公取”的口头协议，为之后诸葛亮用巧计夺占南郡提供了必要的信义条件，也为周瑜夺南郡第一回合落败埋下了伏笔。二是派鲁肃到刘备处讨要荆州，被诸葛亮以“刘琦是荆州的正经主”加以应对，并只得到“若公子不在，须将城池还我东吴”的含糊承诺。三是刘琦果然病亡，鲁肃借吊丧之名来讨要荆州，被诸葛亮严词训斥，责之以国家大义（刘备既是汉室宗亲，又是刘表之弟，有权得到荆州），鲁肃无奈签下借荆州的字据。四是刘备夫人新丧，周瑜便设美人计企图夺回荆州，结果是“赔了夫人又折兵”。五是周瑜上书孙权令鲁肃讨要荆州，后又设计出假途灭虢之计，结果被诸葛亮破功，周瑜毒箭伤复发而死。

可以看出，在《三国演义》的故事讲述中，赤壁叙事和荆州叙事其实是上下连贯、不能分开的：赤壁叙事是荆州叙事的前提，荆州叙事是赤壁叙事的后续，两者都把周瑜和诸葛亮的斗智斗法作为故事叙事的一个重要看点，以展示孙、刘双方复杂的政治关系。在荆州叙事部分（周瑜参与的部分），因曹操主力北退，故双方“团结”的一面减弱了，“斗争”的一面增强了。围绕荆州的争夺，周瑜连连用计，诸葛亮连连破计，计策先后相继，一环套一环，构成一个不能断续的情节链条。内容上有点另类的美人计故事就这样夹杂于其间，合铆接榫，顺理成章，天衣无缝，读来全无违和感。史书上的“孙权嫁妹”本与孙刘争荆无关，亦与周瑜、诸葛亮的斗智无关，亦与周瑜稍后的病亡无因果联系，只是巩固孙刘联盟的手段而已。可作家却匠心独运，把“孙权嫁妹”巧妙改编成美人计故事，编织进孙刘争荆的叙事序列中，编织成周瑜、诸葛亮斗智的重要一环，可谓妙不可言。美人计故事以刘孙姻缘为体，以争荆政治为用，完美地创造了一种紧凑的爱情结合政治的新型叙事模式，体现了极高的叙事艺术性。

为了使刘孙姻缘更紧密地融入争荆政治斗争的故事序列，作家在写刘备招亲的过程中也不时穿插孙权、周瑜和刘备之间的暗战和较量，如甘露寺招亲时布置刀斧手、孙权和刘备剑劈恨石及纵辔飞马、周瑜施计令刘备淹留东吴等；美人计最后也以刘备带着孙夫人胜利回到荆州作结。可以说孙刘争荆斗争贯穿于刘备招亲故事的过程和始终，两者是不可分开的。

四、美人计的哲学和文化心理意义

美人计故事不仅内容有趣，形式新颖，而且故事中还蕴含了一些哲学和文化心理的意义，值得品味。

这是一个典型的中国式故事，有中国独特而悠久的传统文化作为故事底色和背景支撑。那么，是怎样的中国文化语境促成了这脍炙人口的美人计故事呢？

第一，辨是非明善恶的文化观念。中国文化讲是非对错，明善恶正邪，倡导存是去非、扬善惩恶。“无是非之心，非人也”[①]，“勿以恶小而为之，勿以善小而不为”[②]，“积善成德，而神明自得，圣心备焉”[③]。在《三国演义》中，刘备因为处处为善而受人爱戴，曹操因为时时为非作歹而遭人唾弃。这种辨是非、明善恶的耻感文化观念同样支配着美人计故事的设计方式和发展走向。周瑜设计的这个美人计目的是邪恶的，手段是下作的，内容是粗

① （清）阮元校刻：《十三经注疏（清嘉庆刊本）·孟子注疏》，中华书局 2009 年版，第 5851 页。

② （西晋）陈寿撰，（南朝宋）裴松之注：《三国志》，中华书局 1982 年版，第 891 页。

③ （战国）荀况著，方勇、李波译注：《荀子》，中华书局 2015 年版，第 5 页。

糙的，那么在古人崇正黜邪、善恶有报的文化语境里，这就注定是要付出巨大代价并且会失败的。“周郎妙计安天下，赔了夫人又折兵”就是对周瑜歹毒邪恶计策的惩罚，就像戏文中让背亲弃妇的蔡伯喈遭到雷轰、忘恩负义的陈世美遭到刀铡、凶恶残忍的贾似道遭到诛杀一样。坏人作了恶如果未遭恶报，在中国文化语境里通常是不被接受的。“为善的受贫穷更命短，造恶的享富贵又寿延。”① 中国文化视之为天地间最大的不公并予以强烈谴责。与周瑜受惩罚相对，刘备、诸葛亮行正义、走大道，破了周瑜的毒计，当然会得到好报、取得成功。虽然事实上诸葛亮的三个锦囊妙计并不足以应对刘备所能遇到的各种危险，但中国的善恶耻感文化已经注定了刘备最终一定会携美人凯旋荆州，虽有巧合却不会有意外。

第二，重伦理亲情、爱喜庆热闹的文化心理。中国古人有“家国同构”观念，家是小国，国是大家，治国犹如治家，要治好国必得先治好家，“刑于寡妻，至于兄弟，以御于家邦”②；“一屋不扫何以扫天下”③。所以，中国人很重视家庭伦理亲情，提倡孝悌之义和夫妇之道，努力把家庭打造成稳固国家与社会秩序的基石。而家庭之得以成立，确立婚姻关系乃为其前提、为其开始，男婚女嫁，生儿育女，开枝散叶，家庭、家族、社会就不断地发展壮大。所以，结婚生子被称为“终身大事”，洞房花烛是喜庆、祥和、热闹的，美满团圆乃中国人普遍的期待和追求，婚礼和婚仪成为代代相传的隆重欢庆的仪式。“君子成人之美，不成人之恶”，“宁拆十座庙，不毁一桩婚”。在文学书写阅读中，大团圆结局成为一种固定模式，便是这种传统文化心理的写照。我们在刘备招亲故事中，也能够体会到这种传统文化心理在暗暗

① （元）关汉卿：《窦娥冤》，（明）臧晋叔编：《元曲选》，中华书局 1958 年版，第 1509 页。

② 高亨注：《诗经今注》，上海古籍出版社 1980 年版，第 385 页。

③ 东汉名士陈蕃年少时“尝闲处一室，而庭宇芜秽”，有人问他“何不洒扫以待宾客”，他回答说：“大丈夫处世，当扫除天下，安事一室乎！”事见（南朝宋）范晔撰：《后汉书》，中华书局 2000 年版，第 1459 页。后人反用其意，提出“一屋不扫何以扫天下”的人生命题。

统摄着故事的写作。吴国太为什么能镇得住孙权保得了刘备？乔国老为什么要劝说吴国太招刘备做女婿？吴国太为什么能看上刘备这个与自己年纪相仿的人做女婿？孙权为什么不趁吴国太不在旁的时候杀了刘备？孙夫人为什么愿意配合刘备逃回荆州？要回答这些问题，或者说解释故事如此这般走向的密钥之一，便是这种重伦理亲情、爱喜庆热闹的文化心理。比如说吴国太为什么能看上刘备这个与自己年纪相仿的人做女婿？如果你了解了有这种文化心理因素在背后起作用的话，你就不会这样问了。试问，你难道不希望刘备和孙夫人之间能缔结一段美满团圆的姻缘吗？

第三，乐观向上、人定胜天的文化精神。诸葛亮为什么给了赵云三个锦囊妙计以后就放心大胆地把事情交给他？除了情势不允许诸葛亮去东吴外，更有一种乐观向上、人定胜天的文化精神。这就和东晋时谢玄在前方作战而谢安在后方弈棋的原因是一样的，都有一股自信精神在内心支撑着。诸葛亮相信，自己行正义、走大道，计划周详缜密，又找到足够聪明、可靠的计划执行人，那么，不管事情发展会面临多大的不确定性，不管前路有多少艰难险阻和风险挑战，最后的胜利必定是属于自己的。他在刘备去东吴之前算了一卦，得大吉大利之兆，与其说这是信天命，不如说这是他乐观自信的表现。“非惟天时，抑亦人谋也。”[①] 诸葛亮是智谋之士，他相信事在人为，他相信人谋的力量。他正是靠着这种精神力量创造了他人生中的辉煌与梦想，后人之所以崇敬、景仰诸葛亮，良有以也。其实这种精神力量非唯诸葛亮一人有之，古往今来中华民族的许多仁人志士都拥有它并努力去践行它，坚持不懈，一往无前，从而将其内化为我们民族的一种伟大的民族性。孟子说：“虽千万人，吾往矣！”[②] 这是一种强大的自信力量。荀子说：“大天而思之，孰与物畜而制之？从天而颂之，

① （西晋）陈寿撰，（南朝宋）裴松之注：《三国志》，中华书局1982年版，第912页。

② 杨伯峻译注：《孟子译注》，中华书局2018年版，第66页。

孰与制天命而用之?”[①] 这是对人的智慧与潜能的充分肯定。面对再强大的敌人，只要你认真对待，发挥潜能，竭尽人谋，就一定能打败它、克服它、消灭它。

美人计故事不应被当作一个寻常故事对待，它和中国的传统文化血脉相连。

第三节　祁山悲歌

紧接在荆州叙事之后的是祁山叙事。祁山叙事不仅指诸葛亮的六出祁山、北伐中原，还应包括此前的南征南中，即七擒孟获故事。这是六出祁山前必要的准备，为之解决了后顾之忧。北伐事业未竟，诸葛亮病逝五丈原，此后的故事讲三分归一，显得有些匆促、潦草、纷乱，可以统称为“后祁山叙事”。汉末英雄悉数退出历史舞台，诸葛亮成为祁山叙事的当然主角，这给丰富、补充诸葛亮的形象刻画提供了契机。

在赤壁叙事、荆州叙事中，诸葛亮很多时候都处在后方，无法走到前台，如赤壁之战中周瑜和曹操的较量、美人计中刘备招亲、荆州之争中关羽对付东吴和曹操、夷陵之战中刘备和陆逊的较量等。这给充分展现诸葛亮的形象特征造成了困难。总体上讲，尽管作家做了很大的努力，赤壁叙事和荆州叙事中的诸葛亮形象还是显得比较单薄、单一，除了聪明过人以外，他的形象难以带来其他感人的力量。

祁山叙事则不然，无论是七擒孟获还是六出祁山，都给诸葛亮提供了广阔的活动舞台和自我表现空间，是在诸葛亮艺术形象塑造方面有力而必要的补笔。

本节的论述关键词：形象补笔。

① （战国）荀况撰，方勇、李波译注：《荀子·天论》，中华书局2015年版，第274页。

一、两个叙事圆环

《三国演义》开篇用一句今人已耳熟能详的话作为故事引言："话说天下大势，分久必合，合久必分。"这句大气磅礴的起首语颇具历史的厚重感，一下子就把读者的思绪引向历史深处，浸入历史的沉思之中。考察周秦以降中国历代王朝的兴替，确实存在分合循环的规律，西周后有列国之分，后又合于秦；秦后有楚汉之分，后又合于汉；汉后有三国之分，后又合于晋……《三国演义》整部小说，其实就是在演绎一段由汉至晋的分合循环的历史，构成了一个合——分——合的历史的圆环。这是一个纵向的显性的圆环。

还有一个横向的隐性的圆环，也就是地理上或者说空间上的圆环。

第一，汉末群雄的故事是从西北凉州的董卓开始写起的，由董卓写及并州的吕布，吕布逃离长安后投奔袁术，于是故事空间转到徐州（凉州→并州→徐州）。

第二，吕布被徐州周边诸势力剿灭，于是故事又转到了刘备、曹操、袁绍（徐州→青州、豫州→幽州、冀州、并州）。

第三，刘备借故离开袁绍依附刘表，曹操在消灭袁绍、荡平北方后南下，追逐刘备，并在赤壁地区和孙刘联军展开了一场恶战（冀州→荆州→扬州）。

第四，赤壁之战后孙、刘争夺荆州，刘备又西进益州（荆州→益州）。

其五，刘备死后，诸葛亮一方面稳定西南局势，另一方面北伐中原，六出祁山，在西北地区和曹魏作战，姜维继之（益州→凉州、雍州）。

于是形成了一个地理圆环：凉州→并州→徐州→豫州→冀州→荆州、扬州→益州→凉州。这个地理圆环囊括了汉末三国时期中华地理疆域的主要地区和核心地区，与前述纵向的历史圆环或时间圆环紧密相连，表明在这些地区范围内（当然并不仅限于这些地区）发生的故事，无论地区之间是分是合，亦无论地区位置是中心是边缘，都是属于中国的故事，都是值得讲说的故事，都是可歌可泣的故事。这中间隐寓了中国人追求圆满、追求大一统的国家观念和政治哲学。

这个地理圆环从凉州起，至凉州终，以凉州为联结点。为什么会这样？或者说，故事叙事为什么会从益州跨越到凉州？

二、“隆中对”战略的第三步

荆州之争结束时，实际上三国鼎立的局面已经形成，三国之间以及三国各自内部都继续发生着许多故事。然而《三国演义》故事叙事仍须紧扣蜀汉叙事主线，抓主放次，而不能采取齐头并进、穿梭交织的叙事策略，这样一来可以彰显尊刘贬曹的主题，二来可以避免叙事混乱的局面。

写蜀汉，要写它的奋斗，要写它的发展，要写它的成长。蜀汉的目标是“兴复汉室，还于旧都”，这是诸葛亮《出师表》里的宣言，是蜀汉之所以立国的依据，无此则刘备称帝亦等同于篡窃；蜀汉的发展方略是隆中对，是一个“三步走”的发展规划路线，现在，第一、第二步已经走完，该走第三步也就是北伐中原了。

原先规划的北伐路线有两条：一是从荆州方向北击宛、洛，二是从益州方向北出祁山。这是一个分进合击的战略。如果成功的话，两个方向上能够互相呼应，像一把钳子对曹魏西部形成夹击之势。实现这一战略构想的前提有三：一是以兴刘灭曹为战略目标，二是以跨有荆、益为战略基石，三是以孙刘联盟为政治基础。这一战略构想的利弊得失暂且不论，它对当时处在困境中的刘备来说是颇富野心、颇具吸引力的。不幸的是，与东吴的关系没有处理好，关羽大意失荆州，从荆州方向突破的路线被生生掐断了。那么，现在蜀国该怎么办呢？

有三条路。一是守住益州，自成一统。这似乎是最稳妥的一条路，其实却是不可行的。《三国演义》不鼓励保守、退缩，它通过讲述英雄征战的故事向人们传递奋斗、坚持、追求光荣和梦想等崇高理念，而且，从当时情况来看，无论是魏还是吴，都不会允许蜀国长期偏安于一隅的，如果采守住益州，自成一统之策，那么蜀国将不进则退、国祚不永。蜀国须有一场立国之战，证明自己生存的能力。二是与东吴交兵，重夺荆州。这条路最不可行，原因不言而喻。夷陵之战后蜀汉已再无力和东吴交兵交恶，东吴没有乘胜追击已经是谢天谢地，蜀汉为何反倒要招惹它？那是自取速亡之道。何况荆州是夺不回来的。另外，还要防着曹魏趁火打劫。三是北出祁山，进击中原。这看似有些自不量力、以卵击石，其实只要策略得当，方法正确，外加一些运气，不是没有成功可能性的。这正是刘备之后蜀汉主事者诸葛亮选择的一条路。俗话说，富贵险中求。何况诸葛亮已贵为丞相，他所求的哪里是富贵功名，他所求的乃是当时人以及后世人都视为正当和正义的信念——兴刘灭曹，恢复国家统一，给人民带来和平与安宁。“先帝创业未半而中道崩殂，今天下三分，益州罢弊，此诚危急存亡之秋也。”“今南方已定，兵甲已足，当奖帅三军，北定中原，庶竭驽钝，攘除奸凶，兴复汉室，还于旧都。”[①] 字字句句出于拳拳之心。当然，诸葛亮矢志北伐也有报答刘备知遇之恩的原因。《三国演义》里有很多知恩图报、忠主不二的人物故事，如周瑜、鲁肃、诸葛瑾之于孙氏等，不一定都是讲忠汉报刘的。忠君和报主是两个层面的概念，未必能合于一。“士为知己者死，女为说己者容。”[②] 古代的高尚之士崇信知恩图报、忠主不贰的人生信条。诸葛亮把忠君和报主融为一体了。

于是，故事从益州跨向凉州，在叙事空间上构成了一个地理圆环。但跨向凉州这一步并不是轻易能够迈出的，有不少前期工作要做。第一，稳定东部局势。夷陵兵败后，刘备驾崩于白帝城，诸葛亮受命辅佐刘禅。曹丕闻知，接受司马懿建议，用五路大军从四面攻打蜀国。这五路之中，有四路诸葛亮皆派员将把关拒之，唯有东路也就是孙权这一边未派一兵一卒，只派了邓芝到

① （三国）诸葛亮：《出师表》，（三国）诸葛亮著，段熙仲、闻旭初编校：《诸葛亮集》（中国思想史资料丛刊），中华书局2014年版，第5～6页。

② （西汉）司马迁撰，（南朝宋）裴骃集解：《史记》，中华书局1982年版，第2519页。

东吴劝说孙权重建联盟。邓芝使吴获得了成功，从此蜀、吴未再交兵，“因结和亲，遂为与国”[①]，蜀汉东部局势得以稳定。诸葛亮一向重视孙刘联盟，他这次重建联盟获得成功的依据是，孙权既不敢西进犯蜀，也须防着曹魏对他伺机下手。孙权为什么不敢西进犯蜀呢？夷陵之战结束后陆逊没有乘胜追击就很能说明问题：一方面他惧怕诸葛亮的石阵，另一方面他惧怕曹魏偷袭。曹魏果然派了三路大军从三个地方攻打东吴先按下不提，单说诸葛亮的石阵，这其实是在告诉东吴，蜀国的山地不同于东吴，蜀国有地利之便，东吴若想西犯，必败无疑。事实也确实如此。“蜀道难，难于上青天。”三国军队各有优长：曹魏善陆，东吴善水，蜀汉善山。各有其利其害，东吴焉敢冒险？

第二，稳定南部局势。要想北伐，南部就是后方，南部局势不稳，就会造成腹背受敌的局面。刘备病逝、诸葛亮主政之初，“南中诸郡，并皆叛乱”[②]，其中最要命的是以孟获为首的南方蛮兵（诸葛亮安居平五路中有一路即孟获之兵），马谡说：

> 南蛮恃其地远山险，不服久矣；虽今日破之，明日复叛。丞相大军到彼，必然平服；但班师之日，必用北伐曹丕。蛮兵若知内虚，其反必速。（第八十七回）

这给北伐造成了巨大隐患。为了解决这一难题，诸葛亮接受马谡“攻心为上，攻城为下；心战为上，兵战为下”的建议，对孟获七擒七纵，终于使其心服，不再反叛，从而稳定了南部局势，也为北伐提供了充足的军需物资。

从叙事上说，马谡深刻领会诸葛亮的北伐思想并提出征蛮的正确策略，使诸葛亮对马谡颇为欣赏（这跟当年孙权对鲁肃的军事才能产生欣赏同理），从而为后来北伐时误判马谡之才并重用他守街亭一事打下伏笔。讲故事就需要密针线，做好埋伏照应的

---

① （西晋）陈寿撰，（南朝宋）裴松之注：《三国志》，中华书局1982年版，第918页。

② （西晋）陈寿撰，（南朝宋）裴松之注：《三国志》，中华书局1982年版，第918页。

工作。试想，如果没有马谡向诸葛亮提出正确建议这一笔，那么，故事中被塑造得聪明无比的诸葛亮后来怎么会“阴沟里翻船”，犯误用马谡守街亭这样的低级错误呢？这不是毁了诸葛亮的清誉、毁了诸葛亮形象建构的整体性和统一性吗？

如果仅仅因马谡在征南战争中提出正确建议就重用马谡的话，那么诸葛亮也确实失之轻率了，事实上，马谡的确有不错的军事头脑，曾提出不少正确的、有用的、高明的军事建议。《三国演义》中叙写了另一件：离间曹叡和司马懿的关系。曹叡继位后，对顾命辅政大臣司马懿有疑忌，司马懿知趣，自请把守西凉等处，曹叡准奏。消息传到成都，诸葛亮大为忧虑，说：“司马懿深有谋略，今督雍、凉兵马，倘训练成时，必为蜀中之大患。不如先起兵伐之。”马谡不同意，提出自己的看法：一是刚刚打完征南战争，应当休养生息，不宜再次远征；二是可用反间计让曹叡除掉司马懿。应当说马谡的意见是有道理的，而且可行，仍是“攻心为上，攻城为下；心战为上，兵战为下”。诸葛亮接受了马谡的建议。虽然这次反间计未能达到让曹叡除掉司马懿的目的，却可以算是成功的，因为司马懿被夺去兵权、削职回乡了，从而以极低的成本消除了诸葛亮北伐之路上的一大隐患。

于是，在结交东吴、平定叛乱、收服蛮兵、宾服远邦、准备军需物资以及消除司马懿隐患诸事之后，诸葛亮上《出师表》，率三十余万大军进驻汉中，以图北伐。时在蜀汉后主建兴五年（227年），亦即曹魏太和元年，曹叡登基的第一年。

《三国演义》一字不落，全文录载诸葛亮《出师表》。读诸葛亮《出师表》，字字泣血丹心，千载之后想见其人，一股悲壮的忠君报国之情油然而生！“《出师》一表真名世，千载谁堪伯仲间！”[①] 诸葛亮的北伐战争打得确实悲壮，从228年正式出兵，到234年病逝五丈原，六七年间蜀、魏交兵竟达六次之多，而终究

① （南宋）陆游著，钱仲联校注：《剑南诗稿校注》，上海古籍出版社1985年版，第1346页。

功败垂成，赍志以殁——“出师未捷身先死，长使英雄泪满襟”[1]！

三、失、空、斩

诸葛亮的北伐战争——蜀、魏的六次交兵，即著名的六出祁山。说是六出祁山，其实出祁山（在今甘肃礼县东北，山长约25公里，其地有祁山堡武侯祠、祁山古战场）只有两次：第一次和第五次，其他四次是在其他的地方和方向作战的（第二次出散关，围陈仓；第三次拔武都、阴平，至建威；第四次屯军城固赤阪；第六次由斜谷出，至五丈原）。从作战攻防上讲，第四次曹魏攻汉中，诸葛亮屯军城固防守，魏军旋即撤退，曹魏是主动进攻方，除此之外，其他五次都是蜀汉主动进攻的，是进取的一方。

在京剧《失、空、斩》的加持下，诸葛亮一出祁山成为家喻户晓的故事，说的是诸葛亮在智取南安、安定、天水三郡后，兵出祁山，剑指长安。曹叡派曹真率二十万大军迎战，被诸葛亮打得落花流水，迫使曹叡御驾亲征，并起用被削职的司马懿。司马懿果然是厉害角色，是诸葛亮的对手。他一复职就迅速平定了孟达的反叛，然后奔赴长安，听曹叡调遣。司马懿以张郃为前部先锋，命令他攻取街亭和列柳城，切断蜀兵从汉中至前线的粮道。诸葛亮原欺曹真无谋，未派兵守街亭、列柳城，现在得知司马懿复职，大惊说：“今司马懿出关，必取街亭，断吾咽喉之路。”接下来，《三国演义》有一段精彩的对话：

> （孔明）便问：“谁敢引兵去守街亭？”
>
> 言未毕，参军马谡曰：“某愿往。”
>
> 孔明曰：“街亭虽小，干系甚重。倘街亭有失，吾大军皆休矣！汝虽深通谋略，此地奈无城郭，又无险阻，守之极难。”

---

① （唐）杜甫撰，（清）仇兆鳌注：《杜诗详注》，中华书局2015年版，第612页。

谡曰："某自幼熟读兵书，颇知兵法，岂一街亭不能守耶？"

孔明曰："司马懿非等闲之辈，更有先锋张郃，乃魏之名将，恐汝不能敌之。"

谡曰："休道司马懿、张郃，便是曹叡亲来，有何惧哉？若有差失，乞斩全家！"

孔明曰："军中无戏言！"

谡曰："愿立军令状！"

孔明从之。

这段对话极为传神地刻画了诸葛亮和马谡两人的不同形象：诸葛亮谨慎，马谡自负。诸葛亮对守街亭之事极为重视，对马谡千叮咛万嘱咐：它是我军性命攸关的所在，是一个易攻难守的地方，曹魏派来进攻的都是厉害角色……诸葛亮千叮咛万嘱咐，这在诸葛亮治军生涯中是极不寻常、极少有的。但马谡十分自信一句话：我行，我厉害。为什么行呀？因为他"自幼熟读兵书，颇知兵法"，厉害在哪里呀？"休道司马懿、张郃，便是曹叡亲来，有何惧哉"！目中无人，狂妄自大，骄傲自负，把诸葛亮看重的守街亭之事视同儿戏，轻飘飘地说："岂一街亭不能守耶？"甚至轻率地讲出"乞斩全家"的话，什么用兵之道、布阵之策全不在考虑之中，全不用问计于人。

二人形象的不同还可以从他们说话的一个细节看出来。诸葛亮问的是："谁敢引兵去守街亭？"加了一个敢字，说明事情非同小可，切不可等闲视之。两旁听令诸人谁也未发声，而马谡却是"言未毕"，也就是未等诸葛亮把话说完，就回答道："某愿往。"可见他轻率的态度。作家用笔真是太精审了！

尽管马谡打了包票，立下了军令状，诸葛亮还是不放心，又分派王平、高翔、魏延等人协助马谡守街亭，或作为街亭之救应，"恰才心安"。

哪知道马谡是一个不能让诸葛亮心安的人，他有本事把一手好牌打烂。他到了街亭之后，先是嘲笑诸葛亮"多心"，"量此山僻之处，魏兵如何敢来!”接着拒绝了王平当道屯兵的正确建议，死搬兵法上“凭高视下，势如劈竹”的教条，在孤山上屯军。当王平指出这孤山是不能控制水道而会让蜀兵自乱的绝地时，马谡振振有词地说：“汝莫乱道！孙子云：‘置之死地而后生。’若魏兵绝我汲水之道，蜀兵岂不死战？以一可当百也。吾素读兵书，丞相诸事尚问于我，汝奈何相阻耶!”反正，马谡今生就认定了；兵书是一切战争的制胜法宝，打仗就得按兵书，不按兵书就不对；比如说，如果蜀兵被断了汲水之道，没饭吃没水喝了，他们若不像兵书上说的那样以一当百地死战，“置之死地而后生”的话，那么不是兵书错了，而是蜀兵错了——兵书怎么可能错呢？不出王平所料，街亭最终失守，因为魏兵断了汲水之道。

究竟是谁错了？

不是兵书错了，也不是马谡错了——马谡是至死也不会认错的——是诸葛亮错了。司马懿一针见血地指出：“孔明用如此人物，如何不误事!”诸葛亮第一错在把马谡的参谋之才当成了用兵之才，第二错在在如此重要的事情上听信了马谡的大言，第三错在在很不放心的情况下仍然重用马谡，一纸军令状岂能把平庸的马谡改造成俊才。马谡熟读兵书不假，有时候也能提供一些正确的见解，但他死搬兵书教条，不知灵活变通，此前更无行军打仗、用兵布阵的实际经验，说到底就是个参谋人才而不能是决策人物和战场指挥者。不幸的是，诸葛亮自己是一个非常出色的人，他既深谙战争之道和决胜之策，又能实际行军打仗与排兵布阵，还能钻研军事技术装备的改进（连弩和木牛流马等），可谓军事全才（亲自杀敌除外），而年齿渐长迫使他要考虑接班人和人才队伍培养问题，这可能导致了他对马谡才能产生误判，把马谡看作跟自己一样出色的人。马谡往日的表现增加了诸葛亮误判的几率。所以，诸葛亮这一次误判是有原因的。

当然，错了就是错了，一失足成千古恨，责任算不到别人头上，后果须由自己承担。马谡失街亭叫诸葛亮欲哭无泪、后悔莫及，他后悔自己没有听取刘备当年对马谡“言过其实，不可大用”的评价，以致铸此大错：“乃深恨己之不明，追思先帝之言，因此痛哭耳！”但痛哭有用吗？斩了马谡有用吗？自请降职有用吗？一出祁山前功尽弃，北伐事业破功遇挫，且之后未再有过转机。

四、诸葛亮的形象补笔

不过这些都是后话，失街亭之后，眼下最要做的是撤退工作，但这并不容易。军队、百姓、物资粮草、撤退的道路、断后，还有搬取姜维老母，这些都很重要。

> 孔明分拨已定，先引五千兵退去西城县，搬运粮草。忽然十余次飞马报到，说："司马懿引大军十五万，望西城蜂拥而来。"

罗贯中不愧是讲故事的高手，是顶会渲染气氛的，短短几句话、几个词——"十余次飞马""大军十五万""蜂拥而来"——一下子就把又一次紧急军情写出来了，让读者再次揪心。

> 时孔明身边别无大将，止有一班文官。所引五千军，已分一半先运粮草去了，只剩二千五百军在城中。众官听得这个消息，尽皆失色。

军力对比何其鲜明！这还没结束——

> 孔明登城望之，果然尘土冲天，魏兵分两路望西城县杀来。

这就叫会讲故事，就像是眼见一个人要被扔进沸水里的时候，又看见有人往灶膛里添了一把柴草，大家心里不免咯噔一下：这下没救了！这下全完了！读者在读《三国演义》中"失、空、斩"这一段故事的时候，不难发现情节发展往往在读者的预料之外，给人一种阅读的张力。诸葛亮剑指长安，胜利在望，又兼孟达叛魏降蜀，读者心情正为之一振，岂料曹叡起用司马懿，司马懿杀了孟达，带着大军欲断诸葛亮的后路呢；诸葛亮得知情报后，立刻补了街亭无人把守的漏洞，"恰才心安"，岂料马谡又捅了天大的篓子；诸葛亮赶忙布置撤退工作，经其大手笔刚刚搞定，岂料司马懿又带了十五万大军追赶而来，而诸葛亮这边只有两千五百人。就在这样一松一紧、一弛一张的交替性的叙事节奏中，读者在阅读中感受到了紧张和愉悦。

情节发展再次出乎预料之外——一向谨慎的诸葛亮竟然在司马懿面前大胆地、夸张地唱了一出空城计，使司马懿退了兵。为了显示诸葛亮的能耐，这情节自然是编得有点过，叫人难以置信——我们在前文里已就此分析过。但说到底，小说是可以这么写的，只要作家做足铺垫工作，读者读起来不觉得违和就行。远的不说，就一出祁山而言，诸葛亮在攻魏路径上着实谨慎稳妥，十分小心。他拒绝了魏延兵出子午谷径取长安的奇险黑招，而改从陇右取平坦大路，依法进兵，弄得魏延"怏怏不悦"。司马懿也对诸葛亮的稳妥进兵方式不以为然，认为他错失了成功机会。当然司马懿没有就此认为诸葛亮"无谋"，而是说他"但怕有失，不肯弄险"。高手过招，"但怕有失，不肯弄险"。这就给诸葛亮在司马懿面前大胆弄险、唱空城计吓住他提供了说服读者的依据。

也许有人会为诸葛亮没有采用魏延的奇计以致错失成功感到惋惜——陈寿即评价诸葛亮"才于治戎为长，奇谋为短"，"盖应变将略，非其所长欤"[①]。但从形象塑造的角度看，这恰恰起到了加分作用。为什么这样说呢？其一，小说以儒家思想为写作思想指导，儒家认为为人要做正人君子，言信身正，表现在行为处事上就是谨慎稳妥，而不要像赌徒那样，即使冒险成功，也不值得称道。小说如果写诸葛亮接受了魏延的建议，那诸葛亮不成赌徒了吗？诸葛亮为什么觉得魏延脑后有反骨？不是诸葛亮真懂相术，乃是一为君子、一为赌徒的处事风格区别使然。其二，那为什么又要冒险唱空城计呢？这其实也符合儒家行为处事之道的。南子名声不好，但孔子还是去见了她[②]；孟子认为男女授受不亲，

① （西晋）陈寿撰，（南朝宋）裴松之注：《三国志》，中华书局1982年版，第930、934页。

② 参见杨伯峻译注：《论语译注》，中华书局1980年版，第64页。

但如果自家嫂子掉到水里，快淹死了，叔子见了还是要伸手把她救上来的①。行为处事既要言信身正也要知权达变，既要讲原则性也要讲灵活性，这才是一个完好的人。假如诸葛亮在这种情况下还不肯大胆弄险，还是一板一眼地思前想后，那他纯粹就是不知变通的书呆子了。空城计故事很可能出于作家的虚构，但却很好地丰富了诸葛亮的形象内涵，发展了他的形象特质。其三，空城计故事在表现诸葛亮智慧和大胆的同时，也让我们看到了他对于成功的不懈努力。面对危难和险境，他没有束手就擒，没有惊慌失措，而是奋然自救，积极有为，其奋斗的勇气与精神令人动容！与孟子一往无前、舍我其谁的勇气与精神一脉相承（这里讲的是小说中的诸葛亮而非历史人物诸葛亮）。看他的气定神闲，看他的镇定自若，就知道他有一股大无畏的英雄豪气在胸中！刘备在夷陵之战中将败未败时，诸葛亮就知道“汉朝气数休矣”；嗣君刘禅懦弱无能，他并非不知，可他仍在努力，仍在奋斗，仍在唱空城计，他是在为自己心中的理想和信念而努力奋斗。知其不可而为之，诸葛亮始终没有放弃。这时候，空城计不再只是一个故事，而是成了故事里的隐喻。

五、悲剧英雄

诸葛亮六出祁山终于未能成功，就像他所追随的刘备终于兵败夷陵未能成功一样，《三国演义》把刘备和诸葛亮二人都塑造成了悲剧英雄，这种悲剧不是世俗眼中未能成功的悲剧（像于连·索黑尔那样），不是西方文学里那种无法挣脱命运桎梏的悲剧（像俄狄浦斯那样），而是英雄孜孜追求正义与理想却壮志未酬、赍志以殁的悲剧，这种悲剧具有崇高的美、悲壮的美、力量的美，令人崇敬，令人心悸，放射着无限的魅力。总体上讲，中国人是不相信命运的，而是相信人定胜天的力量，中国人相信，只要努力追求，只要不懈拼搏，再加上天假以年，一个人是会取得成功的，命运是束缚不了他的。且看小说描写诸葛亮病逝五丈

① 参见杨伯峻译注：《孟子译注》，中华书局2018年版，第193页。

原的场景：

> 孔明强支病体，令左右扶上小车，出寨遍观各营，自觉秋风吹面，彻骨生寒，乃长叹曰："再不能临阵讨贼矣！悠悠苍天，曷此其极！"叹息良久。（第一百四回）

一个"强支病体"，一个"长叹"，一个"叹息良久"，还有整段话所透露出来的岁月不与、人生难再的无奈与苍凉的感觉，读之不觉令人泪目。诸葛亮在这样情况下还要"出寨遍观各营"，还想着"临阵讨贼"，其鞠躬尽瘁、忧勤国事的精神感人至深。没有豪情壮语，没有有力度的手势和动作，伟大的人格却跃然纸上。"如公全盛德，应叹古今无！"陆游有诗："僵卧孤村不自哀，尚思为国戍轮台。夜阑卧听风吹雨，铁马冰河入梦来。"[1] 诸葛亮的伟大精神和高尚人格也正如此。

六出祁山之后，蜀国尚续命近三十年，三国的历史更长达四十六年，接近全部三国故事的一半时长（184 年—234 年—280 年），但从叙事角度看，故事其实已到阑珊处了。大幕正徐徐落下，观众正在散场，有人眉飞色舞，有人唉声叹气，有人评头论足，都在诉说着三国故事里的英雄和传奇。

① （南宋）陆游著，钱仲联校注：《剑南诗稿校注》，上海古籍出版社 1985 年版，第 1830 页。

第六章 《三国演义》人物探析

《三国演义》的文学叙事艺术既包括三国历史故事的情节叙事艺术，也包括三国人物形象的塑造艺术，二者之间是相辅相成的。

现代小说理论认为，塑造个性鲜明的人物形象是小说创作的中心环节和首要任务。《三国演义》作为一部较早时期创作的前现代小说，脱胎于讲史话本说话艺术，其创作重心自然是放在了情节叙事上，而在人物形象塑造方面则较少用心。尽管如此，也不能因此说其人物形象塑造就一无是处、乏善可陈，事实上，在小说创作中，叙事和写人只是相对可以分述的两个要素，两者其实是须臾不可离的。故事叙事离不开人物语言、动作的描写，而鲜明、生动、典型化的人物形象又只能存在于优美的故事叙事之中。人物形象不是可以脱离故事叙事的独立存在。由于《三国演义》作者高超的写作艺术，小说还是塑造了不少生动的人物形象，给读者留下了深刻的不可磨灭的印象。一些主要人物如曹操、刘备、诸葛亮、关羽、孙权等自然刻画得比较成功，已积淀成为文学史上定格的永恒艺术形象；一些次要人物如貂蝉、蒋干、祢衡、孙夫人等，虽是整部作品中的过场人物，却也个性分明，有血有肉，形象生动，兼之以各类舞台艺术的加持，他们也广为人知，成为不朽的典型形象。

本章选择曹操、刘备、孙权、蒋干、貂蝉、孙夫人等《三国演义》中的主要和次要人物形象作为典型案例，窥斑见豹，以鉴知《三国演义》人物形象塑造艺术之美，以及《三国演义》文学叙事艺术的经典与永恒。

第一节　曹操——历史形象与艺术形象的撕扯

该说说曹操了！

曹操是三国故事中绕不开的话题人物，为什么这样说呢？第一，曹操实际上是三国历史第一人，他打败了袁绍，平定了北方，虽未改朝换代，却为曹丕建立魏国奠定了基础；他又发动赤壁之战，被孙刘联军打败，三分天下的局面也由此奠定：《三国志》全书以曹操而不是曹丕起笔可谓实至名归、理所当然。第二，曹操和他的两个儿子曹丕、曹植（“三曹”）既是当时最重要、最杰出的文学家，又是后世极重要的文学形象，常被人们提起和品评。第三，曹操的历史形象被严重扭曲，其文学形象长期以来严重负面，以至于成为奸贼的代名词，尽管很多人替曹操翻案，但效果不彰，曹操被永远地钉在历史的耻辱柱上，成为史上最大的“冤魂”。第四，曹操是《三国演义》里塑造得最鲜活生动的艺术形象，代表了《三国演义》人物形象塑造的最高成就，讲读《三国演义》能不说曹操吗？

以下主要从这三点展开，其一，历史上的曹操究竟是一个怎样的人？其二，《三国演义》是怎样贬曹的？其三，《三国演义》中的曹操形象哪里塑造得好？

本节的论述关键词：历史形象和艺术形象的反差。

一、曹操的历史形象

历史上的曹操究竟是一个怎样的人？首先做个定性：曹操是东汉末年最了不起的政治家、军事家、文学家，没有之一。

政治方面，曹操有着过人的政治眼光、政治情怀、政治谋略和政治手段，这是他能成为东汉末年最伟大政治家的一个重要原因。所谓政治眼光，指的是曹操和汉朝始终保持的一种忠信关系。由于曹丕代汉称帝以及《三国演义》等作品的影响，现在说曹操对汉朝忠信已经很少有人能接受了，但其实情况确是如此。姑举三事以证之。一是董卓废立汉帝，曹操没有依附，而是坚决反董；二是献帝从长安东归，无人收留，是曹操迎献帝到许都；三是曹操到死都谨守臣子的名节，虽然那时候他实际上是能够代汉而立的。曹操本人有《让县自明本志令》一文来表明心迹。他说他愿像周文王事殷、齐桓晋文事周那样以大事小做汉朝的臣子，又说乐毅不背燕，蒙恬不反秦，他也不背叛汉朝。他是这样说的，也是这样做的。他也解释了自己为什么不功成身退。他担心一旦失去了权力将有可能遭到政治清算，自己和整个家族都会遭殃。曹操的担心并非没有道理。西汉霍光就是前车之鉴。曹操诚然不是圣人，但说他是汉贼也是诬蔑。再进一步说，汉献帝是一个弱势君主，当时的形势下，即使曹家不篡位汉祚也不会延续太久，曹家对禅位后的献帝还是不错的，至少让他得以善终。之所以说这是曹操的政治眼光而不直说是他的政治忠诚，是因为他迎献帝确有政治盘算，他要“挟天子以令诸侯”，他比袁绍、张杨等人有着更敏锐的政治眼光。

我们都熟悉《三国演义》中曹操的那句名言：“宁教我负天下人，休教天下人负我。”这是由曹操“篡汉”衍生出来的一罪。作为大政治家，曹操的政治情商没这么低。实际上，曹操是一个有着很高的政治情怀的人。他在诗中写道：“铠甲生虮虱，万姓以死亡。白骨露于野，千里无鸡鸣。”[①] 诗句对战争所带来的生灵涂炭、百姓痛苦给予了深深的悲悯和同情，这岂是奸恶之徒装得出来的？曹操对国家统一的追求、对理想与功业的向往、对英才的渴慕、对英雄的敬重乃至对宇宙自然的独特感悟等都是他政治

① （东汉）曹操：《蒿里行》，林久贵、李露编著：《曹操全集：汇校汇注汇评》，崇文书局 2020 年版，第 13 页。

情怀的体现。“山不厌高，水不厌深。周公吐哺，天下归心。”[①]“老骥伏枥，志在千里；烈士暮年，壮心不已。”[②]连《三国演义》这样一部极力诋毁曹操的书也不能不写曹操怜惜吕布、收留刘备、优礼关羽、称道孙权等爱才惜才之事。

东汉末年，群雄并起，有实力强的，有地盘大的，有野心足的，有势有威有权的人不少，其中胜过曹操者可谓多矣，但最终都被曹操翦灭殆尽，曹操成了最后的赢家，如果没有相当的政治谋略和政治手段，曹操是做不到这一步的，这无待多言。

军事方面，曹操有不少军事思想和军事举措是值得肯定的，如军屯制度、唯才是举政策等，他有着很强的识人用人能力，善于听取手下的意见，又能临机决断，精准筹划，把握战机，有作为军事统帅所需的意志力、谋划力和决断力。在官渡之战中，他针对袁绍的进攻态势巧妙布防，应对妥当；又把握袁绍优柔寡断的心理特征，果断地带兵东征刘备；又接受手下建议，在战场上以看似弱小的军力对袁绍作坚决的抗衡，不向袁绍眨眼露怯，等待转机；又准确判断出许攸情报的重要性和可靠性，抓住这稍纵即逝的战机火烧乌巢，扭转了战局。官渡之战是曹操军事指挥艺术的杰作，证明他是一位合格而高明的军事统帅。即使赤壁之战曹操打输了，其在军事指挥和谋划方面也并非一无是处，也有若干可圈可点的地方，如先解决刘备再对付孙权、利用荆州水军来弥补己方不足等。

文学方面，不仅曹操本人和他的儿子曹丕、曹植都是中国历史上有名的诗人、作家，有着骄人的创作实绩，并皆有文学名篇传世，而且还以他们为中心形成了一个邺下文人集团，聚集了一大批当时的顶级作家和文人，开创了建安文学的新气象、新局面，对后世文学发展产生了影响。建安文学慷慨任气，悲歌苍凉，抒写时代的苦难和胸襟抱负，是当时时代社会的最强音，也

① （东汉）曹操：《短歌行》，林久贵、李露编著：《曹操全集：汇校汇注汇评》，崇文书局2020年版，第20页。

② （东汉）曹操：《龟虽寿》，林久贵、李露编著：《曹操全集：汇校汇注汇评》，崇文书局2020年版，第44页。

为后世文学树立了高标。

总而言之，曹操在政治、军事、文学等方面的作为都是值得称道的，其历史形象应该说总体上是偏正面的，并不像后世民间故事和文艺作品中所说的那样不堪。陈寿《三国志》对曹操有这样的评语：

> 汉末，天下大乱，雄豪并起，而袁绍虎眎四州，强盛莫敌。太祖运筹演谋，鞭挞宇内，揽申、商之法术，该韩、白之奇策，官方授材，各因其器，矫情任算，不念旧恶，终能总御皇机，克成洪业者，惟其明略最优也。抑可谓非常之人，超世之杰矣。[①]

陈寿对曹操的评语既是偏于正面的，也是符合实情的。其一，肯定曹操是一个“非常之人，超世之杰”；其二，肯定曹操做出了伟大功业，“总御皇机，克成洪业”是恰如其分、实至名归的评价；其三，肯定曹操有过人的谋略、识人的眼光以及用人的雅量；其四，肯定曹操荡平“雄豪”，尤其是战胜劲敌袁绍，表现出杰出的军事才能。说曹操“鞭挞宇内”是滥用暴力，这种理解是不正确的。“天下大乱，雄豪并起”的时候，为了由乱转治，能不“鞭挞宇内”吗？难道应该用仁义道德来消弭祸乱吗？笔者认为，陈寿或许读过曹操“铠甲生虮虱，万姓以死亡。白骨露于野，千里无鸡鸣”“鸡谷少人民，雪落何霏霏。延颈长叹息，远行多所怀”[②] 的诗句。

二、《三国演义》的“贬曹”

既然曹操的历史形象总体上应该是正面的，那么后世的人们为何还要极力丑化曹操、逆转他的形象呢？原因大概有四。其一，曹操是第一个“成功篡汉”的人。此前虽有王莽，但不久汉

---

① （西晋）陈寿撰，（南朝宋）裴松之注：《三国志》，中华书局 1982 年版，第 55 页。

② （东汉）曹操：《蒿里行》《苦寒行》，林久贵、李露编著：《曹操全集：汇校汇注汇评》，崇文书局 2020 年版，第 13、25 页。

朝又光复了；曹操本人虽没有“篡汉”，但“篡汉”的条件是他创造的，代子受过是他必须付出的代价。更重要的是，两汉之后中国进入漫长的乱世，和平生活失去了，人们本能地把祸乱之由归咎于曹操。这是理性分析所无法改变的印象。其二，刘备是现成的汉家天子。我们在判断历史问题时，往往从感性出发，而不会像历史学家那样上升到理性、逻辑的层面看问题。刘备是刘家人，是汉献帝的叔叔，他当皇帝——尽管是自行宣布当皇帝的，而且汉献帝还活着——是合法的、应当的，而曹丕的皇帝是从刘家那里抢过来的，是强盗的奸恶行为，人们在做出这一判断时忽略了汉魏禅让大典。其三，曹操也确有一些暴力或奸恶行为。正如陈寿以白起比曹操那样，这方面的例子既是难免的，也并不难找。

在历史阐说和民间风评两方面交互叠加、长期累积之下，曹操形象由白转黑，而且越来越黑，终于成了历史上罪大恶极的代名词和奸恶的代表，并通过《三国演义》一书把这一形象固化下来，使之再也不可移易和更改了。不遗余力地贬损曹操是《三国演义》的写作主题之一，也是该书的写作使命之一。

问题是，陈寿的《三国志》是尊曹的，罗贯中的《三国演义》是贬曹的，思想立场上完全对立，可罗贯中却又声称他的《三国演义》是照着陈寿《三国志》写的，同一个历史材料被用作了立场相反的写作目的，那么，罗贯中绝对不能照抄硬搬，必得在如何写上做文章。《三国演义》是怎样贬损曹操的呢？

曹操从第一回出场，到第七十八回离世，活动轨迹的跨度如此之大，这在叙事篇幅上凸显了曹操的重要性。曹操的主要事迹有刺董卓、擒吕布、击袁绍、攻孙刘的赤壁之战以及后赤壁时代的诸事。如果不是站在尊刘贬曹的立场上，那么，上述这些事迹无疑都是正面塑造曹操形象的好题材，比如董卓是祸乱朝政的大奸臣，吕布是有着三姓家奴恶名的大恶人，刺擒二人不是大好事一桩吗？消灭袁绍、统一北方不也是“功在当代，利在千秋”的伟业吗？可是作家却别出心裁，统统把它们加工成了后人耳熟能详的贬损曹操的故事。

第一，刺董卓。司徒王允忧心董卓乱政，便假借办生日宴会的名义召集群臣商议除董大计，此时曹操出场，献上献刀之计，他说："操虽不才，愿即断董卓头，悬之都门，以谢天下。"又说："闻司徒有七宝刀一口，愿借与操入相府刺杀之，虽死不恨!"可是曹操到了董卓那里，才要下手，却"惧卓力大，未敢轻动"；又有了一个下手机会，"时吕布已牵马至阁外。操惶遽，乃持刀跪下曰：'操有宝刀一口，献上恩相。'"结果是，刺董"志士"曹操不仅"壮志未酬"，坏了王允的大计，还赔上了王允的宝刀，仓皇出逃。紧接着，在出逃途中，曹操因疑心杀了恩人吕伯奢全家，并留下"宁教我负天下人，休教天下人负我"的豪言。

第二，擒吕布。刺董卓的时候，曹操是一个说大话的胆小鬼，是一个可耻的逃兵。那么，他在擒吕布的时候又怎样呢？吕布和他的手下高顺、陈宫被押过来了，曹操先杀了高顺，再杀陈宫。陈宫是谁？陈宫起先是因为听信了曹操刺董保汉的豪言壮语而成为他的崇拜者，随后在一起逃亡途中目睹了曹操残杀吕伯奢全家的恶行，便弃之而去，后投奔不似曹操"诡诈奸险"的吕布。在《三国演义》中，陈宫是一个忠义、正直的形象。现在曹操对陈宫举起了屠刀。自然曹操对陈宫有顾惜之意，但陈宫却痛骂曹操，慷慨赴死，表现了义士的坚贞不屈。之后杀吕布。吕布是该杀的，可曹操好歹不分，对吕布亦有留惜意，幸亏刘备有见识、明是非，劝曹操杀了吕布。

第三，击袁绍。曹操击溃、清除袁绍的势力花了数年时间。在官渡之战时，曹操借重关羽的神力挫败了袁绍的锐气；在官渡之战后，曹操打败了袁绍并攻占了冀州城，然后曹丕私自闯进袁绍的家（"丞相有命，诸人不许入绍府"），抢了袁绍二儿子袁熙（此时仍然活着）的妻子甄氏。曹操知道后："操视之曰：'真吾儿妇也!'遂令曹丕纳之。"（第三十三回）曹、袁年轻时曾是好朋友，现在袁家媳妇转眼间成了曹家媳妇，曹操一点儿也不觉得有错，视为理所当然。甄氏先做王妃，再做皇后，再做太后，更有《洛神赋》称颂她的美貌，成为千百年间文人墨客尽情歌咏的光彩照人的女神符号。这是当时身处乱世之中的甄氏无论如何也料想不到的结局。此外，曹操在和袁绍对决之前有许田射猎时“欺君罔上”之事，出兵官渡期间又诛杀董承、吉平等忠良之士，还借他人之手杀害了大才子祢衡。

第四，攻孙刘的赤壁之战。曹操在赤壁之战中的表现令人咋舌，他完全没有了当年官渡之战以及清剿袁氏残余势力时候的智谋和神勇，而是处处使计却处处失策，显得既奸诈又愚蠢，最后极其狼狈地逃走了。为什么会这样呢？因为他遇到了智力超群的诸葛亮和周公瑾，焉有不败之理？群英会蒋干中计时曹操的愚蠢样和关云长义释华容道时曹操的狼狈相，已经随着《三国演义》的传播而深深地刻印在人们的脑海之中了。

第五，赤壁之战后的种种事迹。赤壁之战后，曹操又继续奋战了十年有余，或讨孙权，或平关中，或与刘备争汉中、襄樊，或挑拨孙、刘关系使其争斗、从中渔利，总之仍然志在平定江南，统一天下，完成赤壁未竟的事业，“烈士暮年，壮心不已”。但由于赤壁之战的影响，多年奋斗皆未见大的起色，未获重要突破，亦未留下精彩故事或精妙手笔供后人谈论，终致赍志以殁。赤壁之战成了曹操人生事业的转折点。这个时候想要贬损曹操可谓易如反掌，比如曹操兴兵三十万欲攻孙权，孙权向刘备求援，刘备问计于诸葛亮，诸葛亮则举重若轻，仅用一封书信就化解了曹操三十万大军的强大压力，显示了他超出于曹操的非凡智慧——而且诸葛亮的这个计策还是可信的。什么计策呢？原来曹操在兴兵之前为解后顾之忧诱杀了关中马腾，自以为得计，却凭空给自己添了个死敌。诸葛亮便利用这一点，给马腾的儿子马超写信，约定共同反曹。马超得书，怒火中烧，不用诸葛亮出兵，直接就和曹操打了起来。就这样，在诸葛亮的巧妙施计下，孙权的压力解除了，曹操的事功之心也破局了。

总而言之，《三国演义》中的曹操被作家塑造成了一个反面形象，作家不仅在回目中直接指斥或在正文中借助人物之口痛骂曹操是贼、国贼、奸贼，而且通过生动的故事、令人印象深刻的细节、与其他人物的对比等方法来贬损曹操、丑化曹操、恶心曹操，成功地塑造了读者们所期待的曹操形象。

三、曹操形象的典型意义

把一个历史上总体偏于正面的形象反塑成一个负面文学形象是有难度的，有些史事无法更改，在逻辑上出现一些窒碍难通之处乃是情理中的事，并不让人感到奇怪，比如曹操优待关羽和刘备的妻室无论怎么写都无法贬损曹操，反而叫人觉得曹操是个极能宽容人的好人。再如曹操迎击并最终战胜袁绍、统一北方，怎么看都是值得肯定、赞扬的，同时还能看到曹操的奋斗精神、勇气、果毅、明断、有智慧、有胸襟等美好品质，这是他能在汉末群雄中脱颖而出、后来居上的原因所在。再如曹操未像董卓那样行擅废擅立之事，且至死保持汉臣之节，却早早地骂他是汉贼、国贼、奸贼，这在道理上是说不通的，等等。尽管如此，我们还是要说，从艺术形象塑造的角度看，曹操是《三国演义》中塑造得最好的主要人物形象之一，是比刘备、诸葛亮、孙权、周瑜等塑造得都要好的一个人物形象。通俗一点说，小说把曹操这个“坏人”给写“活”了，让读者觉得曹操就该这么坏，就该这么写，你不会在读了以后因为曹操是坏人就厌恶他、嫌弃他，反倒是觉得他“坏”得恰如其分、恰到好处，坏得叫人感到亲切！就像《西游记》中的牛魔王，也是一种叫人感到亲切的“坏”。小说要的就是一种感觉，就是诉诸感性、诉诸情感、诉诸心理。让人在心理上觉得他坏的人就是在艺术表现上的好。这种坏不需要作者直白地告诉你。直白地告诉你的那种坏从艺术的角度看是不足的、拙劣的。

比如曹操杀祢衡，作家只告诉读者曹操要结交刘表，须派个才智之士去游说，于是孔融推举了祢衡，哪知道祢衡恃才傲物、辱骂曹操；曹操虽然也想杀掉祢衡，但终究还是忍下了，依旧派祢衡出使，只是他在出使的时候得罪了黄祖，被黄祖杀了。作家一句话也没说曹操坏，曹操不仅不坏，有时候你还觉得他挺好的；作家只是在客观冷静、一本正经地讲故事，把他所知道的曹操故事原原本本、一五一十地告诉读者。曹操的为人怎么样需要读者透过他说的话、他做的事去品。细品。细品之后读者才恍然明白，曹操这是真坏——骨子里的坏。他这是在借刀杀人。他这是老谋深算、老奸巨滑，他这是耍滑头，既要除掉祢衡，解心头之恨，又要避免落得残害才士的骂名，被后人指责。

为什么说曹操形象塑造得好呢？因为这一形象有很高的辨识度、区分度，也就是现代文艺理论中所说的“这个”[①]，即曹操形象具有典型的意义。一般认为，《三国演义》中的正面形象在形象特征上相似度高，或为忠、或为义、或为勇、或为智，是在儒家思想规范指导下塑造出来的人物形象，人物形象的丰富性、生动性、形象性皆受到很大制约，所以在艺术上常被人诟病；相反，小说中的负面形象，也就是人们口中所说的坏人，却基本上形象鲜明，栩栩如生。化用列夫·托尔斯泰《安娜·卡列尼娜》开篇的句式：《三国演义》中的好人面目都是相似的，《三国演义》中的坏人则各有各的坏。吕布坏，却不同于董卓；袁绍坏，却不同于曹操；就连小人物蒋干，出场少，故事少，却也是叫人印象深刻、难以忘怀。比如曹操跟董卓比，董卓粗、蛮、霸，曹操则察言观色、见机行事，在强势的董卓面前表现出了应有的机敏和灵活。曹操跟吕布比，吕布朝三暮四、朝秦暮楚，毫无信义与廉耻之心，曹操则看上去有仁义、讲信用，爱惜羽毛和名声，有优待关羽、割发代首、终为汉臣诸事，是那种大奸似忠的模样。曹操跟袁绍比，袁绍颟顸愚蠢、外宽内忌，“色厉胆薄，好谋无断，干大事而惜身，见小利而忘命”，是外强中干的纸老虎，曹操则有坚持、有担当，能谋善断，从善如流，其胸襟、视野、抱负及智慧都和袁绍不在一个层次上，郭嘉的十胜十败论实在是很有道理的。曹操跟蒋干比，蒋干自视甚高、自命不凡，实际上成事不足，败事有余，是一个“头重脚轻根底浅”的墙上芦苇，曹操则沉稳持重，老谋深算，老奸巨猾，虽然被蒋干坑得很惨，

① 恩格斯：“每个人都是典型，但同时又是一定的单个人，正如老黑格尔所说的，是一个‘这个’。”《马克思恩格斯选集》（第四卷），人民出版社 1972 年版，第 453 页。

但终归算明白人，岂是蒋干之流所能比拟的？就这样，在多场景、长时空的对比性描写中，曹操的个性被一点一点地凸显出来，曹操的形象被一点一点地展示出来，其形象的内涵逐渐变得丰富而充实，曹操成为一个立体的形象。这就像绘画中的皴染，要表现山石或树皮的纹理，使其更具立体感，须应用皴法，笔墨越皴越丰满、越厚实、越有味道。

一个人的性格应该是多样的而不是单一的，应该是流动的而不是固定的，应该是独特的而不是趋同的，天底下没有两片相同的树叶，因此成功的人物形象描写须写出性格的多样性、流动性和独特性，使人物变得生动可感。《三国演义》中的人物形象描写常常被认为有类型化、扁平化、脸谱化的缺点，这一评价对其中的一些人物形象而言大体上是合适的，但曹操形象不在其列。我们读曹操故事常常有移步换景的感觉，不同的故事能给人不同的阅读体验。我们常有意外之喜。一开始在王允家我们看到的是义士忠臣曹操，侠客风味，豪情满怀，可是接着，到了董卓那里，曹操却瞬间变成懦夫、胆小鬼，并做了可耻的逃兵，前后对比形成了莫大的讽刺。然后，我们又见识了一个忘恩负义、冷酷无情的杀手：他仅仅因为疑心就残忍地杀害了恩人吕伯奢全家，还恬不知耻、死不认错！真是“是可忍孰不可忍”！等我们再见到曹操的时候，他已经摇身一变，竖起“忠义”旗帜，成为摇旗呐喊、一呼百应的反董卓保朝廷的义士了。曹操的形象就是这样在不断变换、不断丰富、不断发展着。这是曹操艺术形象的奇妙之处。曹操形象还有两个奇妙的地方。其一，他将诸多看似矛盾、相反的性格集于一身。他既爱才又害才，他疑心很重，有时候却又对人非常信任，懂得用人不疑、疑人不用的道理。说是奸臣，又到死都只做汉朝的臣子；说是忠臣，又做了不少残害忠良的事情。有些事情上他很精明，可有些事情上他却又不太高明——要不是曹操几次三番地犯低级错误，赤壁之战何至于功败垂成呢？他是个胆小鬼，一个董卓就让他吓破了胆，可他又多次亲临火线，冲锋陷阵。他开明又固执，他宽容又褊狭，有割发代首的自律，又有抢纳张绣婶婶的荒淫，还容忍儿子在袁绍府上胡作非为。曹操身上有诸多的不可思议。其二，他的身上集聚了如此多样、复杂和矛盾的性格却不给人以违和感，人们并不认为曹操这一形象是分裂的、不可信的、失败的，反倒觉得就该这样写，这样写方能凸显其作为坏人的本质，符合读者的阅读期待。从艺术创作的角度看，这样的形象塑造是一种很高的写作境界，非大手笔不能为也。

毛宗岗说："吾以为三国有三奇，可称三绝。诸葛孔明一绝也，关云长一绝也，曹操亦一绝也。"毛宗岗称此三人为三奇三绝的依据是，他们分别是历史上的奇相、奇将和奇奸，换言之，毛宗岗此结论是一种道德评判而非艺术评判，并且是跳出了《三国演义》的故事范围而在历史尺度上所作的评判。从道德评判的角度讲，此一结论大体上是不错的。但若是作艺术的评判，也就是对《三国演义》中诸葛亮、关羽、曹操三人艺术形象塑造所取得的成就作出评判的话，那么这一结论就需要修改了。诸葛亮和关羽的形象塑造诚然有亮点，有令人印象深刻之处，但写其智慧与忠勇太过，形象呈现时有雷同或与他人雷同，给人以类型化、扁平化的感觉，因此，笔者认为曹操形象的塑造应该更胜一筹，将三人并称三绝是不对的。

第二节　刘备——历史的一面旗帜

刘备是《三国演义》中谜一般的人物。他在汉末英雄中第一个被安排出场，他是世所公认的正义的旗帜，他是曹操认定的唯一的对手，他是关羽、张飞、诸葛亮等一众英雄誓死相随的人物，他是曹操欲除之而后快的敌人。但检视他的人生奋斗历程，则成功少失败多，大部分的时间里都在漂泊，流落，惶然无依，寄人篱下：先投公孙瓒，再奔陶谦，又先后和吕布、曹操、袁绍有过合作，最后遭袁绍猜忌，便远赴荆州，转依刘表。最低谷的时候，他一度失掉了地盘，失掉了妻子，失掉了兄弟，失掉了部队，真正是孤家寡人。到荆州后没几年，荆州又失，被曹操追杀得无路可逃，差点儿投奔南荒。幸亏和孙权联合，共击曹操，取得赤壁之战的胜利。借得荆州，西取益州，又遭孙权暗算，大意失荆州。刘备的人生终局是在对孙权的复仇之战中落败，几乎输光了立身之本。问题是这样的人物怎么能成为众口称颂的英雄和《三国演义》所竖立的光辉不倒的旗帜？

本节的论述关键词：主角光环。

一、曹操的敌手

“今天下英雄，惟使君与操耳。”（曹操）“刘备天下枭雄。”（鲁肃）“天下英雄谁敌手？曹刘。生子当如孙仲谋。”（辛弃疾）

曹操生于155年，卒于220年，刘备生于161年，卒于223年。刘备比曹操小六岁，寿数比曹操少三年，说二人是同时代人不为过。至于孙权，那毫无疑问是小辈了。曹操是魏国的奠基者，刘备是蜀汉的立国者，两人皆堪称两汉之后最成功的创业英雄，因此他们两人也就自然成为天然的、合格的对手。孙权自然也是厉害的角色，仓促接班却不负重望，把江东事业经营得有声有色、风生水起，但他是一个守成者而非创业者，江东基业是由他父兄打下的，按《三国志》里的说法就是“已历三世”。所以虽然孙权后来称帝建吴国，可要说孙权也是曹操的对手，曹操不认，读者也是不认的。其他人物，孙坚、孙策，运气不好；吕布，品行不行；袁术、袁绍，格局、气量及眼界皆不高；刘表、刘璋、韩遂、马腾、张绣、张鲁等皆为胸无大志之人，岂是曹操之俦？青梅煮酒论英雄，曹操不可谓没有识人之明——他看人的眼光实在是富有穿透力的，他能于扰扰攘攘的汉末群雄之中鉴别出谁是真正的英雄，也就是那个既具有气度、胸襟、格局、眼光、远大的抱负、坚持的力量、实际的才能，又能够最终取得成功的人。这种识人之明堪称曹操的取胜之道，同时亦是曹操对刘备颇为欣赏（高明之人对其对手总是怀有某种敬爱之心）、对关羽优礼有加的未曾道明的原因。在袁绍大兵压境的时候，曹操选择亲征刘备；在赤壁失利之后，曹操基本上未对刘备采取什么威胁性的行动：曹操一再向我们表明，他把刘备当作了自己一生的对手，舍刘备无从再唱对手戏。问题是刘备为什么有资格能成为曹操的对手？

论出身，刘备乃贩履织席之辈，所谓“中山靖王刘胜之后，汉景帝阁下玄孙”[①]，不过是说辞罢了。想想看，两汉立国四百年，刘邦的子孙该有几何，要不是黄巾乱起，谁知道他刘备落在哪个角落里？再说了，汉末刘姓中身份地位高于刘备者时有其人。相比较而言，曹操的出身就要好很多。曹操家族的来历虽然不清不楚，可曹操本人的人生起点和成长环境比刘备强是肯定的。祖父曹腾为中常侍、大长秋，父亲曹嵩官至太尉，曹操亦早早出仕，并得当时名士桥玄、何颙的看重，名士许劭评曰：“子治世之能臣，乱世之奸雄。”曹操听了以后大笑不止。

论实力，刘备在汉末群雄中可谓微不足道，汉末群雄占据地盘者有之，兵强马壮者有之，能征善战者有之，呼风唤雨者有之，位高权重者有之，刘备在其中是排不上号的。“淮南弟称号，刻玺于北方。”[②] 袁氏兄弟的根基、实力在当时数一数二，完全碾压群雄；其他人物，孙氏有江东，刘表在荆州，刘璋据益州，韩遂、马腾在关中，曹操建都在许昌且拥有青州兵，甚至连张绣、张鲁都有一块属于自己的地盘！那么刘备呢？他先投公孙瓒，公孙瓒被袁绍吃掉了；再得徐州（陶谦让的），又被吕布骗去了；屈居小沛，却被袁术欺负，又被曹操打得落花流水；只身投奔袁绍，无将无兵无地盘，连妻室及关羽都被曹操掳去了，哪里还有什么实力可言呢？后来虽然古城聚义，重新收拾力量，但实力也是不值一提的，只得依附刘表。

刘备本人的武艺和作战能力不是不突出，而是很一般。《三国演义》第一回讲，刘备给自己打造了双股剑，但跟关羽的青龙

① 《三国志·蜀书·先主传》：“先主姓刘，讳备，字玄德，涿郡涿县人，汉景帝子中山靖王胜之后也。”见（西晋）陈寿撰，（南朝宋）裴松之注：《三国志》，中华书局1982年版，第871页。

② （东汉）曹操：《蒿里行》，林久贵、李露编著：《曹操全集：汇校汇注汇评》，崇文书局2020年版，第13页。

偃月刀、张飞的丈八点钢矛不同的是，读者差不多没看到刘备在战场上用过这双股剑。青龙偃月刀斩过华雄、割过颜良的首级，丈八点钢矛吓死过曹将夏侯杰，那么，双股剑可曾因斩将立功而青史留名？“愿将腰下剑，直为斩楼兰。”[①] 作为武器，双股剑归于刘备之手乃是“命不好”。

刘备的计谋以及军事指挥才能也是一般。在早期刘备没有打过一次像样的仗。赤壁之战前，刘备被曹操追赶得狼狈逃窜，而重要的赤壁之战刘备实际上是缺席的。很多重要的事件和场合，我们印象中刘备总是向诸葛亮讨主意，诸葛亮代替刘备思考，这和曹操、孙权形成对照。曹操、孙权分别在官渡之战和赤壁之战中表现出了卓越的才能，刘备在夷陵之战中却只有冲动、任性、一塌糊涂。

出身、实力、武艺、计谋、才能等方面都不够出众，那么，刘备凭什么被时人及后世视为英雄、视为曹操的对手？换言之，刘备有哪些被时人及后世视为英雄所必备的素质呢？

二、英雄内涵

在回答上述问题前必要厘清什么是英雄？中西文化对英雄概念提供了不同的答案。古希腊神话传说中有大量西方英雄的形象，中国古典小说和其他文学作品中有大量中国英雄的形象，对这些英雄形象进行提炼和概括可以发现，中西文化语境中对英雄形象所需具备的素质要求有所不同。大体上说，西方文学里的英雄形象都强调或突出英雄身上的勇敢精神，这种勇敢精神源于蕴藏在他们心中的情感，而对于英雄的道德品行却不做要求；不仅是不做要求，这些西方英雄在欲望、情感、理性及人性诸方面的表现实际上跟普通人并无二致，他们纵欲，偷情，好斗，放纵自己，管理无方，贪婪，嫉妒，斤斤计较，并无任何道德上的优势。战神阿瑞斯与火神赫菲斯托斯的妻子阿芙洛狄忒偷情，因负

① （唐）李白：《塞下曲（六首之一）》，詹锳主编：《李白全集校注汇释集评》，百花文艺出版社 1996 年版，第 701 页。

责望风的侍从失责而被巡天的太阳神赫利俄斯发现，恼羞成怒的阿瑞斯便将侍从变成了一只大公鸡，命它用啼叫报告太阳的升起；天神宙斯与凡间女子阿尔克墨涅偷情，一向对诸神各种龌龊行径疾恶如仇的太阳神赫利俄斯却装聋作哑。

反观中国文化语境里的英雄，勇敢只是其必要构成条件之一，而且被视作一个较为次要的构成条件，居于其上其前的是对英雄人物之道德品行方面的评价，也就是看他们是否为忠义之人。诸葛亮、关羽是英雄，因为他们是忠义的；林冲、武松是英雄，因为他们是忠义的；孙悟空、猪八戒是英雄，因为他们是忠义的。尽管他们来自不同的故事，或是三国，或是水浒，或是神话，但因为他们都是忠义之人，所以无一例外都被视为英雄，所谓三国英雄、水浒英雄、神话英雄是也。忠义是一个道德评价。忠的本义是做事尽心竭力的意思，如《论语·学而》："为人谋而不忠乎？"[①]《左传·庄公十年》："公曰：'小大之狱，虽不能察，必以情。'对曰：'忠之属也。'"[②] 后世逐渐演变为特指忠君。秦汉以来，君主代表国家，英雄的爱国情怀即表现为忠君报国的行为。何为义？韩愈说："博爱之谓仁，行而宜之之谓义。"[③] 也就是说，从博爱思想出发，做那些应该做的事情就叫义。义，宜也，适宜、应该的意思。哪些是以博爱为基础、为前提而适宜做、应该做的事情呢？儒家认为，扶危济困、除暴安良、仁人爱物、诚信待人等都是应该做的义举。

简言之，在中国文化语境里，成为英雄的首要标准是要具有忠义精神，若以此标准来衡量《三国演义》里的刘备，则刘备足以当之。《三国演义》一开篇，刘关张桃园结义的故事就赫然在目，这不仅定下了全书的写作基调，而且使刘备的重义形象深入

① （清）阮元校刻：《十三经注疏（清嘉庆刊本）·论语注疏》，中华书局2009年版，第5336页。

② （清）阮元校刻：《十三经注疏（清嘉庆刊本）·春秋左传正义》，中华书局2009年版，第3836页。

③ （唐）韩愈撰，（宋）魏仲举集注，郝润华、王东峰整理：《五百家注韩昌黎集》（第二册），中华书局2019年版，第673页。

人心。只要一提起刘关张，人们总是把他们联系在一起，视为一体，昼则同行，夜则同寝，公则君臣，私则手足，一起起事，一起奋斗，“寝则同床，恩若兄弟，而稠人广坐，侍立终日，随先主周旋，不避艰险”[①]。他们先是桃园结义，后是古城聚义，终是刘备为了给关羽报仇而起举国之兵与东吴作战，并因此忧愤身死，理解了他们中间这一种超乎寻常人际关系的所谓义，才能够懂得关羽为什么会拒绝曹操的特别礼遇和优渥条件而义无反顾地千里寻兄，也才能够懂得刘备为什么会不听劝阻、不顾大局、不计后果地杀向东吴了。中国语境里的义文化是我们理解这些离奇情节的一把金钥匙。比如孙刘联盟是大局，曹操才是汉贼，诸葛亮等人苦口婆心地劝说刘备以国事为重，暂缓兴兵攻吴，刘备却一意孤行，听不进任何意见。赵云说：

> 国贼乃曹操，非孙权也。今曹丕篡汉，神人共怒。陛下可早图关中，屯兵渭河上流，以讨凶逆，则关东义士必裹粮策马以迎王师。若舍魏以伐吴，兵势一交，岂能骤解……汉贼之仇公也。兄弟之仇私也。愿以天下为重！（《三国演义》第八十一回）

这浅显的道理刘备难道不懂吗？刘备岂能不懂？而且诸葛亮数次劝谏，学士秦宓甚至因苦谏而差点丢了性命，其中的道理以及与孙权反目后的严重后果、利害关系刘备不是不懂，而是他有着更深层次的考量。什么考量呢？那就是情义和人心，那是他的事业之源、立身之本，没有情义人心就散了，人心散了那他这个蜀地的后来者将何以立足、何以统治呢？刘备奋斗了数十年，之所以能有今天的这份业绩，关羽、张飞对他的忠心耿耿、生死相随乃是重要原因之一，人们都把这一点看得很清楚。关羽、张飞为刘备立下了汗马功劳，可谓居功至伟，刘备反过来亦待关羽、张飞甚厚，另外，刘备曾为诸葛亮三顾茅庐，曾为赵云摔过阿斗，曾

---

① （西晋）陈寿撰，（南朝宋）裴松之注：《三国志》，中华书局1982年版，第939页。

为百姓安危而不顾曹军追赶，将自己置于险境……由此聚集了人气，争得了人心，树立了仁德的形象。刘备打天下没有任何资本，全凭仁义换人心，可是现在关羽被孙权害死了，他却无动于衷，只算计得失，那么，他以前的种种仁义行为就未免显得虚假。若刚当上皇帝就忘了往日的兄弟情义，万一来日落难，谁还肯相帮相随呢？蜀汉是个新生政权，几股势力之间需要磨合，政局尚不稳固，赵云所说的国家之公与兄弟之私之间实际上并没有截然可分的界限，两者有时候是可以转化的。兴兵为关羽报仇，表面上是顾私不顾公，得不偿失，但它却向人们表明，刘备是重情重义之人，为刘备效命是值得的，这在更高层次上争得了人心，增强了蜀汉阵营的凝聚力。刘备数年后驾崩，蜀汉却能续命数十年，这不是没有原因的。在当时，义是一切社会行为的基础，是维护社会秩序的根本，也是评判英雄之为英雄的必备的条件和素质。

除了义之外，《三国演义》中的刘备还是忠的化身，这看起来既理所当然却又凿枘不通。为什么说理所当然？其一，刘备是“中山靖王刘胜之后，汉景帝阁下玄孙”，后来献帝又呼为皇叔，由此在庶民心目中便有了身份上的优势。其二，献帝给刘备衣带诏，要刘备诛杀曹操，刘备从此便把反曹作为毕生事业，没有动摇过。其三，刘备的追随者们都矢志忠汉，诸葛亮一生都要“兴复汉室，还于旧都”，关羽誓言“降汉不降曹”，马超因忠汉反曹的父亲马腾被曹操杀害而投奔刘备。为什么又说凿枘不通呢？因为三件事：一是刘备曾阻止关羽杀曹操，二是刘备曾依附曹操，三是刘备自立为皇帝。三事中最后一件是最关键的，汉献帝还活着，他却自立为皇帝！这哪里是忠？简直就是大逆不道！其实前两事好解释。第一件，许田打围时曹操对皇帝有违礼僭越举动，欺君罔上，关羽气不愤，要斩曹操，却被刘备摇手送目制止。事后关羽责问刘备，刘备说：恐事不成，反伤及天子，宜隐秘地行事。这个解释是可信的。后在第二十一回开头又借马腾之口替刘备作了解释，所以刘备被吸收进了董承杀曹阵营。第二件，依附曹操。先前，二人合作诛讨无道的董卓（温酒斩华雄）、无义的吕布是没有问题的，因为此时曹操的“奸贼”身份尚未暴露，而董、吕对汉室的祸害已甚；但是此后曹操的“奸贼”身份暴露，董承奉衣带诏，并拉刘备入伙，刘备却还是学老农种菜，且和曹操煮酒闲话，一点为汉室尽忠的意思也没有。对此刘备有解释：韬光养晦。确实，此时此刻若贸然行事则无异于鸡蛋碰石头，全无成功可能，乃不智之举。

第三件，自立汉帝。这是不可否认的历史事实，而且《三国演义》作者还需要以刘备的蜀汉为旗帜写小说的后半部，但却又不能损害刘备之忠于汉朝的形象。那么怎么办呢？作者进行了铺垫。其一，曹丕篡汉。《三国演义》把曹丕篡汉和刘备自立两个事件放在同一回（第八十回）里讲，表明了两者的因果关系。其二，传言献帝遇害。这是刘备自立为帝的另一个关键性的要素——如果没有这一传言（《三国志》里记载了这一传言），刘备是不能自立为帝的。“汉中王闻知，痛哭终日，下令百官挂孝，遥望设祭，上尊谥曰‘孝愍皇帝’。玄德因此忧虑，致染成疾，不能理事，政务皆托与孔明。”小说以此着力塑造刘备的忠臣形象。其三，反复拒绝群臣的劝进。历来帝王登基皆要臣下“三劝进”，以表至尊宝座非朕躬所愿的高义。刘备缺乏称帝的实力、条件和逻辑，有此自知之明。谯周搬出异象祥瑞，诸葛亮搬出身份血统，许靖搬出讨逆旗号等，这些理由实际上都很勉强，不能形为刘备自立为汉帝的可靠的坚实的无可辩驳的逻辑链条，所以刘备要坚决地予以拒绝。他不能把自己架到火炉上烤。其四，刘备不肯称帝，诸葛亮便设计逼刘备说出愿意“行之”也就是登基做皇帝的话。这次，诸葛亮的理由很充分：他生病了，而且病得很厉害，以至于要不干了（“命不久矣！”）。为什么会生病呢？忧心国事，忧心如焚啊！要想灭魏兴刘，就得聚人心，立旗号，谁是旗号呢？刘备您啊！您若是不肯登基做皇帝，后果很严重：一是我自出茅庐，跟随您这么多年，算是白跟了！二是好不容易有了两川之地做大本营，大本营的人都盼着您以皇帝身份带领他们灭魏兴刘，不能使大家寒心啊！三是大家寒心，人心散了，若吴、魏来攻，两川就保不住了，那您多年奋斗的心血不就白费了吗？

四是两川不保，隆中对时为您规划的发展路线还怎么实现呢？诸葛亮言词剀切，逻辑严密，理由确凿，容不得刘备辩驳，逼着刘备说出“吾非推阻，恐天下人议论耳……待军师病可，行之未迟”这样的话来。刘备不是自己愿意称帝的，不是主动的行为，完全是臣下逼得没有办法无可奈何、无法退避的结果，这是塑造刘备忠臣形象之不可或缺的过程和细节。写小说要的是读者的接受和认可。

不过不能因为是诸葛亮逼着刘备做皇帝就认为诸葛亮不是忠臣。看问题要看实质，要看大局，要看长远。诸葛亮在刘备登基及逝世后的主要作为就是巩固蜀汉，六出祁山，灭魏兴刘，以至于终亡而不改其志。英雄刘备的忠义形象和精神在诸葛亮身上得到了很好的延续。有其主必有其臣，忠义诸葛亮是忠义刘备的再版。

三、刘备的英雄素质

刘备作为英雄，除了忠义和勇敢这两个必备的素质外，还具有其他一些当时一般军阀豪强势力所缺乏的重要而美好的品德和素质，姑举数端以明之。

第一，仁德。英雄和仁德似乎是不兼容的。英雄是杀人的，一将功成万骨枯；仁者是爱人的，悲天悯人，怜惜天下苍生。但其实两者是兼容的、交融的、相济的，真英雄须有仁德之心，以天下苍生百姓为念的大仁者方可谓之大英雄，“无情未必真豪杰，怜子如何不丈夫”。为什么要这样说呢？其一，英雄不是为了杀人而杀人，乃是为了杀了坏人之后天下苍生百姓能够过上太平安宁的生活，打天下的宗旨是为了治天下。其二，落实到具体的战争行为上，战争并不意味着一味地杀戮，而是要以最小代价取得最大成功，为此也就要求战争的指挥者瓦解敌人军心，争取民众支持，不要伤及无辜，爱惜将士，优待战俘，在战争中展现仁爱之心。对于英雄来说，发动战争应该是穷尽所有解决问题的政治手段之后的最后选项，而不能轻启战端，祸害苍生，所谓“不战而屈人之兵，善之善者也”“全国为上，破国次之；全军为上，破军次之……”“上兵伐谋，其次伐交，其次伐兵，其下攻城”等，说的就是这个意思。秦将白起因为坑杀赵国降兵四十万，惨无人道，被后人诅咒下地狱，永世不得翻身。这就叫民心。白起虽战功赫赫，威猛盖世，后世却对其是否为英雄颇具争议。很显然，《三国演义》的作者也认为仁德是英雄的必备素质，要不然怎么会在写刘备的时候费心地写他的仁德之举呢？陶谦三让徐州，刘备虽无立足之地，却“不肯受”“推托”“固辞”，直待徐州百姓拥挤府前哭拜，方才权领徐州事；到了荆州，刘备把吊民疾苦、访贤求才作为工作的重中之重，以此赢得荆州百姓的认同和拥戴；曹军追击时，刘备不顾自身安危，引十数万百姓一起逃难，后来赵云历尽千辛万苦把阿斗交还到刘备手上时，刘备气得把阿斗摔到地上，说“为汝这孺子，几损我一员大将”。鲁迅《中国小说史略》所谓“欲显刘备之长厚而似伪”[①]，实际上就是指出《三国演义》对刘备的仁德品质给予了过多的揭示和描述，以至于给人以不真实或虚假的感觉，当然这同时也表明，《三国演义》欲向读者传递真正的英雄须是仁德之人的理念。

第二，奋斗和坚持。曹操青梅煮酒论英雄的时候为什么对当时的诸多军阀豪强势力不予认同？其实我们从曹操的点评中已经能够找到答案了。袁氏兄弟、刘表、孙策、刘璋等人之所以能在汉末舞台上驰骋一时、长袖善舞，靠的不是自己的艰苦努力、卓绝奋斗，靠的乃是祖业、家世、权位等身外得来的东西，这样的英雄并不懂得创业的艰难，并不珍惜祖辈挣下的“血汗钱”。如此，再大的家业也会败光的。这样的人物哪里配称英雄呢？当然，孙策或许是个例外，但这事儿谁说得清呢？历史没有提供证据。

刘备确实和以上这些人物不同，他来自社会底层，完全白手起家，没有任何身份、家世、人脉、权位可以依靠，在个人奋斗的道路上吃尽苦头、备尝艰辛，曾几次三番陷入绝境——被吕布夺了徐州，被袁术驱赶，被曹操俘了妻室和义弟，被袁绍多次猜

① 鲁迅：《中国小说史略》，上海古籍出版社1998年版，第87页。

忌，被荆州人逼得马跃檀溪，被曹操追得落荒而逃。但他都一一挺过来了，并且始终不改其志，不断地努力着、奋斗着、坚持着，终于取得成功，成就了一番事业。蜀汉虽然是三国中力量最弱的，但刘备能创出此业实是难得，他靠的就是理想与信念、奋斗与坚持，于最艰难的时刻始终不失去希望、不忘记奋斗。“天将降大任于斯人也，必先苦其心志，劳其筋骨。”“艰难困苦，于汝玉成。”正是他的这种精神吸引了关羽、张飞、诸葛亮等当时非常优秀的一批人才。“先帝创业未半，而中道崩殂……”读着诸葛亮《出师表》中的句子，我们能够感受到英雄刘备对时人的强大感召力。曹操也不愧有识才之具，不以权势、实力和身份地位论英雄，能看好刘备并认真地把他作为对手，亦可谓真能知英雄者矣！

成功的花
人们只惊慕她现时的明艳
然而当初她的芽儿
浸透了奋斗的泪泉
洒遍了牺牲的血雨①

刘备身上还有其他一些值得称道的英雄素质，这里就不再一一探析了。

四、尊刘的叙事意义

读者尚需要从叙事艺术的角度来认识塑造刘备英雄形象的意义。作为一部长篇叙事文学作品，《三国演义》中的众多故事和人物需要有一个纲，有一条贯穿的线索，使其表面上错综复杂、杂乱无章的内容变得“眉清目秀”、形散神不散，这就像有着数不清网眼的渔网无论怎么收放都不会散乱，要有一条纲绳执于手中，纲举而目张。那么，《三国演义》里的这条能够让我们觉得整个故事杂而不乱、散而有序的纲绳呢？那就是刘备——诸葛亮

① 冰心：《繁星春水》，北京燕山出版社 2018 年版，第 23～24 页。

——姜维。以桃园结义领起整个小说的故事内容，再暗以刘备（及关羽、张飞）的发展经历为纲绳，次第引出董卓、吕布、曹操、袁氏兄弟、孙氏父子、马腾、刘表等诸路豪强英雄的故事，又以三顾茅庐故事引出诸葛亮其人；诸葛亮出现后，小说的叙事重心便由刘备转向诸葛亮，由诸葛亮设计、指挥、安排了赤壁之战及其后的一系列重要的政治、军事和外交活动。刘备去世后，更是如此。略定西南、进取汉中、六出祁山等，《三国演义》的后半部，差不多就是诸葛亮的专场，其他人物的故事都是由诸葛亮引出来的。诸葛亮去世后，姜维支撑蜀汉危局，直到小说的最后（第119回）。三国故事中牵涉的人物之多、事件之繁在古代小说中是首屈一指的，但作者却把故事讲得井然有序，把人物经历安排得妥妥帖帖，其要诀正在于抓住了“刘备——诸葛亮——姜维”这条纲绳、这根主线。这是一个很好的叙事策略。

问题是为什么会选择三国中实力最弱的刘备一方作为叙事主线呢？除了要表现尊刘贬曹的思想主题以外，刘备作为英雄人物的特质应该也是作家的一个考量因素。《三国演义》的创作有多重主题，描写英雄、歌唱英雄、弘扬英雄主义精神则是其中十分重要的一个，那么，谁能在汉末群雄中擎起英雄的大旗？换言之，在汉末群雄中，在汉末诸公中，在鱼龙混杂、泥沙俱下的时代大潮中，谁才是真正的英雄，或者说是代表性的英雄？他须得有百折不回的气概，他须得有面对强权的勇气，他须得有胸怀天下、悲悯苍生的美德，他须得有毅力、有担当、有坚持，正义、勇猛、奋斗，由弱到强，去争取最后的成功。他或许不是最强者，他或许有许多弱点、弱势，但他却有着常人所没有的一种伟大的精神——英雄主义的精神。以此衡之，则放眼风云激荡的汉末三国时期，能有几人配称英雄？还是辛弃疾概括得最准确：“天下英雄谁敌手？曹刘。生子当如孙仲谋。”曹操、刘备、孙权乃是当之无愧的真正的顶级的三国英雄，既是因为他们的成功，更是因为他们的精神，一种看不见、摸不着却又实实在在存在并感召天下、令天下人影从云集的精神。尤其是刘备，一无所靠，全凭美德和精神，历经挫折，终于苦尽甘来，这样的人是当得起英雄之名的，让他做《三国演义》这部旨在弘扬英雄主义精神的作品中的贯串人物、旗帜人物、标杆人物，可谓得其所哉，再恰当不过了。

第三节　孙权——又一次青梅煮酒

孙权是汉末三国历史风云中一个独特的存在。独特在哪里？论资历声望，孙权是汉末三国英雄中的的确确的小辈，与吕布、袁绍、曹操、刘备、袁术等人无法并提，然而正是他建立了三国中国祚最永的吴，讲三国故事无法避开他；论角色配置，孙权作为三国建立者之一，人们很难不把他看作主角（曹丕的情况和他不同，此处不论），但从故事戏份上看，真正由孙权唱主角的戏并不多，即便是对他来说意义非凡的赤壁之战，他在其中亦少有存在感，所以如果硬要说他是主角的话，那也只能说他充其量是主角中的配角，站在舞台聚光灯下的边缘位置；论疆场功绩，孙权和他的哥哥孙策完全不能相比，特别是张辽威震逍遥津时，孙权的狼狈形象至今令人难忘。总之一句话，讲汉末三国英雄故事，孙权在其中有些尴尬。

但汉末三国时期顶级英雄曹操的评语“生子当如孙仲谋”又把孙权推上了无可争议的英雄人物的地位，研究《三国演义》又哪能不研究孙权呢？

鉴于孙权在三国故事特别是赤壁之战叙事中的独特存在，作家写孙权很多时候都采用了间接的或侧面的叙写方式，形成正侧结合、正侧互补的人物写作技法，弥补了目标人物存在感不足的缺憾。

本节的论述关键词：侧面叙事。

一、英雄“第三型”

官渡之战其实是一次很有意思的战争，它既是一次地区争霸战争，又是一次汉末三国历史上除旧布新的战争——旧的势力和人物纷纷谢幕、退出舞台，新的真正的英雄闻时而动、呼之欲出，他们已在悄悄布局，酝酿着掀起更大的风云。三国的三个主角，曹操、刘备、孙权，在官渡之战战犹正酣的关口，第一次悄然聚首。当然，这是“历史老人”的暗中安排，当事人并不自知；曹操与刘备在青梅煮酒论英雄，闻雷落箸，“迅雷风烈必变”。曹操呢，他并没有真正小瞧、轻视刘备，否则的话也就不会在袁绍大兵压境的紧要关头，要选择亲自东征“名不见经传”的刘备了。刘备如若庸凡，曹操手下一将对付他足矣。经过曹操的一番操作，官渡之战时候的这两位大英雄恰好处于两个奇妙的位置上：曹操达到他人生的巅峰时期和高光时刻，留下了一份足以让他青史留名的业绩，而刘备却跌入谷底，回归原点，以至于要古城聚义，东山再起。两位大英雄，一高一低，高者强势崛起，高歌猛进，眼界阔大，志向高远，又开始擘画统一的远景和蓝图；低者犹如卧龙，虽屡败而不气馁，虽奔逃而不忘志，百转千回，百折不挠，韬光养晦，委曲求全，寻找着新的发展的突破口和机会。刘备就不必说了，《三国演义》本来就是要歌颂他、赞美他的，即使如曹操这个《三国演义》的“大反派”，小说作者虽在写作时多有贬损和诋毁，却也无法掩抑他在官渡之战中所展现出来的大英雄的光彩。曹操在官渡之战中所展现出来的战略眼光、军事才能、坚持精进的精神、尊才优贤的气度等等，确非一般人所可比拟，当得起大英雄的称号。

第三个大英雄——孙权——也在官渡之战的时候向读者走来，这加重了官渡之战的分量，铸就了三国英雄一时聚首的奇特景观。这是历史的神奇之处，这是历史的魅力所在。如果缺了孙权，那么官渡之战这场富有历史意义的惊心动魄的战争该是多么令人遗憾啊！当然，这时候说三英雄聚首是不恰当的，孙权乃是第一次亮相，是在突然之间被推上了历史舞台，不仅处于舞台的边缘位置，而且完全没有参与官渡之战的宏大叙事，没有存在感，自然也就不可能进入曹、刘的视野。孙权作为英雄，还需要时间历练，还需要历史的证明。

幸好历史给了孙权历练和证明的机会。200 年，孙策遇刺身亡，孙权仓促接班，彼时正是江东政局不稳的时节，面临着内忧外患。第一，江东诸郡都是新附之地，内部有诸多矛盾，人心未服。吴郡太守许贡与曹操暗通款曲以及许贡门客刺杀孙策即是明证。第二，江东西有荆州刘表、江夏黄祖，北有许都曹操，这些都是和江东结下了梁子的强邻。当初孙坚在袁术要求下进攻刘表，刘表手下黄祖把孙坚给杀了，于是两家结下世仇；孙策攻城略地、势力强大之后要求朝廷封官，控制着皇帝的曹操没答应，孙策怀恨在心，图谋袭击许都，又杀了暗中勾结曹操的许贡，试想，这样的人曹操怎能容忍？无奈分身乏术，需要全身心对付袁绍，所以只好羁縻江东孙氏，封继位的孙权为将军，以为权宜之计。第三，孙权毕竟是新人，从无治政理乱的经验，在强邻环伺的乱世里猝然接班，其压力可想而知。

尽管内有矛盾外有强邻再加一个经验不足，但自 200 年孙权执掌江东政柄以来至 208 年赤壁之战爆发的这几年，江东局势总体称得上平稳过渡、波澜不惊。正像孙策临终前对孙权所说的那样："若举江东之众，决机于两阵之间，与天下争衡，卿不如我；举贤任能，使各尽力以保江东，我不如卿。"孙权确实在保境安民、守土一方上有过人的才能，这不，没有多久的功夫，年轻的孙权就"威震江东，深得民心"了。

自然，像孙权这样的人物，在三国英雄中可谓另类，同时也不符合曹操所框定的英雄标准。曹操不认可守成者为英雄，他眼中的英雄应该一无凭依，全靠自己的艰苦创业，他说："孙策藉父之名，非英雄也。"连孙策这样江东事业的真正奠基者都不被曹操认可，那么孙权又怎能入曹操的法眼呢？

曹操对英雄的品藻大体上是不错的，放眼汉末三国时期，有所凭依的人物（包括守成者和某些有前期资本、没有吃过苦头的所谓"创业者"）最终成事者确实少之又少，难副英雄的美名。但孙权却是个例外。孙权是后世公认的英雄人物，"为报倾城随太守，亲射虎，看孙郎"；而且，仅在数年之后，曹操即为自己对孙权的轻视而付出了惨重代价，并抱憾终生。

二、孙权的政治智慧

创业难，守业其实也不易，在乱世之中守住父兄之业则尤其不易。孙权之所以能够平稳接班并稳住江东局面，一是赶上了曹操全力抗袁无暇南顾的好时机，二是有赖于孙权的政治智慧。官渡之战给了孙权难得的喘息机会。假使孙权接班发生在官渡之战袁绍既败之后，那么依曹操的实力，曹、孙之间的对决会不会提前到来或未可知，这是一个假设。另一个假设，如果孙权的行事风格和他的哥哥一样——他的哥哥人称小霸王，攻城略地，威猛如虎，那么他就会趁着官渡鏖兵正酣的好时机去袭扰曹操，挑衅曹操，抄曹操的后路。果真这样的话，从政治上讲就是严重失策，是缺乏政治智慧的表现，会让好不容易挣下的江东基业分崩离析。为什么这样说呢？因为曹操实力不弱，他对付根基牢固、势力强大的袁绍或许是有些吃力，但此时对付刚刚接班、少不更事的孙权还是绰绰有余的。虽然两面受敌，曹操终归会找到办法，并义无反顾地打掉江东，此前放下袁绍去东征刘备即前例。

历史容不得假设，从历史的角度看，以上两个假设都毫无意义，那为什么还要做此假设呢？因为这能让我们体会到孙权的政治智慧是确确实实存在的，他是一个了不起的英雄，换了别人，无论如何都过不了这一关，并进而取得后续的辉煌。

其实孙权最初动过攻城略地、争衡天下之念头的。周瑜向他推荐了鲁肃，他和鲁肃相谈甚欢，问道："孤承父兄余业，思为桓、文之事，君将何以教我？"（第二十九回）齐桓公、晋文公是谁？春秋霸主也。孙权"思为桓、文之事"，什么意思？就是要攻城略地、争衡天下，成为号令诸侯的霸主。换言之，他要与当时"挟天子以令诸侯"的霸主曹操对抗，并取而代之成为新的霸主。可见"初生牛犊不怕虎"，他的野心和雄心一点也不亚于他的哥哥。恰巧当时势力强大的袁绍也派人来联络他，欲与之联手南北夹击曹操。这诱惑力非常之大！果真如此的话，汉末三国历史将是另一番景观。幸亏鲁肃及时制止了孙权的冲动，为他擘画"鼎足三分"的蓝图：袁绍在河北，曹操在河南，二虎相争，孙权则在江东坐山观虎斗，“观天下之衅”。对东吴来说，这是堪比后来诸葛亮“隆中对”的战略发展路线图，虽然极富历史的洞见，可惜名气远没有“隆中对”来得大、来得响亮。这确是一件无可奈何的事。

鲁肃建议孙权以长江为屏障，改攻为守，韬光养晦，置身事外，以待时变。具体策略是改北进为西进，上溯长江中游“剿除黄祖，进伐刘表”。此策略的好处很多，一是不招惹强敌；二是先打弱敌；三是报杀父之仇；四是获长江天堑；五是暗中积蓄力量，不引人注目，不做出头鸟；六是形成南北对峙之势，如楚汉相争。而且这一策略极富可行性，因为“北方多务”，曹操脱不开身，你不去管他的事（袭许都或与袁绍结盟），他也暂时不会来管你的闲事的。另外也有必要性，因为曹操是“打不死的小强”，“不可卒除”，跟他做对徒然是拼消耗，落得个两败俱伤。几下一合计，孙权亟须处理好与曹操的关系。

孙权的政治智慧表现在哪里呢？当即接受了鲁肃的建议。他没有表现出一个年轻人的冲动、任性、一往无前，他没有坚持去践行他欲称王称霸的理想抱负，他没有像他的哥哥那样选择进攻、进攻、进攻，他没有像一般初得大位的人那样稚拙鲁莽。他和鲁肃虽是新识，却判断出鲁肃建议的正确性、合理性、可行性，而且敏锐意识到此一建议的重大战略意义，所以便不再提及什么齐桓、晋文之事了，而是给予鲁肃及肃母很多赏赐，并对鲁肃言听计从。鲁肃向他推荐了诸葛瑾，他拜为上宾；诸葛瑾建议他绝袁顺曹（和鲁肃建议在内涵上是一致的），他也爽快地照办了。

《三国演义》不愧是一部“大制作”、艺术的精品，在写作时总是细针密线、思虑周详。即使如诸葛瑾这样属于小说中“次次要级的”人物，他的出场也很有讲究：由鲁肃介绍，向孙权提出和鲁肃一致的重大建议，孙权随即采纳。这说明什么呢？一方面表明鲁肃、诸葛瑾皆是敦实君子、忠厚老实人，颇富智慧，政治理念相同，这是他们能成为朋友的基础。另一方面也表明孙权和他们两人之间从一开始就建立起了君信臣忠的关系，此后不管风云如何变幻，这种关系始终维系着，这是东吴政权能够数十年屹立不倒的原因之一。此外，小说安排由鲁肃介绍诸葛瑾出场还为后文写鲁肃和诸葛亮的友好关系打下伏笔，试想，如果不是这样安排的话，后文写鲁肃和诸葛亮的友好关系将会变得不合逻辑，而且要费出很多口舌去解释。作者的这一安排看似不经意，实则精巧之至。孙权听从哥哥的遗命，“内事不决问张昭，外事不决问周瑜”；又压抑住自己冲动的心，接受了鲁肃和诸葛瑾的正确建议，绝袁顺曹，改北进为西进，养精蓄锐，稳定江东，终于度过了危险的政权交接期，为数年后的孙、曹对决赢得了时间，并打下了良好的基础。

三、赤壁之战的英明决断

孙权再一次凸显英雄本色和政治智慧的，无疑是在 208 年，也就是他在江东执政八年后爆发的赤壁之战。

这时候孙权所面临的政治环境已完全不同了。北部强邻曹操已经翦灭了袁绍及其残余势力，正高歌猛进地率大军杀向江南；荆州的刘表已死，黄祖也终于在 208 年赤壁之战爆发前为孙权所杀，本来一切都在按照鲁肃制定的战略发展路线图进行，没承想荆州刘琮投降了曹操，刘备被曹操打得落花流水、狼狈逃窜。也就是说原先设定的以长江为界的南北对决之局已近乎破灭，孙权实际上处在曹操的半包围之中。天下强人尽灭，自己还想躲在南方再发展几年，让自己面对曹操时更有底气些，可曹操却不给机会了。这仗还要不要打？这仗还能不能打？这仗还怎么打？孙权确实压力很大。孙权面临严峻抉择。那么，“内事不决问张昭，外事不决问周瑜”的遗命还好不好用呢？不好用了。张昭成了投降派。张昭代表了东吴的一大批老臣，顾私不顾公，顾念自己前程和家族命运，依靠这样的人能有什么结果呢？

要么不打仗，要么一上来就是前所未有的大仗、生死存亡的恶仗。二十六岁的孙权面临着有生以来最大的危机。然而，越是危机时刻越能见魄力和智慧。孙权显示出了同龄人少有的政治上的成熟。他再一次选择了相信鲁肃。事实证明，这是一个正确、英明的选择。

从小说叙事的角度说，赤壁之战的主角是诸葛亮和周瑜，因为故事的看点在于“怎么打”，这一看点既能抓眼球、挠人心，又能很好地表现主题；但这一叙事策略却无损于孙权的关键性、重要性。孙权是赤壁之战中“关键的少数”。他是赤壁之战的最终决策者。“要不要打”是由孙权说了算的。所以，《三国演义》非常用心地叙写孙权对赤壁之战的决策过程，写出了他决策的艰难和慎重。

决策的艰难和慎重是一个心理活动过程，通过西方小说中那种大片段的静态心理描写深入到孙权内心之中去直接表现其决策的艰难和慎重不是中国古典小说的创作风格和做派，不适合中国古典小说源出于说话艺术的写作传统。中国古典小说擅长通过人物的语言和动作来反映人物的心理活动情况。再说了，像孙权这样的一方诸侯、一代英雄，由他本人站出来现身说法，诉说所面临的巨大压力、做出决策的左右为难、会遭遇的阻力问题困难、内心的犹豫彷徨矛盾纠结……写起来是方便了，但实际上于人物形象塑造而言反而是减分的。在中国读者看来，英雄不应该是这个样子的。对英雄的塑造应该在谋略上、应该在战场上，而不应该在内心的矛盾纠结上。那么，《三国演义》是怎样叙写孙权对赤壁之战的决策过程的呢？是怎样表现他决策的艰难和慎重的呢？主要通过间接的或侧面的叙写来渲染、烘托、铺垫。当然也有适量的正面叙写。

一是借曹操的重要谋士荀攸之口预定了“孙权必惊疑而来降”的结局，这应该是当时几乎所有人以及一些读者都认为必然会出现的唯一的结局。想想看，打败了袁绍，平定了北方，新纳了荆州，追得刘备四处逃，“计点马步水军，共八十三万，诈称一百万，水陆并进，船骑双行，沿江而来。西连荆峡，东接蕲黄，寨栅联络三百余里”，这阵仗、这气势，年轻势弱的孙权如何能招架？

二是写鲁肃和诸葛亮互动、定计（联合抗曹），进一步渲染了紧张气氛，鲁肃叮嘱诸葛亮说：“先生见孙将军，切不可实言曹操兵多将广。”鲁肃一叮嘱就把孙权的紧张给揭穿了！其实是鲁肃幼稚——或者说是因为过分紧张而导致的幼稚——孙权哪里会不知道曹操兵多将广呢？鲁肃的叮嘱白费了！事实上后来诸葛亮在孙权面前也没有听从鲁肃的叮嘱，致令鲁肃“闻言失色”。

三是正面写孙权和群臣商议对策。张昭主张投降，群臣附议，唯鲁肃意见相左。张昭主降的理由有二：其一，曹操势大；其二，长江天险已失。这是孙权不能取胜的理由。张昭进而找了一个更冠冕堂皇的理由：“东吴民安，江南六郡可保矣。”表面上出于公义，实际上出于私心。大敌当前，作为主要谋臣的张昭未战即先言降，这究竟是何居心？难怪孙权要对张昭他们大失所望了！孙权无疑是主战的，但又对战胜曹操没有信心和底气，所以小说反复写孙权“沉吟不语”“低头不语”，又借故“起更衣”，反映了他内心的不宁和挣扎。随后他又对鲁肃直接说出了内心的担忧，鲁肃建议他召见诸葛亮。

四是写诸葛亮舌战群儒。为什么要写舌战群儒？从创作宗旨上说，是为了写刘备抗曹的决心和诸葛亮过人的智慧，以突出尊刘贬曹的主题；但若从情节发展上说，则实际上是在写孙权，写孙权抗曹的信心不足。这是写孙权决计抗曹的艰难决策过程中之必有的、重要的一个环节。历来所谓战争，一是比拼实力，二是比拼信心：信心足，有时候能够弥补实力的不足，有以弱胜强的效果；信心不足，则再强的实力也于事无补，致使一败涂地。孙权决计抗曹，张昭这班主降老臣的坎儿必须要过。即便不能说服他们转变立场，至少也要让他们不能对孙权决计用兵的信心造成干扰。所以，与其说是诸葛亮舌战群儒，不如说是诸葛亮在间接地给孙权打气，增强他抗曹必胜的信心。

五是写诸葛亮见孙权。诸葛亮二十七岁，孙权二十六岁，二人年龄相若，这是当时最聪明的两个年轻人，他们在一起共同商议一件大事，擘画未来。但二人的身份不一样，地位不一样，所肩负的担子也就不一样。一切都要靠孙权拿主张。诸葛亮要向他提供正确的建议，并帮助他建立信心。正确的建议有两条：一是抗曹而不是降曹，二是孙刘联手而不是单打独斗。对诸葛亮来说，这正确的建议并不难提出，他本就是带着使命来东吴的；难就难在让孙权建立信心。孙权不是不想抗曹，问题是打得赢吗？打赢了一切好说，打败了则是生灵涂炭、一败涂地、万事皆休！这是多么严重的后果呀！这是孙权的心魔所在，也是孙权难下决断的原因。为此，诸葛亮从两个方面入手帮助孙权建立信心，其一，以刘备反激孙权——刘备虽败却立志抗曹，孙权未战却优柔寡断、首鼠两端；其二，指出曹军表面强大实有致命弱点——远来疲惫、不习水战、荆州未能心服。诸葛亮认为，有致命弱点则不怕曹军人多，这正是他在孙权面前不听鲁肃叮嘱而夸说曹操人多的原因所在。

诸葛亮一出马问题就解决了吗？没有。孙权抗曹的决心还是下不了。虽然当着诸葛亮面说出“吾意已决，更无他疑。即日商议起兵，共灭曹操”的豪情壮语，却是当不得真的；如果《三国演义》行文至此便让孙权召见周瑜集结部队准备开战，从艺术上讲就未免太草率了。孙权不是愣头青，他知道抗曹信心需要军事实力的强力支撑。所以接下来需要周瑜出场为孙权打气。凭诸葛亮口中关羽的精兵万人、刘琦的江夏战士万人是不济事的。

在诸葛亮智激周瑜之后，周瑜向孙权条陈了抗曹的主张，并剖析了曹操所犯的兵家四忌，也就是表面强大曹军实质上的弱点。虽然周瑜的剖析比诸葛亮详细，既有军事角度的也有政治角度的，但劝说孙权的路数却是相同的，都放在了指出强敌有弱点不足惧这一方面。孙权当然是勃然奋起，称“孤与老贼，誓不两立”，并拔佩剑砍奏案一角以示决心，又当场组建了作战指挥部。有了周瑜的支持，孙权终于做出了抗曹的决断。

可是——周瑜被骗过了，孙权的决断还不坚定，他心中还有疑虑。《三国演义》不愧是伟大作品，为了写孙权抗曹决策的艰难和慎重，已经费了如许功夫，作了这么多的铺垫了，却仍不满足于此，誓将艺术的精益求精进行到底，继续指出孙权信心不坚定、心中有疑虑。真是心细如发呀！那么，孙权还有什么好疑虑的呢？原来周瑜在向孙权条陈的时候只剖析了敌方的弱点，没有指出敌我双方真实的力量对比，以解孙权寡不敌众之忧。不了解敌我双方真实的力量对比，不知己知彼，也就是曹操果有百万之众南下的话，那么这仗无论如何是打不了的。于是周瑜告诉孙权曹军的真实情况：嫡系部队十五六万，袁绍投降部队七八万，加起来不过二十三四万；加之前者疲惫，后者狐疑，面和心不和，战斗力并不强，只要我方部署到位，指挥得当，战胜他们是完全没有问题的。敌我双方真实力量的对比分析放在了孙权当众宣布抗曹之后，着实叫读者吃了一惊，既显示了诸葛亮高超的智慧和读心术，也表明了孙权在赤壁之战中决策的艰难和谨慎。

如果说官渡之战是曹操一生中的高光时刻，展现了曹操的英雄本色，那么赤壁之战则无疑是孙权一生中的高光时刻，展现了孙权的英雄本色。这是一场英雄的洗礼战，使孙权脱颖而出，进入伟大英雄的之列。尽管赤壁之战的前线指挥者并非孙权——这和官渡之战中的曹操是不同的——但这丝毫不影响他作为英雄的身份。他面对强敌时的胆量、他在强大压力之下的明智决断和审慎决策、他的识人之明、他的良好判断力等都是很值得称道的。英雄与英雄不同，英雄不是只有一个模子。像曹操、关羽、周瑜那样驰骋沙场的固然是英雄，像孙权、诸葛亮这样运筹帷幄的也应是英雄。反倒是下列情形孙权难称英雄：一是听说曹操大兵压境，惊慌失措，不战而降，曹操仍旧让他管理江东；二是选择抗曹，却胡乱决策、鲁莽行事，以致失败；三是选择抗曹，又亲自指挥作战，以致失败；四是曹操因故未进攻江东，孙权没有经过大战洗礼，很顺利地守住祖业。英雄造时势，时势造英雄。赤壁之战凸显了孙权的英雄本色。

所以，《三国演义》从第四十二回后半部开始，直到第四十四回止，足足用了两回多的篇幅，写赤壁之战“要不要打”的艰难决策过程，可谓煞费苦心；直接着墨孙权的地方并不多，多是写鲁肃、周瑜、东吴群臣、诸葛瑾诸葛亮兄弟等人，但却是处处有孙权，很好地烘托了孙权的政治智慧和英雄形象，是很值得称道的富有中国特色的小说叙事笔法。

四、余论

赤壁之战以后，孙权仍有可圈可点的作为来彰显他的政治智慧和英雄本色，如通过联姻方式维护孙刘联盟；迁都南京，退曹操再侵之兵；设计夺荆州，使刘备遭受重大损失；夷陵（猇亭）之战大败刘备，使蜀汉元气大伤、由盛转衰；在魏蜀之后缓称皇帝，表现出政治上的谨慎和成熟。由于孙吴在整个三国故事的叙事架构中处于最次要的位置——作家主要叙写曹刘、魏蜀的斗争，只是在情节必要的情况下才叙及孙吴之事，加之以上诸事就其重要性和影响力而言亦无有过于赤壁之战者，所以孙权的作为被淹没在了众多的三国故事里，没能引起读者太多关注。即便有所关注，也更多是刘备的缘故。换言之，尽管孙权创立了吴国，并且吴国在三国之中还存活得足够久长，但大英雄孙权在小说后半部的叙事中却失去了存在感，连曹操称道孙权的那句名言“生子当如孙仲谋”（第六十一回）也没得到多少历史回音，只有豪放不羁的苏轼、辛弃疾才偶尔瞻顾垂青。这似乎是孙权作为英雄的不幸，也是孙权作为英雄的宿命。不过，换个角度想一想，其实也没什么。曹操当初青梅煮酒论英雄的时候，眼中只有刘备和他自己，哪里还有孙权的存在？即使后来孙权平稳接班，也仍然没入曹操的法眼。可是再后来，曹操一败于赤壁，再败于濡须，都是几十万强兵强将，全都折戟沉沙，丧命于这个不起眼的碧眼小儿（曹操比孙权大了二十七岁，是结结实实的父辈）之手。统一的梦一碎再碎，连赤壁的一火之仇也报不了。终于，在残酷的现实面前，强人曹操不得不低下高昂的头颅，由衷地赞叹道：“生子当如孙仲谋!”这是什么？这是英雄惺惺相惜。这是青梅煮酒再论英雄。对于孙权来说，有此一评足矣，夫复何求？

第四节　蒋干——小人物的大场面

长篇小说里有许多“小人物”。小说评论中所谓小人物，不是从人物的社会地位、社会身份来说的，后世世情小说中的主要角色大多数都是“引车卖浆者流”，即社会上的普通人；小人物通常是就人物在故事叙事中所占的比重、分量而言，类似于戏剧舞台上跑龙套的角色或比较次要的角色。小人物只在某个故事片断中露面，是过场人物，过后就没戏了。作家的写作精力一般主要都花在故事的主角或重要人物身上，对小人物不甚留意。因此，小人物很少能成为艺术经典形象，给人以不可磨灭的印象。但也不尽然。大作家往往会兼顾小人物的艺术形象塑造，在小人物身上发力，写出小人物的光辉与精彩，成就小人物的大艺术。只要艺术上不苟且，哪怕只有一笔精妙妥当的对于小人物神情举止的描写，也会使他犹如夜空里划过的流星，瞬间迸发出耀眼的光芒。

蒋干便是《三国演义》中成就了大艺术的一个小人物，是中国古典小说艺术星空里放射出瞬时光芒的一颗流星。

历史上的蒋干其实算不上小人物，至少他是能和曹操、周瑜这些大人物“说得上话”的人物；但在《三国演义》这部艺术大书中，他又只能算是小人物，自命不凡却愚蠢、猥琐，成事不足败事有余。他只在东吴群英会和庞统连环计中露了两回脸，此外别无踪影。然而，由于作家的生花妙笔，这一人物形象变成了艺术经典。

本节的论述关键词：小人物大艺术。

一、蒋干其人其事

提起蒋干其人，真是一言难尽，令人感慨万千。为什么这样说呢？因为想给他立个小传，却发现就像一部二十四史，不知从何说起。应该给哪个蒋干立传？历史上的还是文学上的？要知道，两个蒋干虽是一人，却是天差地别，南辕北辙，无法捏合。历史上的蒋干如果知道自己的文学形象，既会惊讶于自己怎么会在后世如此赫赫有名，又会被自己的文学形象给活活气死。当然，如果文学上的蒋干知道了自己的“本来面目”，也会仰天长啸、愤怒异常。造化弄人啊！

蒋干在历史上实有其人。《三国志·吴书·周瑜传》裴松之注引《江表传》：

> 初曹公闻瑜年少有美才，谓可游说动也，乃密下扬州，遣九江蒋干往见瑜。干有仪容，以才辩见称，独步江、淮之间，莫与为对。乃布衣葛巾，自托私行诣瑜。瑜出迎之，立谓干曰："子翼良苦，远涉江湖为曹氏作说客邪？"干曰："吾与足下州里，中间别隔，遥闻芳烈，故来叙阔，并观雅规，而云说客，无乃逆诈乎？"瑜曰："吾虽不及夔、旷，闻弦赏音，足知雅曲也。"因延干入，为设酒食。毕，遣之曰："适吾有密事，且出就馆，事了，别自相请。"后三日，瑜请干与周观营中，行视仓库军资器仗讫，还宴饮，示之侍者服饰珍玩之物，因谓干曰："丈夫处世，遇知己之主，外托君臣之义，内结骨肉之恩，言行计从，祸福共之，假使苏、张更生，郦叟复出，犹抚其背而折其辞，岂足下幼生所能移乎？"干但笑，终无所言。干还，称瑜雅量高致，非言辞所间。中州之士，亦以此多之。[①]

从这则记载看历史人物蒋干，我们可以读出以下信息。

第一，蒋干是当时一个不大不小的地方名人。说他不大，是因为他没能跨过进入正史的门槛，只在地方文献《江表传》中现身，而且是在记述周瑜事迹时带出来的；说他不小，是因为他倒也不是籍籍无名之辈，"以才辩见称，独步江、淮之间，莫与为对"，名声如此之大，以至于和大人物曹操、周瑜都有交集。这不大不小的地位让他刚好有机会在《三国演义》中扮演一个跑龙套的角色。可是由于龙套跑得实在是太好，他引起了广大读者的关注，从而获得了远超想象、远超应有的"身后名"。

第二，蒋干"有仪容"，绝对不是戏曲舞台上那个贼眉鼠眼、

① （西晋）陈寿撰，（南朝宋）裴松之注：《三国志》，中华书局1982年版，第1265页。

鼻梁处贴一块白斑、唇部添两笔鼠须、下巴下悬晃着吊搭的摇头晃脑、心术不正的小丑形象——那个形象太对不起有才有貌的蒋帅哥了！

第三，蒋干是辩士，口才了得，有受曹操的派遣去劝说周瑜投诚曹操的经历，但一来，虽然是一次不成功的游说——人们对游说结果也大概是有预期的，却并未影响到蒋干的声誉，“中州之士，亦以此多之”，曹操那边的人依然听信了蒋干对周瑜的评价。二来，游说劝服事件和赤壁之战无关。曹操带蒋干“密下”扬州（今中国东南部苏南及闽浙赣数省）的事情不大可能发生于赤壁之战的紧要关头，因为情势上不允许；时间应该在此之前。“远涉江湖为曹氏作说客”及“中间别隔，遥闻芳烈”等语亦皆表明曹操、蒋干此行的出发地并不是在仅有一江之隔的长江北岸，而应该是在北方中原某地。三来，蒋干只做说客未做间谍，并没有蒋干盗书之事——而这是毁损蒋干声名、让他成为千古笑柄的关键性事件。说客是明里做的事情，间谍是暗里做的事情；说客做外交工作，间谍做情报工作；两者的情况完全不同。四来，蒋干更没有第二次做间谍，拉庞统“下水”。为什么这样说？因为据学者考证，庞统根本就没参加赤壁之战，连诸葛亮都只能算勉强参加了赤壁之战，何况是出道比诸葛亮晚了不少的庞士元呢？“先主领荆州，统以从事守耒阳令，在县不治，免官。”[1] 后庞统在鲁肃和诸葛亮的说项之下方得刘备重用，在刘备西征益州时献计，卒于进围雒县的战斗中，即《三国演义》第六十三回所说的落凤坡。这是其一。其二，即便庞统有机会参加赤壁之战，他也不会拉低自己的身份去当间谍。先说庞统的身份。史书上说，司马徽称道庞统“当为南州士之冠冕”，又说庞统“性好人伦，勤于长养”；小说中说，“伏龙、凤雏，两人得一，可安天下”（第三十五回），也就是说，庞统和诸葛亮是同一个级别的人物，皆具经天纬地之才，所差的不过是运气而已。庞统在当时身

① （西晋）陈寿撰，（南朝宋）裴松之注：《三国志》，中华书局1982年版，第954页。

份不低，在地区精英界有不小的影响。再说间谍这个工作。古代有正业、贱业之分，对于正经的知识分子来说，间谍无疑属于贱业，西施为了越国的霸业而献身吴王，牺牲了青春与爱情，这行为高尚吗？伟大吗？可西施的终局是什么呢？被沉江而死①！貂蝉受司徒王允之命离间董卓和吕布，为国除奸，这功劳抵得过千军万马、十万雄师，可貂蝉受到表彰了吗？没有。貂蝉最后嫁给吕布为妾，不知所终。古人认为，间谍使诈术、行诡计、搞破坏，言行不一，祸乱秩序，居心叵测，非君子所为。《孙子兵法》有《用间篇》，表明间谍工作是战争的一部分，是战争行为，而兵者诡道也、凶事也，非君子之人、仁义之人所应道。庞统是不会放低身段去做间谍这个贱业的，就如同他看不上耒阳县令这份工作。当然，《三国演义》让庞统参与赤壁之战、为周瑜效力也不是全无凭据，还是有一点点历史根据的。史书上说，庞统在效力刘备之前曾在周瑜手下做过事，为周瑜的功曹官。

庞统的事暂且不提，还是回到蒋干的话题上来。历史人物蒋干诚然算不上君子（辩士在古代也被看成是没有原则、没有诚信、朝秦暮楚的非君子人物），只有打破常规、不拘一格降人才的曹操肯使用他，但绝没有沦落到充当间谍而且成事不足、败事有余的可笑地步。这是可以肯定的。如果有的话，文献中自会留下一笔的。另外，他跟决定鼎足三分的赤壁之战事件也没有关系。然而，在《三国演义》中，我们却看到了一个自命不凡而又弄巧成拙并最终两次坏了主子好事的小丑蒋干，这形象绝对是负面的、无可救药的，与其历史形象构成绝大的反差。这确是一件令人感到悲哀的事情。

其实有蒋干这般遭遇的在《三国演义》中又何止一个两个。诗人陆游作诗感叹说：

---

① 关于西施的结局，一般认为她被沉江而死。元人吴昌龄有《陶朱公五湖沉西施》杂剧，已佚；宋元阙名有《范蠡沉西施》戏文，已佚；清人徐石麒有《浮西施》杂剧，演范蠡沉西施于五湖；清人艾衲居士《豆棚闲话》有《范少伯水葬西施》小说，也说范蠡把西施推堕水中。明人梁辰鱼《浣纱记》传奇写范蠡和西施同泛五湖，是一个美好结局，这在西施故事中是个异类。

斜阳古柳赵家庄，负鼓盲翁正作场。

身后是非谁管得？满村听说蔡中郎。[1]

大名鼎鼎的蔡邕是学者、作家、书法家，中国历史上有名的才女蔡琰（文姬）是他的女儿，他在中国文化史上的地位不可谓不高，然而又能怎么样呢？“身后是非谁管得？满村听说蔡中郎”，人们都在传说他背亲弃妇、停妻再娶的故事，指责他忘恩负义、狼心狗肺、面目可憎，并最终给他安排了一个被暴雷劈死的可耻结局——注意，是后人安排的，并非真的如此。可见人们愤怒的程度。整个故事皆子虚乌有，全然编造，被硬塞给了蔡邕。要知道，蔡邕“生性至孝”，是历史上有名的大孝子啊！哪里会抛弃双亲令其活活饿死呢？然而，这是无可奈何的事情，你无法控制后人的演绎之笔。

其实后人贬抑蔡邕也不是全无由头。《三国演义》上说，董卓被诛，“百姓过者，莫不手掷其头，足践其尸”，唯有蔡邕“伏其尸而大哭”，他感念董卓的知遇之恩，但这也激怒了司徒王允，于是一根绳子把他给勒死了。对照《后汉书·蔡邕传》，小说中所写大体上是实情，因为奸臣董卓确乎对大才子蔡邕青眼有加，三日数擢，蔡邕舍命伏尸乃是出于知遇之感——士为知己者死。可是民间戏台上也就可以由此贬抑蔡邕了。

前面我们分析过的周瑜其历史形象与文学形象之间亦有很大的反差。史书上反复称道周瑜高致有雅量，是个谦让服人的君子；小说中则极言他心胸狭窄，嫉妒诸葛亮的才智，以至于被诸葛亮给气死了。跟蔡邕一样，历史形象是这样，文学形象硬要反着来，叫人哭笑不得。

更冤枉的是曹操——曹操形象我们已有专门讲述，这里不做展开。

和蔡邕、周瑜、曹操相比，蒋干其实幸运多了，幸运在哪里？第一，辩士（说客）和间谍虽然不是一类人，但其间的差别

---

① （南宋）陆游：《小舟游近村舍舟步归（四首之四）》，钱仲联校注：《剑南诗稿校注》，上海古籍出版社 1985 年版，第 2193 页。

毕竟没有蔡邕、周瑜、曹操诸人的两种形象之反差来得大。蔡邕是大孝子，被写成了大不孝；周瑜是宽容的人，被写成了极不宽容；曹操富有悲天悯人的情怀，被写成了“宁教我负天下人，休教天下人负我”。第二，古代士人有声名不朽的追求。追求声名不朽途径有三：立德、立功、立言。颜回、闵子骞辈德行第一，以立德不朽；秦始皇、汉武帝建立了不世之功，以立功不朽；庄子、司马迁不懈地著书立说，以立言不朽。我们看蔡邕、周瑜、曹操诸人，即使没有《三国演义》传扬他们的故事，他们也能凭借自己的功或言扬名立万、传之久远，可蒋干就不同了。没有《三国演义》附带写他，而且还写得那么传神、那么精妙，他将消失在历史的烟云之中而悄无声息、无人知晓。这是确凿无疑的。虽然罗贯中所传的是蒋干的坏名，可人过留名，雁过留声，这总强过无人知晓吧？这就如同演戏，一个形象中性（不是负面也不是正面）的普通人因某种机缘而被选中在一部戏里饰演一个不起眼的小反派、小丑角，却因导演的高超导演水平而走红，成为经典的舞台形象、银屏形象，你说这是幸呢还是不幸呢？蒋干“不朽”，靠的不是自己立德、立功、立言，而是罗贯中高超的写作艺术。

二、艺术形象蒋干

我们来看看罗贯中是怎样塑造蒋干这一艺术形象的。

《三国演义》中有两处写到蒋干，一是在第四十五回《群英会蒋干中计》，一是在第四十七回《庞统巧授连环计》，两处分写两件事：一是写他偷了一封信，二是写他见了一个人。两件事看上去都是不起眼的小事，而且蒋干在其中的“戏份”并不多，属于次要角色（主要角色一是周瑜，一是庞统），前后台词加起来满打满算也就是二十句左右，完全是一个小小角色可以对付的事情。然而，《三国演义》里无闲言语，蒋干碰上了罗贯中，这小小角色、小小事情便呈现出了伟大的艺术魅力，成为经典形象和经典故事，放射永恒的光辉。可见，艺术创作无小事，只要肯付出艰辛努力，是一定能够创造艺术奇迹的！

两件间谍案中，更有名的是群英会蒋干中计。为什么会更有名？除了《三国演义》原著本身精湛的叙写之外，京剧《群英会》的宣传亦功不可没，众多京剧艺术大师的呕心沥血和精彩表演使这段故事情节家喻户晓、妇孺皆知，蒋干也由此获得了和诸葛亮、周瑜、曹操等重量级三国人物一样的知名度。较早时候，京剧表演家谭鑫培（鲁肃）、朱素云（周瑜）、罗百岁（蒋干）、贵俊卿（诸葛亮）曾合演此剧，珠联璧合，脍炙人口；后来，到了20世纪50年代，作为中华人民共和国成立十周年的优秀献礼节目，谭富英（鲁肃）、马连良（诸葛亮）、萧长华（蒋干）、叶盛兰（周瑜）、裘盛戎（黄盖）、袁世海（曹操）等又联袂合演此剧，为全国人民奉献了一场美不胜收的艺术盛宴，至今仍为人所津津乐道。

讲蒋干中计的故事，需要解决两个问题。第一，缘何设计？第二，何以为计？

第一，缘何设计？凡事皆有目的性。没有目的去做事，事情就会做得茫无头绪、一团乱麻。讲故事也是如此。周瑜为什么要设圈套让蒋干钻？当然是有目的的：他不是要拿自己的这位远道而来的同学逗乐，他是要假借蒋干之手除掉曹操手下的水军将领蔡瑁、张允二人。为什么要除掉这二人？因为曹操、周瑜在长江上对战时，曹操在水战方面处于劣势，而蔡瑁、张允的加盟使曹操补齐了短板，弥补了劣势，在水战方面得以和周瑜相抗衡，所以在侦知此一情况后，蔡、张二人便成为周瑜的心腹之患，必欲除之而后可。这是周瑜设计的前因，也是周瑜设计的目的。作家在正式讲述蒋干中计故事（蒋干出场）之前必须先把此一情况交代清楚，做出必要铺垫，形成阅读期待，然后才能顺当自然地去写那周瑜如何用计及蒋干如何中计的故事。这就像演戏前的锣鼓开场，给人物出场和故事开演烘托气氛。作家为蒋干出场敲了五通锣鼓。第一通，曹操派人给周瑜送来一封信，周瑜未作拆看便毁书斩使，同时做好备战工作；第二通，曹操、周瑜在三江口激战，曹军损失惨重；第三通，蔡瑁指出曹军失败根源在于不习水战，曹操便着令蔡瑁、张允立水寨操练水军，夜晚灯火通明；第四通，周瑜因见江北灯火通明，便探看曹军水寨，大惊曰："此深得水军之妙也!"第五通，周瑜问知是蔡瑁、张允在操练曹操水军后决计想办法除掉此二人。

这是蒋干中计故事的戏前戏。蒋干虽是极次要角色，但作家却没有轻慢待之，对他的出场十分重视，做足了渲染、铺垫的工作。蒋干这个时候可谓呼之欲出了。或者换个说法，作家这个时候再不叫蒋干出场就没法向读者交代了。这叫风行水上，自然成文，又叫水到渠成。

第二，何以为计？关于周瑜如何用计及蒋干如何中计，可以分解为五个步骤。

第一步：蒋干出场。有的人出场平淡无奇，有的人出场却很有气场。蒋干属于后者。曹操因三江口折兵及周瑜偷窥水寨而懊恼，急切地向手下问计，"言未毕，忽帐下一人出曰：'某自幼与周郎同窗交契，愿凭三寸不烂之舌，往江东说此人来降。'"他就是蒋干，"言未毕"三字很传神，想想看，本方最高长官的问话话音还未落，蒋干就抢话回答了，而且还对未定之事大包大揽，说大话，打包票。当曹操有些不放心时，他不假思索地说："丞相放心。干到江左，必要成功。"当曹操问他要做什么准备时，他轻飘飘地说："只消一童随往，二仆驾舟，其余不用。"真不知他哪里来的自信。蒋干"葛巾布袍，驾一只小舟，径到周瑜寨中"，并且"命传报：'故人蒋干相访。'"错把杭州作汴州，在敌对阵营十分自若。作家好像在画一幅素描，仅用寥寥不多的数笔——四句台词、一个抢话动作、一个外貌打扮、一个"命传报"还有一个正式的个人介绍，就活脱脱刻画了一个狂妄自负而又浅薄无知的书呆子形象，曹操用如此人物做大事，焉有不败之理？

第二步：周、蒋见面。首先得明确，这次见面不是两个老友之间的契阔谈宴，而是一方带着使命、一方欲因势利导出奇制胜的政治斗争和交锋。可蒋干真的以为是老朋友见面，真的以为说服周瑜是易如反掌的事，于是"昂然而来"。"昂然而来"四字用得奇妙。读者可以想象那副昂首向天、"鼻息干虹蜺"的小人嘴脸，想象那个自命不凡、不可一世的可笑形象。他以为自己是折冲樽俎、纵横捭阖、可以一语定乾坤的局势主导者呢！他大咧咧地问道：“公瑾别来无恙?”与之形成对比的是“瑜拜迎之”。蒋干不过是军中幕宾，“昂然”；周瑜贵为三军都督，“拜迎”。这个见面场面构成了怎样的讽刺效果！但周瑜只消一语便将蒋干打回原形：“子翼良苦，远涉江湖，为曹氏作说客耶?”周瑜道破蒋干的居心，使高度自信的蒋干瞬间愕然。随着蒋干的狡辩，他的说客之路就此终结，失去了主动权。第一回合就被斗败，蒋干的办事能力可见一斑。他只能自己转变身份，既然当不成说客，只能寻找机会探听些情报好回去交差——而这正是周瑜想要的结果。见面时的蒋干由“昂然”到“愕然”，周瑜由“拜迎”到“笑”再到“笑”，两人对话的中心词是“说客”，话语的主动权瞬间易手，周瑜的三句话既一针见血又饱含深意。这就是作家对周、蒋见面的场景描述，叙写的功夫果然了得！

第三步：群英会。群英会有两个内容：一是周瑜请东吴的文官武将、偏裨将校一班人与其“同窗契友”蒋干相见，继而设宴畅饮，轮换行酒；二是饮至半酣，周瑜请蒋干巡视东吴的军士和军备，深得蒋干夸赞。相应地，群英会亦有两个作用。第一，彻底堵死蒋干当说客的心，使其无计可施，只能另寻他法。周瑜令太史慈监酒，带蒋干巡视，周瑜表达对东吴的忠心，舞剑作歌，凡此种种，皆意在堵蒋干的嘴。第二，让蒋干转换身份当间谍的戏演得自然天成、毫无破绽。蒋干好骗，关键是曹操。曹操才是真正的观众。曹操生性多疑，一定不能叫他看出破绽来。骗过曹操的关键步骤在于“醉”——“大醉”，要达到“呕吐狼藉”“鼻息如雷”的地步。不醉到如此地步是骗不了曹操的。当然不能真醉，“佯醉”“佯作大醉”，真醉了周瑜就不能继续演戏了，真醉了底下就不能筑牢蒋干偷得“真经”的信心了。这就如同演员演戏，既不能不投入，也不能全投入，不投入不成戏，全投入演不了戏，分寸的拿捏在微妙之间，关键在于要让观众相信。

第四步：蒋干盗书。蒋干盗书讲的是蒋干做间谍的故事，是整个故事的高潮部分和最精彩段落，与之相比，前文皆属铺垫。

精彩在什么地方？精彩在周、蒋二人轮流假睡。首先，二人一同假睡——周瑜不假睡如何证明自己喝酒喝醉了？蒋干不假睡如何骗过周瑜窃取情报？其次，周瑜继续假睡，蒋干起身窃取情报。但这需要掌握火候——既要让蒋干拿到蔡、张“通敌”的书信，又不能让他探听到别的军情，这需要很强的演技。不愧是周公瑾，当蒋干“将书暗藏于衣内”时，他及时地“翻身”，吓得蒋干“急灭灯就寝”。周瑜又适时地说起梦话，“及干问之，瑜又睡着”。这及时翻身和适时梦话是大师级的演出水平。再次，周瑜起身，蒋干假睡。周瑜为什么要起身？因为要给蒋干补充蔡、张“通敌”的证据，孤证不立。当然周瑜是不能自己起身的，像先前蒋干那样趁对方熟睡时起身就露馅儿了。得有人“入帐”喊周瑜起身——这是事先设计好的。“入帐”是为了让蒋干知道周瑜是被喊起来的，以及让他听到周瑜懊悔“醉后失事”的话和“江北有人到此”的讯息，周瑜随后检查蒋干是否睡着了。后出帐谈事，蒋干“窃听”，但只听到“张、蔡二都督道：急切不得下手”的话，接下来便“言语颇低，听不真实”了——必须要有这“听不真实”的桥段，因为这才能反衬出人们是防着蒋干的，蒋干所得讯息是“不慎”透露的结果。要是让蒋干“窃听”到所有谈话内容，那就太假了。周瑜又入帐再次检查蒋干是否睡着了，蒋干装睡，周瑜亦睡。最后，周瑜继续假睡，蒋干带着“重要情报”离开东吴。蒋干为什么不跟周瑜打招呼就径自离开？做贼心虚。东吴军上为什么不阻挡蒋干离开？大都督的同窗契友，昨天在众官众将面前那么风光，谁会阻拦？

周瑜的行动轨迹：呕吐、睡——翻身、梦话——被喊醒、懊悔醉后误事失言、检查蒋干是否睡着了——出帐谈事——入帐、检查蒋干是否睡着了、睡。蒋干的行动轨迹：睡——起身翻读书信并藏之、急灭灯就寝、回应周瑜梦话——睡、窃听、睡——起身、唤周瑜不应、带着小童悄悄离开东吴。

跟群英会的热闹相比，蒋干盗书显得有些冷清，好像只是睡觉而已。其实不然。在作家的细腻讲述中，本段情节紧张、刺激，能紧扣读者的心，不愧是上好的文字。

第五步：曹操中计。蒋干中计是表象，曹操中计才是目的。曹操为什么会中计呢？一是有赖于周瑜和东吴人的逼真设计和精彩表演，二是有赖于口才绝佳的蒋干的“忠实可信”的传达。蒋干先是报告劝降周瑜的使命未能成功，引起曹操动怒，然后呈上蔡、张“通敌”的书信，引起曹操大怒，曹操当即叫来蔡、张二人令其进兵，蔡、张说“不可轻进”，曹操当然更动怒了。就是在这连续的怒气中决策，丧失了应有的冷静和理智，曹操才中计了，铸成千古之恨。

三、蒋干的第二次出场

故事到此，蒋干形象已可不朽，但作家却不满足于此，还要发挥一下蒋干的余热，让他再做一次间谍。让一个身份已经暴露的人到同一个地方再做一次间谍，这在现实中几乎是不可想象的事，在文学创作中也非常犯忌讳，因为要想编得合情合理确实很难，既要说服多疑的曹操，又要说服挑剔的读者。可是作家偏偏知难而上，险中求胜，再写“庞统巧授连环计”的故事。这是对艺术创作水平的极大挑战。这在批评学上有个专门术语叫“犯”。金圣叹说《水浒传》有正犯法、略犯法，如写武松打虎后又写李逵杀虎、二解争虎是正犯法，写林冲买刀后又写杨志卖刀是略犯法。《红楼梦》里先给秦可卿办丧事，又给贾敬办丧事，写同一类事却写出了不同的趣味、不同的风貌。《老残游记》中先写黑妞说书精妙，再写白妞说书更精妙，在叙事上既是衬托，也是“犯”的路数。

问题一，曹操为什么不杀蒋干？不能杀。一杀蒋干，就证明自己中计了，既会被人小瞧又会让人心寒。

问题二，曹操为什么又派蒋干去东吴？一是曹操对甘宁做内应以及黄盖、阚泽诈降之事有疑惑，需要派人去东吴“探听实信”，释疑解惑，而除了和周瑜有旧交的蒋干外，无人可派。二是蒋干虽然前次把事情办砸了，但他“敢直入周瑜寨中”的勇气还是应该肯定的，而且为人忠诚，这对疑心很重的曹操来说是十分宝贵的品质。三是前次劝降周瑜，难度确实很大；此次使命不同，仅需“探听实信”。四是蒋干主动请缨，倘不派他，岂不坐实了自己上次是中了计的事了吗？

问题三，曹操这次为什么又中计了？原因有二。一是周瑜的巧妙设计。周瑜假借蒋干盗书的由头即刻把蒋干赶到西山去，避免了曹操认为是周瑜设局的猜疑，而蒋干又是自己寻声“叩见”庞统的，跟周瑜有何相干？二是庞统的强力加持。从曹操一方面说，庞统是人才，是自己要拉拢的对象，这就天然让曹操对庞统失去了警惕性，加之曹操对铁环连船有需要、对火烧曹营没设防；从庞统一方面说，他的坑曹功夫果然了得。他献连环计献得自然而然，水到渠成，叫曹操看不出一点破绽；他骂周瑜骂得有理有据，令人信服，因为周瑜冷落了他这大名士；他称颂曹操统兵有方、招徕豪杰、胜利在望、爱民如子等，连乞求保全宗族榜文都用上了。想想看，庞统宗族的保全跟曹操有什么相干？曹操再次中计也有蒋干的“功劳”，但就那么一点点。这次，他基本上是局外人。

第五节　貂蝉和孙夫人——女人们的政治人生

包括《三国演义》在内的早期古典长篇小说对女性“不太友好”。这里的“不太友好”不是说这些小说只把女性塑造成负面形象，而是指这些小说很少写到女性，很少给女性人物提供故事活动的舞台。差不多可以说，《三国演义》《水浒传》《西游记》《封神演义》等都是男人小说，和后来的《金瓶梅》《红楼梦》等迥异其趣。尽管如此，这些小说还是在故事情节必要处写及女性，塑造了若干女性人物形象，其中一些女性形象从艺术上讲还是非常值得称道的。

本节主要分析《三国演义》里两次美人计的主角貂蝉和孙夫人的形象内涵与特征。

本节的论述关键词：女性艺术形象。

一、《三国演义》中的女人们

战争是男人的游戏。《三国演义》是一部写战争的小说，所以男人是书中理所当然的主角，他们叱咤风云、纵横捭阖、金戈铁马，谱写了一个个可歌可泣的故事；但这并不表明《三国演义》中没有女人。不，《三国演义》中闪耀着女性身影，讲述了很多的女人故事，只是相对于众多的男人的故事而言，女人的故事少了点，完全不成比例。饶是如此，还是不能掩抑住一些女性形象的光芒，还是有一些女人的故事广泛地流传着。在讨伐董卓的斗争中，貂蝉的美貌和机智为人们津津乐道；在曹操追击刘备的时候，糜夫人慷慨赴死的情节令人动容；刘备甘露寺招亲，孙夫人演绎了浪漫与多情；孙权在猝不及防中接班，吴太夫人展现了成熟与冷静；此外还有殉难的伏皇后、文采风流的一代才女蔡琰、自私又无能的蔡夫人、为夫复仇的孙翊妻徐氏、被曹操当作物品送给关羽的不知名的美女……这些形象和故事像星星一般散落在三国历史的夜空中，或明或暗，闪烁不定。一部精妙的长篇小说哪里能够没有女人的故事呢？哪里能够没有女性形象的装点和修饰呢？

《三国演义》写女性故事不是为了关注女性人物命运，不是为了展现女性的情感世界和丰富复杂的内心，不是为了设定观察世界的女性视角，也不是为了用浪漫的女性故事来吸引眼球，这些都不是《三国演义》写女性故事的目的。《三国演义》写女性故事是出于历史叙事的需要。《三国演义》是在遵循历史叙事逻辑的过程中塑造其女性形象，突出女性作用。那么，什么是历史叙事逻辑呢？那就是在讲述历史故事时依当下情势必然和不得不出现的人和事，若没有这样的人和事，则历史叙事无解。你可以明显感受到，在历史叙事所构建的那种情势下，有关的人和事呼之欲出。这就是历史叙事逻辑。需要指出的是，历史叙事逻辑中所出现的人和事并不必然在历史真实中出现；在历史真实中其或许为假，但在历史故事的叙事中它却必然是真实不虚的。

二、貂蝉

貂蝉就是这样一个史上未必有而故事中却不能没有的女性人物形象。中国古代四大美女中，西施、王昭君、杨玉环三人都属于历史人物，经得起历史学家的考据，唯有貂蝉出处无考，身份存疑。也就是说，貂蝉差不多是一个虚构的文学形象，和其他三个美女历史形象与文学形象相兼的情况是不一样的。然而我们看到，貂蝉并没有被和林黛玉、杜丽娘等纯文学形象归为一类，而是享受了“真实历史人物”的待遇。之所以如此，和《三国演义》是一部历史小说有关，也和《三国演义》遵循了历史叙事逻辑的叙事法有关，因为貂蝉被小说作者写成了一个对于推动汉末三国历史发展进程不可或缺的重要存在。董卓是什么人？他是凉州军阀、敢于废立皇帝祸乱朝纲而又凶狠霸蛮无比的奸雄巨无霸。吕布是什么人？他是并州军阀、与董卓结成了父子之盟的汉末第一勇将。他们二人当道，东汉朝廷将何去何从？可以说，当时情况确实非常凶险。“关东有义士，兴兵讨群凶。”[①] 以袁绍为首的汉末诸雄组成讨董联军，声势不可谓不浩大，可结果却是“军合力不齐”[②]，不长的时间里便作鸟兽散了。朝廷文武束手无策，司徒王允只能长吁短叹，忧心忡忡。这时候，一个女子挺身而出，愿意为国家分忧，为主人解难，她就是貂蝉。貂蝉成了唯一能够解决东汉朝廷危局的人。想一想之前曹操献刀的丑态，真是令人不胜唏嘘。

王允先将貂蝉私下里许给吕布然后再将她献给董卓，被吕布知晓，责问王允，王允对他说：董太师知我为你讨了媳妇，怕不准信，预先把她接回太师府了，说即日许配给你。吕布听后忙去太师府打听，却获悉董卓与貂蝉共寝，大怒，潜入董卓的卧房后窥探。貂蝉知吕布来，隐约做出受董卓欺负后忧愁不乐的样子。

① （东汉）曹操：《蒿里行》，林久贵、李露编著：《曹操全集：汇校汇注汇评》，崇文书局2020年版，第13页。

② （东汉）曹操：《蒿里行》，林久贵、李露编著：《曹操全集：汇校汇注汇评》，崇文书局2020年版，第13页。

吕布之后见到董卓，被董卓赶回。董卓对貂蝉宠爱有加，这让吕布妒火中烧，恨意难消，貂蝉又暗示吕布自己暗恋着他。有一次，吕布趁董卓不在太师府的时机来凤仪亭和貂蝉相会，情话绵绵，山盟海誓，却被董卓撞见，董、吕二人发生打斗。吕布逃走。李儒晓以利害，劝董卓将貂蝉赐给吕布，董卓心动，问貂蝉，貂蝉誓死不肯，董卓便就此作罢，携貂蝉归郿坞。吕布叹惜痛恨不已。王允见吕布，佯装不知情，吕布把其间经过一一告知王允，王允趁机邀吕布到自己家密室，喻以国事，晓以私情，要吕布和他联手共除董卓，以安汉室。吕布慨然应允。吕布一面派人以接受汉禅名义把董卓骗出郿坞骗进皇宫，一面安排除董武士百余人，并最终和王允等一起杀死了董卓。此段故事名唤连环计。

王允的连环计与庞统向曹操所献计策同名而异义。庞统的连环计是字面意义上的，指用铁环把大船勾连起来；王允的连环计则是比喻意义上的，指设计的计策一环接一环，环环相扣。王允的连环计犹如一出精彩的戏，引人入胜。戏的制作人和导演是王允，而主演无疑是貂蝉。貂蝉的表演出神入化、炉火纯青。戏的过程可以分解为若干环节和步骤，宗旨却是一个：离间董、吕父子，使其反目，再借吕布之手除掉董卓。

成功的关键在于貂蝉。从文学形象塑造的角度看，貂蝉和后文的蒋干一样，虽然在整部小说中只是过场人物，并不占多少戏份，但却是一入丹青，便成永恒，成为不朽的文学形象。“吕布戏貂蝉”“群英会蒋干中计”已穿越数百年历史时空，至今为人津津乐道。这正是因为写得好。这种好无关乎人物自身的善恶智愚，亦无关乎人物出场的频次多寡，只关乎作家的笔墨。写得精妙，犹如雄鸡一声啼唱，天下皆白；写得平庸，那就是青蛙的无休止的鼓噪，仍是暗夜。这就是艺术的魅力。

小说主要通过七个场段把貂蝉给写活了。一是主动要求为主人王允分忧，二是与吕布眉目传情，三是嫁给董卓并“曲意逢迎”，四是在太师府魅惑吕布，五是凤仪亭幽会，六是向董卓“控诉”吕布，七是与吕布临别“传情”。貂蝉是个有情有义、知恩图报的女子，她感念王允对她多年的养育之恩，主动要求为王允分忧，王允即向她面授连环计，以“重扶社稷，再立江山”，貂蝉表示万死不辞，不辱使命。貂蝉离间董、吕父子关系的文字最见精彩。初见吕布时“眉来眼去”，“秋波送情”，又“送酒与布”，“假意欲入（回避）”，表现出对英雄吕布的崇敬和爱恋；初见董卓时则“深深再拜”，应命“执檀板低讴一曲”，表现出对董太师的敬畏和顺从。她的表现因人而异，分寸拿捏恰到好处。之后对董卓“曲意逢迎”，赢得董卓的欢心，以致“月余不出理事”。吕布来董卓处问安，貂蝉则暗中向吕布“以手指心”，“挥泪不止”，使“布心如碎”，致令有凤仪亭幽会。

凤仪亭幽会是董、吕反目的开始。这次行动是貂蝉“于中取便”却又做了精心考量的一次行动。行动时间自然不能由貂蝉来定，但由于貂蝉之前所做的铺垫工作，幽会事件是必然会发生的。地点貂蝉早就想好了：凤仪亭。为什么是凤仪亭呢？因为凤仪亭在董家后园中，是一个“公共场所”。幽会是私密事，怎会安排在公共场所呢？要叫董卓容易找到。如果躲在一个私密处，董卓左也找不到，右也找不到，那这幽会还有什么意思呢？那不就是貂蝉爱上了吕布，为了幽会而幽会吗？当然，从阅读观感上来讲，凤仪亭也是适合幽会的所在，幽会是浪漫的事，讲究情调、趣味，凤仪亭幽会于情于理是说得通的。凤仪亭这名字也大有深意，《尚书·益稷》曰：“《箫韶》九成，凤皇来仪。”[①] 凤凰是中国古代传说中一种祥瑞的、圣洁的鸟，“非梧桐不止，非练实不食，非醴泉不饮”[②]，向来被用作比喻圣洁的人和事。如林黛玉所住的潇湘馆，之前贾宝玉题作“有凤来仪”，是大观园中“第一处”行幸之处，门外长满了竹子（练实即竹米），小说家以凤凰喻黛玉圣洁。同样，凤仪亭也有喻貂蝉圣洁的意思。

有人可能会产生疑问：貂蝉牺牲自我，为朝廷除奸，本来就

---

① （清）阮元校刻：《十三经注疏（清嘉庆刊本）·尚书正义》，中华书局2009年版，第302页。

② （西晋）郭象注，（唐）成玄英疏：《庄子注疏》，中华书局2011年版，第329页。

是正义、圣洁的事情，为什么还要特地拈出凤字来比喻她呢？这就要说到中国古代的女祸思想了。中国古代歧视女性，认为女性不能参与政治，女人干政将惑乱君主的心，导致乱政甚至亡国。即使出于良善的目的参与政治也不行。“牝鸡司晨”被看作凶兆。更进一步，一旦失德乱政，不管是不是女人的错，统统归咎到君主背后的女人身上；亡国更要找一个女人来承担责任。“不闻夏殷衰，中自诛妹妲。”[①] 夏朝灭亡不是夏桀的错，是妹喜惹的祸；商朝灭亡不是商纣王的错，是妲己惹的祸；西周灭亡不是周幽王的错，是褒姒惹的祸。《封神演义》中的妲己、《东周列国志》中的褒姒成了祸国女人的典型代表、邪恶女人的永恒象征。更有甚者，像西施那样贤明的女子，因为“背叛”了范蠡，“祸害”了吴国，也遭世人唾弃，背上不贞与祸国的骂名，并被处以水刑，沉江而死，真是岂有此理！清代《豆棚闲话》中有《范少伯水葬西施》故事，里面说：“战国时孟子也说：‘西子蒙不洁，人皆掩鼻而过之。’就是葬在水里，那不洁之名还洗不干净哩。”[②] 西施为了复兴越国牺牲自我，品行如此崇高，尚遭世人的诋毁和恶评。也有为西施翻案者，如明人梁辰鱼作《浣纱记》，就把西施塑造成为高大正面的形象，为论者所称道。那么，貂蝉虽然以良善之心参与政治，但会不会因为用色相离间董、吕关系的所谓“卑劣”手段而遭遇和西施一样的下场和命运呢？这是需要深长思之的问题。作家以凤仪亭作为幽会地点，实际上是含蓄表明了态度，回答了问题。

凤仪亭幽会为什么会成为董、吕反目的开始呢？原因有四。其一，地点选在了“公共场所”，不难被董卓发现或审知。其二，貂蝉有意拖延时间，以便董卓能当场“捉奸”。吕布先去凤仪亭，“良久”貂蝉才“分花拂柳而来”，这“良久”二字透出貂蝉的用心：她是在候董卓回府。其三，貂蝉促成吕布“赶紧解救”她。

① （唐）杜甫撰，（清）仇兆鳌注：《杜诗详注》，中华书局2015年版，第339页。

② （清）艾衲居士编：《豆棚闲话·范少伯水葬西施》，上海古籍出版社1983年版，第19页。

之前吕布对董卓虽有怨恨，但未到反目的程度，现在貂蝉要当面促成此事。貂蝉先是指控董卓“淫污”了她，再是欲以死表明对吕布的爱心未变，接着激发吕布内心的英雄气和羞耻心。貂蝉说：“妾度日如年，愿君怜而救之。”又说：“君如此惧怕老贼，妾身无见天日之期矣!”又说：“妾在深闺，闻将军之名，如雷灌耳，以为当世一人而已；谁想反受他人之制乎!”吕布本因害怕被董卓回府发现而“提戟欲去”，被貂蝉说得“羞惭满面，重复倚戟”，“回身搂抱貂蝉，用好言安慰。两个偎偎倚倚，不忍相离”，终于把董卓给等回来了。其四，董卓怒不可遏，抢过吕布的画戟掷向吕布，幸而未中，“拾戟再赶”，吕布已逃走；李儒劝董卓“以蝉赐布”，董卓起了犹豫之心。这时候，貂蝉在董卓这里添了一把火，令他与吕布不再有和解的机会。貂蝉一是指控吕布调戏，二是表明不肯下嫁吕布，三是倒入董卓怀中，令其不忍舍爱，四是指出李儒和吕布相互串通，“不顾惜太师体面与贱妾性命”，五是希望离开太师府，到一个安全的地方去。貂蝉的这把火添得及时且恰到好处，若没有这把火，让董卓听了李儒的劝告，则一切前功尽弃矣！董卓带貂蝉去郿坞，貂蝉暗中与吕布临别“传情”，吕布设计杀了董卓。

“三战虎牢徒费力，凯歌却奏凤仪亭。”可以看出，貂蝉虽然年纪不大，却是一个不同凡响的聪慧女子，在汉末纷纭复杂的政治环境中干出了惊天动地的伟大业绩，被永远铭记史册。小说通过貂蝉在一系列事件中的出色表现塑造了她的完美形象：忠肝义胆、聪慧机敏、勇于牺牲、胆大心细。尤其是在凤仪亭上的表现，虽然表面上看起来是虚情假意、卖弄风情，但读者一点也不觉得厌恶，反倒是对她生出敬意，崇尚她的人格魅力。她在吕布面前诉衷肠、骂董卓，到了董卓这里又骂吕布，还分别在二人面前以死明志，表面上的情感分裂实际上包蕴着忠君报主的真心真情，构成了极强的张力。文学的美感就来自这种张力。电光石火间，貂蝉的一颦一笑、爱恨情仇化作了永恒。

三、孙夫人

连环计也是美人计。貂蝉之外，另一位似真似假、无可确考却被《三国演义》捧红的美人计主角是孙夫人[①]。孙夫人是孙权同父异母的妹妹兼姨妹，东吴吴国太之女，和孙权关系颇不一般。孙权母亲临终前要孙权像对待母亲那样侍奉吴国太，孙权谨守母亲遗命。但有一个问题：孙权是东吴最高领袖，国事永远是第一位的，当国家利益需要时，就必须牺牲个人利益，包括亲情等。赤壁之战后，东吴面临讨要荆州的棘手问题无法解决，孙权、周瑜、鲁肃想了种种的办法都无济于事，于是，周瑜动了歪心思，想出了美人计。什么美人计呢？刘备的甘夫人去世了，周瑜要以招亲为名，把刘备骗到东吴扣为人质来换回荆州。孙权对此表示赞同。周瑜要用作道具或诱饵的这位美人是谁呢？正是孙权之妹孙夫人。孙权和刘备同为霸主，只有他的妹妹才配得上刘备。孙权虽然敬重吴国太，但为了得到荆州，他便豁出去了，偷偷地把妹妹假意许配给了刘备。孙权、周瑜把算盘打得啪啪响。

可问题是，计划制定好了以后，事态的发展却不受他们控制，甚至走到了反面，因为他们遇到了强劲对手，更聪明、更厉害的诸葛亮。诸葛亮授赵云三个锦囊妙计，最终使刘备抱得美人归，叫周瑜、孙权的美人计落了空。

第一，刘备一行到了南徐州，要高调厚礼拜见乔国老，又叫五百随行军士在买办物件时大肆宣扬刘备入赘东吴之事，使“城中人尽知其事”。城中人尽知其事，则能造成有利于刘备的舆论氛围，周瑜原先赚刘备入东吴的阴谋诡计便泡汤了，只好假戏真做，否则会惹天下人耻笑。乔国老是孙策、周瑜的老丈人，在东吴地位尊贵，和吴国太算是亲戚，又是个热心人，诸葛亮算定他知情后必第一时间告知吴国太，这样事情的主导权就转到了吴国

① 后来民间三国戏中称孙夫人为“孙尚香”，《三国演义》小说中并无此名，只称“孙夫人”和“郡主”。第七回说：“吴夫人之妹，即为孙坚次妻，亦生一子一女：子名朗，字早安；女名仁。”孙仁当即是孙夫人，但《三国志》裴注却引《志林》说孙仁是孙坚之子而非其女。

太手上，由不得孙权、周瑜胡来了。

第二，吴国太甘露寺招亲，把生米煮成熟饭，又充当了刘备的保护伞，使孙权等人害不了刘备。硬扣押不成便来软扣押。孙权接受周瑜、张昭建议，以优裕生活条件惑乱刘备，把他困在温柔富贵乡里，不思回荆州。刘备果然中计，滞留东吴达数月之久，再不提荆州二字。赵云着急，打开第二个锦囊，原来计策是：赵云向刘备诈称曹操为报赤壁之仇，“起精兵五十万，杀奔荆州”，让刘备赶快回去救急。按计行事，刘备跟孙夫人商议回荆州的事，孙夫人深明大义，不仅同意刘备回去，而且愿意跟随刘备一起回去。二人决定假意在建安十五年（210 年）春正月元旦（春节）到江边祭祖，到时乘众人不备，出城逃离东吴。

第三，春节那一天，孙权在朝堂上宴请群臣，大醉，到第二天五更才睡醒，而那时刘备、孙夫人一行已逃到柴桑（今江西九江），连忙派人去追捉；周瑜也在必经之路上派人拦堵。前有堵后有追，正危急间，赵云打开第三个锦囊，看到诸葛亮的妙计：把美人计的实情告知孙夫人，离间孙氏兄妹关系，由孙夫人吓住追堵刘备之人。刘备依计，果然摆脱了追堵之人，被诸葛亮接到，等奉孙权追杀令的人直到时，已无计可施。

孙权嫁妹史有其事，事见《三国志·蜀书·先主传》：“琦病死，群下推先主为荆州牧，治公安。权稍畏之，进妹固好。先主至京[①]见权，绸缪恩纪。权遣使云欲共取蜀……”[②] 历史上的孙权嫁妹与美人计无关，是孙权在赤壁之战后因敬畏刘备在荆州的声望而采取的一项巩固孙刘联盟的政治行动（“固好”），目的不是要回荆州，至少当下目的不是要回荆州。孙权甚至想借助刘备在荆州的力量和声望来共图益州，从而使上游的益州、中游的荆

① 这里的京指今江苏省镇江市，汉献帝建安十四年（209 年），孙权在镇江北部临江的北固山上建造军事堡垒“京城”，俗称“铁瓮城”，作为此后新都建业（今南京）的屏障，自此镇江称作“京口”，简称“京”。王安石有诗句“京口瓜洲一水间”，辛弃疾有词《永遇乐·京口北固亭怀古》。

② （西晋）陈寿撰，（南朝宋）裴松之注：《三国志》，中华书局 1982 年版，第 879 页。

州、下游的扬州连为一体，形成稳固的长江防线。刘备也想图益州（“隆中对”时确定好的战略路线），但孙、刘在图益州问题上却有温差：孙权想共图，刘备想独图。共图的目的是孙权把刘备当成巩固长江防线的工具，越过荆州打下益州，再回过头来把刘备赶出荆州；独图的目的是刘备把荆州作为稳固的根据地，向西发展，使荆、益融为一体，从而压制长江下游的东吴势力。双方各有所谋，共图益州的事情只好作罢，剩下的便只有荆州的还与不还问题了。这就是《三国演义》小说中美人计一段以要回荆州作为故事由头的历史渊源。历史上孙权嫁妹是为了巩固孙刘联盟，小说中则把它变更为要回荆州。小说为了文学叙事的需要改写了历史。

美人计故事作为文学叙事不追求历史真实，而追求可读性、趣味性，《三国演义》作者在美人计故事的可读性、趣味性方面处理得很成功，值得称道。有人批评诸葛亮的锦囊妙计漏洞百出，也有人批评吴国太、孙夫人的形象塑造有问题，不符合事实，还有人批评刘备、孙夫人的姻缘不合常情。所有这些批评其实都是可议的。先说刘、孙姻缘的事，两人相差三十岁左右，吴国太怎么可能一眼就相中这个比自己还大的男人把他作为女婿，还很满意？孙夫人怎么可能一下子就对刘备死心塌地，甚至到了要和东吴决绝的地步？这种质疑诚然有道理，但讲故事需要考虑读者的阅读心理和阅读期待，在刘、孙姻缘故事中，读者在意他们的年龄差距吗？不，红花配绿叶，好马配好鞍，读者在意的或者说期待的是英雄和美人成功配对的结果。人们在审美的时候通常倾向于将人或事物美化。刘备招亲正是一个容易被人美化的题材。刘备是大英雄，又是小说主人公和正面树立的光辉形象，吴国太焉能不一眼就瞧上，并且喜欢得不行？孙夫人焉能不同样喜欢，并且死心塌地地追随？这中间起作用的是阅读心理，包含着人们的美好想象。还有，刘备招亲是热闹、喜庆场景，在《三国演义》故事叙事中比较特殊，难得一见，读者焉能破坏气氛？吕布戏貂蝉和甘露寺招亲虽然牵扯不同的政治背景和价值意义，但因为都属于“婚恋”题材故事，其背后的阅读心理和阅读期待却是一样的，这是它们至今仍被人津津乐道的原因之一。

诸葛亮的锦囊妙计细究起来其实也是破绽百出。他怎么就能够料定吴国太必定看中刘备做女婿？吴国太可是说过“如不中我意，任从你们行事”呀，她并不是单看重面子的。他怎么就能够料定孙权会顾及孝道、亲情而不会寻机杀害刘备？孙权可以下手的机会很多，后来甚至对孙夫人下了必杀令。他怎么就能够料定孙夫人会罔顾亲情和东吴利益，与东吴决裂并誓死保护新识的刘备？他怎么就能够料定孙权会在春节那天大醉以致耽误了杀刘备的大事？问题还可以提出很多，但小说不是这么个读法，这样读小说那谁也没法讲故事了。讲故事不是逻辑推理，不是写实验报告，讲故事是在向人们讲述“别人的生活”，提供一种或然的生活方式，既是或然，当然就不能做逻辑拷问了。诸葛亮的锦囊妙计意在表述远祸全身的人生智慧，示人以趋利避害的可能选择，也就是说，当你处于危急之中时，总能想出自救的办法，而且可能不止一个，那需要展示你的聪明智慧，不能束手就擒，向危险和灾难低头。从故事叙事的角度看，能给人造成一种“山重水复疑无路，柳暗花明又一村”的起伏跌宕之感，造成悬念和阅读新奇感，避免了平铺直叙。

有人批评吴国太、孙夫人说话行事不从东吴利益出发，胳膊肘往外拐，不识大体，这种批评是不是苛责暂且不论，但可以肯定的是，这种批评不属于文学批评，文学批评应关注人物形象的真实性、生动性、独特性而非政治性。人物形象鲜明生动，坏人亦是“好人”；人物形象概念化、空洞化、单一化，好人亦是“坏人”。大家试想一下，吴国太因疼爱自己的宝贝女儿而硬要甘露寺招亲，使孙权、周瑜的美人计破局，这不是很真实、很正常的世俗人情吗？这不是一个令人感到亲切、温暖的母亲形象吗？这种写法不是比把吴国太写得不近人情更好吗？读吴国太初闻美人计时“捶胸大哭”并指责孙权、痛骂周瑜的一段，真是好畅快，那神情、那声口、那语言，活脱脱一个敢爱敢恨的吴国太就站在我们面前，令人有如闻其声、如见其人之感。“女儿须是我的!”“你们好做作!”赤忱的火辣辣的护犊之情溢于言表，古文中还有比这更生动、更真切的文字吗？

孙夫人也是一个独特形象，而且和前一个美人计（连环计）中的貂蝉形成反差和区隔。她“极其刚勇，侍婢数百，居常带刀，房中军器，摆列遍满，虽男子不及”，一出场就飒爽英姿，不同凡响，令人眼前一亮。这种打破性别传统刻板形象、造成性别角色反差所塑造出来的人物形象总是令人印象深刻。代父从军的花木兰、不让须眉的黄崇嘏、喜爱胭脂的贾宝玉皆是如此。作家还非常有心地让大英雄周瑜来介绍孙夫人出场，更凸显了她的英武形象。这一形象甚至吓住了初入洞房的刘备：“玄德见孙夫人房中，两边枪刀森列，侍婢皆佩剑，不觉失色。”孙夫人不仅外在形象如此，其内在的个性亦与之相称。吕范说她“志胜男儿”，正是她个性形象的写照。她说：“若非天下英雄，吾不事之。”这是她眼界很高的表现，也是她对刘备一见倾心并誓愿相随的情感依据。她和刘备虽是新婚，但既然选择了他，就无怨无悔、一心相随，共同面对困难和挑战。她一向以刚强示人，但对刘备却柔情似水；哥哥想要害刘备，她和母亲一同保护他；荆州有难，刘备想回去，她二话不讲，当即表达相随之意；刘备担心走不掉，她和他一齐想办法；哥哥派人追杀刘备，她利用自己的特殊身份保护刘备，使刘备安全地离开了东吴。孙夫人的敢做敢当、果敢坚毅、威武霸气在《三国演义》塑造的众多女性形象中确实独树一帜。

孙夫人和貂蝉还形成了对比。前后两个美人计，计虽一名，写法却大异其趣。这是《三国演义》的好处，相同或类似的事情总能写出个性和差异，见出精彩之笔。前一个美人计以成功告终，后一个美人计以失败告终。前一个美人计中貂蝉是主动参与，后一个美人计中孙夫人是被动和拒绝的。前一个美人计中貂蝉以柔情示人，柔中有刚；后一个美人计中孙夫人是威猛刚毅的形象，却刚中有柔。前一个美人计给人以紧张感，谈情说爱中有刀光剑影；后一个美人计予人以喜庆感，虽不乏剑拔弩张，却总是以喜剧收场，令人会心一笑。前一个美人计中貂蝉从一开始就知晓是计，全程参与，全力主演，终致成功；后一个美人计中孙夫人虽最早被周瑜、孙权选定，却一直不知情，前半程未参与，后半程才参与进来，差不多到最后才知晓是计，她虽是关键角色却戏份有限。两个美人计同而不同，犯而有异，在叙事写人诸艺术手法上构成了对比和映照。

叙事错落有致，写人形象鲜明，《三国演义》叙事艺术之精妙果然不虚。

四、汉代的女性政治文化

和其他小说名著相比，《三国演义》中的女性群像有着独特而鲜明的特征：她们都或深或浅、或明或暗、或主动或被动地参与了政治事务，是政治历史进程的一部分，她们身上有着非常浓郁的政治性。《水浒传》《金瓶梅》中的女性是生活化、世俗化的，《西游记》中的女人、女妖、女菩萨是神话故事的产物，《红楼梦》中的女性是生活化兼诗化的，《镜花缘》中武则天科举选才女，虽然表面上看起来是“政治”，却与政治毫不相干，是诗化、雅化的形象，对比之下，唯有《三国演义》中的女性是政治化的，与众不同。貂蝉、孙夫人、伏皇后、甄氏、糜夫人等，她们身上都没有表现出女性通常相较于男性的丰富、细腻的情感，没有从事过丰富多样的生活化、世俗化的生命活动，她们似乎只为政治活着。当政治不再需要她们的时候，她们就适时退场。

为什么会这样？一方面是因为《三国演义》是一部描写战争和英雄的历史小说，政治议题的推进是小说叙事的主导性力量，一切的人和事，包括女人和她们的故事，都要围绕政治来展开，非政治性的内容皆属枝节，需要舍弃掉；另一方面则是因为汉代的女性政治文化。《三国演义》写的是汉末三国故事，它理所当然在写作内容上要反映出汉代历史文化的面貌和特征，而在两汉历史上，女性深度参与政治是其政治文化的重要特征之一。

汉代的女性政治文化主要表现为以下几个方面。

第一，太后政治。两汉历史特别是东汉历史上，有皇帝即位时未成年，甚至是冲龄践祚的，如汉和帝即位时虚 10 岁，汉安帝即位时虚 13 岁，汉顺帝即位时虚 11 岁，汉灵帝即位时虚 12

岁，这时候皇帝尚不能独立执政，需要太后临朝辅政。也有皇帝性格柔弱而母后强势的，如汉惠帝和吕后，汉惠帝柔弱吕后却强势，或者皇帝之得位乃在于太后的主导，如邓太后主导了汉殇帝和汉安帝的得位（汉殇帝仅活了不到一岁），梁太后主导了汉冲帝、汉质帝、汉桓帝的得位，这就给太后主政提供了机会。《史记》有《吕太后本纪》，《汉书》有《高后纪》，除吕后外，两汉政治史上还留下了窦太后（西汉）、窦太后（东汉）、邓太后、梁太后等多位把持过朝政的太后的名字，对汉代政局发展影响深远。有鉴于吕太后和窦太后的故事，为了避免太后干政局面的再次出现，汉武帝曾开杀母立子的先例——杀钩弋夫人而立其子刘弗陵为帝，可惜并没能阻遏太后政治。

第二，外戚政治。外戚政治是汉代政治一个鲜明的特色，如汉武帝宠幸卫夫人、李夫人等，于是卫氏外戚、霍氏外戚、李氏外戚等受到重用，在汉武帝及其以后的一段历史中留下了深刻烙印。再如光武帝先娶阴丽华后娶郭圣通，并先后立郭圣通、阴丽华为皇后，以政治联姻方式拉拢、平衡河南、河北地方豪强势力，稳定了政治局势。很多时候，外戚政治又和太后政治搅和在一起，太后为了抗衡朝臣势力，增加自己的执政资本，往往重用“娘家人”，遇事先征得“娘家人”的支持和帮助，与“娘家人”共进退。和帝之后的邓太后在汉殇帝夭折后不同意朝臣迎立平原王刘胜的主张，便与她的哥哥车骑将军邓骘密谋，决定迎立清河王刘庆的儿子刘祜进京即位，邓骘便与太傅张禹、司徒徐防等大臣商议，终成此事，是为汉安帝。邓太后之前，有窦太后和她的哥哥窦宪；邓太后之后，有梁太后和她的哥哥梁冀、窦太后和她的父亲窦武等，都是太后政治和外戚政治的显例。外戚政治在汉代特别泛滥，和其时女性参与政治程度之深脱不了关系。

第三，后宫政治。后宫争宠以及争夺儿子的皇位继承资格本是封建时代皇权专制的必然现象之一，汉代政治也是如此，其典型的事件如刘邦时期吕后残害刘邦的其他妻妾儿子以及和萧何密谋杀掉韩信，东汉初年郭皇后和阴皇后的明争暗斗、此消彼长也是汉代后宫政治的一个表现，此不多言。

第四，和亲政治。汉朝在处理和周边一些少数民族的关系时，有时候实行和亲政治，以汉室宗亲女与少数民族首领联姻的方式来稳固双边关系，达到巩固边疆的目的。我们都很熟悉这样一首诗歌："吾家嫁我兮天一方，远托异国兮乌孙王。穹庐为室兮旃为墙，以肉为食兮酪为浆。居常土思兮心内伤，愿为黄鹄兮归故乡。"① 这首诗歌题为《乌孙公主歌》，说的是汉武帝时为了和乌孙国联手抗击匈奴，汉武帝将宗室女刘细君（江都王刘建之女，刘建是汉武帝之侄，因谋反未遂而自杀，是为罪臣）远嫁乌孙昆莫（今新疆伊犁地区），先嫁猎骄靡，猎骄靡死后从乌孙风俗再嫁猎骄靡之孙军须靡，生有一女。这首诗歌是刘细君自抒怀抱，抒写了她的思乡之情。刘细君在乌孙生活五年后病逝，汉朝又遣楚王刘戊（七国之乱发动者之一）的孙女刘解忧嫁军须靡和亲，后又改嫁翁归靡（号称"肥王"）和泥靡（号称"狂王"），共生有四子二女。刘解忧在乌孙生活数十年，至年老七十多岁时方归汉，她不仅促进了乌孙的繁荣发展，密切了汉朝和乌孙的关系，稳定了汉朝西部边疆地区的形势，而且促成汉朝和乌孙联手共击匈奴、削弱匈奴的局面，缓和了汉朝北部边疆的形势，是对汉朝贡献最大的和亲公主，受到汉宣帝的表彰。细君公主、解忧公主事见《汉书·西域传》。两公主之前，汉朝已有遣公主和亲匈奴的故事；解忧公主之后又有平民女子王昭君以宫女身份出塞和亲，为汉朝和匈奴的和平友好相处作出了巨大贡献。昭君事见《汉书·匈奴传下》。王昭君故事在后世流传甚广，成为文人墨客时常歌咏和叙写的题材。

诚然，以上诸种情形并非为汉朝所独有，其他各朝代也不同程度上存在女性参与政治的情况，但像汉朝这样太后政治、外戚政治与和亲政治特别突出、占据相当地位的，中国历史上实不多见，堪称一代政治文化之特色，值得关注。这种政治文化在汉末

① （东汉）班固撰：《汉书·西域传》，北京：中华书局2007年版，第971页；亦可参见（宋）郭茂倩编撰，聂也美、仓阳卿校点：《乐府诗集》，上海古籍出版社1998年版，第898～899页。

三国时期得到了一定程度的延续。汉末三国时期，类似于太后政治、外戚政治与和亲政治的事件不断在朝廷和地方上演，豪强势力往往通过联姻方式与弱势君主结盟，借以控制朝廷和地方，主导政治事务；或者通过联姻方式与其他势力结盟，从而达到分化组合、合纵连横、改变政治态势的目的。女性因此或主动或被动地参与政治事务，成为“政治人”。这也就是《三国演义》作为一部写男人和战争的书，却刻画了一系列女性形象，并赋予她们政治色彩、把她们塑造成政治人的原因之所在。

参考文献

一、《三国演义》关联文献

（西晋）陈寿撰，（南朝宋）裴松之注：《三国志》，中华书局1982年版。

《三国志平话》，古典文学出版社1955年版。

（明）罗贯中：《三国演义》，长江文艺出版社1981年版。

（明）罗贯中：《三国演义》，中华书局2009年版。

（明）罗贯中：《三国演义》，中华书局2011年版。

（明）罗贯中著，（清）毛宗岗批评：《毛宗岗批评本三国演义》，凤凰出版社2010年版。

（明）罗贯中原著，（清）毛宗岗评订：《毛宗岗批评三国演义》，齐鲁书社1991年版。

董每戡：《三国演义试论》，古典文学出版社1956年版。

朱一玄、刘毓忱编：《三国演义资料汇编》，百花文艺出版社1983年版。

李厚基、林骅编：《三国演义简说》，上海古籍出版社1984年版。

叶维四、冒炘：《三国演义创作论》，江苏人民出版社1984年版。

河南省社会科学院文学研究所选编：《三国演义论文集》，中州古籍出版社 1985 年版。

谭洛非、沈伯俊主编：《三国演义与中国文化》，巴蜀书社 1992 年版。

关四平：《三国演义源流研究》，黑龙江教育出版社 2001 年版。

二、历史类小说类文献

（西汉）司马迁撰，（南朝宋）裴骃集解：《史记》，中华书局 2006 年版。

（东汉）班固撰：《汉书》，中华书局 2007 年版。

（南朝宋）范晔撰：《后汉书》，中华书局 2000 年版。

（唐）李延寿撰：《南史》，中华书局 1975 年版。

（宋）欧阳修、（宋）宋祁撰：《新唐书》，中华书局 1975 年版。

（宋）司马光编著：《资治通鉴》，中华书局 2007 年版。

（南朝宋）刘义庆撰，（南朝梁）刘孝标注，余嘉锡笺疏：《世说新语笺疏》，中华书局 2011 年版。

（宋）罗烨编，周晓燕点校：《新编醉翁谈录》，辽宁教育出版社 1998 年版。

（宋）洪迈撰，何卓点校：《夷坚志》，中华书局 2006 年版。

（明）施耐庵、（明）罗贯中著，史则标点：《水浒传》，上海古籍出版社 1997 年版。

（明）吴承恩：《西游记》，人民文学出版社 1980 年版。

（明）兰陵笑笑生著，陶慕宁校注：《金瓶梅词话》，人民文学出版社 2008 年版。

（清）艾衲居士编：《豆棚闲话》，上海古籍出版社 1983 年版。

（清）吴敬梓：《儒林外史》，上海古籍出版社 2006 年版。

（清）曹雪芹、（清）高鹗：《红楼梦》，人民文学出版社 1982 年版。

鲁迅校录：《唐宋传奇集》，文学古籍刊行社 1956 年版。

鲁迅：《中国小说史略》，上海古籍出版社 1998 年版。

叶朗：《中国小说美学》，北京大学出版社 1982 年版。

黄霖、韩同文选注：《中国历代小说论著选》，江西人民出版社 1982 年版。

宁宗一：《中国小说学通论》，安徽教育出版社 1995 年版。

丁锡根编著：《中国历代小说序跋集》，人民文学出版社 1996 年版。

胡从经：《中国小说史学史长编》，上海文艺出版社 1998 年版。

李剑国辑校：《宋代传奇集》，中华书局 2001 年版。

杨义：《中国古典小说史论》，中国社会科学出版社 2004 年版。

朱一玄编：《明清小说资料汇编》，南开大学出版社 2012 年版。

毕飞宇：《小说课》，人民文学出版社 2017 年版。

三、其他文献

陈曦译注：《孙子兵法》，中华书局 2011 年版。

（战国）吴起：《吴子》，商务印书馆 1985 年版。

杨伯峻译注：《论语译注》，中华书局 1980 年版。

（西晋）郭象注，（唐）成玄英疏：《庄子注疏》，中华书局 2011 年版。

安继民注译：《荀子》，中州古籍出版社 2008 年版。

林久贵、李露编著：《曹操全集：汇校汇注汇评》，崇文书局 2020 年版。

（三国）诸葛亮，段熙仲、闻旭初编校：《诸葛亮集》，中华书局 2013 年版。

（西晋）陆机著，张少康集释：《文赋集释》，人民文学出版社 2002 年版。

（南朝梁）萧统编，海荣、秦克标校：《文选》，上海古籍出版社 1998 年版。

（南朝梁）刘勰著，黄叔琳注，李详补注，杨明照校注拾遗：《增订文心雕龙校注》，中华书局 2012 年版。

（唐）欧阳询撰，汪绍楹校：《艺文类聚》，上海古籍出版社 1999 年版。

詹锳主编：《李白全集校注汇释集评》，百花文艺出版社 1996 年版。

（唐）杜甫撰，（清）仇兆鳌注：《杜诗详注》，中华书局 2015 年版。

（唐）岑参撰，廖立笺注：《岑参诗笺注》，中华书局 2018 年版。

（唐）韩愈撰，（宋）魏仲举集注，郝润华、王东峰整理：《五百家注韩昌黎集》，中华书局 2019 年版。

（宋）苏轼著，（宋）傅干注，刘尚荣校证：《苏轼词集》，上海古籍出版社 2017 年。

（宋）郭茂倩编撰，聂世美、仓阳卿校点：《乐府诗集》，上海古籍出版社 1998 年版。

（宋）陆游著，钱仲联校注：《剑南诗稿校注》，上海古籍出版社 1985 年版。

（宋）朱熹：《四书章句集注》，中华书局 1983 年版。

谢永芳编著：《辛弃疾诗词全集：汇校汇注汇评》，崇文书局 2016 年版。

（宋）文天祥：《文天祥全集》，中国书店 1985 年版。

（明）梁辰鱼撰，吴书荫编集校点：《梁辰鱼集》，上海古籍出版社 1998 年版。

（明）王圻：《稗史汇编》，《四库全书存目丛书》子部第 141 册，齐鲁书社 1995 年版。

（明）王骥德著，陈多、叶长海注：《曲律注释》，上海古籍出版社 2012 年版。

（明）汤显祖著，徐朔方笺校：《汤显祖全集》，北京古籍出版社 1999 年版。

（明）臧晋叔编：《元曲选》，中华书局 1958 年版。

（明）沈璟著，徐朔方辑校：《沈璟集》，上海古籍出版社2012年版。

高洪钧编著：《冯梦龙集笺注》，天津古籍出版社2006年版。

（清）金圣叹评点，林乾主编：《金圣叹评点才子全集》（第三卷），光明日报出版社1997年版。

（清）金圣叹著，曹方人、周锡山标点：《金圣叹全集》，江苏古籍出版社1985年版。

（清）李渔：《闲情偶寄》，浙江古籍出版社1992年版。

（清）彭定求、（清）杨中讷等编：《全唐诗》，中华书局1960年版。

（清）永瑢、（清）纪昀等撰：《四库全书总目提要》，中华书局1965年版。

（清）章学诚：《文史通义》，上海书店1988年版。

（清）阮元校刻：《十三经注疏（清嘉庆刊本）》，中华书局2009年版。

隋树森编：《元曲选外编》，中华书局1959年版。

唐圭璋编：《全宋词》，中华书局1965年版。

宗白华：《美学散步》，上海人民出版社1981年版。

叶朗：《中国美学史大纲》，上海人民出版社1985年版。

李泽厚：《美的历程》，安徽文艺出版社1994年版。

吴新雷：《中国戏曲史论》，江苏教育出版社1996年版。

王连熙、顾易生主编：《清代文论选》，人民文学出版社1999年版。

启功、张中行、金克木：《说八股》，中华书局2000年版。

郭绍虞主编：《中国历代文论选》，上海古籍出版社2001年版。

陈云发解：《元杂剧选解》，复旦大学出版社2008年版。

冰心：《繁星春水》，北京燕山出版社2018年版。

［俄］列夫·托尔斯泰：《安娜·卡列尼娜》，周扬等译，人民文学出版社1956年版。

《马克思恩格斯选集》，人民出版社1972年版。

［德］莱辛：《拉奥孔》，朱光潜译，人民文学出版社 1979 年版。

江苏五院编写：《马克思恩格斯列宁斯大林文艺论著选读》，江西人民出版社 1981 年版。

［英］爱·摩·福斯特：《小说面面观》，苏炳文译，花城出版社 1984 年版。

［法］丹纳：《艺术哲学》，傅雷译，安徽文艺出版社 1991 年版。

［印］泰戈尔：《新月集·飞鸟集》，郑振铎译，中华书局 2012 年版。

后记

什么事都讲究个缘分，先说说我和《三国演义》结缘的事。

我和古典文学名著《三国演义》结缘是在一个特殊的年代，距今已约有五十年的时间了。那时候，批林批孔运动如火如荼，人们评法批儒的热情极其高涨，情绪所及，连我们这些小学生也被裹挟其中，整天宣讲老师们替我们写好了稿子中的古代人物斗争故事，记得就有曹操杀孔融一段。当时究竟是怎么讲的现在基本上都忘光了，只记得曹操和孔融处在对立的阵营，曹操杀孔融杀得好，孔融该杀，杀得群情激愤，杀得大快人心。老实说，当时并不知道世间有《三国演义》一书，也不知道曹操和孔融是《三国演义》里的人物，但总算是我和《三国演义》初次结缘吧，虽然这缘结得有些古怪、拧巴。

其时大概还有一个我接触《三国演义》的途径。我的舅舅郜志森先生是庄稼人，种田能手，但农活之余爱讲些杂七杂八的小故事，神仙鬼怪、社会历史方面的样样来，其中恐怕就有刘关张和曹操，因为数年后我发现他是个三国迷、水浒迷，他把我买的《三国演义》《水浒全传》全霸占了，爱不释手。还有，我的母亲每每在表述把某人或某物看穿看破的时候常说："把《三国》都看透了！"小时候不明白说的是《三国演义》，心里疑惑：家乡没有山呀，怎么把"山谷"都给看透了呢？

读中学时批林批孔、评法批儒、评《水浒》这些政治运动退潮了，样板戏也不要求学唱了，中考、高考成了人生主题词，这时候，阅读《三国演义》小说文本理应提上议事日程，可是终究还是没有读。原因无他，语数外史地理化是主业，小说是“闲书”，老师不允许读，家长不允许读，被发现了小说会被没收甚至被销毁：读这玩意儿还要不要前途啊？我自己也晓得轻重，轻易不敢碰小说。另外，还有个原因，乡野偏僻之处，即使想读《三国演义》，也找不到借的地方；听说有个老农家里有，经常从他家门口路过去上学也没敢进去借，为什么？因为他酷爱看书，一天到晚总见他抱着本厚厚的书贴着鼻尖看，以至于耽误农活，搞出类似“草盛豆苗稀”的景观，乡民们瞧不上他，送他个“书愚”的绰号。可见陶渊明不是那么好当的。捧读《三国演义》，像他那样，难道也要当“书愚”吗？太可怕了！还是算了吧！

真正第一次阅读《三国演义》是要到上大学读中文系的时候。文学的天地突然间打开，古今中外的各类文学名著像涌泉一般纷至沓来，古典诗词、现代诗、古典小说、外国小说、曹禺老舍的话剧、莎剧、朦胧诗、古代现代的美文……一首首、一部部、一篇篇，魅惑着我去埋头阅读，《三国演义》当然也在阅读的书目中，这是肯定的，但文学的美食太多太丰盛，很想把它们统统吃一个遍，却没能静下心来细品其中的某一道菜，浅尝辄止，缺少了深度阅读，更谈不上什么研究。当时本科生不要求写毕业论文，如果要写的话，我兴许会选《三国演义》作为研究题目。

此后人生沉浮，虽然一直在学校里教书，从中学到大学，从江苏到海南，却也是诸事繁杂、俗务缠身，没有找到机会做一下文学的“反刍”，拿出一部名著——比如《三国演义》——来细读几遍，咀嚼回味，吟咏沉思。唉，一直不曾有过超凡脱俗的、超功利性的文学阅读环境和心境！大学时代那些狼吞虎咽式浅阅读的众多文学名著，就让它们在远方的天空中随意地飘浮着、飘浮着，不知着落在哪个角落里了。

然而，机会终于来了。多年前，学校要求老师们面向全校非专业学生开公选课，我当即决定选一部古典小说名著作为阅读讲解的内容，选哪一部？中国古典小说有六大名著，最先排除掉非专业学生不熟悉的《儒林外史》和《金瓶梅》，《金瓶梅》还兼有内容不太合适的问题。剩下的四部中，我选择了故事情节最为精彩紧张的《三国演义》。《三国演义》有“第一奇书”的名号，但其艺术性在四大名著中并不居首，世所公认《红楼梦》是中国古代艺术最精湛的小说佳作，《水浒传》的艺术成就也相当突出（特别是它的前半部），受到了著名小说评点家金圣叹的极度推崇，然而对于非中文专业（来自全校文理科各专业）的学生来说，艺术性却未必是吸引他们选课的最大动力，故事情节才是。《三国演义》的故事情节最能给人留下深刻印象。在情节性、艺术性和知名度几个要素兼具方面，《三国演义》可谓刚刚好。

《三国演义》还有很多独特的地方：它是我国古代第一部章回体小说，开创了我国长篇小说创作的新时代；它是用文言语体写成的章回体小说，在我国古代长篇小说创作中是非常独特的；它是我国古代章回小说中历史真实度最高的作品之一，很大程度上起到了普及历史知识的作用，等等。这些都是可以评说的内容。但老实说，其他的经典名著都有各自的独特性和价值意义，并非只有《三国演义》如此。所以我选《三国演义》作为公选课程的讲授内容，原因无他，主要是出于选课策略的考虑。但我却由此与《三国演义》结了缘。

要讲好《三国演义》，自己就必须熟悉它的内容，要达到那种烂熟于心的程度。以前那种匆促的浅阅读肯定是不行的。于是乎，接下来的几年里，我便埋首于这部我国古典长篇小说的开山之作中，认真、反复地阅读它。说来惭愧，像这样去深度阅读而非浮光掠影地某一部文学名著，在我的阅读生涯中，虽不能说绝无仅有，却也是不多见的。我深切体会到，阅读是最好的老师，再复杂再深奥的问题，都能借助阅读把它搞明白。古人说：“开卷有益。”每一遍阅读我都感觉到有所收获。

有收获的还有在课堂上的讲解。很多模糊的、不清晰的想法一经课堂上的讲解，再加上与学生的交流互动，都变得有条理起来、眉目清晰起来，不断更新我对作品的看法和认知。《三国演义》也是我在中文专业“元明清文学史”课上每年都讲的内容，我对它并不陌生，但能用于该小说的教学课时少，而且课程要全面介绍《三国演义》小说的方方面面，包括作者、版本、故事流变、成书、写作体制、评改、价值意义、影响乃至“三国戏”、译本，等等，反而能用在分析小说创作的主题内容和艺术成就上的时间就很少了，不需要对作品本身做更深入的研究。现在好了，对《三国演义》引导阅读成了专题课，课时大大延长了不说，还要面向非中文各专业学生作有针对性的讲解，取其选择该课程的“最大公约数”。这最大公约数也就是选课的兴趣点是什么呢？是对《三国演义》作品本身情节性、艺术性的研究，亦即《三国演义》能成为中国古代经典小说的依据所在。其他的内容不能说无价值或不重要，但对选课学生来说却是次要的或“过量的”知识，舍之可也。事实上，从我多年来开设本课程的效果来看，这一思路是正确的，获得了学生的认可。学生于对《三国演义》的兴趣选课，并在课堂上踊跃发言，表达他们对作品创作艺术的认知。

这倒逼我对《三国演义》“求甚解”，不断设计教学问题，试图解释《三国演义》内在的创作艺术机理，然后贯通、透彻地向学生解释。学生也不断地向我提问题，要我进行解释。比如有学生认为，诸葛亮这个人物写得好，小说写出了他的聪明绝顶；又比如有学生说，曹操这个人物写得不好，因为他阴险、奸诈、狡猾，太坏了。从专业批评的角度看，这样的评价有误区，需要对学生进行区分性格评判和非性格评判、道德评判和艺术评判等方面的阅读引导。经过若干轮的阅读、分析、切磋、解释之后，我自己感到有了不少独特的阅读体验和发现，叹服《三国演义》作为小说经典名著真的是实至名归，并进而认可清人毛宗岗对《三国演义》的真知灼见和精到点评（此前比较认可金圣叹的意见）。我又敝帚自珍，舍不得让自己的“阅读体验和发现”在时间的风中找寻不见，就不时地随手侧记，集腋成裘，经年积久，竟有了相当的厚度，有了成专题著述的味道。于是，索性放开胆子来写，与名著《三国演义》再结文字缘，赶一下解读名著的时髦。因聚焦于创作艺术机理的分析，所以定书名为“《三国演义》的文学叙事艺术”。孔子说：“诗可以群。”孟子说：“天下之善士，斯友天下之善士。”本人欲以此不成熟的著述结交天下爱书读书的善士。

在课堂上尽情地讲解是一回事，把它转变为著作是另一回事，这种转变是需要极大勇气的。在本书的写作过程中，我得到了岳父母和妻子的精神鼓励和大力支持，他们在打印、修改、查找资料、格式规范、联系出版社等方面给我提供了切实的帮助。我的导师南京大学吴新雷教授不时与我信息交流，并给予点拨、关怀。我的工作单位海南大学人文学院帮我解决了出版经费问题，使本书得到海南大学中国语言文学国家级一流专业建设点和海南省中国文学研究中心资助。北京大学博雅学院曾嘉博士不辞辛劳，帮我查找了许多文献资料。山东大学哲学与社会发展学院宋全成教授积极帮我联系出版社。山东大学出版社刘彤老师热情接受了我的书稿出版邀约，并为本书的顺利出版付出了大量心血。在此一并表示感谢。

谨以此后记记述我和名著《三国演义》的因缘，并结交天下有缘人。

朱东根

2023年3月3日